맹한

남자

맹
한

남
자

초판 1쇄 인쇄일 2016년 10월 24일
초판 1쇄 발행일 2016년 10월 27일

지은이 | 오금묘
펴낸이 | 김기선
편집장 | 김은지

펴낸곳 | 와이엠북스(YMBOOKS)
출판등록 | 2012년 7월 17일 (제382-2012-000021호)
주소 | 서울시 도봉구 노해로 379, 1005호(창동, 대성빌딩)
전화 | 02)906-7768 / **팩스 |** 02)906-7769
E-mail | ymbooks@nate.com

ISBN 979-11-322-3921-5 03810

값 9,000원

맹한 남자

오금묘 장편소설

YMBOOKS ROMANCE STORY

차 례

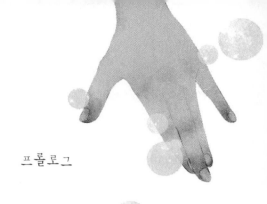

프롤로그

짜증난다. 벌써 5분 이상을 숫자만 노려보고 있으니, 그렇지 않아도 없는 집중력이 산산이 수증기라도 되어 날아가는 느낌에, 다리를 떠는 것을 멈출 수가 없다. 한 문제만 더. 정말로 초인적인 노력으로 다음 문제를 노려보았다. 아, 이것만이라도 하고 싶다. 이걸 해내면 얼마나 그가 좋아해줄까.

똑똑.

나도 모르게 얼굴이 펴지고 등이 꼿꼿해진다. 하지만 일부러 문을 향했던 얼굴을 재빨리 숙이고, 앞에 있는 수학 문제지만 노려보았다. 물론 최대한 표정을 숨기고서.

문이 열리는 소리가 들렸지만, 모른 체하고 눈썹을 구겼다.

"미수야, 나 왔다."

"……."

여전히 바닥을 보며 꾸벅, 인사했다. 낮고 그윽한 목소리. 내가 제일 좋아하는 목소리. 내가 맡고 싶어 하는 시원한 냄새.

두근두근두근.

시선 가장자리 끝에서 검은 양말을 신은 인강 쌤의 실내화가 보인다. 직각으로 꺾인 옆자리 의자를 빼내는 길고 강한 손가락, 진중하게 앉느라 움직이는 다리 등이 스쳐갔다.

"어디보자. 미수, 숙제하고 있었구나? 선생님이 봐줄까?"

커다란 남자의 손이 종이에 닿았다. 누가 내 거 만지는 걸 질색하지만, 모른 척하고 밀어주었다. 시원한 냄새를 갖고 좋은 목소리로 인강 쌤이 옆에서 숙제를 체크했다.

"와, 미수, 5개나 맞추었네. 정말 잘했다!"

12개의 문제 중 7개나 틀렸지만 인강 쌤은 내가 잘한 것만 칭찬해준다. 유치원생도 아닌데 높은 목소리로 우리 미수 잘했쩌요, 하듯 소란을 피운다.

"치."

나는 좋으면서도 부루퉁하게 반응했다. 비어져 나오는 미소로 내 입술이 삐뚤어지는 게 느껴졌다. 하긴 숙제를 다한 게 어디야. 뿌듯한 마음으로 은근히 기다렸다. 고개를 약간 그쪽으로 기울이기까지 하면서. 아니나 다를까, 커다란 손이 내 삐뚤빼뚤한 머리카락을 쓰담쓰담한다.

"미수, 숙제하는 거 이제 진짜 잘하네. 참 잘했어. 집중하기 힘들었을 텐데. 그치?"

역시. 인강 쌤은 내가 힘들어하는 부분을 알아준다. 나는 눈을 내리깔고 비죽거리며 나오는 미소를 참으려 했다.

"여기, 이 문제 나랑 같이 해볼까?"

두 달 정도 못 본 사이에 더 멋있어진 것 같은 쌤의 그을린 피부를 보다가 흘끔거리며 얼굴도 훔쳐봤다. 처음 봤을 때, 커다란 키며 덩치에 위압감을 느꼈지만 1년여를 지내면서 알았다. 무뚝뚝한 겉모습과 달리 인강 쌤이 얼마나 다정하고 부드러운지. 내게는 소리 지르는 법도 없다. 처음에 내가 버릇없이 신경질 부리고, 짜증 내고, 발악해도 그래그래, 하며 받아줄 뿐이었다. 하긴 187센티의 덩치 큰 어른 남자가 비쩍 마른 해골 같은 여자애가 뭐가 무섭겠냐고. 나 같은 건 그냥 지나가던 길냥이 같은 존재라서 친절하고 상냥한 인강 쌤은 동정심으로 잘해주는 거, 다 알고 있다. 그래도 좋다. 이렇게 잘 맞는 사람은 남녀 통틀어서 처음이다.

운동부였던 나는 남자애들하고 둘러싸여 살았지만, 남자 사람 친구는 한 명밖에 없었고 그 녀석하고는 무척 안 좋게 끝났었다. 그래서 친하게 지내는 남자 사람은 오랜만이라서 더 좋았다. 게다가 어른 남자들이라고는 늙어빠진 의사나 중년의 못된 코치들밖에 모르다가 진짜 어른 같은, 게다가 젊기까지 한 성인 남자를 본 건데, 그게 크고 다정하고 잘생긴 인강 쌤이라 너무 좋았다.

머리 좋아, 성격 좋아, 내가 보기에는 얼굴도 남자답게 잘생겼지, 사실 인강 쌤만큼 좋은 남자는 보기 드물다. 내가 안다. 워낙 겉만 번지르르한, 야들야들 못된 놈한테 당해봐서. 하지만 좋은 남자들이 다 완벽하지는 안다는 것도 인강 쌤을 보며 알았다. 인강 쌤은 다 남자답고 좋은데, 딱 하나 문제가 있다.

"미수야, 저……."

"네?"

"아니, 그러니까……."

"아, 또 너무 가까워요?"

어느새 나도 모르게 기대고 있던 왼쪽 어깨를 재빨리 떼어냈다. 쓰담쓰담도 하는 사이이건만, 인강 쌤은 내가 근처에 가기만 해도 얼굴이 벌게지고 안절부절못한다. 즉, 인강 쌤이 나를 만지는 건 되는데, 내가 인강 쌤을 만지는 건 '노노'인 것이다. 인강 쌤 말로는 남중, 남고에 공대생으로 남자들만 우글거리는 환경에서 자라서 여자에 대한 면역력이 없다고 한다. 물론 다른 사람들은 잘 모른다. 워낙 인강 쌤이 겉은 의젓하니 멀쩡해 보여서.

"쌤, 휴가 갔다 온 뒤로 더 심해진 거 아니에요?"

"……음?"

"어, 지우개 떨어졌다."

떨어진 지우개가 인강 쌤 의자 밑으로 굴러갔다. 나는 허리를 구부려, 쌤 발치에 있는 지우개를 주웠다. 어쩌다 보니 쌤의 무릎에 손을 짚고 다리 사이로 팔을 뻗어 주웠는데, 탁자 위로 올라와 보니 인강 쌤의 얼굴이 하얗게 질려 있다.

"쌤?"

"……."

"쌔앰! 어휴!"

"……."

하얗게 질렸다가, 벌게졌다가, 멍한 눈으로 끔뻑거린다. 겉으로는 멀쩡한 남자가 딱딱한 뼈밖에 없는 무릎 좀 만졌다고 저렇게 굳어서는 정신이 쏙 빠진 모습으로 있는 걸 보는 건 참, 뭐랄까, 한심했다. 장애가 있는 건 난데, 이럴 때 보면 꼭 인강 쌤이 문제 있는 사람 같다.

"아니, 정말 무슨 그런 거에 굴고 그래요? 내가 껴안기라도 하면 죽겠네요?"

"껴, 껴……."

"아, 상상하지 말아요! 말이 그렇다고, 말이!"

"어, 아, 아, 아!"

갑자기 인강 쌤이 온몸을 발작적으로 떨며 벌떡 일어서려다가, 콰당하고 넘어져버렸다. 너무 놀라서 보고 있자니, 한쪽 다리를 구부리고 얼굴을 있는 대로 찡그리는 게, 다리에 쥐가 난 듯하다. 바닥에 널부러져 땀을 흘리며 통증으로 괴로워하는 걸 보니 속이 덜컹했다. 서둘러 내려가 아픈 다리를 잡고 길게 피며 같이 소리를 질렀다.

"아, 다리 피고 발목 구부려요! 힘 빼고! 손 놔봐요!"

운동선수 시절, 가끔 다리에 경련이 일어날 때 풀어주던 실력으로 나는 쌤의 두꺼운 허벅지를 안고 낑낑거리며 주물러댔다. 길기도 하지만 굵기도 한 다리가 거짓말 안 보태고 내 몸통만 했는데, 그걸 옆구리에 끼고 열심히 쓰다듬고, 통통 때리고, 손에 힘을 주어 뭉친 근육을 풀려고 애썼다. 덕분에 고통이 잠시 줄어들었는지 쌤의 신음이 여며 들었고 나는 종아리를 둥글게 문질러주면서 계속 봉사했다.

"이제 좀 괜찮아요?"

"……."

"쌤?"

돌아보니 여전히 아픈지 눈을 찌푸린 채로 입술을 악물고 땀까지 삐질삐질 흘리고 있다. 그 와중에 얼굴이 벌게지고 조금 허둥대는 게, 아마도 새삼스레 부끄러워진 듯해 보였다. 창피하겠지, 제자 앞에서 나동그라졌으니.

나는 기분을 풀어주려고 그의 허벅지를 탁 치며 가볍게 말했다.

"아, 뭘 이런 걸로 수줍어해요. 쌤도 유도 했다면서요. 친구끼리 다리도 안 주물러봤어요?"

"어, 응. 그, 그렇지."

아직도 경련의 여운이 남아 아픈 듯한데 애써 굳은 몸짓으로 비틀거리며 일어서는 폼이 딱 한 살 난 어린애 꼴이라 눈을 못 떼겠다.

"잡아줘요? 더 앉아 있지 왜 일어나요?"

"아, 아냐. 어, 내가 할 수 있어. 나, 잠깐 화장실 좀……."

넘어졌던 게 정말 부끄러웠는지, 고개를 숙이고 나름 급히 어정쩡하게 굳은 다리로 절뚝거리며 나가는 모양이 정말 불쌍하게까지 보였다. 다 큰 남자가 배짱도 없이, 어휴. 그러고 보니 쥐가 난 것도 내가 한 농담 때문에 갑자기 너무 놀라서 그런가 보다.

만약 내가 정말 글래머하고 멋진 여자였다면, 인강 쌤이 내 매력 때문에 그러는 거라고 삽질했을 수도 있지만 그건 절대 아니다. 도대체가, 비쩍 말라서 누가 봐도 막대기 같은 내가 쥐 난 거 다리 좀 만졌다고 얼굴이 벌게지다니, 말이 안 되는 것이다. 단지 상대가 '여자'라는 것 때문에 정말이지 멍청하다 못해 맹해지는 남자가 인강 쌤이다.

다시 말하지만 내 주위에서 나를 '여자'로 보는 사람들은 없다. 심지어 지금보다 겉모습이 더 보기가 좋았던 운동선수 시절, 비슷한 이유로 내가 만진 남자 다리가 여럿 되는데, 모두들 도와줘서 고맙다고 할지언정 저렇게 난리치는 사람은 한 명도 없었다. 그래서 귓가가 벌게진 채로 수학 문제집을 들춰 보는 인강 쌤을 보면 참으로 안타깝다. 저런 숙맥이 어디 있겠냐고. 참 요령도 없다. 어째 저 나이에 저럴 수가 있냐고. 어쩌면 저렇게 겉과 속이 틀린지.

"쌤. 아직도 빨게요."

"이쪽 문제 보자."

"그런 건 노력하면 익숙해지는 거라구요."

인강 쌤이 답답하다는 듯이 한숨을 푹 쉬었다. 왜 안 그렇겠냐. 나라도 한숨이 나오겠다.

"노력해볼 생각은 있어요?"

"뭐, 뭘?"

"제가 도와준다고 했잖아요. 손이라도 잡아볼래요?"

답답하다는 듯이 내가 손을 책상위로 턱 내밀었다. 인강 쌤은 물끄러미 내 손만 쳐다보고 있다. 아, 너무 말라서 못생겨 보이나. 설마 팔꿈치까지 이어진 옅은 상처가 보이려나. 마사지하면서 더워져 접어 올렸던 소매를 다시 내리며 여전히 뻔뻔하게 말해본다.

"쌤은 여자랑 스킨십이 거북하니까 조금씩 해보자고요. 문제가 있으면 먼저 인식하고 조금씩 노력해서 극복해야 한대요."

"……의사가 그래?"

어제 병원 갔던 걸 알고 있구나. 나도 모르게 눈을 피하고 우물거렸다. 내 '문제'는 쌤하고 얘기하고 싶지 않다.

"저 괜찮아요. 이제 토하는 것도 줄었고, 약도 제가 잘 조절했다고 칭찬도 받았어요."

"……."

"그러니까 노력을 하면……."

문득 본 쌤의 얼굴이 작게 굳어 있고, 나를 보는 눈빛에 고통이 보여서 나도 모르게 내 얼굴이 일그러지는 게 느껴졌다. 겉으로는 산 같은 남자가 이처럼 제자가 아프다는 것에 동정하고 슬퍼한다는 걸 사람들은 잘 모를거다. 나도 마음이 찌르듯 아파진다.

"그만해요. 누가 보면 사랑 고백이라도 하는 줄 알겠네."

그래서 일부러 불퉁하게 말했다. 아나나 다를까, 인강 쌤의 얼굴이 금세 당황해하며 붉어졌다. 나는 이렇게 쌤의 다양한 표정 보는 걸 무척 즐긴다. 찌르면 찌르는 대로 반응하는 게 상당히 재밌다.

그때, 문이 벌컥 열리고 쟁반에 음료수를 들은 미화 언니가 들어왔다.

"아, 노크 좀 해, 노크 좀!"

"……음료수 먹고 해요, 선배."

"고마워."

어느새 인강 쌤은 멀쩡한 모습으로 무표정이 되어 있다. 다른 사람이 있을 때면 완전히 변신 로봇처럼 휙 변하는 것도 쌤의 특기이다. 그래도 물론 이번 경우는 더 특별하기는 하다. 나는 눈을 내리깔고 주스를 마시는 척하며 가슴에 퓽퓽, 하고 바람 새는 느낌을 갈무리했다. 물론 나는 안다. 미화 언니가 있을 때 더더욱 굳어지는 쌤을. 워낙 무뚝뚝한 가면을 잘 쓰는 사람이라 언뜻 보면 모르겠지만, 오래 옆에서 희희덕거리며 친해진 내게는 또렷이 보였다. 미화 언니는 인강 쌤을 긴장시키고 있다. 눈치도 보는 것 같다. 무표정한 얼굴로 위장하고서, 하나도 안 떨린다는 얼굴로 사실은 떨고 있는 게 보인다.

뻔한 일이다. 아무리 맹한 남자라도, 좋아하는 여자 앞에서는 당연히 긴장하는 거지. 나도 인강 쌤 앞에서 긴장하는데, 그 기분 모르겠냐고. 갑자기 우울한 기분에 어깨가 늘어진다.

물론 인강 쌤처럼 멋지고 좋은 남자에게는 나 같은 건 아무 기회도 없겠지만, 적어도 미화 언니처럼 예쁘고 똑똑하고 문제도 없는 잘난 여자가 어울리지. 배 속이 저릿한 건 뭔지 모르겠다. 그냥, 배 아픈 건가 보다. 아니, 배고픈 건지도. 무엇을 먹어야 이 허함이 사라질까. 일단은 저 눈치 없는 맹한 남자부터 보내고 싶었다.

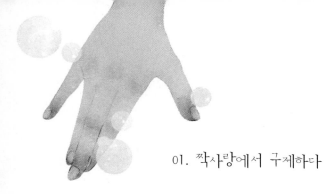

01. 짝사랑에서 구제하다

6개월 후.

연희동에 있는 제법 큰 이층집의 갈색 대문이 열렸다. 회색 후드와 검은 야구 모자를 깊게 눌러쓴, 키가 껑충하고 마른 인형이 거침없이 들어간다. 검은 가방이 어깨에서 걸려 엉덩이쯤에 닿아 있고 조금 지저분한 운동화에 회색 추리닝 차림은 후줄근하다. 언뜻 보면 동네 마실 나온 양아치 백수 같은 분위기로 겨울의 쨍쨍한 얼은 작은 정원을 재빨리 지나 계단 몇 개를 올라가더니 커다란 현관에 다다랐다. 육중한 문을 조금 힘겹게 여니, 더운 공기가 후끈하게 밀려 나온다.

"미수 학생, 지금 와?"

중년의 가정부 아주머니가 통통한 손을 앞치마에 문지르며 쪼르르 나온다. 현관에 서 있던 미수가 비쩍 마른 손으로 후드를 벗으니 그녀의 작고 하얀 얼굴이 무척 오목조목한 모양을 드러냈다. 하지만 언뜻 보면 예쁘장한 소년 같기도 한 그 얼굴이 쌀쌀한 표정으로 현관에 널려 있는 여러 구두와 운동화들을 노려보고 있어서, 아주머니가 눈치를 살폈다.

"또 왔어요?"

"아니, 그……."

거칠게 제 신발을 벗고 2층으로 올라가는 계단을 성큼성큼 올라간다. 계단 위에 드러나는 2층 거실은 환히 트인 기분 좋은 곳이다. 그곳 소파와 탁자 주위에 옹기종기 모인 여러 사람들의 얼굴이 미수를 향해 돌아보았다. 아름다운 언니 미화를 둘러싸고 있는 네 명의 돌쇠들이다. 개중 제법 화려한 미남인 김태호, 이름도 잘 기억 안 나는 똘마니 두 명과, 보디가드처럼 묵묵히 뒷배경에 물러나 있는 서인강. 미수는 삐딱하게 주머니에 양손을 넣고 한눈에 날카롭게 훑어보았다. 섬세한 조각미남, 그러나 미수에게는 안경잼이로 불리는 김태호가 아는 체를 한다.

"이쁜이, 이제 오냐?"

이쁜이? 이쁜은이? 언제부터 안경잼이가 여동생 취급이니. 내가 무서운 거 없는 대입 성공한 21살 수험생이라는 걸 모르나?

작고 하얀 얼굴이 힛, 하고 경멸에 찬 웃음을 가볍게 날리고 제 방으로 쓱 들어가 탁, 문을 닫는다.

"미수, 아직 사춘기야. 이해해줘."

등 뒤에서 좀 난처한 듯 웃으며 미화 언니가 사과하듯 말하는 것이 문 앞에 서 있던 미수에게 다 들린다. 왜 내 대신 사과해? 이씨.

다시 문이 열리고, 작은 얼굴이 쑥 나오더니 쌀쌀맞게 쏘아붙인다.

"언니. 나잇 패드 내가 썼어. 더 사다놔."

탁.

"어머, 저, 저, 저……."

싸가지. 그래, 나도 알아.

언니네 건축과 스터디에 있는 안경잽이와 똘마니들은 얼굴이 벌게져서 모른 척하고, 언니는 얼굴을 가리고, 서인강은……. 글쎄, 그쪽까지 볼 시간은 없었지. 안 봐도 비디오 아니겠어. 어처구니없다는 얼굴로 멍하게 눈만 껌벅거리고 있겠지. 도대체가 남중, 남고에 형제들만 있는 집에서 큰 남자들은 대체로 여자 문제에 숙맥이거든. 그러니 저렇게 멍청하게 1년이나 헤벌레하게 언니를 보다가 뺏겼지. 미수는 제 가방을 신경질적으로 바닥에 내쳤다.

미화 언니를 좋아하는 서인강 쌤. 그런데 잘난 미화 언니는 연애 둔탱이라서 인강의 절친인 태호와 사랑에 빠져 있다. 말 잘하고 살살거리는 기생오라비 같은 김태호의 겉모습만 보는 거다. 어떻게 아냐고? 남의 연애는 옆에서 보면 다 보이는 법이니까.

우등생에, 한 미모하고 여성미가 줄줄 흐르는 미화 언니는 미수와는 3살 터울인데 미수를 끔찍히 여긴다. 그러나 지금 미수는 언니가 참 밉고 한심했다. 남자 보는 눈도 없고 공주님으로만 살아서 눈치 제로인 언니는 어려서부터 쓸데없는 문제만 안겨주는 위인이었다.

왜 서인강을 차는 거야. 조용하고 사교성이 좀 떨어지지만, 알고 보면 잘나고, 다정하고, 듬직하고, 저렇게 멋진 남자를 거들떠보지도 않고 왜 저 찌질해 보이는 안경잽이한테 목을 매니. 20살이었던 나도 눈치채도록 저렇게 미화가 있는 곳을 그 잘난 눈으로 눈이 빠져라 보고 있었는데, 그걸 모르냔 말야, 이 둔탱아!

　모여 있는 꼴을 보니 짜증만 나서 인상을 쓰고 그대로 제 침대에 벌렁 누웠다. 그대로 이어폰을 꽂고 음악을 들으며 휴대폰으로 게임을 시작했다. 그런데 누가 이어폰을 뺀다. 눈을 올려 보니 인강 쌤의 굵직굵직한 얼굴이 187센티 키 위에서 진지하게 미수를 내려다보고 있다.

　"뭐예요?"

　"아파?"

　"……."

　"약 사다줄까?"

　왜 당신이 들어와서 내 생리통을 걱정해주는 걸까?

　"필요 없고, 왜 아직까지 언니랑 스터디그룹 하는 거야?"

　내가 도와줬잖아. 잊어버리라고. 내가 작년 크리스마스 한 달 전, 무려 나의 첫 키스를 희생해서, 위로의 키스해줬잖아. 그 뒤로 대리 연애까지 상대해준 건 또 어쩌고. 그럼 깨끗하게 끊어내야지. 왜 지질구질하게 아직도 언니 옆을 맴도냐고.

　미수의 하얀 얼굴에 질책의 표정이 떠올랐다. 얼굴이 약간 붉어진, 굵직굵직하게 잘생긴 인강 쌤이 눈을 피했다.

　"그렇게 간단한 게 아니야."

　거, 짓, 말. 눈을 찡그려서 마음에 안 든다는 걸 확실히 보여주었다.

　"바보야? 한강대 건축과씩이나 들어가서 그거 하나 이해가 안 돼?"

　웁스. 생각한 게 그대로 나왔네. 서인강은 역시 어린 여자의 과격한 말투에는 익숙해지지 않나 보다. 잘생긴 얼굴이 당황으로 일그러졌다.

"너는 왜 그렇게……. 어휴. 말을 말자."

'말을 말자'라니. 혹시 아직도 확신이 필요한가 보지? 미수는 돌아서려는 그의 손목을 잡고 윗몸을 일으켰다.

"해줄까요?"

서인강이 굳었다.

"뭐, 뭐……."

"필요한 거 아녜요? 욕구의 분출."

미수는 발랑 까진 문제아이기 때문에, 머리가 나쁜 운동부기 때문에, 여러 가지 복잡한 감정 문제는 다 육체적인 걸로 연결돼 있다고 생각한다. 짜증나고 화나면 배가 고픈거고, 우울하면 잠이 모자란 거고. 쓸데없이 여자 주위를 맴도는 것은……. 그거 아니겠냐고. 그런 거라면 미수 주변에 또래 사춘기 남자 선수들이 우글거린 적이 있어서 들은 것도 많았다.

저 나이 때 남자들은 성적 욕구가 말도 안 되게 높다지. 물론 우등생인 서인강 쌤은, 남중, 남고를 다니고 삼 형제의 둘째로 곱게 자란 그는, 군대를 다녀왔음에도 불구하고, 이렇게 어린 여자와 성적 욕구 분출에 대하여 자유 토론하는 게 익숙하지 않다. 그래서인지 그의 남자다운 얼굴이 하얗게 질렸다, 발갛게 달아올랐다가 여러 색깔을 공작새처럼 표현하고 있다.

"키스, 또 해줄까요?"

"……."

저봐. 모든 문제는 육체적인 걸로 연결돼 있다니까. 스물여섯이나 먹어서 열여섯 새신랑처럼 수줍은 얼굴을 하면서도, 서인강은 미수의 입술을 뚫어지게 보고 있다. 먹어치우고 싶다는 그 표정,

전에도 본 적이 있다. 문제아 미수는 팔을 올려서 그의 목을 잡아당겨서 천천히 얼굴을 가까이 했다. 인강의 속눈썹이 부르르 떨면서 감긴다.

그래, 당신은 내 얼굴을 거절할 수 없지. 난 언니랑 똑같이 생겼으니까. 그러니까 내 키스로 대리 만족해보라구. 찢어진 마음을 달래보란 말이야. 나도 언니 대신을 핑계로 내 찢어진 마음도 숨기고 싶으니까.

저도 모르게 이 모든 것이 시작된 그때, 한창 수능 준비하던 작년 겨울이 떠올랐다.

첫 키스한 그날은 작년 크리스마스를 한 달 전이었다. 도대체가 무교와 불교가 주종교인 한국인들이 왜 이스라엘 출신인 신의 아들의 생일을, 그것도 데이트하는 날로 둔갑시켜 축하하는 것일까. 별로 이해는 안 가지만, 젊은 성인들이라는 대학생들은 그런 거에 민감하나 보다 했다.

"우후훗, 미수야, 언니 고백받았쪄! 남자 친구 생겼다!"

"뭐? 누, 누구? 설마, 서 인……."

"태호! 태호가 고백했어! 와, 첨으로 크리스마스를 연인과 보내겠네! 언니 능력 있지, 응?"

잠깐, 이 명청한 여자야. 그러니까 크리스마스에 연인과 데이트하고 싶어서 때맞춰 고백한 남자랑 연애를 시작했다, 이거니?

"어, 태호 오빠? 그, 안경 쓴 사람? 인강 쌤 친구?"

"응. 내일 친구들이랑 종강 파티 하러 가는데, 그때 다 말할 거야."

"자, 잠깐."

미수가 놀라서 더듬거리는 동안 들떠서 자기 방으로 준비하러 들어가는 모습이라니.

당시 20살이던 미수는 골머리를 안고 계획을 짜야 했다. 인강 쌤이 이걸 알면 그 충격이……. 하아. 미수는 과외 공부를 봐주던 인강 쌤이 있는 그녀의 방으로 무거운 걸음을 옮겼다. 혹시 들렸을까. 그렇게 시끄러웠는데.

"미수, 와서 이거 한쪽마저 풀어."

휴우. 인강 쌤의 변함없는 자세와 표정에 일단 안심했다. 곧 닥칠 아마겟돈을 모르는, 무지함 속에 피어나는 행복 속에서 인강 쌤은 덤덤하게 수학 문제집을 가리키고 있다.

미수는 그 옆에 철퍽 앉아서 물끄러미 공식을 설명하는 인강 쌤의 잘빠진 코며, 붉은 입술을 냉정하게 쳐다보았다. 이 얼굴로, 이 머리로, 심지어 키도 크고, 척 봐도 부족함 없이 자랐고. 도대체 뭐가 문제야, 응? 왜 우리 언니를 놓쳤냐고.

사실 미화는 순정 만화 중독자여서 꽃같이 여리여리한 미소년을 좋아한다. 안다, 취향의 차이. 이렇게 남성적으로 선이 굵은 미남은 좋아하지 않는다는 걸. 그래도 그렇지, 잘난 게 어디 가는게 아니고, 그 안경잽이와 비교해도 그리 모자라지 않는데, 왜. 왜.

마치 밀어주는 선수가 시합 시작 전에 부전패한 걸 보고 있는 코치가 된 것 같은 심정이다.

그렇지 않아도 전에 미화 언니를 넌지시 떠본 적이 있었다.

'언니, 인강 쌤 어때?'

'뭐래, 얘가.'

'남자로 어떠냐고.'

'음, 강이 형이 멋지긴 하지……. 내 스타일은 아냐.'

'언니 스타일이 어떤 건데?'

'상냥하고, 예의 바르고, 알아서 척척 잘해주는 사람?'

'아.'

알아들었다. 인강 쌤은 '알아서 척척'이 안 되는 남자라는 것을 몇 번의 과외에서 이미 느꼈었다. 인강은 한마디로 명한 구석이 있다. 한강대에 입학했다는 것이 가끔 신기할 정도로, 공부 이외에는 정말 아무것도 못하는 듯했다. 게다가 여자한테는 숙맥이라, 공부하다가 지우개를 건네다 손이라도 부딪치면 정신을 못 차릴 정도였다. 그때쯤 미수는 인강이 여자에 대해 적응성이 무척 떨어진다고 진단을 내렸고, 그 이유를 그의 남자뿐인 집안과 성장 배경에 두었었다.

미수가 손으로 얼굴을 괴고 인강을 빤히 주시하였다.

"그러니까 이쪽 x를 대조해봐."

"쌤, 모태 솔로죠?"

"어?"

"혹시 둔하다는 말, 들어봤어요?"

"뭐?"

"흄, 아니다. 어디 풀라고요?"

"미수 너, 나 좋아하는 거 아니지?"

"쌤. 왕자병은 불치병이래요. 나 아저씨 취향 아니야."

"야! 5살 차이가 아저씨냐!"

"쌤. 여기 3번 모르겠어요."

씩씩거리다가도 금세 공식을 설명한다. 쌤은 언제 봐도 귀여운 구석이 있다. 정말로 저 얼굴에, 저 머리로, 어떻게 이렇게 맹할 수 있을까. 그 맹함으로 내일 파티 가서는 충격 먹겠지. 순정파라서 표현도 못하고 혼자서 썩히고 있겠지. 민수처럼. 민수처럼 맹하게 있다가 충격 받고 술 먹고 사고 나서 죽을 수도 있는 거야.

안되겠다. 인강이 너무 좋아서 미화 언니 남친으로 밀어붙여서라도 계속 곁에 머무르고 싶었는데, 정말 상상하던 대로 쌤에게 무슨 일이라도 나면 너무 끔찍할 것 같았다. 미수가 떠올린 끔찍한 상상은 미수에게는 무슨 짓을 해서라도 막아야 하는 절실한 과제였다.

"쌤."

"왜?"

"저, 언니랑 많이 닮았죠?"

"……그러기엔 네가 키가 더 크고 말랐잖아?"

이 남자가, 내가 언니보다 몸매가 안 된다는 걸 그런 식으로.

"얼굴 말이에요, 얼굴. 어릴 땐 쌍둥이 같다고도 했는걸요."

"그런가."

똑똑히 보라고 얼굴을 인강의 앞으로 거의 맞닿을 정도로 가까이 대었다. 흐읍, 숨을 죽이는 인강 쌤. 이 남자, 피부도 곱네.

"그래서 말인데요."

"……."

"키스할래요?"

"……!"

"제가 언니 대신 해줄게요."

"미수야."

"절 언니라고 생각하고 봐요."

일단 이런 건 빨리 해치워야 할 것 같아서 인강의 얼굴을 잡고 가볍게 키스를 했다. 키스인지 뽀뽀인지, 사실 별거 아니다. 그저 입술이 살짝 닿았다 떨어지는 것뿐. 로맨스소설에서나 나오는 흔들리는 열정 없이도, 누구나 키스는 할 수 있다. 입술 두 쪽만 갖고 있다면, 악수하듯이 그냥 스칠 수 있다. 그걸 몰라서, 그까짓 입술 하나 대주지 못해서, 멀쩡한 사람을 죽일 만큼 값어치 있는 게 아니다.

역시, 마음먹고 밀어붙여서 안 되는 건 없다. 첫 키스라고 해봤자 겨우 1초, 입에 있는 피부가 살짝 닿는가 싶더니, 벌써 끝나버렸다. 민수가 그리도 원했던 그녀의 첫 키스. 어려서 키스가 무슨 대단한 운명의 뭐라도 되는 듯이 굴었던 멍청했던 저 자신이 생각나 헛웃음이 날 정도다.

인강 쌤은 커다란 눈으로 영혼이 빠진 듯 보고 있다. 그래서 진지하게 눈을 맞추어주고 다시 입술을 들이댔다. 두 번째는 더 쉬운 게 키스. 어차피 버린 입술.

"이렇게, 언니랑, 키스해보고 싶었잖아요."

눈을 감고 부드럽게 멍하게 벌어진 인강 쌤의 입술을 향해 움직이다가 아래쪽 입술을 살짝 물게 되었다.

"힘든 거 아니에요. 자, 이렇게."

세 번째 입맞춤엔 다행히 쌤도 반응을 했다. 큰 손이 머리 뒤로 와서 받치고 혀가 들어오며 진짜 키스가 시작되었다. 깊게 물려오는 입술과 혀의 느낌에 미수는 작은 신음을 냈다. 얼굴이 달아오를 정도로 진한 키스였다. 20살 늦깎이 수험생에게는, 첫 키스로는 조금 너무했다 싶을 정도로 야하게 느껴졌다. 늘 순하고 쉽게 여겼던 이 남자가, 이렇게 깊은 키스를 할 수 있는 성인 남자라는 게 처음으로 인식이 되었다. 이런.

어른의 키스가 끝나고 미수는 눈을 피했다. 무척 당황했지만, 티를 내면 안 되겠다고 생각했다. 아무렇지도 않게, 최대한 덤덤하게.

"그렇게 하는 거예요. 그러니까, 언니 생각나면 말해요. 내가 대신 해줄게요."

아무 일도 없었다는 듯이 미수는 수학 문제집을 다시 펴 들고 연필을 잡았다.

다음 날, 미화 언니가 종강 파티 한다고 그렇잖아도 예쁜 모습을 더 화사하게 꾸미고 나갔다. 키는 좀 아담한 162센티, 가슴은 꽉 차는 C 사이즈, 긴 갈색 웨이브 진 머리, 크고 둥근 눈, 뽀얀 피부에 통통한 붉은 입술. 한눈에 봐도 단아한 상류층 아가씨 폼이 나는 여성적인 미화가 웬일로 짧은 검은색 원피스를 입었다.

미수가 보기에는 굉장히, 뭐랄까 도발적으로 보였는데, 그걸 베이지색 겨울 코트로 가리고, 긴 부츠를 신었다. 멋대가리 없는 건축과 여대생의 이미지를 확 갈아엎는, 공대 여신 장미화. 그렇게 섹시하게 차려입고 이 여자는 인강 쌤의 짝사랑을 부서뜨리려고 신나게 가겠다, 이거지.

"건축과면 졸업 작품 준비로 바빠야지, 무슨 종강 파티로 시간을 낭비하냐."

"에이, 공부도 열심히 하고, 놀 때는 열심히 놀고 그러는 거지."

"어디서 할 건데 그렇게 차려입었어?"

"후후, 우리 종파티를 강남 클럽에서 하기루 했다아. 태호가 의외로 그런거 즐기거든."

그 찌질해 보이는 안경잽이는 딱 봐도 클럽광 기생오라비라니까. 그냥 봐도 바람둥이 같은 거 안 보이나? 그러고 보니 그 전 남자 친구도 하늘하늘한 아이돌 같은 녀석이었는데, 결국 미화 몰래 양다리 걸치다가 갈라섰었잖아. 언니 너는 어쩌면 경험이 피가 되는 게 아니고 눈물로 그냥 날아가나 보다.

아니지. 그래서 그 맹한 인강 쌤이 찬스를 놓친 건가, 바람둥이 같지 않아서? 미수의 머리가 복잡하게 계산을 했다.

"강남 리베로 클럽이라고, 강이 형 삼촌이 거기 사장이래. 그래서 우리 룸도 빌렸다."

잘났다, 잘났어. 쌤은 천상 없이 가야 하는 거구만. 아, 두야. 미화 언니는 초저녁부터 신나게 설치더니 새 남자 친구와 먼저 만난다며 날아갔다. 이미 그 관계는 SNS를 통해서 건축과에 좌악 퍼졌겠지.

암만 해도 상황이 자꾸 찔린다. 차인 남자가 충격 받고, 술 먹고, 싸우고, 미쳐서 날뛰다가 사고 나서 죽는 패턴.

아니다. 어제 미리 예방 접종으로 키스를 해놨으니, 믿어야지. 미화 말고도 다른 여자와 키스도 할 수 있고 좋아질 수도 있다는 걸 그는 알아차렸을까.

미수가 여러 가지 복잡한 생각도 떨칠 겸, 시간을 죽이려고 쓸데없이 티비를 돌려보고 있는데 휴대폰이 울렸다.

술 취한 미화 언니가 초콜릿 스토리에 술 먹는 클럽 안 단체 사진을 2개 올렸다.

<남친과 종강 파티 중.>

사진을 보니 이 눈치 없는 여자와 그 안경이 다정하게 러브 샷하는 포즈를 하고 있는데, 그 뒷배경에 멋 모르고 깔린 사람들 중에 굳은 얼굴로 술을 마시는 인강 쌤이 보인다. 햐아, 이거. 늙은이들 연애 사고 걱정되네. 미수는 미간을 찌푸렸다.

곧 댓글이 달리기 시작했다.

[건축과 퀸카 섹쉬.]

[태호 전생에 나라 몇 개 구했냐.]

[남자애들 퍼마신다.]

[야, 춤춰야지. 왜, 톡하냐.]

[재밌겠다. 인강이도 맛이 갔네.]

시간을 보니 11시 반이다. 미수는 조금 초조해졌다. 미수에게는 패턴이 보이는 듯했다. 차이고, 술 마시고, 사고 나고. 그날도 크리스마스이브였지. 그때 미수가 조금이라도 민수의 마음을 헤아렸다면, 그 녀석은 아직 살아 있었을지도 모른다.

그래서 키스도 해놨지만, 아무래도 불안하다. 인강 쌤은 미수에게 너무도 중요한 사람이기에 이렇게 멀리서 불안하게 기다릴 수 없을 만큼 걱정된다. 미수가 결심을 하고 일어섰다.

늘 입는 추리닝에 농구화, 회색 후드티를 덧입고, 긴 패딩 코트를 걸쳤다. 언니와는 달리 미수는 비쩍 마르고 키가 컸다. 원래 운동을 해서인지, 후드 위에 야구 모자를 눌러쓰니 적당히 훈훈한 동네 청년 포스가 나온다.

나가려고 신발을 꺼내 신고 있으려니 엄마가 조심스럽게 나와 본다. 엄마는 미수가 어디를 가도 묻는 적이 없다. 그저 밖에 나가주는 것도 고마워한다. 아마도 그때 일이 트라우마가 된 건 엄마도 마찬가지일 것이다.

일단은 엄마에게 현재 유일한 친구인 은미네 간다고 말하고는, 그대로 버스를 타고 강남 리베로로 갔다. 워낙 유명한 데라서 미수 같은 가짜 날라리뿐 아니라, 보통의 고등학생도 아는 곳이다. 대학

가면 제일 먼저 가보고 싶다는 클럽 리스트 1위 아니던가.

도착해서 미수는 들어가지는 않고 그 옆 편의점에서 컵라면을 준비하면서 입구를 주시했다. 그 앞에서 담배 피면서 서성이는 대학생들, 짧게 붙는 껍질 같은 옷들로 치장한 비틀거리는 여자들이며, 소위 바운서들이 입구에서 들락거리고 있다. 미수는 무작정 기다릴 수도 없고 해서 도착할 즈음, 휴대폰으로 미리 문자를 보냈었다.

[쌤. 나올 수 있어요? 리베로 옆 편의점.]

그게 한 20분 전이었다. 그래서인지 컵라면에 물을 붓고 앉아 있으니, 곧 클럽 입구에서 키 큰 남자가 나와서 두리번두리번 거리다 환하게 밝혀진 편의점 창문가에 앉은 미수를 봤다. 그 모습을 지켜보던 미수는 약간 안심이 됐다. 인사불성으로 취하진 않았구나.

인강이 조금 상기된 얼굴로 편의점에 들어왔다. 그 무스탕인지 하는 가죽재킷에 검은 청바지가 제법 잘 어울린다.

"너, 몇 신데, 여기에서!"

삐딱하게 올려보는 미수의 얼굴이, 곧 만 나이 19세 되는 20살이고, 여기는 세계 안전 도시 3위 안에 드는 서울이거든요, 라고 소리 없이 뜻을 전했다. 그녀가 보기에 인강은 멀쩡해 보이기는 하지만 그래도 술 냄새, 여자 향수냄새, 이런 것들이 풍겨왔다.

"많이 마셨어요?"

미수는 담담하게 컵라면을 열고 젓가락을 넣었다.

"어? 아, 아니."

그는 창문가에 있는 미수 옆에 나란히 앉았다.

"많이 마시지 마요."

"어? 어."

후르륵. 역시 컵라면은 두 젓가락이면 끝이다.

"먹고 싶어요?"

하도 뚫어지게 쳐다보길래 물어봤다. 대답이 없었지만 미수는 알아서 컵라면을 하나 더 준비했다. 컵라면을 앞에다 놔주고, 미수는 조금 식은 국물을 마시기 시작했다. 한밤에 들이키는 MSG의 매력. 대한민국을 이끄는 숨은 힘.

"차, 갖고 왔어요?"

"아니."

"친구랑 택시 타고 가요. 혼자 타지 말라고요."

후르륵. 인강 쌤도 두 젓가락에 라면을 끝냈다. 그 모습을 지긋이 보다가 미수가 입을 뗐다.

"여자는 많아요."

푸읍! 먹던 컵라면 스프를 조금 뿜는 인강 쌤이었다. 역시 맹해. 미수가 옆에 있던 냅킨으로 자연스럽게 입을 닦아주었다.

"차였다고 쉽게 포기하지 말아요."

인강 쌤이 멍하게 쳐다보는 것이 이해를 못하는 눈빛이다. 술을 마시긴 했구만. 미수가 가볍게 웃었다.

"제가 있잖아요. 도와줄게요. 이미 언니는 놓쳤지만, 여자 대하는 것도 조금 연습하면서, 연애 실력 쌓으면서 기다리다 보면, 또 알아요?"

"또 그 말이야? 넌, 정말 언니 대신이라도 괜찮다는 거야?"

인강의 어이없다는 표정에 미수는 어깨를 으쓱 했다.

"네."

"하아."

인강 쌤이 앞쪽에 있는 바에 걸친 왼손 위로 얼굴을 받쳤다.

"이것도 다 지나가요. 지금 아파서 죽을 것 같아도. 시간이 흐르면, 좀 견딜만해요."

"……너도 그랬어?"

인강이 여전히 턱을 괸 채 얼굴만 비스듬히 돌려 미수를 봤다.

"음. 그런가."

벌써 2년이 지났는걸. 미수는 창밖의 거리 풍경을 무심하게 봤다. 2년이 지나도, 사람들은 여전히 크리스마스 때 술 마시고 사고가 난다.

"……."

인강은 그렇게 생각에 잠긴 하얀 얼굴을 지긋이 보았다. 미수는 그 시선이 좀 불편했지만, 미화 언니의 모습을 찾는 건지도 몰라서 그냥 무시했다. 다행히 그녀의 얼굴은 대부분이 후드 안에 가려져 있다.

"그래. 해보자."

"네?"

"네가 연습시켜줘."

인강이 일어나서 후드 안에 손을 넣어 미수의 보드라운 뺨을 만졌다. 뜻밖의 손길에 미수는 눈을 끔뻑끔뻑했다.

"크리스마스 데이트부터 해보자."

인강 쌤이 씩 웃었다. 그렇게 서인강 구제 작전이 시작되었다.

막상 크리스마스 당일에 미수는 늦잠을 잤다. 그렇잖아도 불면증이 심했는데 전날 너무 잠이 안 왔다. 긴장했나?

어쨌든, 10시쯤 일어나서 허둥지둥 씻고 깨끗한 청바지와 티를 걸치고, 역시 외출이니까 신경 써서 고른 깨끗한 후드티를 겹쳐 입고, 그 위에 목도리와 장갑, 패딩 잠바를 세팅하고 집을 나섰다. 여전히 훈훈한 동네 청년 모드로, 만나기로 한 홍대 앞으로 나갔다. 인강 쌤과는 놀이터 뒤쪽 먹자골목들 사이에 있는 카페에서 보기로 했다.

역시 홍대 앞이라 그런지, 제법 패션에 죽고 못 사는 남녀들이 많았다. 그 와중에 멀리 창가 구석에 진중하게 앉아 분위기를 잡고 있는 건 인강 쌤이다. 별로 꾸민 건 없어 보이는데 어디 마피아 후계자 스타일의 화보 같은 분위기다. 같은 청바지에 후드티인데 뭐가 다를까. 역시 기럭지가 길어서 그런가. 기럭지는 나도 좀 있는데.

미수가 카페에 들어가자마자, 인강이 알아보고 환하게 웃는다. 미수에게는 그 모습이 좋아 보이지 않고, 어딘가 모자란 듯 보인다. 저렇게 순해빠지게 헤프게 웃어대니 미화 언니 같은 요조숙녀가 쉽게 보는 거지.

"늦었죠?"

"아냐. 나도 방금 왔어."

벙실벙실 웃는 모양이라니.

앞에 빈 커피 잔과 주스 잔 좀 치우고 거짓말을 하시지. 일단은 늦은 죄가 있으니 묵묵히 자리 잡고 앉았다.

"커피 마시니?"

"아뇨. 전 스무디."

"기다려."

후드를 내리고 점퍼를 벗어 의자에 걸었다. 이제 대학도 가는데, 커피 못 마신다고 왕따 당하려나. 미수는 멍하게 창문 밖의 사람들을 구경했다. 지나가는 많은 연인들이 보인다. 저 사람들은 무엇을 할까, 예수님 생일에.

탁, 하고 딸기 스무디라는 이름의 밀크 쉐이크가 앞에 놓였고, 인강이 새 커피를 들고 앞에 앉았다.

"무슨 생각해?"

"그냥, 내가 너무 고딩 티가 나나, 하고."

"왜?"

"사람들이 자꾸 보는 거 같애요."

"네가 이뻐서 그런 거야."

저 얼굴에, 저 미소에, 저 머리에, 저런 코멘트로, 왜 언니를 놓쳤을까.

"혹시 쌤, 여자 공포증, 뭐 이런 거 있어요?"

"뭐?"

"이렇게 느끼하게 말도 할 줄 아는데, 왜……. 아, 아니다."

소 잃고 외양간 고치기지. 언니는 이미 안경잼이와 신났으니까. 아무래도 미화가 가짜 아이돌 남친과 헤어져서 마음 아파 우는 걸 고려하다가 기회를 놓친 게 두고두고 후회된다. 설마 그게 1주일밖에 가지 않을 줄이야 누가 알았겠냐고. 그 바람둥이 안경잼이도 분명 기회를 노리고 있었을 거라는 걸 간과한 내 실수다.

"……대학 갈 생각하니까 어때?"

"좋죠, 뭐. 쌤 도움이 컸어요."

미수는 탁구 선수였다. 초등학교 5학년 때부터 고등학교 1학년까지, 주니어 국가 대표로 싱글과 혼합 복식에서 활동했었다. 하지만 '그 일' 이후로 은퇴를 하고 고등학교 검정고시를 봐서 어찌저찌 체육전

형으로, 무려 한강대에 합격했다. 5년제인 건축과에서 4학년인 언니는 1년 후 졸업하지만, 복학생인 쌤도 있는 여러 말 필요 없이 미수에게는 과분한 학교다. 다 지난 1년간 죽어라고 과외해준 인강 쌤 덕분이다. 탁구 선수 때의 미수는 공부라고는 담을 쌓았었으니까.

언니가 과 톱인 인강 쌤을 과외 선생으로 초빙할 수 있었던 것은 역시, 쌤이 언니에게 흑심이 있어서였을 것이다. 안 그러면 부잣집 아들이라는 쌤이 뭐가 좋다고, 소문도 안 좋은 돌머리 운동부 학생 갱생에 시간을 들였을까.

언젠가부터 계속 미화만 흘끔거리고 제 눈을 피하던 인강이 생각났다. 저와 있을 때는 멍청하게 작은 실수도 하고 정신을 못 차리기도 하는 남자가, 미화가 간식을 들고 들어오면 긴장하면서도 환하게 웃는 모습을 보며 미수는 상황을 파악했다. 겉보기와 달리 이 남자, 여자가 많이 불편한 남자구나. 숫기가 없어서 언니에게 티도 못내는 순둥이구나.

마치 민수같이.

역시 민수처럼 도움이 필요한 남자라는 게 확실했다.

'쌤, 언니 좋아해요?'

'어? 아, 아냐, 저……'

'뭘 숨겨요. 언니 인기 있는 거 내가 더 잘 아는데.'

'……'

'도와줄게요. 뭐든 물어봐요. 인강 쌤 정도면 언니 남친으로 허락.'

'그, 그래. 고맙…… 다.'

그날의 대화로 인강의 마음을 알게 되었다.

마음이 짜릿하고 아팠지만 무시했다. 문제 많은 제가 감히 넘볼 수 없는 좋은 남자라서 자신의 마음은 꾹꾹 눌러놓았다. 과외 끝나고 다시는 볼 일이 없으니, 언니 남자 친구라면 계속 볼 기회가 있지 않을까, 하는 나름 간사한 계획도 있었다. 그 뒤론 흑심으로 성심성의껏 이래저래 코치도 해주고 일부러 언니도 더 불러주고 했는데, 어느새 정신 차리고 보니 안경잽이가 채간 것이다. 정말 억울했다.

"그래도 다행이야, 붙어서."

"그러게요."

그때나 지금이나, 속으로 그의 연애 고민을 죽어라고 해주는 미수의 마음도 모르고 인강은 오로지 미수의 입시에만 집중했다. 다행이었다, 언니가 입시 끝나고 안경잽이랑 사귀게 된 것은. 안 그랬으면, 쌤의 과외도 중간에 끝났을지도 모른다. 아무래도 실연한 여자 집에 계속 과외해줄 철판은 아무도 없는 거다. 제가 끼어들지 않았다면 그저 개학하고 학교에서 한번 보았을까. 만약 언니 남친이었다면 볼 일이 더 많았을 터인데. 요즘도 뻔질나게 집에 오는 안경잽이처럼.

다시 생각해도 놓친 기회에 열이 났다.

"오늘 하고 싶은 거 있음 말해. 다 해줄게. 어, 스테이크? 쇼핑? 뭐 사줄까?"

에휴. 저렇게 순둥이처럼 여자한테 간이고 쓸개고 빼줄 것처럼 대하니 누가 쉽게 보지 않겠냐고. 남자답게 자기가 계획 짜고 밀어붙이는 한국 스타일, 강한 남자, 뭐 이런 걸로 여자를 휘둘러야 하지 않나?

"별로 생각 없어요. 쌤은요?"

"저기, 그, 쌤이란 말, 이제 그만하면 안 될까?"

"왜요?"

"아니, 그, 좀 죄책감이 드는 말이거든."

"나이 들어 보이죠. 알았어요."

"그래."

"……."

"……."

"자기?"

푸읍!

아, 이 남자. 맹한 데다 새가슴이라 놀래는 것도 많다.

쯧쯧, 하며 냅킨으로 뿜어져 나온 커피를 닦았다.

"왜, 자기…… 야?"

"언니가 부를 만한 걸로 했는데."

실제로 언니는 안경잽이를 '자기'라고 부르고 있다.

"그래도, 그건 좀 아니다."

"뭘로 할까요? 아저씨?"

"야!"

설마 오빠라고 불러달라는 건 아니겠지. 그건 너무 오글거리는데.

"선배로 하죠. 대학도 같은데."

하, 진짜, 이러면서 인강 선배는 제 머리를 뒤적인다.

"데이트니까 영화보고, 식사하고 그래요."

"그래. 뭘 보지?"

휴대폰으로 검색하여 액션물로 합의를 봤다. 기다리는 시간에
는 근처 오락실에 가서 오랜만에 총싸움도 하고 레이싱 카도 몰아

봤다. 열심히 오토바이 레이스를 하면서 문득, 언니는 이런 데이트는 안 할 텐데, 하는 자각이 들었다. 아가씨 패션을 즐기는 언니가 허벅지를 드러내고 오토바이에 앉아서 총을 쏜다는 건, 역시 말이 안 되지. 역시 뱁새가 황새를 따라잡을 수는 없는 거야.

"선배, 이거 데이트 코스 맞아요?"

"어? 어. 왜?"

"아니, ……그냥."

"재밌으면 됐지. 야, 내가 이긴다."

인강이 복학생 주제에 오토바이 레이스에 목숨을 건다. 그렇게 한 시간을 가뿐히 때우고 우 팝콘, 중 나쵸, 좌 콜라를 사 들고 영화관에 들어갔다. 상당히 재밌게 잘 만든 영화에 깔깔거리고 웃다가, 긴장으로 주먹도 쥐면서, 2시간을 휙 보내고 나왔다.

"아, 재밌다. 그쵸, 쌤."

"그래, 너무 좋았다."

"왜, 아까 그 여주가 차 훔칠 때, 그거 너무 웃겼죠. 하하."

"……어, 어."

"난 그 민식이라는 놈이 나왔을 때도 너무 좋더라구요. 쌤은, 아니, 선배는 어디가 제일 웃겼어요?"

"……어, 그러니까, 그, 음, 여주가 차 훔칠 때?"

"하하, 그쵸? 그때 그 악당 얼굴 봤어요? 막 이렇게 일그러져가지고."

"어, 그랬니?"

인강이 그윽한 웃음을 짓고 재잘거리는 미수를 바라보았다. 둘다 키가 훌쩍 커서 눈길을 끄는 커플이었다.

미수에게는 인강과 농담하고, 웃으며 영화도 보고, 너무나도 행복한 순간이었다. 아, 이건 마치, 진짜 데이트 같잖아. 두근거리는 것 같기도 하고 마음이 붕붕 뜨고 있다.

하지만 무심코 거대한 창문에 비친 제 형편없는 비쩍 마른 모습이 눈에 들어오자, 현실이 쾅 하고 뒤통수를 쳤다. 문제아, 정신병자, 미친년. 내 주제에 무슨, 누굴 또 잡으려고. 아무것도 모르는 인강 쌤은 생각도 안 할 텐데. 미수는 그 와중에도 눈에 들어오는 인강의 웃음 가득한 눈매에 한쪽 눈썹을 올렸다.

설마 저게, 아빠 미소?

기분이 약간 나빠지려고 하는데 누가 인강 쌤을 요란스럽게 반겼다.

"어머, 인강 옵빠! 어쩐 일이셔요!"

강하게 비음이 섞인 요사스런 여자의 목소리. 화려하게 꾸미며 입은 빨간 부츠의 여자가 목소리만큼이나 요란하게 둘의 사이를 가르며 들어섰다.

"웬일로 크리스마스에 영화 보러 와서 인강 옵빠를 보다니! 꺄아, 운이 좋네요."

헤에. '인강 옵빠'는 어쩐 일로 불쾌한 얼굴로 무심하게 어어, 그래, 하고 대하고 있다. 저런 표정도 지을 줄 아네. 미수는 김빠진 콜라를 쪼옥 빨면서 관전 모드에 들어갔다. 여자 대하기를 무척 불편해하는 줄만 알았는데, 혹시 여성 혐오도 있나?

"동생이랑 왔나 봐요. 어머, 동생도 멋있네. 호호호."

저 아줌마가 지금 나, 남자로 디스한 거야? 얼굴이 저도 모르게 쾌직, 하고 굳었다. 미수는 평소 훈훈한 동네 청년 패션을 고수하긴 했지만, 진짜 남자로 오해받았다는데 좀 충격을 먹었다.

나, 예쁘다는 소리 좀 듣거든? 가슴은 없지만. 영화관 밖으로 나간다고 후드를 쓰고 있어서 그랬나?

처음으로 미수는 모욕감을 느끼고 기분이 나빠졌다.

그 순간 그 맹한 '인강 옵빠'가 미수의 비쩍 마른 어깨를 잡아끌며 웃었다.

"예쁘지?"

그 말에 그 빨간 부츠의 여자가 날카로운 눈으로 미수를 더 자세히 뜯어봤다. 미수는 저도 모르게 빨고 있던 콜라 컵째로 가볍게 목례를 했다.

"어머."

여전히 의심스러운 눈초리에 미수는 후드를 조심스럽게 내려 그나마 조금 더 자란 검은 쇼트커트 머리와 얼굴을 드러냈다. 머리카락이 좀 삐죽거리는 머리칼은 여성스럽지 않지만, 부드러운 작은 얼굴은 예쁘기까지 하다. 빨간 부츠 여자의 눈이 찢어지면서 얼굴이 굳는다.

이거야 원, 쑥스럽구만.

"우린 나가는 길이야. 영화 잘 봐라."

'인강 옵빠'가 미수 팔을 끌고 밖으로 향했다. 남겨진 여자가 기분 상한 얼굴로 노려보고 있다. 밖은 어느새 어둑어둑해졌다. 근처에 있는 파스타집으로 가면서 미수는 자아 성찰을 했다.

"선배, 이거 데이트 같아요?"

"어? 어."

"내가 너무 허름하게 하고 왔나?"

"아냐. 이쁘기만 한데."

두근두근, 하지만 이번에는 마음을 꼭 잡았다. 냉정하게 상황을 보기로 한다. 쌤은 역시 아무것도 모르나 보다. 하긴 여자의 패션, 뭐 이런 걸 평생 남자들 틈에서 자란 사람이 알 리가 없지. 역시 사람은 남녀공학을 나와야 하나 보다. 그런 생각을 하면서도 언뜻 저자신은 그래도 남녀공학을 나왔는데 왜 이러고 왔을까, 하고 돌아보게 되었다. 미화 언니는 절대 이렇게 입고 데이트할 사람이 아니라는 걸 알면서도 진작 노력도 안 한 자신의 안이함이 자각이 되었다. 여자같이 하고 같이 다녀야 인강이 더 이런 것에 익숙해질 텐데. 하지만 여자 옷을 입는 것은 아직도 심장이 떨려서 안 되고.

안 되겠다, 문제가 있으면 풀려고 노력을 해야지. 옷이 아니라도 남들 보기에 자신이 남자가 아님을 나타내려면…….

인강에게 파스타집에 먼저 들어가라 말하고 미수는 그 앞에 있던 화장품 가게에 뛰어 들어가서 처음 눈에 띈 붉은 립글로스를 집었다. 선명한 빨간색이 순간 미수를 멈칫하게 했지만, 결국 사서 발랐다. 다해서 3분. 반짝반짝거리는 빨간색이, 후드를 써도 분명히 여자라는 걸 알려주겠지. 제 기발한 아이디어에 기분이 좋아진 미수는 거울에 비친 붉은 입술에 문득 기억이 났다.

남자를 잡아먹은 피 같은 입술.

미수는 순식간에 가라앉은 조금 우울한 마음으로 파스타집에 들어갔다. 미리 자리 잡은 인강 앞에 앉으니 이 남자, 또 멍하게 자신을 바라본다. 아무리 잘생긴 얼굴이라도 입을 약간 헤 벌리고 있으면 얼마나 모자라게 보이는지.

"왜요?"

"어? 어. 아, 아니."

"난 해물 파스타."

"난 어, 피자로 하지."

암만 봐도 미수의 립글로스가 신경이 쓰이는 듯했다. 미수는 인강이 제 입술에서 눈을 떼지 못하는 걸 느끼며 메뉴판을 훑어보았다.

"……다음부터는 더 신경 써서 차려입고 나올게요."

"어? 어. 응? 왜? 뭐가 문제야?"

정말 눈치 없는 남자. 여자의 자존심, 뭐 이런 건 조금도 모르는구만. 이렇게 무디니 언니한테 거부당한건가. 저 얼굴에, 저 기럭지에, 저 머리에, 여성 심리 이해 제로라니. 역시, 사람은 속이 알차야 한다. 미수는 약간 한심하다는 듯이 인강을 흘끔 보았다.

"여자들은 무시당하는 거 싫어해요. 아까 그 여자가 나 무시했잖아요, 남자 같다고."

"질투한 거지. 미수가 훨씬 예뻤잖아."

이건 정말 어디서부터 손대야 할지 모르겠다.

"어쨌든, 우리 다음에도 만나는 거지?"

역시나. 이 맹한 남자는 엉뚱한 거에 좋아서 웃고 있다. 미수는 혀를 차며 고개를 작게 저었다.

"일단은, 한 달 정도 기간을 두고 만나봐요."

"……왜 이렇게 신경 써주는지, 물어봐도 돼?"

미수는 조금 찌푸려진 미간을 하고 어떻게 설명해야 하나 고민했다. 당신이 죽을까 봐 걱정된다? 당신이 죽을 거라고 생각만 해도 내가 죽을 거 같다? 이런 핑계라도 같이 어울리고 싶었다? 아니, 당신이 짝사랑으로 슬퍼하는 걸 보고 싶지 않았고 도와주고 싶었다.

"쌤은 제게 은인이에요. 공부 도와주신 거, 감사하게 생각하고 있어요."

'그 일' 이후, 자폐증으로 한 9개월 정도를 시체처럼 지냈다. 정신 차려 보니 요양원에도 들어가 있고, 정신과 치료도 하고 있고, 문제가 많았다. 어느 정도 나아졌다고 생각되어 집으로 돌아오자, 그 와중에 대학은 보내야 한다고 미화 언니가 주장했다. 그러면서 여러 과외 선생을 들이밀었지만, 조금이라도 미수의 관심을 잡아낸 사람은 인강뿐이었다. 인강의 끈기와 정성스러운 과외가 아니었다면, 대학은 물론이고 고등학교 졸업장도 없었을 판이다. 성인 장미수의 첫발을 도와준 큰 은인이다.

"그리고, 쌤이, 음, 이런 상황이니까 왠지 모른 척할 수가 없어요."

"이런 상황이라면?"

"알잖아요. 짝사랑, 실연, 뭐 그런 거."

"……."

착잡한 표정의 인강이 어두운 창밖을 지긋이 보았다.

"물론, 제가 미화 언니만큼은 못하지만요. 연애 감정은 절대 아니니까, 염려 마시구요. 사실, 쌤, 계속 숨기고 있어서 말할 사람도 없는 거 아니에요? 친구 정도는 되줄 수 있어요. 그게 중요하더라고요. 위로해주고 이해해주는 친구."

그렇게 말하는 미수의 눈은 앞에 있는 오렌지 주스를 향하고 있지만, 그 눈빛은 더 멀리 아득한 곳을 주시하고 있었다.

"실연이라 봐야 알고 보면 사건 사고 난 거 같은 거예요. 잡아주는 친구가 있으면 극복할 수 있어요. 전 그렇게 생각해요."

똑바로 마주 보는 미수의 맑은 얼굴에는 처연한 슬픔과 죄책감이 서려 있었다. 인강은 눈에 또렷이 보이지만, 말할 수 없는 그 잔재들에 가슴이 먹먹해졌다. 앞에 앉아 있는 이 어린 여자는 그렇게 제 과거를 짊어지고 힘겹게 숨 쉬고 있는 것이다.

네 탓이 아니야.

늘 말해주고 싶었지만, 절대 꺼낼 수 없는, 금기의 주제다. 인강은 입을 꾹 다물고 시선을 돌렸다. 제 일로도 벅찬 여자가 도와주겠다며 상처투성이의 손을 내밀고 있다. 얼마나 마음이 건드려지는지.

"그리고, 쌤은 여자를 너무 몰라요."

놀란 눈으로 미수를 쳐다보니, 미수가 제 평소 무심한 얼굴로 말한다.

"여자와 있는 게 불편하죠? 그거 고쳐야 해요. 미화 언니랑 있을 때 긴장하고 그러는데, 뭐가 되겠냐고요. 저랑 대리 연애하면서, 좀 익숙해져봐요. 저 얼굴은 정말 미화 언니랑 많이 닮았어요."

인강은 멍한 눈으로 쳐다볼 뿐이다.

"오늘도, 꽤 괜찮지 않았어요?"

"음. 좋았어."

사실이다. 꿈같은 매초가 지나가는 게 초조할 지경이었으니까. 집 밖에서, 미수와 돌아다닐 수 있다는 것은 정말 대단한 일이었다. 인강은 손이 꼭 묶인 듯했던 지난 시간들이 생각나서 가슴이 답답해져 왔다.

"뭐, 연습이니까, 적당히 한 달 정도 해봐요. 하고 싶은 데이트 마음껏 해보라고요, 원 없이. 그러면 잊기도 쉽지 않겠어요? 원이 없어지니까."

미수가 생긋 웃자, 세상이 다시 숨 쉬기 좋아진다.

그렇게 크리스마스 이후 한 달간, 미수와 인강은 시간 날 때마다 만났다. 그 말인즉, 그들은 스키도 타러 가고, 스쿼시도 치고, 인라인 스케이트도 타고, 오락실도 갔다. 데이트라고 해봐야 다 운동하는 것들이었지만 미수는 좋았다. 마치 운동 절친이 된 것 같달까.

이렇게 개인 시간을 함께 보내다 보니, 미수에게도 인강의 여러 가지 면이 보였다. 과외할 때는 그런 범생이가 없어 보였는데, 웬걸. 운동을 참 좋아해서, 생각보다도 다양한 취미 생활을 즐긴다. 몸을 쓰고 나면 아이처럼 환하게 웃고, 승부욕도 있어서 쉽게 져주는 게 없다. 장난도 많이 치고, 의외로 사람들을 좋아하는지 같이 무언가 하는 걸 좋아한다. 심지어 그냥 그녀가 봐주는 것도 좋은 듯했다. 암벽 등반은 고소 공포증이 있어 미수는 못했지만 그래도 같은 공간에서 봐주면 좋아했다. 어떻게 아냐고? 자주 돌아보고, 눈 맞추고, 웃고, 이름 부르고, 10분도 그냥 지나친 적이 없다.

미수야, 이거 해보자. 미수야, 저거 먹을까. 미수야, 여기 봐봐, 사진 찍게. 미수 잘한다. 미수, 미수, 미수.

과외 때의 과대 칭찬이 일부러 하는 거라고 생각했는데 그것도 아닌 듯, 인강의 입에서는 미수를 찬양하는 소리가 자연스레 입에 발린 듯 새어 나왔다.

미수는 같이 여러 가지를 할 수 있는 동지가 생겨서 좋았다. 오랜만이었지만 손에 익은 행복이다. 마치 민수가 돌아온 것만 같았다.

전에는 민수와 이런 일들을 했었다. 하지만 탁구를 그만둔 뒤로, 다른 운동도 접었었다. 그나마 정신이 좀 회복된 후에도 워낙 근육도 살도 없어서 체계적인 운동을 할 형편이 못 되었다. 그래서 인강과 데이트를 빙자한 운동을 처음 시작했을 때에는 몸이 삐걱거리고 심히 욱신거렸었다.

그래서 체력 보충을 위해 인강과 함께 다시 아침에 조깅을 시작했다. 첫날 가까운 궁동 공원에서 짧지만 가파른 산을 뛰어 올라갔다 내려오니 숨이 너무 차서 죽을 것 같았다. 그래도 몸을 움직이니 기운이 났다. 그렇게 계속 조깅을 하고, 점심도 먹고 인강과 레포츠로 시간을 보낸 지 벌써 한 달이 휙 지나갔다.

그 날도 조깅을 하던 중이었다. 아직도 차가운 겨울 아침에 김을 낼 정도로 뛰었더니 늘 가라앉아 있던 머리가 트이는 느낌이었다.

헤헤헤.

미수는 인강과 눈이 마주치자, 별생각 없이 웃었다. 같이 그렇게 웃다가, 어느덧 웃음이 죽어갔다.

내가 웃는구나.

잡생각 없이 시간이 가는 게 좋았는데. 저주는 달리 저주가 아니라, 생각 없이 있을 때도 불쑥 떠오르니까 무서운 거다. 게다가 한 달이 다 되었다. 한 달 동안 숨겨두었던 마음이 자꾸만 삐죽거리며 잔가지를 치고 뿌리를 내리며 미수를 잠식해갔다. 사랑을 하면 안 되는데, 자꾸 커지는 감정에 무섭기만 하다. 나는 이런데, 인강 쌤은? 아마도 마음 편하게 있을 수 있는 좋은 여자 동생으로 생각하는 게 아닐까? 미화를 닮은 얼굴로 미화가 생각나는 그런 존재. 여자 같지만 여자가 아닌 존재.

다시 돌아본 인강의 눈빛은 아련했다. 피하지 않고 똑바로 마주보며 미화를 그리워하나 보다, 생각했다. 미화와 스키도 타고, 스쿼시도 치고, 스케이트도 타고 싶었을 텐데 말이지. 그런데 내가 대신 이렇게 좋아하며 지내도 될까. 나는 연애 같은 거 하면 안 되고, 할 줄도 모른다. 커져가는 마음은 어떻게 해야 할지 모르겠다. 아는 것이라고는 이런 감정은 무척 위험한 것이라는 것. 사람이 죽을 수도 있는, 그런 감정의 시작. 문득 든 자각에 공포가 스며들었다.

내가, 미쳐서 인강을 죽일 수도 있다. 등골이 오싹해졌다.

"선배. 이제 괜찮은 거 같죠?"

한 달은 이미 코앞까지 다가왔고, 지금은 정말 위험하다. 그래서 낮은 궁동산 정상에서 숨을 가르며 다닥다닥 붙어 있는 연희동을 바라보며 말했다. 이제는 이별 같지 않은 이별을 해야 한다. 늘 이별은 뜻밖에 오는 거 같은 이 느낌, 익숙해질 수 없다. 하지만 에이스를 위해서는 서브를 강하게 쳐내야 하듯이, 신속하고 깨끗하게 해내야 한다.

"음?"

"여자랑 어울리는 거 힘든 거 아니에요. 그냥 이런 식으로 하면 되요. 이제 혼자 할 수 있겠죠?"

"미수야."

"대리 연습은 여기까지. 아직 우리는 여전히 좋은 친구니까, 그죠?"

인강에게서 나올 말들이 왠지 두려워져서 급하게 끊었다. 간절해 보이는 미수의 눈에 인강은 입을 뗄 수가 없다.

그런 인강을 몇 초간 바라보다가, 미수는 눈을 피했다. 저런 눈으로 보고 있으면 자꾸 그때가 생각난다. 왜 남자들은 저런 표정을 지을까. 사랑에 빠진 남자의 애타는 눈길 따위, 아무리 미화를 생각하며 나오는 눈빛이라도 너무 무섭다. 마치 저도 저런 눈빛을 하고 있을까 봐 무서웠다. 꼭 가두어둔 마음이 자꾸 터지려는 듯하여 두렵다. 미수가 알기에 사랑은 미쳐가는 길의 한 단계니까.

그래서 미수는 아침 조깅 끝에, 그렇게 순식간에 인강과의 대리 연애를 정리해버렸다. 멍하니 서 있는 인강을 두고 재빨리 뛰어 내려와 한가한 길을 질주하여 집으로 도망쳐 들어가 버렸다. 숨이 찼다. 따라오면 어떻게 해야 할지. 따라오지 말았으면 했다. 지금은 누구도 만날 수 없다.

헉헉.

현관에 들어와서야 무릎을 짚고 숨을 몰아쉬었다.

"미수야, 왜 그래. 무슨 일이니?"

겁에 질린 엄마의 눈동자에 미수는 제 숨을 가라앉히며 표정관리를 했다.

"어. 별거 아냐. 오늘 좀 날이 더 추워서 빨리 왔어. 나 샤워."

공포로 경직된 엄마의 눈을 애써 모른 척하고 지나쳤다. 저주는 혼자 받는 게 아니다. 말썽꾸러기 막내에게 씌인 저주는 식구들에게도 퍼져 있었다. 혼자 제 마음대로 벗어날 수 있는 게 아니다. 뜨거워지는 샤워 물이 발아래 사라지는 것을 보면서 다시 다짐한다. 그런 저주는 또다시 마주하고 싶지 않다. 경험은 피가 되고 갑옷이 되었다. 제 주제에 사랑은 절대 하지 않는 것으로 다시 꾹꾹 마음을 다잡았다.

같은 날 그렇게 싱숭생숭한 마음을 억누르며 친구 은미와 제주도로 여행을 갔다. 대학 입학 축하로 일주일 정도를 은미네 집 별장에 묵으며 빈둥거리면서 제주도도 구경하기로 이미 전에 약속했던 일이다. 은미네 집은 소위 말하는 막장이지만, 돈이 넘쳤다.

본인을 빌어먹는 기생충이라고 자조하면서도 은미는 펑펑 쓰는 돈이 좋다고 했다. 사랑 대신 주는 돈이니까 돈을 쓰면 사랑 받는 것 같다고 말하며, 은미는 실실 쪼개었다.

"야, 너 남자 생겼어?"

"뭐?"

"왜 이렇게 시끄러?"

은미가 한 시간 마다 울리는 전화에 짜증을 냈다. 인강 쌤은 미수가 제주도에 여행가는 것을 알려주지 않은 것에 대해 무척 서운해했다.

-미수야. 너 왜 그렇게 가는거야.

"뭐가요."

-……너, 화났어?

"허허. 뭔 소리. 화날게 뭐 있어요. 오버 좀 하지 말아요."

-미수야.

"이제 인강 쌤이 혼자 정리해봐요. 저랑 충분히 놀았잖아요."

-미수야.

"시간이 지나면, 괜찮아져요. 벌써 좋아진 거 같던데."

-난…….

"아, 그리고 저 혼자 있고 싶으니까 이제 전화 그만해요. 친구랑 있으니까 걱정할거 없어요. 돌아가서 봐요."

눈치 없는 남자라도 전화를 끊고나서도 계속 답장을 씹어주니 결국 조용해졌고, 미수는 그걸로 되었다고 생각했다. 돌아와서도 며칠간 인강의 연락이 없었지만, 미수는 인강이 이제 거의 미화를 잊었다고 생각했기에 걱정하지 않았다.

인강이 미수와 만나고 있는 동안 미화 이야기는 한 번도 꺼낸 적이 없다. 그래서 괜찮을 줄 알았다. 물론, 아마도 속은 안 그렇겠지만, 겉이라도 그런 척하면서 시간이 지나가길 기다릴 수 있는 처지면 괜찮은 거다. 그러니까, 그냥 이렇게, 다시 선 긋는 사이로 돌아가는 것이 맞았다.

하지만 돌아온 지 일주일 되는 날, 미화와 돌쇠들이 개강전의 스터디 그룹이라면서 집에 들이 닥치기 시작했다. 기가 막혔다. 지나간 한 달, 그처럼 공들여서 미화를 잊게 물심양면으로 온몸을 바쳐 봉사해주었더니, 다시 원점으로 리셋이 돼버린 허망함이라니. 그런 주제에 이 맹한 인간이 눈에 제법 살기를 띄고 미수를 노려본다. 어쩌라구.

인강을 밖으로 끌어내서 마주 노려보았다.

"뭐하자는 거예요?"

"왜?"

"왜 언니랑 어울리냐고오!"

"너랑 상관없잖아."

부루퉁한 인강의 얼굴에 심술과 원망이 덕지덕지 붙어 있다. 2주 정도 안 본 사이에 얼굴이 반쪽이 되었다. 인강이 눈을 돌리기에 미수의 눈길도 따라갔다. 마당으로 난 커다란 창문을 통해서 언니와 안경잼이가 다정하게 웃는 모습이 보였다.

"왜 자꾸 매달려요? 자존심도 없어요?"

인강이 짜증으로 일그러진 미수의 얼굴을 묵묵히 내려다봤다.

"보고 싶은데, 방법이 없잖아."

허, 하면서 황당하다는 얼굴로 미수가 올려다보았다. 잊고 있었다. 사랑에 빠진 남자가 얼마나 끈질기고 바보 같을 수 있는지. 민수도 그랬다. 자존심이고 뭐고, 그 날라리 여자를 쫓아, 온 클럽을 쏘다니고, 그녀와 잠시라도 말을 섞으려고 별 멍청한 짓을 다 했었다. 정말이지, 이런 바보 같은 사랑놀이에 진저리가 난다. 남의 여자에게 목매서 매달리는 것처럼 바보짓이 없다. 화가 나서 눈매가 뾰족해진 미수가 차갑게 쏘아붙였다.

"다시 오지 말라고요. 언니 근처에 얼쩡대지 말라고요. 그런다고 언니가 쌤을 봐주지 않는다니까!"

"……."

하지만 이 바보 같은 남자는 꾸준히 이틀에 한 번씩 사람들을 따라 들이닥쳤다. 졸업 작품 구상이네 어쩌네, 하면서 미수네 집 2층을 점거하다시피 했다. 가끔 지나가다 보면 굳어진 얼굴로 황량하게 눈을 맞추어 오는 인강이 보였다. 뭔가 절망적인 눈빛이 왠지 이해가 되었다. 좋아하는 여자가 다른 남자와 즐겁게 지내는 것을 바로 옆에서 보는 게 얼마나 피를 말리는 것인지 알고 있다. 그래서 세 번 정도 그 꼴을 봐주던 미수는 결국 손을 들었다. 어차피, 복잡한 감정 문제는 육체적인 문제다. 저렇게 여자에게 찌질하게 맴도는 남자에게 필요한 것은, 보나마나 뻔하다. 그 작은 욕구의 분출을 못해서, 민수는 발정이 난 듯 설치다가 죽어갔다.

그래서 또다시 그들이 집에 찾아왔을 때, 미수는 크리스마스 한 달 전 이후로 꺼내보지 않았던 예방접종을 다시 내밀 수밖에 없었다.

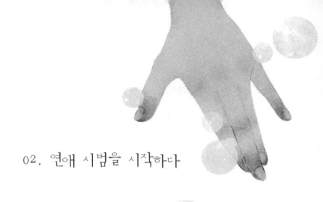

02. 연애 시범을 시작하다

현재 미수는 침대에 앉아 있고 인강은 침대 옆에 서서 내려다보고 있다. 미수는 그렇게 타박해도 다시 친구들과 집에 온 인강에게 화가 나 심통을 부리고 방에 처박혔고, 생리통 때문인 줄 알고 걱정되어서 들어온 인강과 대치중이었다.

"키스, 또 해줘요?"

멀쩡한 남자가 하루하루 초췌해져가는 걸 또 눈 뜨고 볼 수가 없다. 이 맹한 남자는 여전히 그녀가 도와줘야 하는 입장이다. 키스는, 더욱 거대한 문제를 잠재울 수 있는 작은 올가미이다. 육체의 욕구는 사실 누구나 풀어줄 수 있다. 어렵게 생각할 것 없이 그저 밥 먹는 것, 화장실 가는 것과 같은, 살아가는데 귀찮지만 어쩔 수 없이 해결해야 하는, 그런 행위일 뿐인 것이다.

요양원의 의사는 위험한 생각이라고 했지만, 미수가 보기에는 그랬다. 남자는 이상한 동물이고, 이상한 욕구로 미치기 때문에 위험하고 무서운 거라고. 이해할 수 없지만 개인적 경험이 그랬다. 키스할래, 죽일래. 미수의 기억 속에서 미친 얼굴로 민수가 꽥꽥거렸었다. 물론 키스는 목숨의 값어치가 없다. 초등학생 2학년짜리도 아는 일이다. 키스해서 살릴 수 있으면, 키스해주는 거다.

지금도, 겨우 키스 허락 하나에 바뀐 남자가 눈앞에 보였다. 인강의 눈빛부터 깊어지고 번쩍이는 빛이 났다. 온 얼굴이 굳어지며 동시에 달아오른 듯하며, 무섭게 움직인다. 무척 빠른 속도에 비해서, 얼굴과 허리에 감긴 손은 의외로 솜사탕처럼 무게감이 없었다.

훅 들어오는 남자의 면도 향과 스킨 냄새에 정신을 뺏길 때, 촉, 하고 가볍고 말랑하게 닿는 입술의 인사가 있었다.

쪽. 그리고 입술 안쪽의 촉촉한 부분을 느낄 수 있는 노크가 두 번째. 세 번째로 걸신들린 듯이 밀려드는 강한 혀와 입술은 미수의 작은 입술을 온통 잠식했다. 숨도 못 쉬게 잡아먹을 듯 시작한 키스는 너무도 부드럽게 끝났다. 미수의 입 근처가 온통 타액으로 번들거리고, 입술과 혀가 얼얼하다.

전에 경험한 일로 어느 정도 예상하고 있었기는 하지만, 돌변하는 인강은, 조금 무서웠다. 급하게 뛰는 심장은 아마도 공포가 더 이유이지 않을까. 단지, 이 키스로 인강 쌤은 죽지 않을 수도 있다는 게 위로가 된다.

어느새 인강의 상체가 미수를 거의 누르다시피 하며 침대에 올라와 있었다.

"……욕구의 분출, 필요했어."

인강이 미수의 쇄골에 깊이 숨을 내쉬며 떨리는 목소리로 속삭였다. 널찍한 남자의 상체가 가느다란 미수의 윗몸에 무겁게 의지하고 있었다. 옛날에 오래된 로드 러너 만화에서 본, 떨어진 바위에 깔린 코요테가 생각났다. 주체할 수 없는 키스와 포옹에 겁이 났던 미수는 정신을 차렸다. 정말 위험한 지경이었구나, 인강 쌤.

"난, 정말 어떻게 해야 하는지……. 혼자가 되니까……."

"……알았어요. 제가 더 도와드릴게요."

몸무게를 덜어내며 인강이 울렁이는 눈빛으로 팔 안에 갇힌 미수를 보았다.

"……그만두자고 하지 말아줘. 나, 너무 힘들었어. 혼자, 못해……. 이젠."

저 남자다운 눈에 어린 것은 고통과 절망이다. 겉은 커다란 남자가 속이 이렇게 여리고 여려서 어찌할까.

"미수야. 나 좀, 잡아줘."

이 순정은 도대체 언제 끝이 날까. 나는 그때까지 이 남자를 지켜줄 수 있을까. 잡아주지 않으면, 인강 쌤도 미쳐버릴 수 있다. 미쳐서 민수처럼 죽어버릴 수도 있다. 자신만이 이해하는 걱정으로 미수의 마음도 불안으로 울렁거렸다.

"연애 시범."

인강이 키스 후 몸을 일으키고 차분히 제의했다.

"예?"

"연애가 아니야."

인강이 강조하듯 말했다. 마치 미수가 무엇을 두려워하는지 아는 것처럼.

"아."

그게 뭐라고 조금 안도하는 미수를 보며 인강이 말을 이어갔다.

"연애가 아니지만 연애 같은 거. 연습했으니까 시범 경기 같은? 진짜처럼 해보지만 진짜가 아니야. 너 탁구 시범 경기 해봤지?"

"아."

"응. 진짜 같은 시범 경기인 연애 시범. 네가 대타로 뛴다고 생각해."

"대타로 뛰는 시범 경기……."

"그래. 네가 말한 대로, 나도 연습도 하고 스펙을 쌓아야지. 네가 도와줄거지?"

"……실전은 아니에요."

뭔가 이상했지만, 운동식으로 설명하니 미수는 그런대로 수긍이 갔다. '진짜 연애가 아니다'라는 말에 안심이 되어 다른 말들이 더 잘 이해되었다. 사실 별거 있겠냐고, 전처럼 운동 같이하고 밥 같이 먹고, 그러면 되지. 그리고 모처럼 진지하게 부탁하는 인강 쌤을 보니 오죽하면 저럴까, 하는 동정심도 솟았다. 텅 빈 강정, 맹한 남자. 그게 인강 쌤 아니겠냐고. 저렇게 욕구불만으로 다니다가 괜히 나쁜 날라리 여자한테 걸려서, 몸 버리고 마음 다치는 꼴을 보느니, 이 한 몸 잠깐 희생해서 길을 터주자. 이제는 사람 살리려고 키스도 할 수 있는 미수는 그렇게 납득했다. 진짜가 아니니까 조금만 더 해도 괜찮아.

그렇게 3월이 오고, 새 학기가 시작되었다. 새내기 미수는 강당에 앉아 오리엔테이션이라는 걸 듣고, 체육교육과 강의실이 어디인가를 알아보고, 시간표를 체크했다. 대학교는 '반'이라는 개념이 없어서 강당 구석에 '체육교육과'라고 쓰인 푯말 아래에서 과 사람들을 만났다. 대부분이 남자고, 여자는 세 명에 한 명꼴? 남학생과 여학생이 두 그룹으로 적당히 갈려서 웅성거렸다. 미수는 늘 그렇듯이, 어느 쪽에도 어울리지 못하고 한쪽에 비켜서서 서성거렸다. 그 와중에도 여자애들 중 꽤 예쁘게 생긴 여자애가 있어서 좀 유심히 봤다. 그애도 미수를 제법 힐끗거리더니, 눈이 마주치자 성큼 다가온다.

"저기, 너, 여자 친구 있니?"

끔뻑끔뻑.

이게 뭔 구미호 초식 식단 짜는 소리야. 아, 후드를 여전히 쓰고 있었구나. 미수는 그냥 조용히 후드를 벗었다. 머리카락과 얼굴을 보여주면 다들 실수를 깨닫는다. 여자애가 눈이 좀 커지더니 환하게 웃는다.

"어머, 얘, 챙피해! 난 꽃미남인 줄 알고 작업 걸려구 했는데."

생긴 건 여성스러운데 생각보다 상당히 걸걸한 성격인 듯했다.

"난 조미례야. 리듬체조 전공했었어. 너 특기자 전형이야?"

"아니, 그냥 수시야. 난 장미수라고 해."

탁구 선수 출신이란 건 왠지 밝히기 싫었다. 탁구는 과거이자 상처다.

"근데 우리 과는 체육 한다는 애들이 왜 이렇게 물이 안 좋니. 키랑 덩치는 있는데, 영 얼굴들이……."

미수는 찡그린 미례의 눈길을 따라 흘끔, 주위를 둘러보았다. 내가 보기엔 꽤 수수한 훈남들이 넘쳤구만.

조미례는 어느새 미수와 팔짱을 끼고 친구 모드로 전격 돌입했다. 미수는 사실 처음 19년 세월 동안 여자 친구가 아예 없었다. 어릴 때부터 어울렸던 건 민수 하나였고, 그가 그렇게 죽을 때까지 왠지 친한 친구는 더 늘지 않았었다. 게다가 여자들은 왠지 미수를 대놓고 싫어했다. 아마도 대부분의 남자 선수들과 털털하게 어울리는 미수가 불여우라고 생각한 듯했다. 요양원에서 사귄 친구인 은미만이 미수가 순진해서 좋다고 해주었다. 미수가 보기에 세상풍파에 찌든 듯한 은미에게는 어느 여자나 다 순진해 보일 것 같았지만.

어쨌든 그래서 처음 보는데 살갑게 대해주는 미례가 약간은 불편하기도, 신기하기도 했다.

"오죽하면 내가 너한테 작업 들어갈 생각을 했겠어. 그래도 딴 과는 볼만한 애들이 좀 있네."

큰 강당을 휘휘 둘러보며 미례가 남자들의 물을 봤다.

"야, 저쪽 공대는 전멸이다. 왜 공부 잘하는 애들은 페로몬이 떨어지는 거야? 어? 잠깐."

미례가 눈을 쭉 째리면서 갑자기 미수 팔을 끌어당겼다.

"야, 저쪽에 한강대 킹카 사총사라는 사람들인가 봐."

키 작은 미례가 폴짝거리며 좀 멀리 떨어진 공대 무리를 보고 있었다. 고개를 돌려보니, 안경잽이와 인강 쌤이 후배들을 챙기고 있다.

"건축과에 있다고 들었거든. 오모, 그림 좋네. 기대 이상이야."

킹카 사총사? 안경잽이도? 뭐야, 그 찌질이. 인기가 있나 보지? 핏, 하고 실소를 했다.

"건축과면 머리도 좋겠지? 연애야 좀 서툴지만 뭐든지 딱딱 알아서 잘 챙겨주는 공대 남친. 와, 환상 생기려구 그래. 근데 저치는 좀 차가와 보인다. 완전 나쁜 남자 스타일."

"맞어, 안경잽이."

"아니, 그 뒤에 키 큰 남자. 되게 무서워 보이지 않니?"

누구, 인강 쌤 말하는 거야? 저 맹한 남자가? 여자한테 숙맥이라 눈도 잘 못 맞추고, 금방 얼굴도 빨개지는 저 남자? 스키 탈 때 엎어지고 넘어지면서 킬킬거리는 순둥이? 미수가 어이없다는 표정을 지었다. 역시 사람은 겉만 봐서는 모르는 거라고. 하지만 그런 소소한 일들은 미례가 알 필요가 없으니까 미수는 그냥 조용히 있었다.

그때, 불쑥 키 큰 녀석이 그들 앞에 나타났다. 190센티가 넘어 보이는 거인이라 미수도 목을 한참 꺾었다.

"여어. 체교과 C동에서 모이래. 어딘지 알아?"

농구 선수 출신 같은 키가 난 숙맥이요, 라고 하는 듯했다. 덩치도 좋고 얼굴도 훈훈하고, 일단 목소리가 나른한 게, 왠지 멋진 놈이었다. 그런데도 미례는 눈이 새침해진다.

"우리가 어떻게 알아. 그리고 너 왜 반말이야?"

"동기잖아."

"동기라고 다 나이가 같니? 내가 재수생이거나 복학생이면 어쩌려구 그러니?"

자신도 찍찍 반말을 쏴대며 미례가 따졌다. 미수는 속으로 뜨끔했다. 그녀는 동기보다 1살이 더 많다. 늦은 12월생이라 원래대로 생년으로 입학했다면 같은 해 아이들에 비해 실제로는 거의 1년이 어린 셈이 되었을 것이다. 하지만 미수의 부모는 다른 선택을 했다. 우등생인 미화와 달리, 산만하고 배움이 더딘 막내가 또래보다 못할까 걱정한 부모님은 1년 늦추어 입학을 시켰다. 덕분에 숫자로는 1살이 더 어린아이들과 학교를 시작했다.

하지만 나이에 비해 성장이 빨라, 이미 눈에 띄게 키 큰 아이에게는 1년 지연된 입학이 돌이킬 수 없는 실수가 되어버렸다. 예쁜 외모와 남보다 월등하게 큰 키를 갖고 있었지만, 미수는 문제아로 알려졌다. 산만하고 집중을 못하며 남과 툭하면 치고받았다. 그 당시에는 몰랐지만, 미수는 ADHD, 즉 주의력 결핍 과잉 행동 장애를 가졌었다. 사회성이 떨어지는 미수에게 별일 아닌 작은 것으로도 아이들은 잔인해졌다. 남자애들은 싸움을 걸었고, 여자애들은 뒤에서 수군댔다. 1살이 더 많다는 것이 알려지자, 초등학교도 낙제했던 바보라고 소문이 돌았고, 4학년 즈음에는 은따를 당했다. 민수가 등장하지 않았다면, 아마 조기 유학이라도 갔을 것이다.

"C동은 나가서 오른쪽이라고 표시되어 있는데."

미수가 그냥 정보를 주었다.

"같이 가자."

그녀가 성큼성큼 앞장서자, 미례와 거인이 얼떨결에 따라온다.

C동에 가서 보니 25명의 체육교육과 신입생이 모여 있다. 미수가 참 싫어하는 자기소개 시간이 지나가고, 조교가 간단히 준비물에 대해 설명하고 과 대표를 정했다. 그날 밤에 있을 개강 파티장소까지 알려준 뒤 모임이 끝났다. 조미례와 키 큰 녀석, 이름이 신동우던가, 는 미수 양쪽에 붙어 다니면서 계속 투닥거렸다.

"미수야, 시간 되니까, 점심 먹고 가자."

"신동우, 너 미수 강아지야? 왜 자꾸 쫓아다녀?"

"조미례, 저쪽에 쪼그만 여자애들 많지? 거기 가서 좀 어울려라. 오빠 작업하는데 방해하지 말구."

"야! 어디다가 수작이야! 미수는 너한테 관심 없어!"

"뭐야, 너 나한테 관심 있냐? 신경 꺼. 여기서 나랑 키가 그래도 어울리는 건 미수 정도 밖에 없어. 그치, 미수야."

"이게! 너 왜 키 갖구 사람 무시하냐! 작은 고추 자꾸 건드릴래! 그리구 나, 못생긴 남자 질색이거든!"

"수제비 먹으러 가자."

역시 미수가 장소를 정해서 휘적휘적 가니까 둘이 따라온다. 자리에 앉아서 수제비를 시키고 보니, 미례가 여전히 씩씩거리고 있다. 그 모양을 잠시 보고 미수가 담담히 말했다.

"신동우, 나 애인 비슷한 거 있어. 그러니까 포기해라."

"⋯⋯!"

"⋯⋯!"

"아줌마, 다대기도 주세요!"

미수가 아무 일도 없다는 듯 주문을 넣고 돌아보자, 멍하게 입을 벌린 미례와 동우의 얼굴이 보였다. 뭐야, 내가 애인 있다는 게 그렇게 충격인가?

"저, 저기, 남자⋯⋯ 친구? 정말?"

미례가 믿기지가 않는다는 얼굴로 묻는다.

미수는 눈을 약간 찡그렸다. 정말 그렇게 충격인가?

"왜 그렇게 놀라?"

"아니, 그게, 네가 참 미남, 아니, 미녀긴 한데⋯⋯."

미례가 미수를 찬찬히 훑었다. 오밀조밀 예쁘지만, 왠지 거친 표정. 미용실에는 간 것인지 심히 의심스러운, 단발도, 쇼트도 아닌, 어중간한 머리를 무신경하게 흩트리고 헐렁한 오버사이즈 회색 후드티와, 언제적 유행일지도 모르는 헐렁한 일자 청바지를 후줄근하게 입고 있다. 덧붙여 여자라고 생각지 못할 몸가짐인 것이, 다리를 쩍 벌린 것도 모자라 한 다리를 가볍게 떨고 있다. 마른 체형의 170센티가 넘는 키라 멀리서 언뜻 보면 건들거리는 고등학생 남자인데, 막상 얼굴을 보니 너무도 예쁜 인형이라 깜짝 놀랐었다.

"제기랄. 이번에도 늦었구만. 너 정도면 나두 될 줄 알았는데."

동우가 분하다는 듯이 얼굴을 찡그렸다.

"너희들, 은근히 말하는 게 기분 나쁘다."

다행히 수제비가 나왔다. 큰 그릇에 큼직한 덩어리들이 뜨끈 뜨끈한 국물에서 수영하고 있다. 미수는 일단 먹을 것 앞에서는 말을 아끼기 때문에 수제비 제조에 들어갔다. 듬뿍 다대기를 넣어 핏빛같이 빨간 국물로 만들어 하얀 수제비 몸체를 같이 떠서 덥석, 배고픈 도깨비처럼 물었다. 민수가 좋아했던 수제비. 나는 민수를 먹어버린 도깨비.

"누구야, 남자 친구?"

"말하면 아니?"

"몇 살인데?"

"어, 25? 26? 잘 모르겠다."

"학생이야?"

"별로 밝히고 싶지 않거든. 오래갈 것도 아닌데."

"무슨 소리야, 너 헤어지게?"

"아니, 그게, 진짜가 아니거든. 그냥 연애 연습 같은 거?"

미례와 동우가 몇 초간 눈을 끔뻑이며 미수를 쳐다봤다.

"연애면 연애지, 연습은 뭐야?"

"운동도 연습 경기 있잖아. 그런 거야. 그것도 난 대타."

후루룩. 제법 맛있게 수제비를 먹는 미수를 두 동기는 신기한 동물을 보듯 찬찬히 보았다. 같은 공간, 딴 차원의 아우라가 물씬 풍기고 있다. 동우가 갑자기 깍두기를 미수 쪽으로 밀어준다.

"그래, 어린데 벌써 정착하는 거 아냐. 여러 사람 만나보고 두루두루 알아봐야지. 깍두기 죽이네."

천상 여자인 미례는 도둑놈 종아리를 문 투견처럼 놓을 줄을 모른다.

"오래 사귀었어? 어떤 사람인데?"

"알기는 오래 됐고……."

벌써 1년이 넘었으니. 미수는 덥고 매운 국물에 콧물이 나오는 걸 닦기 위해 두리번거리며 냅킨을 찾아, 쓱 코를 훔치고 몇 개 챙겨 주머니에 넣었다.

"근데, 멋있어?"

"다 좋은데, 좀 맹해."

미례와 동우가 갑자기 이해와 동정이 섞인 묘한 표정을 짓는다. 맹한 남자는 멋있는 남자가 아니니까. 그때 휴대폰에 문자가 왔다.

[어디야?]

액정에 뜬 이름, 맹한 남자. 미례와 동우가 휴대폰 액정을 읽고서는 서로 눈을 맞추었다.

[수제비 먹어.]

[데리러 갈게.]

[됐어. 친구들이랑 있어.]

[나두 보자.]

미수는 조금 인상을 썼다. 생각해보니 인강 쌤이 애인으로 알려지면 귀찮아지기 때문에 숨기고 싶다. 아까 보니 왠지 모르지만 킹카니 뭐니 하더구만. 지금 앞에 앉은 두 사람은 사정을 설명해줘도 전혀 이해를 못할 것 같은 표정이기도 하다.

[오지 마.]

"미수야!"

1초 정도 망설인 게 문제였는지, 문자를 보내자마자 해맑게 들리는 맹한 남자의 굵은 목소리가 작은 수제비 집에 울렸다. 눈치 없는 인강 쌤이 큰 키로 사람들 사이를 헤집으며 구석에 박힌 미수네 자리로 오고 있다.

아, 젠장. 미수는 속으로 욕을 했다. 미례와 동우가 인강 쌤과 미수의 얼굴을 번갈아보며 이건 무슨 드라마, 라는 표정을 짓고 있다. 인강이 환한 미소를 지으며 미수 옆자리에 앉으려다 같은 식당에 와 있었던 그의 친구들과 악수를 하고 있는 동안, 미수는 재빨리 데미지를 계산하고 있었다.

"저기, 저 사람은, 어떻게……."

조미례가 벌써 사격을 시작했다.

"과외 선생."

미수는 번개처럼 방어를 하고는 후다닥 짐을 챙겼다. 인강이 어정쩡하게 자리에 앉으면서 미수를 올려다본다. 달리 맹하다고 구박하는 게 아니었다. 이럴 때 정말 눈치가 없다.

"뭐 해요, 일어나요."

"어? 어."

"나중에 보자."

제 수제비값을 테이블에 탁 놓고, 놀라서 동그래진 눈의 두 신입생 친구들을 무시하고, 그대로 맹한 남자를 질질 끌고 나와 조금 더 조용한 옆 골목으로 밀고 들어갔다. 인강이 순한 눈을 끔뻑이며 미수를 쳐다보고 있는 동안, 그녀는 주변을 꼼꼼하게 살피며 아는 사람이 없나를 살펴보았다. 골목에서 보면 인강의 등만 보이게 몸을 돌리고 양팔을 잡고 조용히 설명을 시작했다.

　"학교에서 아는 체 말아요."

　"어? 왜?"

　"그러니까, 저는 조용한 대학 생활을 하고 싶다고요."

　"그런데?"

　아, 진짜. 이 맹함은 정말.

　"인강 선배, 킹카래매요?"

　"뭐? 누구, 내가?"

　"미례가 그랬어요. 아까 보니까 그렇더구만. 아주 귀찮아요, 알려지는 거."

　"……비밀 연애하자는 거야?"

　"시범 연애잖아요. 어차피 오래갈 것도 아니고."

　"시범…… 연애?"

　"미화 언니, 대타, 시범 연습. 기억나요?"

　"아."

　자기가 한 말을 벌써 까맣게 잊고 있다니. 미수의 미간이 짜증으로 구겨졌다.

　"진짜가 아니라구요! 전 쌤 여친 아니에요. 우리는 아무것도 아닌 사이. 잊었어요?"

"……."

"아니다. 생각해보면 무슨 시범이야. 그냥 연애 독립해요. 실전을 뛰어야죠."

"……."

못마땅하다는 듯이 인강을 째려보던 미수는 갑자기 인강의 눈에 굵은 물방울이 고이자, 깜짝 놀랐다. 뭔가 경고라도 있었다면 마음의 준비라도 할 텐데, 정말 1초도 안 되는 사이에 물기가 주욱 돌더니, 동그란 방울이 굵은 뺨을 거침없이 훑으며 내려와 턱에 망울졌다.

"어, 왜, 왜, 왜 그래요?"

조용히 눈물이 뚝뚝 떨어져서 미수는 정말 놀랐다. 그때 알았다. 단단해 보이는 겉과 다르게 속으로는 많이 여린 남자라는 걸. 그만두라고 말하지 말랬는데 깜박했다. 상처받았구나. 몰려드는 죄책감에 그 큰 남자를 안아줄 수밖에 없었다. 그러자, 미수 어깨에 본격적으로 얼굴을 꾹 대어보고 그녀를 푹 가슴에 파묻더니 엉엉 울어버리는 인강이다. 이게 그렇게 서럽게 울 일인가. 게다가 웬 다 큰 남자가 울기까지.

성인 남자의 눈물은 드라마에서나 보던 미수는 적응이 힘들었다. 이해가 안가지만, 억지로 구색을 짜냈다. 인강 쌤은 실연의 우울증을 겪고 있는 중이다. 감정적으로 무척 여린 상태라고, 어처구니가 없었지만 손으로 등을 토닥여줬다.

"알았어요, 알았어. 합시다, 해. 시범, 시범 경기, 아니 연애해요."

우느라고 말도 못하는 인강을 간신히 떼어내고, 아까 주머니에 넣어놨던 수제비 집 냅킨을 꺼내 눈물 콧물을 닦아주며 쉬쉬거리며 달랬다. 아, 이 순둥이. 이렇게 마음이 약해서야. 도대체 사랑이 뭐라고. 너도 나도 사랑 때문에 정신들을 놓고 사니. 하아. 멀쩡한 나만 죽어나는구나.

"흡, 미수야……. 나, 나는……."

"알았어요. 인강 쌤이 괜찮을 때까지 해요."

"……응."

이거 혹시, 생각보다 오래가는 거 아냐? 순간 불안했지만, 우는 남자의 눈물을 무시할 수 없었다. 어디서 읽은 기억에 사랑은 2년이면 다 끝난다고 했다. 아무리 인강 쌤의 순정이라도, 언니를 향한 짝사랑이 햇수로 따지면 벌써 1년 좀 넘었으니, 길어야 10개월? 운 좋으면 더 빨리 끝낼 수 있겠지. 미수는 여전히 인강 쌤에게 폭 안겨서 이런저런 생각을 정리했다. 일단은 살리고 봐야지. 제 마음 같은 건 지금까지 해온 대로 정신 차리고 잡고 있으면 되는 거야.

"난 비밀 연애하기 싫어."

인강의 굵게 각진 얼굴에서 입이 쭉 나왔다.

"예?"

"숨기기 싫다고. 내가 죄 졌어? 나도 떳떳하게 애인 있다고 보여 주고 싶어. 실전 같은 시범이래매."

아, 이해가 됐다. 미화 언니는 안경잽이와 당당하게 연애하니까, 인강 쌤도 그러고 싶겠지. 그런데 그러면, 나는? 그냥 연애 도우미인데, 공연히 인강 쌤 여친으로 찍혀서 남은 대학 생활을 보내야 하나? 미수는 잠시 고려를 해보았다. 심장이라도 빼줄 수 있는 인강이지만, 가질 수 없는 남자와의 소문에 가려진 채 보낼 나머지 4년의 대학 생활은 미수에게 너무 잔인했다. 인간이 이렇게 간사하다.

"그건, 좀 고민을 해봐야겠어요."

"도와주겠다며?"

"마음 접는 걸 도와주겠다고 한 거지, 여친 되겠다고 한 게 아니잖아요."

"……."

"그러지 말고 여자 친구 좀 구해봐요."

"……."

"킹카라더니, 여자 없어요?"

"아무 여자는 싫어."

맹한 남자가 쓸데없이 순정파라서 고생이다.

"어쨌든. 공개 연애는 제가 힘들 거 같애요."

"……."

"아, 씨. 울지 마요!"

"어, 흐, 어……."

이건 완전히 임신 3개월 임산부 수준의 감성이다.

미수는 크게 한숨을 쉬고 인강의 눈물을 멈추기 위해 키스를 해주기 시작했다. 원래 인강 쌤은 단순해서 키스나 스킨십이 시작되면 아무 생각도 안한다. 전에 잠시 이별 후, 키스를 새삼 다시 튼 뒤로는 만날 때마다 키스를 하게 되었다. 역시, 사람은 습관의 동물이라고, 이제는 키스가 무섭지 않고 제법 여유 있게 즐기기까지 하는 수준이다. 그렇게 좁은 골목에서 꼭 껴안고 이제는 제법 익숙한 혀 나누기, 혀 돌리기, 타액 맛보기, 혀로 입술 핥기 등등, 지난 한 주간 많이 실습해봤던 프렌치 키스를 제대로 실행했다. 길고긴 딥 키스를 마치고 억지로 인강 쌤의 붉어진 얼굴을 떼어내니, 여전히 멍한 눈으로 미수를 보고 있다. 머리도 헝크러졌길래 잠깐 다듬어주고 다시 대화를 시작했다.

"제가 아직 신입인데 벌써 남친 있다고 하면 왕따 당해요. 이해를 못해요?"

"……비밀 연애 싫어."

커다란 남자가 칭얼거리는 게 귀엽게 보이다니, 이놈의 콩깍지, 두껍기도 하지.

"알았어요. 제대로 된 여친 하나 구해봅시다. 미화 언니보다 멋진 여자로. 알았죠?"

"……계속 있어줄거지?"

뭔가 어긋난 느낌이지만 그냥 넘어갔다.

"물론이죠. 선배 같은 사람이 의외로 여친 찾기 힘든 거 아니까, 제가 도와드릴게요."

"너는, 너는 연애하기 싫어?"

미수는 눈을 피했다. 이런 주제의 대화는 옳지 않다.

"알잖아요. 전 연애 못해요."

남자 잡아먹은 년이 무슨 낯짝이 있다고 연애를 해요. 미수의 멱살을 잡던 민수 엄마의 울부짖음이 아직도 귀에 생생했다. 너만 아니었으면. 너 때문에 우리 민수가. 남자 잡아먹는 쌰 죽일 년. 그런 낙인을 가지고 있는 여자는 사랑을 하면 안 되는 거다. 경험상, 제 감정에 미쳐 의외로 쉽게 남자가 죽을 수 있다는 것을 안다. 붉게 광기 어린 얼굴로 저주하며 죽어버리는 남자 얼굴 따위는 절대로 두 번 다시 보고 싶지 않다. 그보다도 더 무서운 건 미수 자신이 사랑으로 인해 민수처럼 미쳐서, 정신이 돌아서 인강을 해치는 것이다. 민수는 미수의 거울 같은 존재였기에, 언제 어느 때 민수처럼 되어버릴까, 숨죽이며 살고 있다. 그런 거는 어린 미수도 아는데, 소소한 속사정을 모르는 인강 쌤이 이런저런 복잡한 이유를 이해할 수는 없겠지.

"그래. 일단은 내 옆에 있어줘."

무척 슬픈 눈으로 인강 쌤이 미수를 본다. 미화 언니를 잊기가 무척 힘든가 보다. 빨리 적당한 진짜 여자 친구를 구해줘야겠다. 미수는 속으로 다짐을 하였다. 나는 못하지만, 다른 여자는 인강 쌤을 구해줄 수 있을 거야.

03. 맹한 남자, 공격하다

서인강은 복학생으로 현재 한강대학교 3학년에 재학 중이다. 그의 집은 상당한 부잣집으로 건축 계통의 사업을 하고 있다고 했다. 3살 터울인 그의 형은 아버지 회사에서 팀장으로 일하고 있고, 늦둥이 남동생은 지금 고3으로 미수보다 두 살 아래다. 인강 쌤은 부잣집 아들내미지만 티도 안 내고 검소하고 과묵해서 남자들한테 인기가 좋다고 미화가 말하는 것을 들었었다. 여자들도 많이 따르는데 아직까지 여자 친구가 없다는 것도.

'하렘을 꾸리고 있나 보지?'

'그건 태호지. 강이 형은 무뚝뚝해서 웬만한 여자들은 입도 못 떼. 그런데 그게 얼마나 매력적인 건데.'

'……언니도 그래?'

'아냐, 난 더 사근사근하고 다정한 남자가 좋아. 인강 형이 인상

굳히고 쳐다보면 먹던 밥도 체하겠다.'

'쌤도 다정해. 나한테 얼마나 사근사근한데.'

'풋. 너야 가르치는 학생이니까 그렇지. 네가 여자겠어? 잘해봐야 동생이지.'

그리고 미화는 조금 진지하게 미수를 다그쳤다. 혹시 인강이 이상한 낌새 보이면 언니에게 말해야 돼, 하고. '그 일'이 미화에게는 다른 식으로 트라우마가 되어 있었다. 덕분에 오히려 엄마보다도 더 촉을 세우고 미수 주변의 남자들에게 경계를 했다. 처음 인강이 과외를 시작할 때 CCTV로 계속 감시하던 것도 미화다.

건축과는 공대지만 유일하게 여학생이 더 많은, 공대의 꽃이라 불리는 과다. 과 성격상 공동과제도 많아, 같이 어울리다 보면 CC도 잔뜩 나오는 곳이라고 미화가 말했다. 그런 건축과 킹카라는데 왜 여친이 없을까. 별 상관도 없는 타과 남정네들을 도마에 놓고 체교과 여자애들이 주구장창 떠들어대는 소리를 들으며 미수는 문제 분석에 들어갔다.

아무리 봐도 인강 쌤은 오해로 점철이 되어서 여자들이 안 붙는 상황이다. 겉으로 보기에 차갑고, 무서워 보이기까지 하여, 못 올라가는 나무로 이미지가 잡혀 있다. 실은 알고 보면 속이 썩은 나무인데 말이지. 수줍어서 여자가 너무 불편하고, 말도 잘 못하는데, 그게 차가운 성격으로 헛소문이 나 있다.

엎친 데 덮친 격이라고, 미화 언니 말에 따르면, 이 숙맥인 남자는 고백해오는 여자 족족 뿌리치고 있단다. 물론 미수는 그 이유가 실은 좋아하는 여자가 이미 있기 때문이라는 것을 안다. 속사정을 아는 미수만 속이 검게 탄다. 사람이 맹하면 좀 그냥 넘어가고 그래야 하는데, 우등생 특유의 똥고집이 강해서 순정을 못 놓고 있는 찌질이란 것이 문제인거다. 미수는 속으로 씨부렁거렸다. 이럴 때는 그 안경잽이의 반들반들한 바람둥이 성격을 반쯤 떼서 인강에게 철퍽 붙여주고 싶다.

그래도 저번 오리엔테이션 날의 눈물바다 이후, 미수와 진지하게 여친을 찾기로 약속한 게 있어서 희망이 좀 보인달까.

다른 여자 이야기에 인강은 질색을 했지만, 늘 그렇듯이 미수에게 거부를 할 수 없는 순둥이답게, 알아들었다고 수긍은 했었다. 가끔 보면 5살의 나이차가 믿어지지 않는다. 아니, 저보다 나이가 많다는 것 자체가 믿어지지 않는다.

일단 그 여자 풍년으로 유명하다는 건축과 물도 살필 겸, 인강이 맥줏집에서 과 파티를 하고 있다고 문자가 오길래, 가는 길에 그 옆을 지나가봤다. 커다란 유리 창문 구석에서 잘 들여다보니, 생각보다는 남자가 많았지만 그래도 여자들이 꽤 있다. 주의 깊게 관찰해보니 그래도 예쁘게 보이는 아가씨들이 두어 명 눈에 띄는데 말이지. 한참 동안 너무 진지하게 보고 있었나 보다. 구석에 있던 인강 쌤이 그새 미수를 봤다. 벌떡 일어나서 나온다.

아, 정말. 조용히 나오라고, 조용히. 인강 쌤이 그새 미수 옆에 와서 실실 웃고 있다.

"미수 왔쪄."

"선배, 일단 다시 들어가서 저쪽 여자들 옆에 가서 앉아요."

"내가 왜?"

"물고기 많은 데서 놀아야지요."

"난 우리과에서 잡을 생각 없어."

"잡든 못 잡든, 그건 나중에 결정하고. 건축과도 미인 많네. 저기 구석에 빨간 스웨터, 이름 알아요?"

잠깐. 잘 보니까 전에 극장에서 봤던 그 빨간 부츠 같기도 하고. 요새 예쁜 여자들은 하도 비슷하게 생겨서 구별하기가 무척 힘들었다.

"배고프지? 우리 밥 먹으러 갈까?"

"난 친구들 만나기로 했어요."

"친구? 동우?"

동우를 어떻게 알지? 전에 소개시켜줬던가?

"과 파티하다가 어딜 간다고 그래요. 이제 들어가봐요."

인강이 유리창 너머를 돌아본다. 많은 이들이 이쪽을 힐끔거리고 보고 있다. 미수는 늘 그렇듯이 후드를 쓴 훈남 코스프레를 하고 있었기에 사실 오해받을 걱정은 하지 않았다. 지나가던 후배, 뭐 이런 정도로 보이겠지. 남성다운 진청색 패딩이 여성다움을 완전히 가려주고 있었으니, 잘만하면 지나가던 남자 후배로 알 수도 있었다.

"어디서 만나는지 문자 보내. 데리러 갈게."

알았다고 하고 돌아서려는데 갑자기 끌어안는다. 얼떨결에 가벼운 포옹과 함께 후드가 내려가더니 이마에 뽀뽀.

에고. 유리창을 휙 돌아보니 경악에 찬 건축학과 신입생들이 죄다 이쪽을 보고 있다. 빨간 스웨터 여자는 반쯤 일어서 있기까지 했다.

미수가 벙 쩌 있는 사이, 인강은 미수의 머리카락을 귀엽다는 듯 흐트리고는 애기 다루듯 후드도 다시 씌우고 목도리도 고쳐주고 등 떠밀어 보낸다. 아무래도 이게 아닌데. 정말 얼떨결에 밀려 걸어가며 미수는 인상을 썼다. 저 남자, 무슨 생각인거지? 내가 여자 친구라고 소문이라도 나면 어디서 새 여자를 구하겠어. 조금도 눈치 없이 구는 인강 때문에 속이 상했다.

"야, 무슨 생각을 하는 거야?"

어느새 동우가 어깨를 안아오며 들러붙었다. 이 녀석은 은근히 스킨십이 많아서 일일이 떼어내기가 짜증난다.

"야, 들러붙지 말랬지?"

"그러지 마, 우리 사이에. 정 좀 붙자."

거대한 녀석이 애교가 넘친다. 주제에 누나가 둘, 그래서 여자들이랑도 잘 어울리고 사실 과에서 인기도 많다. 얼굴은 소도둑 이지만, 키도 크고 몸매가 좋아서 은근히 여심을 울린다는 게 조미례의 냉정한 판단이었다. 미수는 동우든 누구든 허튼 소문이 나는 건 싫었기 때문에 가볍게 옆구리를 찍어 떨어뜨리고 약속 장소인 중국집에 들어갔다.

교대의 선택과목에서 가볍게 친목 겸 회식으로 그룹원끼리 짜장면을 같이 먹기로 했다. 4명의 조원들이 먼저 와 있었다. 조미례가 미수 뒤에 따라 들어오는 동우를 보고 인상을 쓴다. 미수가 보기에 미례는 동우를 좋아한다. 전부터 느꼈지만 남의 연애감정은 원래 제3자가 보기에 더 선명하게 잘 알 수 있다. 그런데 이상한 자존심과 키에 대한 열등감으로 동우에게 툴툴거리는 게 미례다. 미수는 자꾸 들러붙는 동우를 밀치고 미례 옆에 자리를 잡고 앉았다.

교대 선택 과목이라 여러 과에서 모였는데, 그룹에는 체육교육학과 3명, 수학교육과 1명, 국어교육학과 2명이 있었다. 남자는 동우와 수학교육과 남자, 딱 두 명이다. 벌써 국어교육과 여자애들이 동우를 열이 나는 눈으로 보고 있다. 흠. 대학은 짝짓기 위해 간다더니, 어디를 봐도 연애 모드구나.

그런데 그 중 국어교육과 한 명이 눈에 들어온다. 거, 참하게 생긴 아가씨네. 얼굴을 살짝 붉히고 고개를 떨구는 게 양반집 규수 같구나. 생각해보면 인강 쌤이 좋아하는 미화 언니와 비슷한 요조숙녀야. 10년 경력의 숙련된 뚜쟁이 심정으로 미수는 곰곰이 평가를 내렸다. 사실 겉이 요조숙녀라고 속까지 괜찮기는 쉽지 않다. 민수가 따라다녔던 그 불여우도, 겉은 요조숙녀 비슷했다.

"자, 우리 주제를 나누어서 분담하자. 남자가 3, 여자 3이니까, 우리 그냥 섞어서 두 명씩 할까?"

수학교육과 남자가 당당하게 주장을 맡으며 말했다. 그 말에 동우, 미례, 미수는 멍하게 주위를 둘러보았다. 미례가 조심스럽게 이의를 제기했다.

"저기, 남자 3명이라면, 혹시 얘 보고 그러는 거예요?"

지적을 받은 미수가 한숨을 내쉬고 후드와 야구 모자를 벗으니 놀라는 소리들이 들린다. 미례가 깔깔거리며 좋아한다.

"야, 체교과 아도니스, 정말 대단하다. 어떻게 가는 데마다 이러냐."

"그러게 그놈의 후드티 좀 그만 입으라니까."

갑자기 요조숙녀 국어교육과 아가씨가 핼쑥해 보인다. 미수로서는 할 말이 없다. 요양원 의사는 미수가 자신의 여성성에 죄책감을 갖고 있다고 조언했었다. 옛날 운동할 때는 정말 남자처럼 머리도 깎고 남자애들과 어울려 다녀 그럴 수도 있다, 싶었지만, '그 일' 이후로 진짜 남자가 되고 싶어 한다는 것이다. 웃기지 말라고, 미수는 코웃음 쳤다.

그 후로 일부러 머리카락을 기르기 시작했다. 하지만 길이가 귀를 넘어가기만 해도 안절부절못하고, 결국은 충동적으로 가위를 가지고 제가 듬성듬성 잘랐다. 하지 말아야지, 해도 어느새 그러고 있는 자신을 자각하면서, 문제가 있다는 것을 인정했다. 물론 겉으로는 절대 수긍하지 않았다. 사람이라는 게 본인이 문제를 자각한다고 해서, 모든 일이 해결되는 것은 아니다. 트라우마도 있지만, 무의식이 선택하는 옷과 행동들, 오래된 선수 생활 중 익혀진 습관, 이런 것은 억지로 바꿀 수가 없었다. 그러고 보니 그 빨간 립글로스를 또 깜빡했다.

결국 체육교육과 셋, 나머지 셋으로 일을 분담하고 짜장면을 먹고 헤어졌다. 미수는 나오는 길에 인강의 문자가 와서 위치를 알려주며 계단을 내려갔다. 동우가 그림자처럼 따라붙는다.

"미수야, 우리 당구장 가자. 요 앞에 새로 생긴 곳, 거기 너무 좋더라."

"미례랑 가."

"내가 왜 당구장에 킹콩이랑 가니! 나 바쁜 여자야!"

"……."

지린내가 나는 좁은 계단을 내려오자마자, 인강의 밤색 무스탕 가죽 재킷이 보였다. 군대식으로 짧게 깎은 검은 머리, 짙은 검은 눈썹, 검은색 폴라와 늘 입는 검정 데님 바지가 겨울을 나며 하얘진 피부를 더 선명하게 했다. 미수를 보고 씨익 웃는 모습에 다들 눈을 깜빡 였다. 교육과 치들은 흘끔흘끔 돌아보며 사라졌고 미례와 동우만 남아서는 궁금한 얼굴로 미수와 인강을 번갈아보았다.

"다 끝났어?"

"쌤, 아니 선배는요?"

"나야 다 끝났지. 갈까?"

"어, 지금 우리 당구 치러 가자고 하는데."

미수가 좀 난처하다는 듯 말을 끌었고, 인강이 흘끔 동우를 보았다.

"얘랑?"

미례에게 너는 어쩔래, 하고 물어보던 미수에게는 보이지 않았지만 인강의 눈매가 사납게 번득였다. 190센티가 넘는 동우는 덩치만 큰 보통 남자였고, 순식간에 밀려드는 폭력적인 기운에 등골이 시려워졌다. 인강이 말하는 '얘'가 왠지 곧 죽을 수도 있는 생명체를 지적하는 단어로 이해가 되었다.

"아, 아닙니다! 형님. 저희가 바빠서, 그럼 이만!"

갑자기 동우가 뻣뻣하게 대답하고, 왜 이러냐고 소리 지르는 미례를 이끌고 휘리릭 사라졌다. 그 모습을 잠시 좁혀진 미간으로 보던 미수는 여전히 싱글거리고 있는 인강을 보았다.

"나랑 당구 치러 갈래?"

"……됐어요."

"왜, 당구 못 쳐? 가르쳐줄까?"

인강이 내려오는 상가길을 졸래졸래 따라오며 미수의 가방을 벗겨갔다. 인강에게서 맥줏집의 술 냄새와 안주 냄새가 은근히 풍겨왔다.

"저, 인강 쌤."

"선배."

"인강 선배."

"왜?"

"우리가 시범 연애한다는 거 너무 알리지 말자, 했죠?"

"누가 알렸어? 누가 그래?"

"왜 자꾸 찾아와요?"

"집이 같은 방향이잖아. 다 우연이야."

공대는 체육대의 정반대에 위치해 있다. 하지만 미수는 매일 매일 인강과 하루에 두어 번씩 마주친다. 식당이라든가, 서점, 강의실. 미수가 가는 곳마다 우연인 듯 만나는데, 그게 사 일째 되니 스케줄처럼 보였다.

"선배는 공부 안 바빠요?"

"왜, 걱정돼?"

"네. 언니도 요즘에 작업실에서 밤 새는데. 오늘 과 파티도 빠졌잖아요."

"응, 그룹 과제 같이하고 있어. 덕분에 내가 대표로 갔지."

미수가 찌릿, 하고 인강을 쳐다보았다. 인강이 흠칫 놀라더니 곧 눈을 피했다.

"아, 그게……."

미수가 멈추어 섰다. 인강이 눈을 피하며 쭈뼛거렸다.

"같은 그룹이에요?"

"……."

말이 필요 없다. 난처한 얼굴로 눈을 피하는 게, 분명 미화의 그룹에 있는 것이다. 미간을 찌푸리고 안타깝게 인강의 선이 굵은 얼굴을 보았다. 인강이 죄 지은듯 미수의 눈치를 보았다.

"미수야……."

"선배, 왜 이래요?"

"나, 나는……."

"지금 언니는 안경잽이에게 홀딱 빠져서 인강 쌤한테 안 와요. 못 와요."

"……."

"아, 진짜. 답답하고 짜증나요."

"나, 나, 미화 좋아하는 거 아냐."

"말하고 행동이 일치하지 않잖아요!"

전에 미수가 물어보았다. 혹시 고백이라도 해봤냐고. 인강은 그런 게 아니라고 부정했지만, 미수는 이해했다. 인강은 친구를 배신할 수 없는 남자라고. 해병대 후배 김태호는 인강을 친형처럼 따르고 있는 놈이었고, 의리하면 서인강 아니겠나. 바람둥이 김태호는 형님이 미화를 마음에 둔지도 모르고 홀딱 채갔는데, 의리는 무슨 빌어먹을 의리. 이게 다 티도 안 내고 묵묵히 맴만 돌던 인강 쌤의 탓이니, 어쩔 수가 없지만, 너무 속이 상한다. 물론 고백한다고 미화 언니가 인강을 좋아해줄지도 의심스럽지만. 미수는 인강을 위해서라면 피도 뽑아주겠지만, 이처럼 순정을 떠는 맹한 점은 정말 질색이다.

"미안."

고개를 푹 숙이고 비 맞은 개처럼 처량하다. 그러고 보니, 같은 그룹에 있는 미화를 보기가 괴로워서 지금 밖으로 나온 것이었던가? 슬픈 남자의 얼굴을 미수가 애처롭게 보았다.

"선배, 당구 치러 가요."

그래도 손을 잡아주니 금세 풀어지며 쫄래쫄래 따라온다.

인강을 데리고 미수는 학교 근처에 새로 생긴, 남자들이 우글거리는 당구장에 들어갔다. 동우가 입에 침이 마르게 선전하던, 당구와 선술집을 겸한 세련된 곳이었다. 한쪽에 두 줄로 당구대들이 늘어서 있고 다른 끝에 유리벽면으로 감싸인 비스트로가 있어서, 당구 치다가 저녁도, 술도 할 수 있는 곳이었다.

어두운 실내에 당구대 바로 위에 있는 커다란 조명 아래서 녹색 직사각형만 환하게 빛났다. 미수는 옆에 있는 가죽 소파에 재킷과 가방을 내려놓고 연기가 자욱한 실내를 둘러보았다. 생각보다는 여자들도 많이 있었다. 대부분 몸매를 드러낸 미니스커트나 스키니진을 입고서 남자들과 시시덕거리고 있었다.

당구대를 처음 잡아보는 미수를 감싸고 돌며 인강이 조근조근 가르쳐주었다.

"이렇게요?"

미수가 길게 상체를 당구대 위에 늘어뜨리며 자세를 잡자, 어느새 뒤로 돌아온 인강이 덮치듯이 안아왔다. 긴 팔이 미수의 왼팔을 따라 잡는 법을 교정하고 오른 손이 허리를 짚고 있었다. 두근. 미수의 가슴이 덜컥거렸고, 그 느낌은 썩 마음에 들지 않았다. 젠장. 두근거리지 말란 말야. 쌤은 그저 가르쳐주려고 사심 없이 손대는 것뿐이야. 입술을 깨물고 인상을 굳히며 나름 조심하며 맞붙은 허리를 떼어냈다.

"선배."

"응."

"떨어져요."

미수가 보기에는 무척 느긋하게, 아쉽다는 듯이 인강의 손이 왼팔을 쓸고 지나가며 떨어져나갔다. 엎드린 자세로 날카롭게 인강을 돌아봤으나, 인강은 순진함을 덮어씌운 얼굴로 자신의 큐대에 회칠을 하고 있다. 호호, 살짝 회칠을 불어 젖히며 제법 진중하게 준비를 하는 모습이 마치 포켓볼 선수권에 임하는 모습이다. 그럼 그렇지, 쌤이 사심이라니. 본인의 거침없는 순수한 손길이 여자한테 무슨 효과를 내는지는 눈치도 못 채다니. 쯧.

미수는 늘 그렇듯이 청바지에 후드티였다. 청바지도 요새 개나 소나 입는 스키니가 아니라, 헐렁한 스트레이트 진이어서 별 매력이 없다. 이런 자신에게 영화에서 보던 식으로 남자가 들러붙어 당구대를 침대처럼 쓸 거라고 의심하는 것은 좀 과대망상이 아닐까. 고개를 가볍게 이리저리 꺾어 마음을 비우고 제법 무거운 당구대를 밀어냈다.

딱. 명쾌한 울림이 났다. 무겁고 제법 큰, 색색의 공들이 느리게 굴러다닌다. 연습용으로 서로 그냥 쳐보는 것으로 하자 했지만 운동선수의 승부욕이 무럭무럭 솟아났다. 날카롭게 공을 보며 각도를 재는 미수를 보며 인강이 자꾸 웃어댔다.

키 크고 멋지게 생긴 남자가 환하게 웃으며 즐겁게 남동생과 당구를 즐기는 모습은 주변 여성들의 눈길을 끌었다. 계속 눈치만 주는데 남동생이 화장실을 가는지 자리를 떠났다. 그림 같은 남자가 혼자 고요히 어둠속, 은은히 빛나는 당구대 위에서 긴 몸을 우아하게 구부리는 모습은 보는 이의 마음을 두근거리게 했다. 먹이를 노리는 암사자처럼, 여자들과 담배연기의 사바나 속에서 팔등신의 미녀가 스르륵 다가왔다.

"같이 할래요?"

여성적인 그윽한 목소리에 인강이 엎드린 자세에서 눈만 흘끗 들어 여자를 쳐다봤다. 7센티 힐을 신은 늘씬한 다리를 따라 올라가니 빈틈없이 달라붙은 은색 원피스에 감싸인 큰 엉덩이와 절대로 한국 토종으로는 불가능한 가슴 크기와 함께 긴 갈색 웨이브 머리가 흔들리고 있다. 언뜻 보면 안 한 듯 완벽한 화장을 한 아름다운 여자가 빨간 입술로 자신감 넘치게 웃었다. 여자의 눈이 다 안다는 식으로 반짝였다.

인강이 몸을 일으켜 무표정하게 여자를 내려다봤다.

"일행이 있는데."

"알아요, 봤어요. 우리도 세 명이 왔는데 짝이 안 맞아서."

두 칸 떨어진 당구대에서 두 명의 어린 남자들이 인강을 노려보고 있다.

"5명은 짝을 어떻게 나누는데. 인강은 도도하게 한 손을 당구대에 짚고 다른 한 손은 둥근 엉덩이에 걸친 여자를 귀찮다는 듯이 보았다. 그때 인강의 앞으로 제멋대로 뻗친 검은 머리가 쑥 끼어들었다.

"여기서 뭐하는 짓이야!"

미수가 온몸으로 분노를 내뿜으며 인강과 여자 사이를 가로막았다. 인강에게는 잘 안보였지만 미수의 눈은 증오로 활활 타오르고 어깨가 덜덜 떨릴 정도였다. 여자가 놀라서 눈을 껌벅였다.

"뭐예요, 정말. 어?"

마스카라가 잘 먹은, 쌍꺼풀 수술한 눈에 이채가 돌더니 이내 표정이 바뀌었다. 놀라움, 당황, 곧 심술궂음이 차례로 여자의 얼굴에 떠올랐다.

"어머, 누군가 했더니. 미친놈 떨거지구나."

"……."

이를 악물고 여자를 노려보는 미수를 보고 인강은 눈을 찌푸렸다.

"2년만인가? 이제 정신병원에서 나왔나 보지?"

"……"

이 불여우 같은 날라리 여자 때문에 민수가 몸도 버리고 마음을 다쳤다. 이 거지같은 여자는 그 후로도 멀쩡하게 이 남자, 저 남자랑 뒹굴고 다녔겠지. 미수의 분노로 똘똘 뭉친 눈동자를 마주치고는 여자가 헛웃음을 터뜨렸다.

"뭐야, 너. 아직도 꽁했니?"

"……너 같은 거 때문에, 너 같은……"

짜증난다는 식으로 얼굴을 구긴 여자가 팔짱을 끼고 미수를 마주 노려봤다. 좀 전 인강을 대할 때의 고고함은 사라진 지 오래다.

"그 미친 새끼 때문에 나도 얼마나 욕봤는지 알아? 그때도 그랬지만 어쩌면 이렇게 바보 같니? 나도 피해자란 거 모르겠어? 너 바보지?"

"이, 이……"

분에 차서 말이 안 나오는 미수의 등 뒤에서 차분한 남자의 목소리가 들렸다.

"미수야."

미수와 여자가 돌아보았다. 인강의 남자다운 얼굴이 느긋하게 미수를 보고 있다. 순수한 호기심을 담은 표정으로 부드럽게 인강이 물었다. 또다시 주변 눈치를 모르는 맹한 기운이 흘러나오고 있다. 설마. 이 시점에서 누군지를 물어보는 멍청한 짓을 할…….

"누구야?"

"……"

"아는 사람이야?"

여자가 재빨리 끼어들었다. 다시 고혹적인 가면을 쓰고 인강을 향해 억울하다는 듯이 보았다.

"이새라라고 해요. 저는……."

"미수야."

여자가 보이지도 들리지도 않는다는 듯이, 인강의 검은 눈은 미수의 처참한 얼굴만을 보고 있었다. 내리깔은 눈, 부들부들 떠는 깨물린 입술. 알고 지낸 1년여 동안, 두 사람은 '그 일'에 대해서 한마디도 나눈 적이 없다.

인강이 부드럽게 미수의 팔을 잡았다. 미수가 울 것 같은 눈동자를 들었다.

"너 바보구나."

미수의 눈이 동그래졌다. 인강이 편하게 미소를 지었다. 흘러나온 나릇한 목소리는 가볍게 농담하는 투였다.

"왜 말을 못하니? 이 여자가 그 걸레다. 이 걸레가 그 걸레였다고, 왜 말을 못 해."

그러면서 순진하게 방긋 웃는 인강의 얼굴에 새라의 얼굴이 천천히 모욕감으로 붉게 물들었다. 흉흉한 기세에 여자 뒤에 다가와 있던 새라의 일행인 두 남자들의 얼굴이 웃음을 참느라고 일그러졌다.

충격을 먹었다. 쌤이 그 일을 아나? 게다가, 미수는 인강 쌤이 공부와 과외로 시간도 없는 주제에 의외로 드라마도 챙겨보고 있었다는 게 놀라웠다. 저거 어디서 많이 들어본 대사인데, 그게 무슨 드라마더라. 미수의 정신이 잠깐 팔렸다.

두 여자의 대면을 지켜본 인강으로서는 위기 상황이라는 걸 감지했고, 미수의 눈이 희번득거리는 게 보였다. 그래서 미수를 산만하게 하려고 '걸레 청소'를 자처했다. 잠시 새라에게서 주의를 돌린 미수에게 잽싸게 재킷과 가방을 둘러메고 팔을 질질 잡아끌고 나왔다. 남겨진 새라는 벌겋게 되어 삿대질을 시작하고 있었다.

문을 나서자마자 발작처럼 미수가 다시 뛰어 들어가려는 것을 가볍게 둘러메고 빠져나갔다. 인강의 어깨에 걸쳐진 채 미수는 새삼 분노와 충격에 휩싸여 여전히 정신이 없었다. 악 소리를 지르다가 이를 바득바득 갈기도 하고, 갑자기 발길질도 하고, 다시 꽥 소리도 질렀다. 환락의 불들이 밝혀진, 깊어가는 밤거리를 지나다니던 사람들이 쳐다보았다. 인강은 빠르게 한가한 공터를 찾아 움직였다. 사람 없는 골목 끝에서 내려놓으니 열에 받혀 펄쩍펄쩍 뛰고 벽을 발로 차고 했다. 한마디로 미친년 같았다. 멀리서 지나가던 행인들은 술 취한 여자가 주정을 심하게 한다고 생각하는지 오던 길을 피해갔다. 가방과 재킷을 팔에 들고 인강은 그 모든 것을 조용히 보고 있었을 뿐이다.

"5분 만이다."

미수와 알게 된 후 인강은 주의력 결핍 과잉 행동 장애(ADHD)에 대해 무척 조예가 깊게 되었다. 저 상태에서는 누가 뭐라 하던 귀에 들리지도 않고 더욱더 성질만 날것이다. 증상 중 하나가 감정 조절 장애이다. 충동을 자제 못하고 격하게 생각 없이 날뛸 수 있는 장애다. ADHD 증상이 비사회성 장애란 것은 주변 상황 고려 없이 제멋대로 날뛰는 상황이 될 수 있기 때문이다. 물론 ADHD에도 정도가 있다. 모든 이들이 같지 않고, 장애 정도도 상황에 따라 다르지만, 미수는 그랬다.

격한 감정의 소용돌이를 느낄 때, 미수는 육체적인 것으로 풀어
내야 했다. 팔굽혀펴기를 한다든가, 마당을 한 바퀴 뛰고 온다든
가. 몸을 쓰는 것과 잘 적용하면 그녀의 장애는 훨씬 조절하기가
쉬웠다. 탁구도 그래서 시작했었다. 탁구를 배우고 성장하면서 좀
더 자신의 행동을 조절할 수 있었다. 증상이 심한 경우는 약을 써
야 했지만, 웬만한 것은 운동으로 풀었다. 몸을 쓰면 생각이 없어
진다, 라는 게 미수의 설명이었다. 물론 '그 일' 이후로 모든 것이
엉망이 되었었고, 미수가 다시 안정적으로 되기까지 긴 시간이 걸
렸었다. 이처럼 격한 분노의 표출은 실로 오랜만이었다.

"시간 끝!"

인강이 5분여의 미친 짓을 지켜보다가 말했다. 행동 장애 치료
방법 중 하나가 규칙을 정해주는 것이다. 이 장애를 가진 사람은
자기 스스로 절제하거나 계획을 짜는 게 힘들기 때문에, 미리 약속
된 규칙을 정해서 행동을 규제하는 데 도움을 주는 것이다. 미수가
펄쩍이던 것을 멈추고 숨을 몰아쉬었다. 무릎을 굽히고 상체를 숙
인 채, 하악하악 숨을 내쉬었다. 인강이 천천히 미수에게 다가가
조심스럽게 흐트러진 머리를 가만가만 쓰다듬고 옆에 긴 몸을 접
고 쭈그려 앉았다.

"잘했어. 미수 잘했다. 잘 참았어. 아주 잘했다."

계속 그렇게 부드러운 말투로 머리를 쓰다듬으며 잘했다고 이
야기해주었다. 인강이 빨리 끌고 나오지 않았으면, 아마 미수는 당
구 큐대로 이새라를 찔러 죽이려고 날뛰고 있었을 것이다. 그러고
보니 당구 큐대로 찔러 죽이지 않은 게 이상했다.

"약 먹었었어?"

미수가 고개를 조금 끄덕였다.

"언제?"

"아침에."

"비반스?"

"응."

리스덱삼페타민 디메실래미트(Lisdexamfetamine dimesylate), 상품명 바이반스(Vyvanse)는 한 번 먹으면 8시간 정도 효과가 있다. 다른 암페타민 류의 약보다는 중독 위험이 조금 덜하다지만, 의존해서 좋을 게 없는 약들이다. 한때 공부 잘하는 약이라고 소문이 나, 그 무서움을 모르고 무식한 욕심에 아이들에게 먹였다는 그 약이다. 미수의 경우에는 초등학교 4학년 때 장애 판단을 받은 이후, 조심스럽게 의사의 처방대로 먹었지만 늘 중독을 무서워하고 있었다. 실제로, '그 일' 후에 증가된 약과 그 부작용으로 몇 번 광적인 망상을 경험한 후로는 더 그랬다.

"오늘 밥맛없었겠다."

끄덕끄덕.

약을 먹으면 구토증도 느끼고, 입맛도 없고, 소화도 안 되고, 머리가 어지럽기도 하다.

"학교 나온다고 먹었구나? 우리 미수 약 안 좋아하는데."

쓰담쓰담.

인강이 미수를 일으켜 품에 안고 등을 토닥거리면서 계속 기분 좋은 목소리로 말을 했다.

"싫어하는 약도 먹고, 사람 많아 복잡한데도 꾹 참고 나왔는데 별 거지같은 일을 당했네, 우리 미수. 아, 기분 나빴겠다."

부르르 떠는 어깨에 다독다독하며 인강이 계속 등을 쓰다듬어 주었다.

"그래도 꾹 참고, 참 잘했어요. 아주 잘했다, 미수. 아주 장해. 깊은 숨 한번 쉬고."

말 잘 듣는 아이처럼 미수가 후우, 하고 깊은 숨을 몰아쉬었다. 인강이 붙어 있던 윗몸을 떼고 미수의 얼굴을 살폈다. 걱정 어린 부드러운 표정이다. 순간 미수는 스스로가 너무 창피해졌다. 제 성질을 못 이기고 '발작'을 하고, 하마터면 당구장에서 사람을 찌를 뻔했다. 민수처럼.

민수야 사랑 때문에 미쳤다지만, 사랑도 안 하면서 자신은 폭탄에, 지지리도 문제아에, 실패자에…….

"그만."

인강이 고개를 떨구고 있는 미수의 뺨을 양손으로 잡고 눈을 맞추어왔다. 고통에 찬 눈동자를 굳건한 검은 눈이 마주보았다. 아니, 나도 이미 사랑에 빠져 미쳐가고 있는 중인건가. 미수의 눈동자가 흔들렸다.

"미수 잘했어. 성질도 잘 참고. 아주 잘했어."

인강이 밝게 씩 웃어주었다. 미수도 덩달아 미소가 지어졌다. 다시 머리를 쓰담쓰담하며 가볍게 인강이 미수를 안아주었다.

"우리 미수 잘했다. 성질도 잘 참고, 걸레도 안 찌르고, 아주 잘했어."

인강과의 과외 기간 동안 문제 하나 풀 때마다, 단어 하나 외울 때마다, 칭찬이 있었다. 이십 분을 공부하면 머리 쓰담쓰담이 있었다. 처음에는 무슨 개지랄이냐고 화를 냈지만, 어느새 쌤의 부드러운 '잘했다, 우리 미수'가 귀에 배었다. 쓰다듬어주는 손길이 미수에게는 자랑스러웠고 소중했다. 인강 쌤의 수만 번의 칭찬이 없었다면 검정고시가 아무리 쉽다 해도 통과 못했다.

인강의 무스탕 가죽 재킷 안으로 좀 더 코를 묻으며 술 냄새 배인 겉옷 말고 그 안에 청량하게 스며 있는 솔나무 향이 나는 인강의 체취를 찾으며 미수는 머리를 비우려고 노력했다. 안 돼, 안 돼, 사랑하면 안 돼. 언제라도 미쳐버릴 수 있는 내가 사랑을 하면, 이 좋은 인강 쌤을 죽여버릴 수도 있어. 하지만, 지금은…… . 아직은 미친 게 아니잖아. 조금만, 조금만 이렇게 있으면 안 될까? 야, 너 조금 전에 미친 듯 발작한 거 생각 안 나? 아니야, 아니야…… .

"쌤."

"응."

"나, 미치면 어떡해요?"

ADHD는 정신병이 아니다. 그걸 알지만, 경험이 경험이다 보니 두려웠다. 이 장애는 기폭제가 될 수 있었다. '그 일'이 선명하게 미수의 머릿속에 재생되기 시작했다. 순간 인강의 부드러운 목소리가 들려온다.

"밑이면 위로 가면 되지."

풋.

전에도 몇 번 들었던 맹한 농담. 하지만 덕분에 미친 기억의 재생이 정지되었다. 어둑한 골목길, 흐릿하게 켜져 있는 가로등 아래서 둘이 그렇게 안고 작게 들썩이며 웃었다. 하지만 여전히 미수의 마음은 찢어지는 듯했다. 아, 쌤, 인강 쌤. 내가 밑에 있을 때 쌤이 위에서 잡아주지 않으면 어떡해요? 나는 늘 밑에 있을 텐데. 나 같은 건, 나 같은 건······.

"쌤. 실연했다고, 떠나면 안 돼요."

약발이 떨어지나 보다. 저도 모르게 충동적으로 말이 나왔다.

필요하면 키스 따위, 얼마든지 해줄 테니까. 왜 미화 언니는 그 안경쟁이를 택해서 나를 이렇게 고생시키는 건지. 그러게 인강 쌤, 왜 맹하게 언니를 놓쳤어요. 나는 어쩌라고. 속에서 쌓여 있는 말을 참기 위해 미수는 꾹 입술을 다물었다.

인강의 긴 손가락들이 부드럽게 미수의 땀에 젖은 머리를 쓸어 넘겼다. 인강이 문득 고개를 숙여 입술에 가볍게 키스를 했다. 올려다보는 흔들리는 눈동자에 비친 인강이 조금 슬픈 미소를 지었다.

"미수야."

"······."

"내가 밑으로 갈까?"

가끔, 이렇게 말도 안 되는 소리를 한다, 이 남자. 미수는 저도 모르게 고이는 눈물을 참으며 인강의 가슴에 이마를 대고 땅바닥만 보았다. 미칠 때는 미치더라도, 지금은 인강이 잡아주고 있다. 미수를 아껴주는 가족들이 있었지만 인강처럼 미수를 제대로 이해하고 참아낸 사람은 없었다. 알고 지낸 지는 고작 1년여지만, 어느새 인강을 의지하는 자신이 무섭기도 하다. 인강을 잃을 것이 두려웠고, 그래서 쌤이 미화 언니와 잘되어서라도 계속 연결이 되었으면 했었다. 정말이지, 왜 미화 언니는 그리도 눈이 낮은지, 동생 상황도 모르고 그 안경쟁이와 어울려서 동생을 큰 고민에 빠뜨리는구나.

미수가 감정을 추스르는 동안, 인강은 가방을 다시 챙겼다. 인강이 기분도 전환할 겸 조금 멀지만 걸어서 미수를 집까지 바래다주기로 했다. 집이 있는 연희동에 들어서면서 아기자기한 가게나 작지만 세련된 식당이며, 연희동 특유의 나른하고 멋스러운 주택가를 보며 걸어가니, 서서히 마음이 안정돼가는 느낌이었다. 미수는 점점 말이 많아졌다. 장애로 신경이 온통 사방으로 쓰이는 것과 동시에 말도 많아지는 것이다. 지나가는 쇼윈도 하나하나를 손짓하고 재잘거렸다. 인강은 그래그래, 하면서 같이 걸었다. 쉴 새 없이 재잘거리는 와중에도 미수는 절대로 그 여자에 대해 말해줄 생각이 없는 듯했다.

나름 번화가에서 미수의 집이 있는 골목으로 들어서자, 의외로 한가했다. 제법 넓은 골목에 주차된 몇 대의 차들, 서울 한복판이라고 믿을 수 없는 고요함이 있었다. 주변 소리나 색감에 민감하게 반응하는 미수에게 연희동집의 고요함은 축복이었다.

"들어갈게요."

"응."

인사할 때 언뜻 마주친 인강의 눈빛이 무서웠다. 그전에도 작은 열기가 보였는데, 지금은 깊고 깊은 '그' 눈빛이다.

"또 키스해요?"

아무래도 약발이 다 떨어졌나 보다. 아까부터 온갖 증상이 여과 없이 나타나서 속으로는 초조했다. 생각보다 행동이, 말이 정리되지 않은 채 빠르게 나왔다.

"자꾸 눈으로 말하지 말아요."

"……어떤 눈."

"그, 욕구의 분출이 필요하다고……."

인강이 짧게 어이없다는 듯 하하 웃는다. 미수는 재빨리 팔을 들어 인강의 목을 휘감고 제 부드러운 입술을 대었다. 콧대가 잠시

스치고 인강의 솔향기가 진해졌다. 머뭇거리던 인강이 어느새 미수의 패딩 안으로 손을 넣어, 가는 허리를 감싸 안았다. 두꺼운 남자의 혀가 작은 미수의 입 안을 점령했다. 그리고……

"인강 선배!"

투두둑.

날카로운 여자의 비명 같은 부름에 미수가 잽싸게 떨어져 나갔다. 인강의 상체가 뻣뻣하게 굳었다. 그러고는 왼발을 축으로 천천히 가죽 잠바를 입은 몸을 돌렸다. 인강의 등을 맞고 바닥에 떨어진 검은 플라스틱 설계도면 통 한 개 너머로 그룹 과제 중 하나였던 집 모형을 들고 있는 놀란 얼굴의 김태호, 그리고 그 앞에서 차갑게 굳어 있는 미수의 언니, 장미화가 있었다.

네 사람은 서로를 그렇게 5초 정도 노려보고 있었다. 아니, 인강과 미화가 서로 굳은 얼굴로 노려보고 있었다. 두 사람 뒤에서 각각 미수와 태호는 당황해서 어쩔 줄 몰라 안절부절못했다. 미화는 네 명 중 제일 작은 163센티의 아담한 체형이였지만 호랑이라도 잡을 듯한 기세로 흉흉한 아우라를 뿜어내고 있었다. 호랑이, 아니, 인강은 난처함과 포기를 섞은 얼굴로 미화의 살기를 묵묵히 받아내었다.

"서인강 씨. 건들지 말라고 했었죠."

미화의 예쁜 붉은 입술 사이로 억누르듯 나온 말들이 만약 가능했다면 인강을 잘라버릴 정도로 날카로웠다.

"어린 여자애, 건드리지 말라고 전에……."

"언니 때문이잖아!"

이미 약발이 떨어져서 참을성도, 제정신도 별로 없는 미수가 인강을 뒤로 제치고 나서서 소리쳤다.

"누가 저 안경잽이랑 어울리래! 왜 인강 쌤이랑 안 사귀어! 저 안경 새끼는 내가 싫다고 했잖아! 저런 새끼가 원래 잠자리도 못할 거래메! 인강 쌤은 키스도 잘하고 침대서도 끝내줄거야! 놓친 건 언니인데, 왜 지금 와서 나한테 이래! 나더러 어떡하라고! 언니 미워!"

비참하게 울부짖고 제멋대로 후다닥 집 안으로 들어가 문을 쾅 닫아버린 미수. 그 뒤로는 다양하게 받은 충격들을 각자 곱씹으며, 세 사람이 한참을 잔잔히 진동하는 대문을 멀뚱하게 쳐다보았다.

04. 첫 만남의 기억

인강이 미화와 제대로 알게 된 것은 약 1년 전 2학기 중간 즈음 이었다.

'안녕하세요, 선배님들.'

그룹 과제를 하는 설계실에 건축학과 최고 미녀라는 장미화가 인사차 들어왔다. 인강과 비슷한 시기에 복학한 태호가, 찍어놨던 1년 어린 여자 후배가 휴학한다면서 입맛을 쩝쩝거리던 것이 기억 났다. 그랬던 태호가 지금 공짜 초콜릿 파운틴을 발견한 다이어트 5주째 여자처럼 눈을 반짝이고 있었다.

정말 인간화된 초콜릿 파운틴인 듯, 그녀의 주위에 단것에 홀린 개미처럼 또래 동기들도 모여들었다. 어떻게 지냈냐 물어보는 와 중에 미화가 다음 해 복학 신청도 하고, 과외 선생도 알아보러 왔 다고 말했다. 그때, 모형을 만들면서 귀를 쫑긋 세우고 있던 태호가 번개처럼 끼어들었다.

'강이 형, 급료 센 아르바이트 찾는다면서요? 수학 과외 어때요?'

'어?'

'내년에 유럽 건축 순회 배낭여행 간다면서요. 비용 마련할 겸. 형은 정말 과외 죽이게 해줄 텐데.'

태호가 워낙 들리라고 크게 말했기 때문에, 사람들이 인강을 돌아보았다. 그러더니, 마녀사냥에 동원된 무식한 주민들처럼 너도나도 인강을 추천하기 시작했다.

몇 번 본 적은 없지만 침착하고 냉랭한 여자애로 기억하는 미화가 싸늘한 눈으로 인강을 보았다. 아직도 즐겨하는 밀리터리 크루컷의 짧은 머리는 해병대 화보 모델 같은 남자였다. 인강은 처음 보는 후배에게서 왠지 느껴지는 이유 모를 적대감을 완화시키려, 저도 모르게 남자다운 굵은 선으로 만들어진 얼굴에 가볍게 미소를 지었지만 미화의 눈길은 따뜻해지지 않았다.

'죄송해요. 저는 영어, 국어도 되는 선생님을 찾아요.'

하나도 안 미안한 얼굴로 곤란한 듯 웃으며 말하는 미화를 보며 태호는 눈썹을 올렸다.

'모욕하지 마, 후배님. 과톱인 강이 형이 영어, 국어도 안 되겠어? 그죠, 형.'

이제 태호는 욕심 많은 포주처럼, 숫처녀 같은 인강을 마녀 심판자인 미화에게 팔아먹으려고 세 치 혀를 놀렸다. 인강은 그저 느긋하게 흘러가는 꼴을 관망할 뿐이었다. 그런데 미화의 얼굴에서, 눈썰미가 좋은 인강의 기억에 누군가가 자꾸 생각나려고 했다. 미화가 굉장히 곤란하다는 표정이었지만, 금세 표정을 감추고 생긋 웃었다.

'그래도 여자 선생님을 찾아요. 제 동생이 19살 여자애인데, 여자가 편할 거 같아요.'

'장미화, 뭐야. 설마 강이 형이 머리에 피도 안 마른 여자애를 건드리는 치한이라도 된다는 거야?'

'어머, 강이 형, 저는 언제라도 건드려주시면 환영합니다아.'

후배 여자애 하나가 농담 같은 진심으로 끼어들자, 질세라 다른 여자애들도 한마디씩 보태었다. 마녀사냥 같은 들뜬 분위기에서 모두들 시끌벅쩍하게 떠드는 가운데, 미화가 홀로 고고한 심판자처럼 반듯하게 허리를 굽혔다.

'제 동생이 무척 수줍음이 많아서요. 죄송합니다.'

'그럼 내가 해줄까? 나도 국영수 잘하는데.'

기회를 노리던 태호가 제일 자신 있는 미소를 띠우고 악마처럼 추파를 던졌다. 미화는 바늘 하나 들어가지 않을 얼굴로 싱긋 웃기만 했다. 고양이에게 생선을 맡기지, 어느 정신 나간 부모가 순진한 여고생을 바람둥이로 소문난 김태호에게 붙일까. 차라리 저쪽의 바윗덩어리가 낫겠다. 미화뿐만 아니라 주변 여자들이 입은 떼지 않았지만 표정과 눈빛이 마녀처럼 빛났다.

'선배님은, 바쁘시잖아요? 그럼 제가 일이 있어서.'

열심히 노력했는데도 몸이 웨딩드레스에 들어가지도 못해서 다이어트를 3주간 더 선고받은 새 신부의 표정으로 태호가 서럽게 미화의 등을 보았다. 인강은 웃으며 돌아서서 다시 모형 조립에 들어갔다.

'마, 연애 혼자서 해. 괜히 나 잡지 말고.'

'아아, 형.'

인강은 태호가 우는 목소리로 어리광을 부리는 걸 무시했다. 그리고 몇 주 뒤에 학과 사무실 앞 게시판을 뚫어지게 보고 있는 미화를 다시 만났다.

'안녕, 후배?'

'아.'

'여선생은 잘 찾았어?'

'아, 그게……. 네.'

몇 주 만에 본 그녀는 무척 피곤해 보이는 안색이었다. 태호의 말로는 집안에 문제가 있어서 휴학을 했다고 한다. 원래 한강대 건축학과 수업 특성상 한학기만 휴학은 불가하기에 1년을 휴학했을 거다.

인강은 차갑고 딱딱해 보이는 외모와 다르게 무척 감수성이 풍부하고 섬세한 예술가 기질을 지니고 있었다. 책과 디자인을 즐기고 영화나 드라마도 좋아해서 진로 선택을 할 때 작가나 화가도 고려했다. 하지만 수학에 뛰어난 실력과, 아버지를 따라 실용적인 디자인을 살린 건축을 하고 싶어서 건축가가 되기로 정했다. 그런 그의 주의 깊은 눈에 잘 먹은 화장 밑의 눈그늘이라든가, 조금 메마른 입술이며, 손목에 난 멍 등이 보여서 눈이 찌푸려졌다. 그리고 그때 기억이 났다. 언제 미화를 처음 봤는지.

'혹시 동생이 탁구 선수였던가?'

'아…….'

미화의 얼굴에 놀라움이 떠오르더니, 갑자기 눈에 물기가 찼다. 인강은 당황했지만 내색을 하지 않고 미화를 휴게실 커피 자판기 앞으로 데리고 갔다.

'죄, 죄송해요. 갑자기 미수를 아는 사람을 만나니까……'

그러면서 미화는 동생이 아프다고 했다. 안 좋은 사고를 당했는데 덕분에 다니던 고등학교도 중퇴하고 치료를 했단다. 지금 회복 단계이지만, 탁구 생활은 접게 되었고, 검정고시를 준비해야 한다고 했다.

'그런데, 동생이 좀, 까다로워요. 사람들하고 잘 어울리지 못해서. 벌써 5명이나 그만두었어요. 그래서 제가 해보기도 했는데, 저도 못하겠더라고요.'

미화가 무의식중에 멍든 팔목을 쓰다듬었다. 인강은 뭔가 더 사연이 있다는 것을 눈치챘지만 가만히 이야기를 들어주었다.

과거, 미화의 동생을 본 것은 입대 후 두 번째 휴가를 나왔을 때였다. 부대에서 만나 늘 따라다니는 태호가 휴가도 같이 받아 나와서 인강을 과 파티에 끌고 가더니, 다음날 낮부터는 무작정 체육관에 가자고 했었다. 그날은 한강 대학교 체육관에서 아시아 주니어 탁구 선수권 대표 선발전이 벌어지고 있었다. 도착하니, 여자 중등부 대표전이 막 끝나가는 시점이었다. 그곳에서 키 크고 가는 여자 선수가 쌩쌩 날아다니며 기가 막히게 탁구를 치고 있어서 관심을 가졌었다. 환한 얼굴, 운동으로 홍조된 뺨, 사방으로 튀는 공에 대한 날카로운 눈빛. 그 선수는 생명력이 가득 넘쳐 반짝이던 사람이었다. 그녀에게서 10대의 싱그러움, 창창한 앞날에 아무 근심 걱정 없는 젊음이 느껴졌었다. 결국 우승을 한 선수가 신나게 미화를 얼싸안고 기뻐하는 모습을 지켜보았다. 언니만큼 예쁜 동생이라고 태호가 옆에서 느물스럽게 말했었다.

그 생생하던 소녀가 사고라니. 안타까운 일이었다. 인강도 비슷한 나이 또래의 어린 남동생이 있기에 왠지 미화의 얼굴에 넘치는 근심에 공감이 갔다. 미화가 말하길, 믿을 만한 선생을 찾기도 힘들지만, 5명의 과외 선생을 거친 후, 왠지 소문도 안 좋게 나 블랙리스트에 오른 듯하단다. 돈을 두 배로 준다고 해도, 오는 사람이 없단다. 두 배라니, 솔깃하다.

'내가 한번 해볼까?'

미화가 경계심을 가지고 인강을 보았다. 그런 '사고'도 있고 해서 미수는 몰라도 미화는 남자라면 치를 떨었다. 미수가 속으로 얼마나 순수한지 알기에, 여지를 주고 싶지 않아서 그동안 여선생만 5명째 고집했었다. 하지만 ADHD라는 특성을 설명해주고, 어떤 식으로 해야 한다고 이해시켜주어도, 정작 상황이 닥치면, 여선생들은 하나같이 견디지 못했다. 대부분 권위적인 선생과 제자관계에 익숙한 과외 선생들이었고, 미수의 행동을 무서워하거나 그렇지 않으면, 싸가지 없다고 생각하고 같이 맞서려고 했다. 미수는 점점 더 새로운 여선생들에 대해 거부감을 보이고 반항했다. 그래서 최근에는 섬세하지만 예민하기도 한 여자선생들이 오히려 미수에게 상극인가 하는 생각이 들고 있었다.

인강은 평판이 좋은 선배다. 진득하고 책임감 있고, 쉽사리 동요하지 않는, 바위 같은 사람이라는 의견들이었다. 혹시 이런 성격이라면 다를 수도 있지 않을까. 자신도 곧 복학을 하는 마당에 한시가 급한 일이었기에 미화는 결심을 했다.

'기분 나빠하지 마시면 좋겠어요. 하지만……'

미화가 똑바로 인강을 마주보며 말했다.

'제 동생을 여자로 보지 않겠다고 약속해주세요.'

'하하하. 대단한 미녀라도 되나 보네.'

'농담이 아니에요.'

'알았어. 약속하지. 나도 어린 학생을 넘볼 정도로 파렴치한이 아니야.'

물론 미성년자를 연애 대상으로 한다는 것은 범죄로 생각한다. 게다가 굳이 말하자면 인강의 취향은 자기 앞가림을 할 줄 아는 성숙한 여인이다. 자잘한 것에 신경 쓰게 하는 덜 익은 여자애들이 아니라. 하지만 그걸 설명해줄 필요는 없었다.

결심을 한 미화는 미수의 장애에 대해 밝혔다. ADHD라는 장애를 인강은 알고 있었다. 그가 좋아하는 건축가들 중 하나인 프랭크 로이드 라이트가 ADHD였고, 많은 예술가와 작가들이 같은 장애를 가지고 있었기 때문이다. 피카소, 달리, 조지 버나드 쇼, 톨스토이 등 이름만 들어도 알 수 있는 사람들이 가지고 있는 장애가 ADHD이기도 했다. 마이클 조던이나 유명한 운동선수들도 많다. 가장 유명한 사람은 알베르트 아인슈타인일 정도로, 사실 이 장애는 두뇌가 보통 사람들과 다르게 구성되어 더 창조적인 천재들일 수 있다고 보는 견해도 있다.

도대체 어느 상황일까. 인강은 궁금해졌다. 그래서 견학을 먼저 청했다.

처음 미수를 만난 날, 인강은 미화의 '여자 경고'는 어처구니없는 우려라는 것을 알았다. 비쩍 마르고 병색이 완연한 데다가, 머리도 엉망이고, 언뜻 보면 사내애 같은 아이가 사나운 눈을 번득이며 인강을 맞았다. 여자라는 것을 알고 봤어도, 어디에도 사랑스러움을 느낄 데가 없었다. 언젠가 주인에게 학대받은 그레이하운드 사진을 본 적이 있다. 딱 그 정도의 말라비틀림과 포기한 듯한 눈빛이다. 어쩌다가 이렇게 됐을까.

'또야?'

'오늘은 언니가 과외하고, 인강 선생님이 견학할거야.'

'씨.'

'안녕. 난 서인강이라고 해.'

'……치. 어차피 금방 나갈 거.'

미수는 책상 끝에 앉아 딴짓을 시작했다. 인강은 찬찬히 너무나도 변한 소녀의 모습을 바라보았다. 미화가 선이 또렷한 미인이라면, 미수는 무척 섬세하게 생겼다. 비슷한 얼굴을 하나는 매직펜으로, 하나는 0.01샤프심으로 그린 듯한 차이. 닮았지만 다른 그 모습이 흥미로웠다. 하지만 언뜻 보면 예쁜 얼굴도 황량하고 거칠어 보이는 표정에 그 아름다움이 가려졌다. 그 생생하던, 막 피어오르던 생명이 지금 이렇게 피폐한 얼굴로 뼈가 앙상한 몰골로 있다는 것이 충격이었지만, 내색할 수는 없었다.

곧, 미화가 수업을 시작했다.

'그러니까, 여기 이 y를……'

'난 이거 몰라. 이 위쪽 거 하고 싶어.'

'……x에 대입하면, 미수야. 여기 봐.'

그때, 인강은 미수가 멀리서 들리는 옆집 개가 짖는 소리에 신경을 뺏겼다는 걸 알았다.

'자, 집중하고. 그래서 이 y가 어디 간다고 그랬지?'

'……'

'미수야. 아까 풀었던 문제랑 같아. 생각나?'

'……바보 취급 하지 마.'

'그러니까 이쪽…….'

'씨발! 알아! 안다고!'

미화의 미간이 순식간에 좁혀지고 있다. 후우. 미화가 숨을 고르고 다시 침착하게 설명했다. 이어지는 한 시간 동안의 수업은 견학하는 인강에게도 고역이었다. 미화는 참을성이 많았지만 계속되는 산만함과 집중의 부재에 진도는 겨우 한 공식 밖에 나갈 수 없었다. 크게 화를 내지 않고 미수를 상대하는 미화가 인강에게는 부처님 반 토막처럼 보였다. 물론 굉장히 피로한 반 토막이었지만. 내년 8월에 있을 검정고시까지 고등학교 국영수를 다 처음부터 가르쳐야 하는데, 이런 식이라면 턱도 없었다. 3시간 같은 1시간이 지나고 휴식이 왔다. 미화의 허락이 떨어지자마자, 재빨리 뛰쳐나가는 미수를 보며 미화가 관자놀이를 제 손으로 꾹꾹 눌렀다.

'보시다시피, 쉬운 일이 아니에요.'

'그러네.'

'돈은, 두 배를 더 드릴 수 있어요. 혹시 지금이라도 그만두시겠다면, 이해할게요.'

'음. 조금 생각은 해봐야 될 거 같아.'

사실 어린 여자의 거친 말투나 행동이 생경하고 당황스러웠다. 제가 특별히 인내심이 많은 것도 아니고, ADHD를 잘 모르면서 과연 상대할 수 있을까도 염려스러웠다.

'실은 약을 먹으면 좀 더 편해져요. 오늘은 아마 안 먹었을 거예요. 약을 먹으면 머리가 아프다고 좋아하지 않아요. 멍한 거 같기

도 하고. 그래도 미수는 바보는 아니에요. 알아들은 것은 잘 잊지 않아요.'

마당을 나오면서 보니, 추운 날에도 줄넘기를 하는 미수가 보였다. 씩씩거리면서 이를 악물고 뛰고 있다. 인강은 혼자 대문을 닫고 나섰다.

먼저 인터넷으로 ADHD에 대해 알아보았다. 행동 치료법과 약에 대한 간단한 정보는 쉽게 접할 수 있었다. 흥미 있는 케이스들과 증세와 대처법에 대해 읽으면서, 장애에 감추어진 미수의 진짜 모습은 무엇일까, 더욱 궁금해졌다. 아마도 그날 보았던 그 환하게 빛나던 소녀가 아닐까. 일주일 정도 인터넷과 책을 읽어보고 인강은 미화에게 연락했다. 한번 해보자고. 한 달만 해도 꽤 많은 돈을 벌 수 있다. 다음해 여름에 가려던 유럽여행 비용에 도움이 되겠다 싶었다.

인강의 아버지는 건축 사업을 하지만 설계사는 아니다. 하지만 오랜 경험으로 나름의 철학이 있으셨다. 어느 날, 완성된 건물에 인강을 데려가 보여주며 설명을 해주셨다. 왜 이쪽 계단은 계단이 아니고 경사진 오름길인지, 엘리베이터를 왜 이 장소에 정하였는지. 모든 설계에 이유가 있었다. 그 건물을 쓰는 사람들의 편의와 목적이 무엇일까를 생각하고 설계하는 것이다. 예를 들면 2층에 유치될 유아원을 생각해 계단 높이 자체를 보통의 반으로 한다든가, 1층에 유모차를 주차할 수 있는 공간을 만들기도 했다. 어느 시의 구청을 지을 때는 다른 지역의 구청에서 한 이틀을 꼬박 지켜보며 사람들의 이동과 건물의 쓰임을 먼저 조사했다. 지켜보고, 생각해서 배려한다, 가 아버지 서희갑 사장의 철학이자 행동 방침이었다.

'언제나 작은 게 중요하다. 자연을 보렴. 잎새 하나하나가 쓸모

가 있어서 존재하는 거야. 하나도 허투른 게 없단다. 그걸 알아보는 눈을 키우렴.'

어릴 때부터의 교육 때문인지 인강도 쓰는 사람을 생각하는 디자인에 매료되었다. 오페라와 연극에 빠졌을 때, 무대 디자인을 생각하기도 했지만, 허구의 아름다움보다는 실생활의 미적 활용에 마음이 더 빼앗겼다. 문제가 있으면 어떻게 해결할 것인가가 재미고 관심이었다.

그래서 첫 주는 탐구의 시간으로 정하였다. 특별히 가르친다기보다, 미수를 더 잘 알아가는 시간으로 생각했다. 원래 서 씨 삼형제 중에서도 가장 느긋한 성격을 가진 인강이다. 불같은 성격의 형과 동생 사이에서 중재를 맡고 있기에 격한 말과 몸싸움은 익숙하다. 물론 그것이 어린 여자애에게서 나오는 것은 조금 당황스럽겠지만 상대 못 할 것도 없다.

'미수, 오늘은……'

'키가 몇이야?'

'……187센티.'

'되게 크다.'

'미수는 몇인데?'

'172센티.'

'15센티 차이네. 그럼 우리 15분만 공부해볼까?'

'15분?'

'그래. 이거 혼자 할 수 있겠어?'

'씨, 장난해? 초등 수학?'

'하하하. 왜, 못하겠나 보지?'

'…….'

미수가 확 째려보더니, 간단한 수학문제 두 장을 10분 만에 끝냈다.

'와. 잘하네. 난 미수가 이거 이렇게 빨리 풀 줄 몰랐어.'

'씨, 누굴 바보로 아나.'

'야, 잘한다. 생각보다 잘해서 놀랐어.'

박수까지 치며 싱글벙글 웃는 인강을 보며 미수는 이 남자가 자신을 놀리는 건지, 그저 멍청한 건지를 생각했다. 어릴 때부터 어른들에게 '안 돼, 하지 마' 소리를 듣고, 혼나는 것이 더 익숙한 삶이었다.

'아, 씨발. 내가 아기야! 그만해! 바보가 아니라구!'

미수가 꼭지가 돌아서 책을 집어던졌다. 인강이 책을 잽싸게 받아챘다.

'선생님한테 반말하면 안 돼.'

'아, 무슨 소리야!'

'죄송합니다, 해야지.'

'아아악!'

미수가 책상 위를 쓸어버리고 팡팡팡 쳐댔다. 제 화를 못 이겨 씩씩거리다가 인강을 흘끔 보았다. 누구든지 대부분 이 정도로 난리치면 겁을 냈다. 전의 여선생들은 하나같이 작은 체구여서, 말랐지만, 키가 크고 운동했던 단단함이 남아 있는 미수가 몸을 쓰면, 무척 무서워했다. 무서워하지 않으면 질색을 하고 싸가지라며 나가떨어졌다. 정신병자처럼 보며 억지로 웃어주기도 했다. 하지만 인강은 단지 흥미 있다는 눈으로 보고 있을 뿐이다. 건장한 남자인 인강에게는 비쩍 마른 여자애가 설쳐도, 그저 새끼 고양이가 손톱을 내밀고 갸르릉, 하는 것처럼 보이는 듯했다.

'뭐가!'

'음. 손 많이 아프겠다.'

게다가, 이전부터 미수가 계속 느끼는 것인데, 이 남자는 뭔가…… 이상했다. 누구는 열불 나서 방방 뜨는데.

지금 놀리나, 했는데, 정말로 진지하게 미수의 발갛게 부은 손바닥을 보며 걱정스럽게 얼굴을 찡그리고 있다. 이건 뭐지? 한참 생각하다 나온 단어가 '맹하다'였다. 눈치 없이 맹해서, 뭐가 뭔지 모르는 사람이라서 어디가 불쾌하고 뭐가 중요한지를 모르는 거다. 미수는 깨달았다. 생각보다 쫓아내기가 힘들 것 같다. 하지만, 하지만 무슨 일이 있어도, 이 남자는 쫓아내야 한다.

그 뒤로 일주일 내내 미수의 발악 아닌 발악이 계속되었다. 무관심으로 대하기도 하고, 생난리를 치기도 하고, 울기까지 해봤다. 하지만 인강은 별거 아니라는 듯 받아줄 뿐이다. 언니인 미화만 안절부절못했다. 처음부터 어느 순간에라도 인강이 그만둘 거라고 각오하고 있었다. 하지만 의외로 일주일이나 버틴 인강에게 경외감마저 느낄 지경이었다. 미수는 저 새끼 빨리 치우라고 악을 썼지만 미화는 알 수 있었다. 좀비 같은 차가움으로 마음을 닫고 지내던 미수를 이만큼 동요시키던 사람은 인강이 처음이다.

일주일간 지켜본 후, 인강은 미수의 장애 외에도 많은 것을 파악할 수 있었다. 미수의 부모들은 '그 일' 이후, 미수를 두려워하며 거의 손을 놓고 있었다. 미화는 미수를 포기하지 않고 가장 노력하는 유일한 사람이다. 미수의 사고는 왠지 교통사고 같은 흔한 일이 아닌 듯하다. 미수는 운동을 포기했고, 이 과외가 아니면 방에서, 집에서 나오지 않는 은둔자 생활을 하고 있었다. 겨우 19살의 소녀가, 70살 노인 같은 얼굴로 시체처럼 살고 있는 것이다.

'미수야.'

'……'

'나는 네가 뭘 생각하는지 잘 몰라. 그래도 만약, 검정고시를 보고 싶으면, 내가 도와줄 수 있는데.'

'……'

'미수가 생각해봐. 공부하고 싶은지, 지금 그대로 살고 싶은지.'

'……'

'이건 미수 인생이니까, 미수가 결정해보고 나한테 연락하는 게 맞는데. 그런데 지금 보니까, 미수는 결정할 수 있는 상태가 아니니까, 내가 정해줄게. 검정고시는 보자.'

다섯 번째의 만남에서 인강이 담담하지만 진지하게 말했다.

'힘들게 갈까, 쉽게 갈까. 미수가 결정해.'

미수가 불만이 가득한 눈으로 인강을 노려보았다. 이 남자, 고집이 세다. 무지무지 세다. 순둥이처럼 싱글거리지만, 절대로 미수에게 지지 않는다. 너무도 화가 나서 발작 비슷하게 난리를 치고, 울고불고 하다가 기진맥진이 된 상태의 미수에게 선택이랍시고 저런 말을 던지다니. 너무 감정소모가 커서 기운이 하나도 없었지만 기가 막힌 것은 사실이다.

미수는 모르겠지만, 인강은 어린애를 잘 다룰 줄 안다. 늦둥이 남동생 인성이 4살 즈음부터, 회사가 너무 바빠져서, 인테리어 디자이너쓸데장으로 회사 일을 하시던 어머니가 거의 집에 없었고

10살인 인강이 놀아주어야 했다. 떼쟁이에 고집 센 4살 남자아이를 다루던 경력이 고대로 이렇게 쓰일 줄이야.

'맞고 할래, 그냥 할래. 인성이가 결정해.'

인강은 냉혈한 형이었고, 집안에서 늘 조용한 편이었지만, 그를 고집으로 이긴 사람들은 없었다. 미수의 반항들은 어릴 때 인성이를 많이 닮았고, 왠지 그녀를 딱 4살짜리 아이로 보이게 했다.

물론 미수는 4살이 아니고 제법 똑똑한 19살 소녀다. '그 일' 이후 몽롱하게, 괴롭게 보냈던 시간들, 요양원에서의 정신과 치료 후 조금 돌아온 정신으로 본 자신의 인생은 조각이 나 있었다. 미수도 제 인생을 바로 잡아야 한다는 것을 알고 있었다. 언니 미화가 대학은 가야 한다면서 짜증나는 여선생들을 들이밀었고, 그에 반발을 했지만, 그것이 자신을 위한 것이라는 것은 이해하고 있었다. 단지 공부와는 담을 쌓고 지내던 자신이, 검정고시를 준비한다는 것에 두려움이 컸다. 공부 쪽으로는 제대로 성공해본 적이 한 번도 없다. 하도 바보 소리를 들어서이기도 하지만, 자신이 공부를 잘 못한다는 것을 알고 있었다. 한데 아무것도 모르는 이 맹한 선생은 자기가 책임지고 도와주겠단다. 도대체가, 얼마나 멍청하고 고집이 센지, 저 같은 돌아이를 검정고시에 붙여보겠다고 하는데 어이가 없었다.

하지만 멍청한 남자가 천사 표 흉내 내는 것을 일일이 반응할 기력도 없어서 그대로 두었다.

'알았어. 맘대로 해.'

'알았어요. 맘대로 하세요.'

'……알았어요.'

'잘했어, 미수. 말하기 힘들었을 텐데. 장하다.'

미수가 눈치챈 대로 인강은 일부러 칭찬을 퍼붓고 있는 중이었다. ADHD를 가진 사람들이 부정적인 대응에 익숙해져서 자존감이 낮다는 것은 잘 알려진 사실이다. 미수가 반항하는 것도 자신감이 많이 떨어져서 그런 것도 있다고 보았다. 말이란 것이 자꾸 하다 보면 스며들게 되어 있다. 인강도 사실 살가운 성격이 아니라 별일 아닌 것으로 자꾸 칭찬하는 것이 처음에는 어색하였지만, 곧 아기 다루듯 한다고 생각하니까 자연스러워졌다. 게다가 미수는 생각보다 머리가 좋았다. 잠시 집중을 시킨 뒤 공부한 것들은 잊어먹지 않았다.

계속해서 과외를 진행하기 전에 인강은 공부방을 바꿀 것을 요청했다. 지금까지는 2층의 거실에서 했는데, 너무도 주의를 뺏길 것이 많아, 미수가 곧잘 산만해진다는 것을 알았기 때문이다. 커다란 창밖의 풍경이나, 계단 아래서 들리는 생활의 소리 등등, 보통 사람들에게는 아무것도 아닌 소리와 시각적인 것들이 미수에게는 다 방해였다. 그래서 손님방으로 쓰던 작은 방을 싹 비우고 단지 미수의 참고서와 앉는 탁자만을 놓았다. 창문에도 커튼을 쳐서 바깥 풍경을 가리니 이 공부방은 완벽한 밀실이었다.

물론 한쪽에 CCTV가 설치되어 있었다. 휴식 때마다, 미수와 인강이 카메라 너머 미화를 향해 손으로 브이 자를 해보였다. 미수가 하얀색 벽이 병원 같다고 싫어해서 침착함을 도와주는 청록색 계열의 색으로 벽을 새로 칠했다. 깨끗하게 빈 공간에 들어선 미수는 왠지 마음이 편안해졌다.

기본이 안 돼 있는 미수를 위해 중학교 수준부터 수업을 시작하였기에, 미수가 느끼기에 진도는 생각보다 쉽게 따라갔다. 인강의 수많은 칭찬이 파리 끈끈이처럼 미수를 따라다녔다. 하루 목표와

주간 일정이 벽에 크게 붙어서, 규칙적으로 움직였다. 작게 쪼개서 따라가기 쉽게 공부가 조절되었기에 가능한 일이다. 매일 일정하게 20분 공부 후, 5분 정도 휴식, 한 시간 마다 잠깐 가벼운 몸풀기 운동 등등이 행해졌다. 인강의 수업은 처음에 일주일에 3일을 하던 것을 대학의 방학을 맞아 매일 하기로 하였다. 이 주 정도 매일 보자, 인강은 공기처럼 미수의 생활에 스며들었다. 두 달이 지나자 미수도 자신감이 들고, 길이 보였다. 조금씩 매일, 차근차근 그렇게 바뀌어갔다. 미수의 얼굴이 점점 화색을 찾았다. 밥도 잘 먹게 되어 살도 좀 더 찌게 되었다.

미수의 삶에 모처럼 안정이 찾아왔다. 목표가 있고 의지가 있으며 행동으로 실현하는 인생. 그렇게 검정고시까지 잘 살아갈 줄 알았다. 미수도 조금 숨 쉴만하니 주변이 눈에 들어오는 듯 한결 밝아지고 여유 있어 보였다. 그런데 어느날인가부터 미수는 인강이 미화를 좋아한다고 오해하기 시작했다. 아마도 그 시기는 인강의 불편한 자각이 시작된 때부터가 아닐까.

여자아이가 자라는 것은 꽃이 피는 것과 같았다. 말라 죽을 것 같던, 가시투성이의 가지에 어느덧 봉오리가 맺히고, 갑자기 맡아지는 향기에 눈을 돌리니 싱그럽고 탱탱한 장미 봉오리가 막 부드러운 꽃잎을 수줍게 열고 있다. 그 하얀 듯 분홍색인 속이 눈이 부실 지경이다. 나날이 짙어지는 향기에 정신이 몽롱해진다.

언제부터인지를 따지는 것은 무의미하다. 처음으로 제 손으로 문제를 잘 풀고 활짝 웃던 그날인지. 살이 붙고부터 돌아온 홍조에 얼굴이 더 부드러워 보인 것을 알아차린 것도 갑자기처럼 느껴졌다. 미수가 예쁜 얼굴이라는 것을 알지만, 생활이 안정될 수록, 그렇게 피어나서 아름답게 변할 것이라는 것은 정말 상상도 못 해보았다. 삐죽삐죽 엉망인 머리카락도, 푸대 같은 옷들도 이제는 미수의 사랑스러움을 감출 수 없었다.

아니면 그저 미수의 속을 잘 알게 되어서일까. 친해질수록 거칠고 무례한 껍데기와는 상반되게 순수하고 어린 속내가 점점 드러났다. 마치 학대받고 움츠러든 작은 길냥이가 부들부들 떨면서 제가 준 먹이 앞으로 한발 다가올 때를 지켜보는 심정으로 인강은 미수를 보았다. 제가 주는 습관적인 칭찬에 점점 미소를 짓고, 뿌듯해하는 모습이나, 문제를 다 풀고 칭찬을 기대하는 눈빛이 정말 아기 같았다.

말라서 부러질 것 같던 손목도 조금 살이 붙었지만 여전히 가냘팠다. 저 손목으로 그처럼 강한 스매싱을 할 수 있었다니, 믿기지가 않았다. 파란 핏줄이 투명한 살결 아래 수줍게 돋아나 있다. 여자의 손목에 핏줄이 보인다는 것을 처음 알았다. 그 손목으로 머리를 뒤적이고, 책장도 넘기고, 글도 쓴다. 어느덧 눈은 미수의 귀 뒤와 목덜미에 있는 푸르스름하고 섬세한 핏줄을 보고 있다. 정말이지 피도 안 마른 아기 같다. 왠지 코를 묻으면 피 냄새도 맡을 수 있을 거 같다. 미수의 피 냄새는 달콤한 장미향이 나지 않을까. 물론 진짜 아기는 미수처럼 생각하고 말하지 않겠지.

언젠가 국어를 공부하며 한용운 시인의 '님의 침묵'을 읽고 있었다. 문득 미수가 킥킥거리고 웃었다.

'뭐가 웃기니?'

'아니, 그게, 작대기가 하나 더 달리면 님이 남이 된다잖아요. 그러고 보니까 넘도 될 수 있고 놈도 될 수 있고. 그러면 너무 웃겨서요, 시가.'

놈은 갔읍니다. 아아, 사랑하는 놈은……. 독립을 생각하며 쓴 진중한 글이 농이 돼버렸다.

'그런데 그러면 기분 나빠진 ㄴ 이 발딱 일어서면 'ㄱ'이 될 수 있겠다 싶어요. '곰은 갔읍니다. 아아, 사랑하는 나의 곰은 갔읍니다. 푸른 산빛을 깨치고 단풍나무 숲을 향하여 난 적은 길을 걸어서, 차마 떨치고 갔읍니다.' 왠지 동면하러 들어가는 곰이 생각나잖아요?'

까르륵 웃는 미수의 눈이 반짝였다. 아직도 비루먹은 망아지처럼 보이는 이 어린 소녀의 두뇌는 정보만을 저장하는 저장고가 아니었다. 한번 들어온 정보는 이리저리 튀면서 모양을 바꾸었다. 그 속도도 빠르고 예측하기가 힘든 방향이었다. 자유로운 인강의 두뇌도 같이 튀기 시작했다.

'그러면 여기 '날카로운 첫 키스의 추억은 나의, 운명의 지침을 돌려놓고'는 곰이 나를 물기라도 했다는 걸까.'

'하하하. 쌤도 참. 그러고 보면 이 시는 곰에 물려 죽은 사람이 쓴 게 돼요.'

두 사람은 깔깔, 하하거리며 즐겁게 곰이 주체가 된 '님의 침묵'을 읽어내려갔다. 문득 미수가 잠잠해졌다. 또 무슨 생각을 하나, 바라보니 진지하게 한 구절을 읽고 있다.

'사랑도 사람의 일이라, 만날 때에 미리 떠날 것을 염려하고 경계하지 아니한 것은 아니지만, 이별은 뜻밖의 일이 되고 놀란 가슴은 새로운 슬픔에 터집니다. 만날 때 미리 떠날 것을 염려하다니, 역시 사랑은 할 게 못되네요.'

'……아래쪽에 '떠날 때에 다시 만날 것을 믿습니다'라고 희망이 있잖아.'

'죽으면 어떻게 다시 만나요? 사랑을 한다는 것은 미치는 거라서 주변 사람까지 다 망치는 거예요. 다시 만날 수 있을 리가 없어요.'

갑자기 산전수전 다 겪은 여자의 표정으로 미수가 말했다. 왜 떠나는 것이 죽음일까.

'사랑이 늘 그렇게 극단적이지는 않아.'

'죽이고 싶을 정도로 사랑해본 적이 없나 봐요, 쌤은.'

'……그런게 사랑이라고 생각해본 적은 없어.'

'미치지 않는 것도 사랑인가? 잘 모르겠네요.'

왜, 겨우 19세를 넘긴 소녀가 그런 말을 김장 500포기 다 담그고 담배 피는 아줌마처럼 무상하게 말할 수 있는 건지, 생경했다. 아마도 그것은 미수의 '사고'와 그녀가 받고 있는 치료와 관계가 있겠지, 하고 짐작할 뿐이었다.

2주일에 한 번씩, 미수는 의사를 만나러 갔다 왔다. 초기에는 방문 후에 무척 진이 빠져서 수업을 못할 정도였다. 안타까웠다. 무슨 병원 방문이 멀쩡하던 아이를 초주검이 되도록 해서 돌려보내는지. 물론 미화도, 미수도, 누구도 그에게 왜 미수가 계속 치료를 받는지 설명해주지 않았다. 그냥 우연히 일하는 아주머니의 말실수로 알았다. 정신과 상담이라는 것을. 집안 식구들이 모두 쉬쉬하며 감추고만 싶어 하는 일인지라, 아주머니가 사색이 되어 도망갔다.

미수가 특정 색에 멍한 반응을 보인다는 것도 알아챘다. 예로, 빨간색을 보면 그냥 순간적으로 정신이 없어지듯, 멍해진다. 너에게 도대체 무슨 일이 벌어진 거야. 궁금증은 더해갔지만 간신히 밥을 먹기 시작한 피폐한 강아지에게 그런 걸 물어볼 수가 없어서, 문을 지키는 수문장을 붙잡았다.

'미화야. 무슨 일이 있었냐?'

'……그게, 저도 잘은 몰라요. 저도 그때 학교생활로 바빠서, 사고가 난 뒤에서야 달려갔거든요.'

'……'

'그러니까, 미수 앞에서 제일 친한 친구가 죽었고, 그게 트라우마가 됐어요. 어린 나이에 충격이 컸나 봐요. 저희에게도 제대로 말해주지 않았어요. 저도 대강 경찰에서 들었어요. 그 일을 미수에게 말하지 말아주세요. 아직도 힘들어 해요.'

'혹시, 그 친한 친구, 연애하다 사고 난거야?'

'……!'

'맞구나. 알았어.'

미화는 영악하게 진짜 정보는 숨기고 더 이상 이야기를 해주지 않았다. 그렇지 않아도 정신과에 드나든다는 것을 알리고 싶어 하지 않는 듯해서 속이 탔지만 더 물어볼 수 없었다. 아무리 봐도 이상했다. 이처럼 예쁘게 피어나는데, 미수는 예뻐질 노력도 하지 않았다. 보통 여자애들은 멋 내느라고 신경 쓰지 않던가? 그가 알던 여자들은 하나같이 옷과 화장에 지극정성을 들였다. 하지만 한창 피는 나이의 이 소녀는 머리를 제멋대로 자르고, 옷도 남자처럼 헐렁하게 입었다. 그래도 뽀얀 뺨에 드리우는 길고 검은 속눈썹에 저도 모르게 눈길이 갈 수밖에 없었다.

'쌤. 자꾸 보지 마요.'

'아, 미안.'

'지우개 좀 줘요.'

'아, 여기.'

뻗어온 희고 가는 손가락은 너무도 연약해 보였다. 손가락이 닿자 흠칫했다. 갑자기 미수의 맑고 검은 눈을 마주볼 수가 없었다. 왜? 겨우 19, 아니 이제는 20살의, 머리에 피도 안 마른 비쩍 마른 소녀에게 이러는 거야. 인강이 갑작스러운 깨달음에 너무도 당황스러워 안절부절못하는데, 미수가 좀 더 주의 깊게 보는 눈치여서 불안하기까지 했다.

'쌤. 여자랑 자봤어요?'

'뭐, 뭐, 뭐?'

'여자 몸, 본 적 있냐구요.'

'너는! 무슨, 여, 여자애가……'

'물어도 못 봐요? 치.'

'……너 그거 성희롱 이다.'

인강은 차마 그러는 너는 남자 몸 본 적 있냐고, 물어볼 수가 없었다. '몸을 본다'가, 그저 보기만 하는 것으로 생각되어지지 않는 때문임이 쑥스럽다. 어린 소녀에게 이런 대화로 밀리는 게 어처구니가 없었지만, 어쩔 수 없었다. 미수는 어디로 튈지 모르는 탁구공 같았다. 게다가 이 꼬마는 왠지 남자와 단둘이 좁은 방에 같이 있다는 것이 하나도 불편하지 않은 것 같다.

평소 사내애 같이 입고 행동한다고 생각은 했지만, 인강의 팔에 닿는다든가, 어깨에 머리를 기댄다든가, 마치 동성인 것처럼 몸의 접촉을 자연스럽게 했다. 다른 여자가 했다면 거북해했을 접촉도 성적인 긴장감이 없어서인지 자연스러웠고, 때늦게 인식하고 놀라는 것은 항상 인강의 몫이었다. 남녀공학을 다닌 여자아이들은 남자와 어울리는 게 숨쉬는 것처럼 편한건가. 외려 자각하고 보니 여자와 단둘이 긴 시간, 이처럼 같은 공간에 섹스 이외의 일로 같이 있어본 적이 드문 인강이 점점 가시방석이다.

그때 인강이 수학 문제 푸는 것을 보려고 온 미수가 옆으로 와, 살짝 한쪽 어깨에 손을 대고 턱을 올렸다. 귓가에서 들리는 부드러운 숨소리에 등이 쫄깃거렸다. 늘 의식하고 있던 핏줄이 서린 목덜미가 이처럼 가까워질 줄은 몰랐다. 최대한 덤덤하게 미수의 손을 잡아내렸다.

'너 자꾸 남자 몸에 손대는 거 아니다.'

'왜요?'

'그러다 큰일 나. 너네 언니가 말 안 해주니?'

'왜 그래요, 진짜. 쌤이 생판 남도 아니고.'

'불편해. 내가 여동생이 있던 것도 아니고…….'

'여자 친구 없어요?'

'여자 친구랑 수학 공부하는 게 아니잖아.'

괜히 귀가 빨개지는 게 느껴진다. 미수가 뚱한 얼굴로 바라본다. 만약 미수에게 조금의 내숭이나 여자짓을 하는 사심이 있었다면, 충고를 하려고 했으나, 너무도 맑은 표정에 외려 제가 죄책감이 들었다. 결국 그럴싸한 설명을 꺼냈다.

'난 남중, 남고에 형제만 셋인 집에서 둘째야. 이런 접촉이 불편하다.'

'헤에.'

그때 미화가 간식을 들고 들어왔다. 휴우. 마음이 놓였다. 붉어지는 얼굴을 감추려고 미화에게 더 길게 말을 걸고 웃어댔다. 미화가 보기에는 문을 열었을 때부터 방 안에 묘한 공기가 흐르고 있던 것을 눈치채지 않았을까. 죄책감에 달아오른 인강의 얼굴이 미화의 눈을 피하고, 그런 인강을 미수가 눈을 가늘게 뜨고 보고 있었다. 역시나, 눈치 빠른 미화는 마녀를 찾은 스페인 종교 심판자처럼 인강을 보았다.

'강이 형, 잠깐 봐요.'

'아. 그래.'

문을 닫고 아래층 서재까지 갔다.

'강이 형, 너무 고마워요. 사실 형이 이렇게 잘해주실지 기대 못했어요.'

하하하. 왠지 알 것 같은 거북한 뒷말을 기다리며 웃는 어색한 웃음이 둘의 얼굴에 걸렸다.

'기억하시죠, 제가…… 당부했던 말.'

'……물론이지.'

'미수, 남자한테 상처 크게 받았어요. 아직도 회복 중이고요. 연애 같은 거 감당할 수 없어요.'

마녀임을 증명하기 위한 바늘 찌르기처럼 날카로운 말들이 인강의 가슴에 꽂아졌다. 세세한 표정을 놓치지 않겠다는 듯이 미화의 눈이 가늘어졌다.

'지금 겨우 제자리로 찾아가는데, 혹시라도 흔들지 말아주세요.'

'걱정 마. 약속 지킬거야. 미수한테 검정고시가 더 중요하다는 건 나도 알아.'

인강이 미소 지은 얼굴로 말했다. 다섯 살이나 어린 소녀를, 겨우 큰 사고에서 회복해나가는 어린애를, 그것도 학생을 넘보는 파렴치한의 마음을 살짝 들키고 재빨리 억눌렀다.

'혹시나 해서 말인데, 그, 죽었다는 친한 친구가…….'

'네. 남자였어요.'

왠지 그림이 그려졌다. 어린 나이에 사랑한 남자가 눈앞에서 죽었나 보구나. 내심 충격이 컸다. 전공이던 탁구도 접을 만큼의 트라우마였다니, 너는 얼마나 사랑을 했었을까. 그 아픔을 상상만 해도 마음이 먹먹했다. 미화가 싸늘하게 말했다.

'그러니까, 미수, 가만히 놔둬주세요. 마음 같아서는 두 번 다시 남자로 인해 고생하게 하고 싶지 않아요. 지금 겨우 20살이잖아요.'

'너무한다, 내가 어쨌다고. 미수는 나에게 친동생 같은 아이야. 걱정하지 마.'

'미수에게 그 새끼는 쌍둥이 같은 놈이었어요. 걱정은 제가 알아서 할게요.'

냉기 넘치는 미소를 지은 정숙한 미화의 입에서 나오는 거친 표현에 담긴 증오가 인강을 흔들었다. 그 뒤로 늘 미화의 시선을 신경 썼다. CCTV의 렌즈가 더욱 날카롭게 보고 있는 듯했고, 미수와 스칠 때마다 저절로 흠칫거리게 되었다. 미화가 근처에 있으면 저도 모르게 미화의 표정을 한 번 더 살피게 되었다.

'쌤.'

'…….'

'아, 쌤……!'

'아, 미안. 왜?'

'쌤, 미화 언니 좋아해요? 눈이 자꾸 가요? 네?'

장애 때문인지, 그 통통 튀는 두뇌 때문인지, 미수는 늘 직설적이다.

'……공부나 해.'

'흠. 히히히.'

그 즈음 미수가 더욱더 제게 친근하게 굴게 되었다. 미수는 알게 될수록 사랑스러웠다. 고양이처럼 까칠할 거라 생각했는데, 강아지처럼 엉겨 붙었다. 절대적인 신뢰가 담긴 맑은 눈에서 기쁨을 느꼈지만, 이게 여성으로서의 호감인지는 확실치 않았다. 살이 뽀얗게 붙어도, 여전히 미수는 언제라도 바스러질 것 같은 느낌이었다. 나비의 반투명한 날개처럼, 손가락 사이에 잡자마자 부서질 것 같은 연약함이 느껴졌다.

늦봄에 봄비가 내렸다. 미수와 함께 마당에 나섰다. 처마 아래서 약간은 경사진 정원을 내려다보았다. 비가 촉촉촉, 하고 땅을 건드렸다. 구름이 깨지면서 햇살이 비쳐 나왔다. 오랜만에 보는 여우비였다.

'여우비네. 여우가 시집가는 날. 아니, 호랑이 장가가는 날인가.'

'쌤도 참. 여우가 호랑이랑 결혼하는 날이죠.'

아, 그런건가.

'아마 정략결혼이 아닐까요. 하지만 여우가 호랑이를 무척 사랑하는.'

'뭐가 또 그렇게 구체적이야.'

'호랑이는 동물의 왕이고, 누구에게나 사랑받을 만하잖아요. 여우는, 그냥 여우죠. 게다가 호랑이는 여우를 잡아먹을 수도 있는데, 그럼에도 결혼한다는 건, 여우가 죽음을 각오하고 사랑한다는 거겠죠.'

'그렇다면 호랑이가 여우를 더 사랑하는 게 아닐까? 누구에게

나 사랑받는 호랑이가, 평범한 여우를 잡아먹지 않고 결혼하는 것이니. 식욕은 무거운 본능인데도 말이야.'

'……죽음보다 더 무거운 건 없어요.'

분위기가 무섭게 가라앉았다. 인강이 주제를 바꾸려고 성인 남자의 음흉한 마음을 섞어서 관심 없는 척 가볍게 물어보았다.

'미수는, 이상형이 뭐야?'

'……없어요.'

'왜, 네 나이 때는 짝사랑도 많이 하잖아?'

문득 떠오른 괴로운 표정은 도저히 20살의 어린 여자아이가 지어서는 안 될 비참함을 표현하고 있었다.

'저 같은 게 무슨 연애예요. 헤헤.'

도대체 무슨 일일까. 어떤 개자식이 너를 이렇게 만든 거야. 울컥 화가 치밀어 올랐다. 누가 내 생때 같은 새끼를 울렸어!

'네가 어때서.'

'저, 정상이 아니잖아요. 미칠 수도 있어요.'

'누가 그래. 그럴 리가 없잖아.'

'……다들 그래요. 사랑하면 미친다잖아요. 저는 진짜 미칠 거예요. 정신병 같은 거요.'

ADHD는 정신병이 아니다. 사람들에 따라 증상이 다르지만 미치는 것과는 전혀 상관이 없다. 도대체 왜 이런 생각을 갖는 건지. 더 추궁하고 싶었지만 축 늘어진 얼굴을 보면 할 수가 없다.

'네가 미치면 위로 올라와.'

'네?'

'네가 밑이면 위로 올라오라고.'

'밑이…… 하하하. 뭐예요, 쌤. 싱겁게.'

그 죽은 개자식이 환했던 소녀를 망쳐놓았다는 걸 느꼈다. 그래서인지 미수는 두려워하고 있다. 미치는 것과 사랑에 빠지는 것을. 연결된 듯, 상관있는 듯하지만, 두 개는 다른 의미다.

미치면 사랑에 빠진다. 사랑에 빠지면 미친다. 미치면 죽는다. 사랑하면 죽는다. 미수의 연결 공식이 보이는 듯했다. 이유는 아마도 이 집안사람들이 죽어도 이야기하지 않는 '그 일' 때문이겠지. 하지만, 그게 나와 무슨 상관이지? 내가 설마, 사랑이라도 한다는 말인가? 저 꼬맹이를?

인강도 사랑을 해보았다. 사람들은 잘 모르지만, 같은 과 3년 선배와 입대 전 몰래몰래 3개월 정도 격정적인 사랑을 했었다. 첫 여자인 그녀는 능숙하고 세련된 여자였다. 술에 취한 그를 유혹한 것도 그녀였고, 어린 남자는 자신의 처음을 여자 다리 사이에 묻으며 감동했었다. 섹스, 밀회, 여행, 호텔에서의 정사, 숨어서 하는 키스, 생각해본 적도 없던 수많은 어른의 유희를 그녀와 처음으로 했다. 숨 막히는 열망, 놀리는 듯한 그녀에 대한 집착, 다른 남자들의 눈길에 대한 질투, 조용하고 느긋했던 자신에게 있는 줄도 몰랐던 소유욕, 그런 것들이 사랑이라고 생각했다. 하지만 그녀는 그가 해병대 들어가고 첫 휴가 일주일 전 연락한 그에게 이별을 알려왔다. 과거 유명한 과 커플이었던 여자는 다시 전 남친과 합친다고 했다.

'너무 나쁘게 생각하지 마. 너도 즐겼잖아.'

처음으로 여자 때문에 아팠다. 심장이 칼로 짓이겨지는 느낌, 머리가 돌아버릴 것 같은 분노, 그 연놈들을 다 죽여버리고 싶었다. 절망에 빠져 그까짓 여자 다 똑같지 하고, 원망으로 가득 찬 마음으로 백일 휴가를 나왔을 때, 술집에서 만난 여자들과 취한 상태에서 두어 번 원나잇도 했다. 깨지는 듯한 두통에 일어나니 어디인지 알 수도 없는 이상한 인테리어의 러브모텔에서 바닥에 버려진 콘돔 안에 쓰레기처럼 담긴 자신의 정액이 너무도 슬퍼보였기에 그만두기를 결심했다.

서인강은 감정 없이 몸을 나눌 수 있는 남자가 아니다. 20살의 파릇했던 소년은 21살의 청년이 되어버렸다. 앞에서 웃고 다리를 벌리던 여자가 사실은 자신을 살아 있는 딜도 정도로 여길 수 있다는 경험은 여자도 욕정이 있다는 것을 가르쳐주었다. 욕정이 넘치는 어른의 세계에서 진심을 가리는 일은 힘든 일이었다. 하지만 그때 당시에는 죽을 것 같았던 감정이 어느새 무디어지고, 4년이 지난 지금은 그 여자의 얼굴도 제대로 생각이 나지 않았다. 그래도 잊혀지지 않는 것은 무척 아팠던 자신, 남에게 조정당하는 감정놀이의 괴로움이다. 연애는 두 번 다시 쉽게 시작하기 싫은 바보 같은 짓이다.

사랑은, 함부로 하는 게 아니다. 사랑은 경험의 차이가 너무 나는 사람들끼리 하면 순진한 쪽이 상처를 받는다. 인강은 미수를 상처줄 수 있다는 생각만으로도 몸서리가 쳐졌다. 미수의 순수함과 연약함이 사랑스러웠지만 동시에 무서웠다. 아마도 그녀도 첫 실연의 자신처럼 괴로웠고, 아마도 아직 상처가 낫지 않았을 것이다. 미화의 경고를 이해했다.

게다가 한 달 정도 해보려던 과외라는 실험이 벌써 6개월째 접어들고 있었다. 달마다 늘어가는 공부, 밝아지는 미수의 모습에 놓을 수가 없었다. 정신 차려보니, 인강이 건축 공부 외에 하고 있는 일은 온통 미수를 위해 과외 준비를 하고, 검정고시와 그녀의 미래를 걱정하는 것이었다. 한 사람이 다시 생명을 갖고 살아나는 것을 돕는다는 게 이처럼 보람차고, 재미있을 줄은 몰랐다.

원래 그해는 그런 시간이 아니었다. 좋아하는 건축을 직접 더 공부하려고 아버지 회사에서 인턴으로 경험을 쌓고, 여름에는 유럽에 건축 공부 겸 여행을 가려고 전부터 야심차게 계획했던 한해였다. 미래 건축가로서의 서인강을 결정지어줄 중요한 해인데, 20살 여자애의 검정고시 준비에 매달려 있다. 헛웃음이 나왔다. 이건 아니지. 이렇게 나를 잃어버릴 수는 없다. 미수가 소중하지만, 이것이 과연 사랑일까.

자신이 경험했던 과거의 사랑과 비교해봐도 비슷한 데가 없었다. 욕망, 소유욕, 질투 같은 질척한 감정이 소용돌이쳤던 첫 연애와 비교해보면, 이것은 너무도 투명했다. 그냥 보호해주고 싶고, 같이 웃어주고 싶고, 눈을 마주보고 싶어질 뿐이다. 미화가 하도 의심을 해서 혹시, 하며 사랑이라는 조금 추악한 색안경을 통해 보려 했지만, 이 감정을 사랑이라 부르기 싫었다. 이렇게 보드라운 게 사랑일 리가 없다. 이렇게 아슬아슬하고 부서질 듯한 게 그처럼 격하고 추악한 감정이 될 수는 없는 것이다. 혹시 이것이 여동생에 대한 것 같은 감정일까. 애인 이외의 여자들과의 경험이 적은 인강은 알 수 없었다.

혼란스러운 마음도 탈출하고 싶어서, 인강은 과감하게 유럽 여행을 앞당겼다.

'그래서, 약 두 달은 가 있을 거야.'
'……'

미수가 입을 꾹 다물고 있자, 미화가 말했다.

'강이 형, 좋으시겠어요. 유럽 건축 궁금해하셨잖아요. 그래도 갔다가 오셔서 다시 미수 봐주실거죠?'

'그럼. 미수 검정고시는 내가 책임지기로 했잖아.'

'……'

여전히 인강을 무시한 채, 미수가 미화를 배신당한 눈으로 째려보았다.

'언니, 쌤한테 남자 친구 사귄다고 말했어?'

'뭐, 뭘.'

'그 기집애같은 녀석이랑 어울려 다닌 거 말했냐고! 얘기하지 말랬잖아!'

'아냐! 생사람 잡지 마! 내가 왜! 그리고 내가 연애하는 게 여기서 무슨 상관이야!'

'미수야. 이건 내가 오래 계획……'

'몰라! 난 어쩌라구! 이렇게 훌쩍 외국갔다가, 확 변해서 올 거잖아! 차라리 그냥 죽어버려!'

헉, 하고 미수가 놀라서 제 입을 막았다. 동그란 두 눈에 경악과 공포가 떠오르고 얼굴이 형편없이 일그러졌다. 장애 때문인지, 성격인지, 미수는 곧잘 말을 끝까지 듣지 못하고 충동적으로 말을 뱉고 후회하지만, 덕분에 그녀의 생각들은 의심 하나 없이 알 수 있다.

'아냐. 진짜 아냐. 죽지 마요, 쌤.'

목소리가 파르르 떨렸다. 죽음에 대한 강박관념은 늘 미수의 주변에 뿌연 안개처럼 머무는 듯했다. 인강은 쓸쓸하게 그 안개에 갇힌 요정 같은 미수를 바라볼 뿐이다.

'죽긴 왜죽어. 잘 갔다올게. 혼자서, 나 없는 동안 정해준 대로 미화 언니랑 잘할 수 있지?'

여전히 입을 막은 채 미수의 큰 눈에 눈물이 괴었고, 고개가 끄덕끄덕했다.

'나랑 SNS 하자. 사진 보내줄게.'

'……저 SNS 안 해요.'

겁나서. 작게 덧붙인 소리를 용케 알아들었다.

'엽서 보낼게. 잘 지내.'

마지막으로 머리를 쓰다듬어주고 입매를 굳히며 연희동 집을 나섰다. 어허헝, 하고 통곡하는 미수의 소리가 대문까지 들렸다.

파리에 먼저 떨어졌다. 5월 초, 많이 따뜻한 날씨다. 노틀담 근처의 무수한 겹벚꽃 나무들은 이미 그 분홍의 환희를 모두 잃어버렸다. 파리에 가득 찬 로코코와 바로크양식의 건물들을 찾아다녔다. 뮤제 올세이의 재건축을 보러 갔다가 거대한 빛의 공간에 놓인 대리석 동상들에 더 눈을 빼앗겼다. 작가도 알 수 없는, 하얀 대리석으로 만든 물의 요정의 나신 앞에서, 그 흐릿하고 달콤한 미소를 보며 미수를 생각했다.

아마도 그녀는 내가 경험해보지 못한 사춘기 때 첫사랑을 느끼게 해주려고 나타난 것인지도 모르겠다. 반투명한 요정의 매끄러운 허벅지를 보며 미수를 여자로 볼 수 있을까를 고민했다. 사실 상상이 가지 않는다. 농숙한 여자들은 어떻게 박아주면 좋아할지 알 것 같은데 핏줄이 파랗게 드러난 손목을 가진 말라빠진 여자애는 마치 다리 사이가 이 대리 석상처럼 갈라짐 없이 매끈하기만 할 것 같다.

파리 곳곳에 있는 아르데코 건축물과 장식을 SRL 카메라에 담고 독일로 향했다. 고딕 양식의 대성당들이며 현대의 깔끔한 건축들이 어우러진 도시들을 지나쳤다. 쾰른 대성당 앞에서, 거대한 숲 같은 건물이 뒤에서 솟아나는 것처럼 보이게 하고 선글라스를 낀 채 웃고 있는 셀카를 휴대폰으로 찍었다. '떠나간 곰' 한용운 의 시를 생각하며 제목을 붙였다.

　게스트 하우스의 무료 인터넷으로 가족과 친구들에게 보여주려고 초콜릿 페이지에 올리며, 미화가 이것을 미수에게도 보여줄까를 생각했다. 막상 엽서를 잡고 뭔가를 쓰려고 해도 할 말이 없었다. 이렇게 떠나고 보니, 미수는 정말 인강 머릿속의 환상인 듯했다. 그저 과외 선생과 문제아 제자. 딱 더도 덜도 아닌, 사실 아무것도 아닌 그런 관계다. 미수가 개인적으로 무엇을 좋아하는지, 무슨 노래를 듣고 무엇을 읽는지, 공부하는 모습 이외에는 아는 것이 없다. 아마도 미수도 인강에 대해 사람으로, 남자로 아는 것이 없겠지.

　일정의 2주일을 스페인에서 보냈다. 바르셀로나의 가우디, 빌바오의 프랭크 게리, 그라나다와 세빌에 있는 무데하르 양식의 건축들을 방문했다. 무어인들의 정원과 물의 이용이 너무 아름다워 아랍 건축에 더 관심이 생겼다. 꿈처럼 아름다운 알함브라 궁전의 정원에서 마음의 안정을 찾았다.

　착각에서, 혼란에서 벗어났다고 생각했다. 떨어져 보니, 얼마나 제가 연희동 그 밀실에 갇혀 지냈는지를 알 수 있었다. 그 녹색의 방에 갇혀 있는 것은 부화도 못한 애벌레다. 미수는 인강을 남자로 보지도 않는데, 혼자서 있을 리도 없는 일들로 머리 싸매고 있는 꼴이라니. 미수의 눈에는 자신은 친절한 과외 선생, 신뢰할 수 있는 친구일 뿐이다. 정신적으로 커다란 트라우마를 겪고 난 어린아이를 상대로 무엇을 하겠다고. 미화가 자꾸 경고를 줘서 나도 모르게 혼란이 온 거다.

오스트리아에서 이탈리아로 넘어가는 알프스에서 트레킹을 했다. 온통 초록의 사운드 오브 뮤직 세트 같은 산을 오르며 웃을 수 있었다. 제법 뜨거웠던 정오의 해 아래인데 갑자기 비가 내렸다. 외국에서 맞는 여우비. 순식간에 몸이 젖었고, 멀리서 다가오는 햇빛의 기둥을 보면서, 여우의 사랑을 생각했다. 미수도 미치도록 사랑했던 것일까? '그'는 그녀를 사랑해서 죽었을까?

로마 게스트 하우스에서 땀에 찌든 옷을 벗어내고 있을 때, 문이 벌컥 열리며 전날 우연히 만났던 한국 여자 유학생이 들어왔다. 혼자 다니는 것을 원했기에 한국인 학생들을, 특히 한국 여학생들을 피해 다녔다. 외국에 있다는 게, 평소 무거웠던 한국 사회 도덕의 족쇄를 벗어났다는 생각들인지 의외로 대담하게 행동하는 여자들이 몇몇 있었다. 스스럼없이 원나잇을 요구하기도, 공공장소에서 당당하게 스킨십을 시작하기도 해서, 곤란한 경험이 많았다. 한국에서만 모르면 상관없다는 것인지, 부끄러움도 없이 이렇게 쫓아다녀서 아예 한국인이라고 티를 내지 않으려고 했다. 여행 중 밖으로만 다녀서 잘 그은 피부와 큰 키, 또렷한 코와 각진 얼굴이라 선글라스로 동양인의 눈을 가리면 언뜻 봐서는 라틴계 남자로 보일 수도 있다.

인강의 도미토리에 제멋대로 들어온 한국 여자는 이탈리아에서 성악을 공부한다던데, 철면피를 썼는지 한쪽 벙커 베드에 다리를 꼬고 앉아, 신상 조사를 하고 싶어 했다. 차라리 솔직하게 인강에게 호감을 표하는 유럽 여자들이 더 매력적이다. 적어도 그 여자들은 원나잇하는데도 인강이 어디 누구 집 자식인지, 혹시 얻어먹을 거리가 되는지, 이리저리 재보는 소수의 한국 여자들보다 더 솔직하게 느껴졌다. 한국 여자들이 다 이렇지는 않을 텐데, 왜 인강에게 몰려드는 여자들은 하나같이 이런 타입인지, 혹시 제가 뭘 잘못하고 있는 건지 의심스러울 지경이다.

자신들이 손가락만 까딱해도 남자들이 감지덕지할 것이라 여기는 여자들은 인강이 제일 싫어하는 타입이다. 자신만만한 속물, 인강의 첫 여자가 그랬다. 이 여자도 머리에 들어 있는 것은 성욕과 순간의 쾌락, 자신의 집안 배경에 대한 자만이었다. 뻔히 보이는 것들이 안 보일 거라고 생각을 하는 건지, 당당하기만 했다. 동양인 치고는 육감적인 몸매에 세련된 구찌 원피스가 잘 어울리는 상류층 여식으로 보이는데, 지금 다 헤진 청바지와 물 빠진 티셔츠를 입고, 아무리 잘 봐줘도 잘생긴 막노동자 같은 자신을 못 잡아먹어서 긴 손톱을 그러쥐고 있었다.

미수는 그 새끼를 어떤 눈으로 보았을까? 미수도 어른이 되고, 욕정이 생기면, 이 여자처럼 변하게 될까?

발정 난 암캐 같은 여자를 간신히 쫓아내고 지친 몸을 누이고 있자니 헛웃음이 났다. 떠나온 지 한 달, 결국 미수를 생각하지 않은 날은 하루도 없었다.

05. 맹한 남자, 허락을 구하다

    대문 앞에서 미수가 폭탄을 던지고 퇴장한 후, 세 사람은 묵묵히 연희동에 있는 작고 세련된 이자카야에 들어가 한적한 구석에 자리를 잡았다. 인강과 미화, 두 사람 다 태호를 떨치고 오고 싶었지만, 죽어도 같이 가야 한다고 고집을 부렸다. 하지만 태호가 같이 왔던 게 어쩌면 다행일지도 몰랐다. 감정 조절 장애는 아니지만, 미화는 자신의 꼭지가 떨어진 느낌이었으니까.

    또르륵. 첫 번째 소주잔이 채워지고 셋이 아무 말 없이 원샷을 하고 탁, 잔을 놓았다. 태호가 말없이 두 번째 잔을 골고루 채워주고 다시 원샷.

    탁. 탁. 탁.

    "먼저 말하겠는데, 나 잠자리 근사하거든? 미화, 너, 잘 몰라서 그렇지, 나 끄을 내줘. 여자들이 한번 맛보면, 그냥, 와, 못 잊어. 죽여줘. 아, 이거, 이거 보여줄 수도 없고."

약빡한 고민밖에 없던 태호가 억울하다는 듯이 제 살을 깎아먹는 말들을 순진하게 내뱉었다. 꼴깍꼴깍. 말없이 세 번째 잔들이 비워졌다. 크으. 태호가 새 소주병을 잡고 다시 잔을 채웠다.

"니 동생, 또라이인 줄은 알았지만, 어쩜 그렇게 막말을 하냐. 이씨. 그리구, 쪼그만 게 벌써 까져서, 남자나 잡고 함부로 뽀뽀나 하구, 괜히 엄한 사람 오해받게 만들었어."

미화와 인강, 둘이 약간 벌게진 태호를 같이 노려봤다. 바람둥이로 소문난 김태호는 의외로 술이 약했다. 겨우 네 잔째에 혀가 풀리고 정신이 풀렸다.

"미화 너두 그렇지, 어? 어딜 봐서, 우리 인강 형님이, 그런 싸가지 없는 꼬맹이가, 뭐가 좋고 그러겠냐고오. 이 형님이, 어? 쭉쭉빵빵 미녀가, 어? 막 벗고 달려드는 형님이신데, 어? 어디 감히 트리플 A컵이, 어?"

모욕 받은 게 어지간히 받혔는지 사정없이 욕 같은 평가가 쏟아졌다. 미화는 입술을 꽉 다물었고 인강은 무표정하게 계속 술잔을 기울였다. 태호는 미수의 장애에 대해서 모른다. 그것은 집안의 비밀이고, 미화가 그런 일을 만나는 남자에게 쉽게 털어놓지는 않을 것이다. 빈병들이 빠르게 늘어갔다. 태호는 점점 더 흐물거리는데 두 사람은 여전히 또렷했다.

"딱 보면 몰라, 어? 멋진 형님이, 우리 근사한 형님이 앞에서 어른어른하니까, 싸가지가, 응? 그래도 보는 눈이 있어가지고, 눈이 홀랑 까져서, 못 먹는 감 찔러나 보자고 덤빈 거지. 안 그래? 안 그래요?"

미화와 인강을 번갈아 보며 태호가 말했다.

술로 달아오른 눈으로 미화가 인강을 노려보고, 무표정하지만, 침울한 인강은 죄지은 것처럼 술잔만 내려다보고 있다. 끔뻑거리며 초점이 흔들리는 눈으로 둘을 보던 태호가 벌건 얼굴로 벌떡 일어났다.

"뭐야, 두 사람! 왜 서로 그렇게 보는 거야! 진짜 두, 둘이 그렇고 그런 거였어? 미화 너, 너, 설마 강이, 강이 형을……."

"앉아, 멍청아. 술이나 마셔."

인강이 미간을 좁히고 오해가 안드로메다로 출발한 태호의 잔에 술을 따랐다.

"혀엉, 안 돼요. 미화는, 미화는, 제발…… 아니라고 해주세요."

"아냐, 임마."

"저 아까워서 미화하고 아직 키스밖에 못했어요. 키스, 그래, 나 그거 잘하지? 미화 너두 좋아했지? 너 그거, 꼬옥 싸가지한테 말해라. 어?"

"그래, 그래. 자 한 잔 더 마셔라."

"그리구 미화아, 너어, 사람을, 어어, 막, 그렇게 모르구우, 평가하는 거어, 아니야아. 내가아, 잠자리가, 어어? 어얼마나아, 히끅, 끄으을내주는데에."

앞에 놓였던 닭꼬치와 마른 오징어는 손도 못 대보고, 간의 알코올 분화가 초등학생 수준인 김태호가 마침내 엎어져서 잠에 빠져들었다. 미화가 혀를 찼다.

"으이구. 술도 못하는 게."

"훗. 그래도 잘 봐주네."

"몰라요, 은근 허당이라니까. 빠른 생일인 거 감추고 선배 노릇 할 때부터 알아봤어요."

"그래도 속은 순수해. 잘 봐줘. 이래 봬도 동정이야."

"……!"

"너 준다고 아끼고 있어. 그러니까 잘해봐."

잠자는 사이에 온갖 재산 밑천이 털린 줄도 모르고 태호가 드르렁거렸다. 하긴 미화도 약간 어질했다. 그래도 정신은 놓을 수가 없었다. 앞에 앉은 바위 같은 남자를 상대해야 하기 때문이다. 태호가 말했듯이, 인강은 멋있는 남자다. 빠질 것 없는 킹카인 그가, 겉으로 보기에 보잘것없는, 겨우 21살의 어린 여자애를 좋아한다니, 장난같이 보인다. 이 남자는 절대로 '동정'일 리가 없는 여성혐오자라고 생각하기 때문이다. 직접경험은 없지만 바람둥이들을 꽤 접해본 미화의 눈에 많이 보던, 여자를 아는 남자의 능숙하고 여유 있는 태도를 가지고 있는데, 새파란 사내애 같은 여자애와 진지할 거라니, 어울리지가 않는다.

"재밌어요?"

"……?"

"갖고 노는 거냐고요. 어린애가 선배가 시키는 대로 하니까 재밌어요?"

시키는 대로 하다니. 시키는 대로 끌려다니던 것은 인강이었다. 한 달 반만에 돌아와서 열어본 녹색의 방에서, 깊어진 여자의 눈을 한 소녀를 다시 만났을 때, 유럽에서의 정리가 다 쓸데 없는 몸부림이었다는 것을 알았다. 꼬물꼬물 애벌레인 줄 알았던 아이는 어느새 성충이 되어 있었다. 두 달도 안 된 시간 동안 소녀가 그렇게 달라 보일 줄은 정말 몰랐다. 섬세한 뺨의 선도 더 깊어진 것 같고, 입술이 꽃잎같이 붉어 그림 같았다. 미수는 가만히 있는데, 인강의 눈에는 그녀에게서 색기가 흐르는 것처럼 보였다. 헐렁한 후드티에 잠깐씩 드러나는 얕은 가슴 굴곡이 그처럼 야한 것일 줄 미처 몰랐다. 긴 반바지 아래 드러난 종아리도 야해 보였다. 아무리 둘러봐도 아기 같은 순진한 소녀를 어느새, 여자로 보고 있는 제 눈에 자괴감이 들었다.

미쳤다고 생각했었다. 정말 미쳤나 보다고 허탈하게 웃었더랬다. 투명했던 감정들, 그 보드라운 감정들은 여전히 있었지만, 욕정이 무섭게 치고 올라왔다. 두가지 상반된 감정들이 인강을 혼란스럽게 했었다. 지켜주고 싶은 마음, 부수고 싶은 열망. 해가 비치는데 비가 내리는, 그런 상태였다. 하지만 미칠 듯이 두근거리는 심장을 초인적인 노력으로 억눌렀었다. 어느 면으로 봐도, 미수에게는 당장 다가온 검정고시가 너무 중요했으니까. 미수는 아기다. 아무것도 모르는 아기다. 조심조심, 깨지지 않게 돌봐서, 일단은 대학에 보내자 속으로 계속 되뇌었다. 건드리면, 넌 못된 새끼야.

"장난 아니야. 난 약속을 지키려고 했어. 내가 건드리지 않았다고. 믿을 수 없겠지만, 미수가…… 먼저 시작했어."

"헛, 거짓말까지."

"진짜야. 가만히 있던 나를 건드린 건 미수라고."

"말 같은 소리를 해야지 믿죠. 미수가 얼마나 순진한 숙맥인데. 걔는요, 14살까지, 남자랑 키스하면 임신하는 줄 알았던 애예요."

"농담이지?"

"그랬던 애를, 그랬던 애를, 그 쌍노무 자슥이……."

걸이 멀쩡하기에 안 취한 줄 알았다. 문득 탁자 위를 보니 빈 소주병이 어느새 5병. 인강이 물을 따라 미화에게 건넸다. 아니, 더 먹여서 속사정을 캐고 싶은 충동도 들었다.

"전요, 남자들 다 그래도, 선배는 안 그럴 줄 알았어요. 왜냐."

"……왜."

"선배는 여자 안 좋아하잖아요."

"……."

"다 보여요, 모를 줄 아셨죠? 여자 보기를 돌같이 보는 게 아니라, 쓰레기로 보는 서인강 선배. 복학 후에도 꼬이는 여자들, 다 차는 거 보고, 아, 이 형은 뭔가 잘못됐구나. 연애 혐오자구나. 그러니까, 우리 사랑스런 미수를 내버려두겠지. 그렇게 믿었는데."

다시 표독한 눈으로 원망스럽게 인강을 노려본다.

"미화야, 진짜야. 내가 시작한 거 아니다."

조금 비겁해 보이지만 진실이다. 검정고시 준비로 숨 막히던 8월이 끝나고, 9월 수시를 준비하면서 미수의 행동거지가 달라진 것이 보였다. 미화의 이야기를 꺼내고, 미화가 무엇을 좋아하는지 힌트를 주며, 적극적으로 연줄을 이어주고 싶어 안달이었다. 미수가 오해하고 있는 것을 알았지만, 차라리 그게 더 상황에 좋은 듯하기에 내버려두었다. 공부해야 하는 아이를 어쭙잖은 고백으로 혼란을 줄 수는 없었기도 하지만, 미수는 전혀 연애를 할 상태가 아니라는 것은 인강이 더 잘 알았었다. 꼭 닫힌 마음의 문 안의 여자 아이를 풀어줄 열쇠가 무엇인지는 몰라 괴로운 시간을 보내고 있는 중이었다.

"미수는 내가 너를 좋아하는 줄 알고 있었어."

"네에? 그 무슨 귀신 엿 바꿔 먹는 소리를."

"네가 태호랑 사귄다고 알려지고 미수가 너 대신이라며 키스하더라."

"……."

수시 결과를 기다리며, 혹시나 해서 정시 준비를 하던 11월, 갑자기 미수가 들이댔었다.

'키스해줄까요?'

떨리는 붉은 입술이 닿았고, 무슨 일인지를 이해하기 위해 두뇌 용량이 초과하는 사이에 두 번째로 입술을 빼앗겼다. 그리고 세 번째는…….

절제하던 남자를 먼저 건드린 건 미수였다. 숙맥이든 뭐든, 자신에게 손대지 말라고 늘 경고했었는데 경고를 무시하고 손 대신 입을 대버린 어린 제자라니. 물론 이것이 치사한 변명일 수 있다. 아무리 들이대도 인강이 받아주지 않았다면 더 이상은 없었을 것이다.

"그래서 먼저 키스했다고, 미수 탓하는 거예요? 그래서 지금까지 쭉쭉 빨고 다녀도, 다 미수 탓이라, 이거예요?"

"아니. 다 내 탓이야."

"……."

"그래. 내가 미수 넘봤다. 그런데, 미안하지 않아. 내 감정은 진실하니까."

"허. 기가 막혀서."

"미수, 상처 많고 어린 거 아는데, 어쩌겠니. 그냥 좋은데."

"……."

"내가 많이 부족한 거 안다. 그래도 나에게 미수의 상대로 기회를 주었으면 해.”

인강이 양손을 허벅지에 얹고, 앉은 채로 꾸벅 하고 깊이 고개를 숙였다. 미화는 약간 술이 깨는 듯한 느낌으로 깊이 숙여 정수리가 보이는 인강의 머리를 쳐다보았다. 건축학과의 대선배급에 속하는 서인강이 고개를 숙이다니. 정말 기가 막히는 일이다.

“……선배가 감당할 수 있는 아이가 아니면요.”

“…….”

“미수, 문제 많은 거 아시죠? 그거 다 안고 가실 수 있어요?”

인강이 희미하게 미소를 지으며 두 사람 앞의 소주잔을 채웠다. 하긴, 지난 1년여 동안, 누구보다도 미수를 잘 돌봐왔던 인강이라는 것은 미화가 안다. 지금 돌아보니, 아마 그것도 깊은 마음에서 우러나와 할 수 있었겠지. 설마했는데 그럴 리가, 하며 넘기던 것이 이렇게 진짜로 벌어지고 있었다니, 기가 막혔다.

“솔직히 말하자면, 나도 모르겠어. 나 나름대로 열심히는 하는데, 쉬운 일이 아니네. 미수의 마음의 벽이 너무 커서.”

꿀꺽. 싸 하던 소주가 달게 넘어간다.

“그러니까, 좀 도와줘.”

다시 한 잔. 소주가 눈물처럼 맑구나. 미화가 멍하게 생각했다.

“전 그냥, 걱정돼요. 사실 믿기가 힘들어요. 저한테야 귀한 동생이지만, 강이 형이? 그러다가 우리 미수, 잘못되면, 또 어떡하라구……. 또 그 꼴을 어떻게 보라구…….”

소주잔에 맑은 눈물이 떨어진다. 아니, 너무 마셔서 소주가 눈으로 나오나 보다.

“미수는, 고집 쎄고 성깔이 있었지만, 저한테는 너무나 사랑스러운 동생이었어요."

3살 터울의 예쁜 아기는 제멋대로였지만 본성은 착했다. 미화와는 다르게 모든 배움이 느리고, 사고도 많이 쳤지만, 막내라서 귀여움을 받고 자랐다. 그런데 초등학교에 입학하고부터 애가 변했다. 매일같이 아이들과 싸우고 선생님께 대들기나 하고 문제만 일으켰다.

"우리는 그 애가 장애가 있는 줄도 모르고 다그치고 야단만 쳤어요. 애가 점점 거리를 두고 삐뚤어져갔어요. 그런데 4학년 때, 더 큰 문제아가 전학온 거예요."

정민수. 미수와는 급이 다른 문제아였다. 오죽하면 벌써 2번이나 학교를 옮겼을까. 집안이 준재벌급 아이라 다들 쉬쉬했지만 민수는 정말 난폭했다. 그가 전학교에 있었을 때, 불을 질러서 새로 건물을 해주고 왔다는 소문이 있었다. 하지만 동류는 알아보는 것일까. 민수도 ADHD가 있는 아이였다, 그것도 훨씬 심각한 정도의. 게다가 정학을 한 번 먹은 적이 있어서 미수와 나이마저 똑같았다. 천생연분이 그들의 닉네임 같았다.

장미수와 정민수. 이름도 비슷한 또래는 동변상련의 역사 때문인지, 금방 찹쌀떡처럼 붙어 다녔다. 미수의 본성이 수줍음이 많고 내성적이라면, 민수는 활화산 같았다. 미수가 조금이라도 욕을 본다 하면, 관계된 아이들은 민수의 피바람을 피할 수 없었다. 곧 모두들 두 사람을 건드리지 않게 되었다. 민수는 미수의 보호자면서, 단 하나뿐인 친구이자 동료였다. 두 사람은 서로 싸울 때도 많았지만 상대방을 이해도 잘했다. 같은 병원에서 행동치료와 상담도 받고 같이 공부하고 같이 놀았다.

민수와 어울리면서 미수는 그냥 사내아이가 돼버린 듯했다. 남녀라기보다는 형제같이 지내서, 미화도 그러려니 했다. 두 사람은 두 사람만의 세계에서 사는 듯 그렇게 지냈고, 같이 탁구도 시작했다. 중학교 때는 혼합팀이 되어 우승도 하고, 후에 미수는 여자 싱글 주니어 대표도 되었다.

쑥쑥 자라난 두 사람은 잘 어울리는 커플이었고 모두가 인정하는 단짝이었다. 미화의 과거 회상에 인강은 묻지 않을 수 없었다.

"미수가……. 많이 좋아한 거야?"

"그게 말이죠, 내가 보기에는 그냥 친구였거든요. 믿기지 않겠지만, 정말 두 사람은 형제 같았다니까요. 오죽하면……."

그날은 발렌타인데이였다. 미화가 모처럼 집에서 빈둥거리는 미수에게 지나가듯 물었다.

'너, 민수, 초콜릿 준비했어?'

'어? 내가 왜?'

'남친인데 줘야지. 왜 이렇게 애교가 없어.'

'무슨 소리야, 징그럽게.'

'뭐야, 너. 민수랑 사귀는 거 아냐?'

'어휴. 왜 다들 그렇게 보는지. 미쳤어? 걔는 그냥 친구야.'

'뭐니. 난 너가 민수랑 벌써 키스도 해봤겠지 했는데?'

'내가 왜! 애 만들 일 있어!'

'……애, 애라니? 농담이라도 너, 설마,'

'징그러우니까, 그딴 소리 좀 하지 마! 키스하면 애 생기는 거 누가 몰라서 그래? 에이, 재수 없어!'

미수는 진저리를 치며 제 방으로 들어갔다. 미화는 키스하면 애가 생긴다는 황당한 농담을 아직도 믿고 있는 미수가 아직도 아기구나, 하고 내심 안심했다. 그러고 보니 미수는 17살까지도 말라서인지 생리가 없었다. 평소 남자 선수들과 털털거리며 천상 사내 녀석처럼 하고 다니는 미수라, 그럴 수도 있나 보다, 하고 이해했다.

인강이 또다시 물어왔다.

"민수는? 민수가 좋아했나?"

"그게⋯⋯."

민수는 키도 크고 굵직하게 잘생긴 소년이었다. 공부도 못하고 성격도 나쁜 문제아였지만, 눈이 삔 여자들에게 인기는 많았다. 늘 고백받고 데이트도 하고 그랬다. 물론 심한 ADHD 증상 때문에 한 번도 제대로 데이트를 끝내본 적이 없었다. 미수는 그때마다 '너 대신 내가 가서 해도 너보다는 낫겠다' 깔깔거리며 놀려댔다. 그러면 민수는 못생긴 게 지랄한다고 펄펄 날뛰고, 둘은 치고받고 싸우고는 같이 햄버거를 먹으러 가곤 했다. 민수와 미수가 같이 게임하는 모습을 보면, 두 사람은 아직 어린애들이고 남녀의 감정이 없다는 걸 볼 수 있었다. 중학교 시절에는 둘 다 탁구에 열중해서 각종 대회를 나란히 휩쓸고 다녔다. 미수의 짧은 생에서 가장 안정되고 행복한 시기였다. 미수의 가족들은 미수와 민수가 그렇게 한 쌍의 행복한 바퀴벌레처럼 결국은 같이 있게 될 거라고 생각했었다.

"그런데, 아마 고등학교 막 올라가서일 거예요. 민수가 미국으로 탁구 동계훈련을 한 달 다녀왔거든요. 그 후로 애가 이상해졌어요."

"아."

여자가 생겼었다. 이새라. 어디서 어떻게 만났는지는 미화도 모른다. 그 불여시가 두꺼운 ADHD의 벽을 뚫고 민수에게 닿았다는 것 자체가 신기했지만, 중요한 것은 세 살이나 연상인 이새라에게 민수가 푹 빠져 헤어 나오질 못했다는 것이다. 그 후로 민수는 연습을 빠지기 시작했다. 시내 웬만한 클럽에서 떠도는 민수의 목격담이 이어졌다. 학교에는 그저 이름만 걸었을 뿐, 민수는 이새라와 놀러다니느라고, 아니 쫓아다니느라고 탁구를 버렸고, 미수마저 버렸다.

'너, 괜찮아?'

'뭐가?'

'민수, 연애한다며. 탁구팀에서도 퇴출된다고 하던데.'

'아, 몰라. 그 새끼 그거 눈 돌아갔어. 내 말도 잘 안 듣는다니까. 아, 그 여자가 뭐라고.'

선수단 코치가 연습 계속 안 나오면 퇴출시킨다는 말에 미수가 결국 민수를 찾으러 클럽이며 호텔을 쫓아다니기 시작했다. 장애 때문에 시끄럽고 사람들 복잡한 곳이 딱 질색인데도 할 수 없이 다녔다. 종종 술 먹고 늘어져서 있거나, 호텔 앞에서 죽치고 기다리거나, 딴 놈과 춤추는 새라를 노려보고 있는 민수를 겨우겨우 끌고 억지로 연습에 참여시켰다. 덕분에 미수마저 클럽 빠순이에 문제아라는 소문이 나버렸지만, 그래도 미수의 간섭에 민수가 겨우 마음을 다 잡는 듯했다. 다시 탁구도 시작하고, 학교도 다녔다. 새라와는 결국 이별을 했다고 알고 있었다.

"그런데 갑자기 크리스마스이브 날, 민수가 클럽에서 정말 미쳐서 난동을 부리고 뛰쳐나가서 차에 치여 죽었어요. 미수도 그 자리에 있다가 그 꼴을 보고 정신이 나갔었죠. 소식 듣고 병원에 가니까 민수 엄마가 와서 생난리를 치면서 내 새끼 살려내라고 하고, 정말 그런 아비규환이 없었어요."

"미수는 그럼 누명을 쓴 거야?"

"그게…… 잘 모르겠어요. 그날 무슨 일이 있었는지 물어봐도, 말을 안 해줘요. 그 새끼가 뭔 짓을 하긴 했는데, 뭔지 모르겠다고 요. 미수는 그냥 다 자기 탓이다, 그러고. 민수 엄마는 별별 나쁜 소 문은 다 퍼트리고 미국으로 이민 가버리고, 미수는 그냥 폐인이 됐고."

애매했다. 미화의 말에 인강은 점점 더 머리가 복잡해지는 느낌 이다. 미수는 민수를 결국 사랑한 것인가? 눈물 없이는 볼 수 없는 순정 러브 스토리를 기대했는데, 뜻밖에도 진실은 숨겨진 함정이 있는 아가사 크리스티 추리물 같다.

"그해 여름, 미수는 정말 좋았거든요. 탁구 선수 생활도 보장되 었고, 결과도 좋고, 무엇보다 행복해 보였어요. 미수가 민수를 좋 아했으면 불행할 때인데, 미수는 멀쩡했다고요. 우리는 민수가 그 렇게 미친 짓을 벌일 줄 정말 생각도 못했다고요."

미화의 눈에 눈물이 다시 맺혔다. 인강이 마지막 한 방울을 마 시고 잔을 엎었다. 탁자에 양 팔꿈치를 대고 진중하게 말했다.

"나도 보통 사람이라 앞날은 모르겠다. 하지만, 얘기를 들어보 니 미수는 아직 그때에 멈추어 있는 게 맞네. 미수한테 알려주고 싶다. 미친 사랑만 사랑이 아니라고. 그런 사랑만 알고 살기에 미 수는 너무 어리고, 불쌍하잖니?"

저도 모르게 사랑을 하고 있던 남자가 제 깊은 속을 잠깐 보여 주었다. 취기에 흔들리는 눈으로 웃음 짓는 인강을 보며 미화는 믿고 싶었다. 미수가 소녀에서 여자로 변할 수 있으면 좋겠다고.

　4월. 신입생들이 어느덧 대학 생활에 익숙해지고, 대리출석의 기본을 충실히 실습한 후 제법 따뜻한 오후의 햇볕 아래서, 저마다 좋아하는 구석에서 옹기종기 모여 땡땡이를 치는 봄이 왔다. 오늘도 미수는 미례와 동우에게 잡혀 자판기 율무차를 마시고 있다. 시작은 한 7명쯤이었는데, 이상하게 이 세 명만 끝까지 남는다.
　미례는 여전히 미수를 그녀의 동아리로 끌고 가지 못해 안달이다.
　"미수야, 응? 우리 동아리에 얼마나 멋진 선배들이 많은데. 가서 한번 보라니까."
　"야, 그만해. 미수가 무슨 영화창작회야. 차라리 우리 동아리면 몰라."
　"어이구, 매일 술 퍼먹는 게 무슨 동아리야."
　"너, 한국 음식 문화 전통 보존회는 건전한 식생활을 권장하는 알흠다운 모임이다. 하긴 쪼그매서 풍류가 뭔지 알겠냐마는."
　미례가 익숙하게 동우를 째려본다. 동우도 마주 노려봤다.
　"그리구, 미례 너 자꾸 미수한테 남자 연결하려구 하지 마. 넌 눈치두 없냐?"
　"뭐가. 그 선배는 과외 선생이라매."
　"한참 커야겠다, 조미료. 정작 중요한 소금이 빠져서 이렇게 맹탕인건지."
　"아니야?"
　미례가 미수를 궁금한 듯 봤다.

"그런 거 아냐. 지금 사정이 있어서 그냥 돌봐주는 거 있어."

"네가 선배 돌봐줄 일이 뭐있어!"

동우가 말도 안 된다는 듯이 빽 소리를 질렀다. 눈을 찡그리며 미수가 간단 요약을 했다.

"내 대학 입시 제일 공신이 인강 쌤이다. 근데 우리 언니를 짝사랑해. 하두 위태로워 보여서 내가 언니를 잊을 때까지 좀 뒤를 봐주는 거지."

"……"

"……"

"실연에 따른 애프터 캐어. 언더스탠드?"

"……"

미례가 조그맣게 말했다.

"그래도 그렇지, 어떻게 서인강하고 엮이냐."

한껏 꾸민 갈색 머리통이 절레절레한다. 미례가 인강 쌤을 아는가? 미수는 작게 율무차를 마시며 보았다. 커피의 카페인은 미수 같은 사람들에게는 독약 같은 흥분제라 피하고 있다.

"무섭지 않아? 그 서인강인데?"

"왜 자꾸 인강 선배가 무섭지 않냐고들 하지?"

미례도, 동수도, 지나가는 말이라지만 은근히 물어왔다. '안 무서워?'라고. 무섭다니, 뭐가? 툭하면 울어 젖히는 남자의 본성을 모르는 이들은 겉만 보고 지레 겁을 먹고 있었다는 게 미수의 의견이다. 덕분에 여자들도 멀리서 보기만 하는 거지.

"서강건축, 몰라? 조폭이라는 소문도 있어."

동우가 큰 몸을 한껏 움츠리고 비밀 이야기하듯 조그맣게 속삭인다. 역시, 누나들에게 훈련이 잘 되서 인지, 여자들과의 가십을 제대로 몸짓까지 써가며 할 수 있는 남자다. 한국에서 건축으로 돈을 벌고 있는데, 조폭이 연관되지 않으면 이상하지 않은 게 아닌가? 미수가 머리를 저었다. 미수가 아는 서인강은 폭력적인 남자가 아니다.

"인강 선배 같은 범생이가 조폭이면, 나는 전지현이다."

별별 헛소문이 다 있구나, 이 남자. 그 큰 덩치며 남성적인 분위기가 조폭이라고 보면 조폭같이 보일 수도 있겠다. 그러고 보니 삼촌이 나이트클럽 사장이라고 했지. 혹시 그래서 여자 친구를 못 가지나? 아무리 잘나 보여도 조폭계라는 소문이 있는 사람은 무서우니까.

"정말 그냥 도와주기만 하는 거지? 진짜 무슨 키스를 했다거나, 깊은…… 관계를 한 건 아니지?"

미례가 집요하게 추궁했다. 키스를 악수하듯 하는 사이기는 하지만, 그렇다고 그걸로 '깊은 관계'가 있다고 하는 것은 아니지. 애써 인상을 쓰며 속으로 부정했다. 이상한 사이다. 마음속 깊은 곳에서는 알고 있다. 언니를 사랑하는 인강과 키스까지 하는 사이라니. 말을 하면 이해해줄 사람…… 없다. 불현듯 들은 자각에 소름이 끼쳤다.

민수와 비슷한 상황인 것에만 중점을 두었더니, 더 중요한 부분을 무시하고 있었다. 미수 때문에 인강은 오히려 미화와 연결될 수가 없구나. 동생과 키스까지 했는데 그 언니와 연애할 수 있을까? 시범 연애가 끝나면, 인강과는 정말 끝일 수가 있는 거다. 몰려드는 불안감을 억지로 부인하면서 미수는 표정을 가다듬었다.

"아냐. 지금도 열심히 여친 찾고 있다고."

여자 친구. 다른 여자. 말하면서도 목소리가 갈라질듯 목이 따끔거린다.

"허이고. 인강 선배 여친이라니. 잘도 찾아지겠다."

동우가 의외로 독기를 띠며 말한다.

"그렇게 소문이 안 좋아?"

"배경은 둘째 치고, 그 까칠한 황태자를 누가 사로잡겠어? 오는 여자 기죽이고 가는 여자 피 말린다는 남자다, 서인강 선배."

그렇게 나쁜 줄 몰랐다. 삼형제라고만 들었는데. 조폭 소문에 냉혈한 소문까지 겹치니, 가망이 사라져간다.

"그래도 주위에 여자는 제법 꼬이고 있는 듯한데. 미례 네가 공대 킹카라고 했잖아."

그 빨간 부츠도 그렇고, 일단 소위 한강대 사총사 소문은 체교과에서도 듣고 있으니, 킹카라고 생각하고 있었다.

"하긴 모르고 들이대는 미친 여자들도 많긴 해. 그 겉모습에, 부자에, 한강대생이니, 조건만 보는 여자들도 있는 거지. 나도 요즘에 알았는데, 서 씨 남자들이 워낙 사납기로 유명하대. 거기다 들이대는 건 정말 미친 여자들이라고, 아는 사람들은 다 그랬다고. 그중에 둘째가 제일남고 짱이었다는데. 근데 그게 서인강, 그 선배인 거잖아."

그렇다면 여태 미수가 갖고 있던, 삼형제의 곱게 큰 둘째 이미지가 미례가 전하는 세 깡패 중 제일 막나가는 놈 이미지와 충돌했다. 에이, 설마.

못 미더워하는 미수에게 증명하려는 듯, 미례가 뒷받침할 배경을 늘어놨다. 미례도 연희동에서도 부자들이 몰린 연산공원 쪽 대저택 골목에서 건너건너 선배의 이웃으로 살았다. 잘 이사 가지 않고 진득하게 붙어 있는 곳이라 덕분에 가정부들끼리 친한, 그런 이웃이다. 미례는 가정부 신 씨가 만두를 빚으면서 수다 떠는 데서 중요한 정보들을 얻었다며 미수를 설득하려 했다. 어쨌거나 그런 남자가 처음 마음을 연 게 미화 언니라는 건데, 쉽게 잊을 수가 있겠느냐고. 미수가 듣기에 왠지 인강이 꼭 미화 언니와 연결되야 할 운명 같아, 율무차는 더럽게 맛이 없어졌다.

"어쩌냐. 언니 못 잊고 울, 아니다."

"울었어? 서인강이?"

뒷담화이다보니 자연스럽게 '선배'가 떨어져나가고 '서인강'이 되었다.

"아니. 우, 울적해서……."

"그럼 그렇지. 서인강이 울다니. 말도 안 돼."

사실 인강이 울어댄 것은 직접적으로 미화에 대한 일들이 아니지만, 미수의 마음에는 그런 것으로 인식이 되어 있었다. 미화 언니는 뭐든지 쉽게 가졌다. 성적도, 부모님 사랑도. 그래서 미수는 나름 늘 언니와 비슷해지려고 무던히도 노력했었다. 하지만 세 살의 간격을 메꿀 만한 재능이 없었다. 나중에 알았지만, ADHD를 가진 미수로서는 정말 따라갈 수 없는 사람이 미화였다. 오직 탁구만이 미화를 뛰어넘을 수 있던 종목이다. 미화와 비교해서 미수에게는 정말 잘난 점이 없기에, 인강이 미화를 사랑하는 것도 이해가 된다. 미화는 미수의 이상형이고, 정말 좋은 여자였으니까. 그런 생각을 하니 마음이 뻐근해져갔다.

미수는 생각을 멈추고 감정을 차단시켰다. 제 마음이 인강을 두고 뻐근해질 수 있는 건 동정이란 감정뿐이다. 미화는 당연히 사랑받을 만한 최고의 여자고, 인강은 당연히 그런 여자를 사랑할 수 있다. 그에게는 미화 같은 여자가 어울린다. 나 같은 언제 미쳐버릴지 모르는 문제아 말고, 제대로 된 여자. 그동안 했던 수 많은 키스의 기억들을 억지로 지우며 미수는 다짐했다. 키스는 별거 아니다. 그저 입술 두 쪽끼리 맞부딪히는 것뿐. 섹스도 아니고, 연애도 아니다. 외국에서는 아무나 잡고 입술을 부딪치며 인사한다지 않은가.

"생각보다 심각한가 봐. 상상은 안 되지만."

동우가 심각하게 주억거렸다.

"그럼, 차라리 네 언니 마음을 돌리는 게 낫지 않나?"

"뭐?"

"얘기 들어보니까 보기보다 순정남인데, 차라리 네 언니가 그 안경 남친이랑 헤어지게 만드는 게 빠르겠다."

"……."

남자라 그런가, 동우의 시각이 신선하다. 왜인지는 모르지만, 그 생각은 눈꼽만큼도 해본 적이 없다. 안경잽이와 사귄다고 들었을 때 안타까워하기만 했지, 그 연애가 금방 끝나게 만드는 것은 전혀 생각을 못했다. 사실 키스한 게 뭐, 결혼한 것도 아니고, 미화 언니가 좋다고 하면, 미수가 괜찮기만 하다면, 인강이 미화 언니와 사귈 수도 있는 거잖아. 나만 괜찮으면. 내가 눈 꾹 감고 모른 척하면. 난 그저 대리였을 뿐이니까.

"그러네."

"그러네! 원래 네 언니, 연애 기간이 길어야 1년이라고 안 했니?"

미례가 눈을 반짝이며 끼어들었다. 의외로 똘끼가 충만해서 위험하게 느껴질 때가 가끔 있는데, 지금 같은 경우다.

"……어."

"워낙 바람둥이만 사귄다며. 금방 끝나겠지. 아니면, 네가 한번 힘 써보던가."

미례의 눈에 보이는 건 호기심인지, 광기인지 모르겠다. 동우는 갑자기 홍콩으로 튄 이야기 흐름에 두 사람의 얼굴만 멀뚱거리며 보고 있다.

"뭐를?"

"그러니까, 네가 그 바람둥이를 건드려보라고."

그 기생오라비, 안경잽이 김태호? 그 사근사근 김제비? 미수는 예쁘장한 태호의 얼굴을 떠올리며 눈살을 찌푸렸다. 민수가 좋아하던 여자가 빠져 있던 놈이 딱 그런 놈이었다. 가냘픈 미소년형의 비실비실한 남자가 왜 그렇게 인기가 많았는지 그때도 이해를 못 했었고, 지금도 못한다. 성격만 안 본다면 남자답게 근육도 있고 굵직굵직했던 민수 정도가 훨씬 나았다.

"안 돼. 너무 내 타입이 아냐."

"으이그. 누가 진짜로 사귀래. 그냥 의심만 줘도 네 언니가 떨어져 나갈 거 아냐. 그냥 분위기만 풍겨."

내가? 여성미라고는 몸에 깊이 숨겨져 있는 자궁밖에 없는 이 장미수가, 무슨 재주로 그 제비를 꼬시냐고.

"내가 그런 걸 어떻게 해?"

"바람둥이는, 원래 치마만 둘러도 눈을 돌린다고. 달리 바람둥이니? 사람들이 오해하는 게, 바람둥이가 예쁜 여자만 좋아하는 줄 알아요. 예쁜 여자는 누구나 다 좋아하거든. 보통인 여자도, 못생긴 여자도 두루두루 좋아해야 진정한 바람둥이가 될 수 있는 거야."

좀 이상한 논리지만 늘 그렇듯이, 미례의 의견은 고려할 만했다. 키가 작은 만큼 노력해서 얻은 지혜가 많아서, 라고 그랬다.

"야, 아무리 미수가 인강 쌤을 응원한다고 해도, 그렇게까지 해야 하나?"

"아니면. 서인강 뒷바라지를 언제까지 할 건데? 너야 부정하지만, 너 아예 서인강 여친으로 소문 퍼졌어. 너 정말 인강 선배한테 마음 없는 거지?"

물론 계속 같이 어울리면 안 된다고 생각하고 있었다. 만나면 당연한 듯이 해대는 키스며, 다정하게 돌봐주는 마음 씀씀이며, 제 것이 아닌데 제 것이었으면 하는 그런 순간들이 계속 쌓여가서 고통스럽기도 하다. 한 달이면 되겠거니 했던 대리 연애가 벌써 날짜로만 석 달째. 하도 붙어 다니니, 이미 소문거리는 무르익을 대로 익었다. 그렇지 않아도, 정리에 들어가야겠다고 느끼고 있었다.

"김태호가 인강 선배 절친인데, 미수한테 눈을 주겠어?"

동우는 그래도 인강을 꼭 선배라고 잊지 않고 불렀다.

"금단의 열매라고 들어는 봤나? 그 둘이 은근 경쟁심 있을 수 있는 거 아냐?"

미례가 에덴동산의 뱀처럼 속삭였다. 동우는 아예 미례를 뱀 보듯 했다. 오호라. 그럴듯했다. 인강 쌤의 로망을 위해서, 잠시 이 한 몸 바쳐 쇼를 하면, 그가 그토록 원하는 대로 미화 언니와 만날 기회가 생길 수 있지 않겠니. 미수를 제외한 채로, 계모와 첩들에 시달리는 막장의 이야기를 즐기는 미례가 동우에게 상체를 기울여 작전을 의논하기 시작했다.

하지만 미수는 그게 쓸데없는 짓이라는 것을 안다. 전에 밤늦게 대문 앞에서 만난 뒤로 김태호는 미수를 철천지 원수 보듯 했다. 여자처럼 삐쳐서 대놓고 시비도 걸고, 노려보고, 틈만 나면 미화가 무슨 얘기했냐고 다그쳤다. 게다가 인강 쌤에게 다가가지 말라고, 마치 숫처녀를 보호하는 성기사라도 되는 양, 미수를 적대시 했다. 아무리 봐도 될 성 싶은 시나리오도 아니었다. 차라리 다른 여자를 찾아보는 게 더 현실감 있다.

문득, 미수의 눈에 바로 앞에서 얼쩡거리는, 여자답게 생긴 미례의 귀여운 얼굴이 보였다. 이정도면 예쁘다. 키가 좀 작은 건 약간 걸리지만, 미화 언니도 큰 키는 아니다. 혹시 내가 눈앞의 진주를 못 보고 있었나? 미수는 여전히 제비잡기 시나리오를 짜고 있는 미례의 말을 잘랐다.

"미례야. 너 남자 있어?"

"어? 왜 갑자기? 없는데?"

"남자 친구는 갖고 싶고?"

"그, 그거야, 뭐, 생기면 좋지."

"너 처녀야?"

푸웃. 헉. 동우가 마시던 커피를 뿜었고 미례는 입을 벌리고 굳어버렸다. 늘 그렇듯이 미수는 진지하게 하고 싶은 말만 했다.

"인강 선배한테는 제일 좋은 것만 해주고 싶어. 아무래도 처녀가 좋을 것 같아서 그래. 그 정도 기본은 되야 쌤한테 어울리는 거 아니겠어?"

미화를 계속 쌤에게 밀어붙이기를 포기한 이유는, 사랑하는 미화 언니지만, 벌써 연애가 몇 번이 이어지다보니, 끈기가 없어 보이고, 미안하지만 순결도 의심되었다. 대리 연애에서도 키스가 넘치는데, 진짜 연애면 어느 정도 수위가 될까.

"나, 나를……. 서, 서인강 선배랑?"

"푸하하. 미수야. 그만, 그만해."

동우가 배를 잡고 떼굴떼굴 굴렀고, 미례는 벌게진 얼굴로 화를 냈다. 미수는 격한 반응들에 얼굴을 찌푸렸다.

"야! 신동우! 너 왜 웃어! 이씨! 야!"

"하하하하, 너 정말 서인강 선배랑 만날 수 있는 자격이 되냐, 조미료? 응? 하하."

"내가 누구랑 만난다고?"

헉.

앉아 있던 모두가 동작 그만이 되었다. 인강이 하얀 가죽 크로스백을 가볍게 등에 걸치고 세 사람이 앉아 있는 벤치를 내려다보며 미소를 지었다. 봄이 되어서인지 물 빠진 청재킷과 흰 티셔츠, 역시 물 빠진 스키니진을 입은 모습이 복학생답지 않게 상큼했다. 남들이 입으면 아저씨 감인데 이 남자는 혼자 파리 컬렉션이다. 인강을 보고 먼저 반응을 보인 건 동우였다. 벌떡 일어나 허둥지둥 인사를 했다.

"선배님. 안녕하십니까."

"안, 안녕하세요……."

미례가 기어들어가는 목소리로 덧붙였다. 인강이 가볍게 끄덕하고는 바로 본론으로 들어갔다. 이런 성격은 미수와 비슷했다.

"그래서 내가 누구를 만나는데?"

미례가 겁나는지 미수의 등 뒤로 쪼그라들었다. 미수가 담담히 말했다.

"그냥, 여기 예쁜 친구가 있기에 물어본 거뿐이에요."

"풋."

동우가 그새를 못 참고 웃음을 터뜨렸지만 인강은 굵은 눈썹만 가볍게 올리고 미수를 볼 뿐이었다.

"그래? 그런데?"

"의견 조정 중인데 쌤이 눈치 없게 끼어든거죠."

"얘야?"

옆에 선 미수가 보기에는 인강의 잘생긴 얼굴은 무표정한 평상시 모습이었지만, 눈빛이 마주친 미례는 그 분위기가 너무도 차가워서 심장이 오그라드는 듯했다. 마치 '얘'라는 단어가 길거리에 붙어 있는 껌딱지를 가리키는 말인 듯 들렸다. 자연스럽게 눈을 깔고 미수의 등에 껌딱지처럼 더욱 달라붙었다.

"음. 관심이 없나 본데?"

인강의 말에 미수와 동우가 미례의 창백한 얼굴을 돌아보았다. 미수가 계속 정말? 하는 얼굴로 재촉을 하자, 미례는 울며 겨자 먹기로 대답을 해야 했다. 차마 무시무시해 보이는 인강이 시퍼렇게 보는 와중에 죽어도 싫다고 할 수 있는 심장이 없었다. 절대로 조폭계야, 절대로. 내심 심증도 굳혀버렸다. 겁이 나서인지 저절로 거절의 말이 튀어나왔다.

"나, 나 자격 없어. 포, 포기할래."

동우가 웃음을 참으려고 얼굴을 일그러뜨리며, 다 이해한다며 졸지에 노- 처녀가 되어버린 미례의 등을 토닥이는 동안, 인강은 안타까워하는 미수를 납치해버렸다.

두 사람은 학교 앞 수제버거 집에 들어갔다. 조금 비싼 곳이라 사람이 많지 않고 실내도 차분하고 세련되게 되어 있어서 미수를 자극하지 않는 편이라, 둘이서 자주 가는 곳이다. 마치 1년 된 새엄마가, 어디를 가든 아기 기저귀 갈 수 있는 곳을 스캔할 수 있듯, 이런 기본 배려는 인강의 생활에 이미 깊이 배어 있었다. 안쪽 구석에 한가한 창문가에 자리를 잡은 두 사람은 좋아하는 햄버거를 주문했다.

"그런데, 그 자격이라는 게 무슨 소리야?"

굵게 썰은 감자를 오가닉 기름에 바삭하게 두 번 튀긴 프렌치프라이를 자연농법으로 키운 토마토로 손수 만든 케첩에 찍어 먹는 미수를 보며 인강이 궁금한 것을 물었다.

"아아. 그냥, 인강 쌤에게 어울릴 만한 여자로서의 자격?"

"호오. 뭔데 그게?"

오물오물, 예쁘게 입을 놀리며 감자를 씹다가 미수가 콜라를 마시는 것을 보며 인강의 눈이 휘었다. 어쩌면 먹는 것도 이렇게 이쁠까. 봄인데도 여전히 길고 두꺼운 회색 후드를 입고 낡고 헐렁한 청바지 차림의 미수이지만, 그래도 달라진 게 있다. 머리가 제법 길어졌을 때, 미화가 작정을 하고 미용실에 끌고 가 정리를 해줘서, 제법 여자 같은 단발머리였다. 부드럽게 찰랑이는 결 고운 머리가 살짝살짝 뽀얀 뺨을 스친다.

"먼저 머리가 좋을 것. 인강 쌤은 아는 게 많으니까, 알아듣고 대화할 수 있는 여자."

"음."

동의한다는 듯이 끄덕.

"미화 언니만큼은 아니라도, 예쁘면 좋겠어요. 여자답게."

"음."

기왕이면 다홍치마라고. 미화가 미수를 많이 닮기는 했지.

끄덕.

"너무 예뻐도 곤란하지만. 절대로 바람둥이는 안 되고."

"음."

다 맞는 말이다. 인강이 미소를 지으며 자신의 콜라를 입에 댔다.

"그리고 처녀면 좋겠어요."

풉.

"아, 진짜. 똑바로 해요. 애도 아니고."

미수가 쯧쯧거리며 냅킨으로 뿜어져 나온 콜라를 꼼꼼히 닦고 인강의 트레이에서 장렬하게 전사한 프렌치프라이들을 골라냈다.

"왜 처녀야? 난 정말 그런 거 상관없어."

"아, 뭐, 깨끗하고 도덕적이고 그런 거 말고요. 그냥 처음이면 무척 중요한가 보다, 했어요. 처음으로 자고 나면 더 사랑하는 거 같고 그래서요. 인강 쌤을 처음으로 알면 더 사랑해주지 않을까, 뭐 그렇게 생각했어요."

민수가 그랬다. 처음을 그 불여시와 하고 그렇게 미친 듯이 사랑했다. 바보같이 보이기도 했지만, 그러한 열렬함이 사랑에는 중요할 거 같기도 했다. 민수는 그녀가 처음이었다며 술 먹고 울어댔다. 미수는 그래서 처음이라서 못 끊나 보다, 처음은 무서운 힘이 있나 보다, 했다.

"······처음이라고 더 사랑하고 그러는 거 아니야."

"쌤은 처음할 때 안 좋았어요?"

콱, 하고 크게 한입 햄버거를 베어물며 순수하게 물어보는 눈동자에 인강은 창백해졌다가, 빨개졌다가 했다. 가끔 미수가 뜻하지 않아도 솔직해야만 하는 순수한 어린이의 대화를 할 때마다 나오는, 어른의 때가 탄 인강의 반응이었다.

"······좋았지. 그래도 그게 좋은 사랑은 아니었어. 처음한다고 제일 사랑한다면 이 세상에 이별한 사람이 없겠지. 좋아하는 사람하고 하는 게 더 중요하다고 생각해."

진땀이 흘렀다. 생각지도 않게 변명을 하는 듯한 느낌이다. 혹시 제가 처음이 아니라서, 미수가 싫어할까. 속으로 제법 매운 김칫국을 마시며 인강이 절실한 눈으로 미수를 보았다. 좋든 싫든 저에게 성숙할 수 있던 양분이 되었던 지나간 연애를 후회해본 적은 없는데 갑자기 무서워졌다.

"너도, 남자가 처음이면 좋겠어?"

"······."

"아니, 만약 한다면."

"음······. 처음이 아닌 게 좋겠어요. 미치면 곤란하니까."

그게 뭐라고, 저도 모르게 안도하면서 참았던 숨이 길게 나왔다. 그러고 보니 미화가 지나가듯 한 말이 생각나고, 미수의 성 지식에 의문이 들었다. 아마도 다른 사람이나 여자였다면 죽었다 깨어나

154

도 이런 말들을 묻지는 않았을 것이다. 하지만 미수에게는, 인강은 솔직하게 물을 수 있었다. 마치 아이들끼리의 순수한 호기심에 세상의 여러 가지 일을 어른의 틀에 구속받지 않고 이야기할 수 있는 것처럼.

"그런데, 너. 섹스가 뭔지는 알지?"

"바보인 줄 알아요? 애기 만드는 일이잖아요."

"음. 그래. 잘 아네. 똑똑하다, 미수."

햄버거를 우적우적 씹으며 먹고 있는 미수 앞에서 인강이 조심스럽게 다시 대화를 시도했다.

"음. 아기는 어디서 생기는지 알지?"

"치. 배에 생기잖아요."

"그게, 그러니까, 어떻게……."

"아, 진짜!"

탁, 하고 콜라 잔이 거칠게 내려졌고 미수의 눈이 찢어졌다.

"밥 먹는데 그런 지저분한 얘기를 꼭 해야겠어요! 밥맛 떨어지게!"

"미, 미안."

"저 바보로 아시는 거예요? 포르노도 본 적 있고 어떻게 아기가 생기는지 다 안다고요! 바보 취급 좀 하지 마세요!"

미수의 큰 소리에 놀란 가게 안 사람들이 눈이 휘둥그레져서 쳐다보았다. 인강은 제 잘못이라 두 손으로 빨간 얼굴을 가릴 수밖에 없었다. 미안해, 하고 죽은 듯이 손가락 사이로 내뱉었다.

"씨. 생각나버렸네, 아, 기분 나뻐. 도대체 그짓이 뭐가 좋다고들 그렇게 난리인지. 으. 지저분해."

선수 생활 시절, 같이 어울리던 남자애들이 선수 휴게실에서 스마트폰으로 포르노를 보고 히히덕거렸다. 미수가 들어온지도 모르고 킬킬거리기에 어깨 너머로 본 장면은 한눈에도 너무도 충격적이었다. 웬 백인 여자가 입으로 열심히 하고 있는 장면이었다. 설마 섹스가 저런 거였다니. 남자들은 저걸로 소, 소변도 보지 않나. 우우욱. 미수는 그대로 화장실로 달려가 토를 해버렸고, 섹스에 대한 깊은 혐오감이 생겼다. 문제는 성이 넘쳐나는 요즘 세상에 이럴 수가 있나 할 정도로 무지한 미수가, 섹스는 오럴'만' 하는 것으로 오해하고 있다는 것이다.

인강이 보기에 씨부렁씨부렁 투덜거리는 모양이 섹스에 대해 굉장히 안 좋게 생각하는 모양이라 또 속이 무거워졌다. 혹시, 민수와 안 좋은 경험이라도 있는가, 혹시 다친 적이라도 있을까 무척 염려스러웠지만, 물어볼 수는 없었다.

"저기, 그, 좋아하는 사람이랑 하면 기분도 좋고 그래."

"전요, 애기 만들 일 아니면 하고 싶지 않아요. 암만 봐도 여자에게 좋은 일이 아니거든요. 정말 징그럽고 더러워서."

미수가 미간이 강하게 좁혀진 채로 정말 싫다는 듯이 말하기에 마음이 철컹하고 가라앉았다. 장애도, 트라우마도 각오는 했지만, 섹스까지……. 인강은 갑자기 멍해졌다. 그 순간, 미수의 휴대폰이 울렸다.

"어, 은미야."

-요, 미수.

160의 작은 키, 비쩍 마른 병색이 완연한 여자인 은미는 '그 일'이 있은 후 묵었던 정신 요양원에서 만난 '친구'다. 미수보다는 두

살이 더 많지만, 잘나가는 집안의 복잡한 가족에서 태어나 심히 불안정한 청소년기를 겪다가, 같은 요양원에 떨어진 친구이다. 주변 소문에 많은 상처를 받았다는 공통점으로 동지애를 느꼈는지, 먼저 다가왔던 첫 여자 친구다.

요양원에서 그룹 상담을 했기 때문에 서로의 사정에 대해서는 적당히 알고 있어서, 미수는 은미가 비 오는 날에는 친모에게 버려진 트라우마로 인해 집 밖을 못 나가는 것을 이해한다. 은미는 미수가 빨간색에 죄책감을 느끼며, 사람 많은 곳을 싫어하고, 여자처럼 꾸미는 것을 거부하는지 것을 알고 있다. 워낙 남사스런 비밀을 공유해서인지 흔히 하는 언니, 동생 말고 그냥 말을 트자 해서 친구가 되었었다.

"응. 웬일?"

-나 한강대 근처인데, 너 학교 있으면 오랜만에 볼까 하구.

"지금?"

-친구들 만났는데 너 아는 사람이 있어서, 부르라고 하더라고.

"나를?"

-응. 나와볼래? 여기 당구장이 잘돼 있네. 어딘지 알아?

"당구장? 알기는 아는데. 그, 나 안다는 사람, 여자야?"

-아니. 집안 친구야. 너 선수 때 봤다고 하더라. 싫으면 관두고.

"아냐. 가볼께. 잠깐 네 얼굴 보지, 뭐."

미수는 전화를 끊고 인강에게 가볍게 말했다.

"쌤, 나 친구 보러 먼저 일어나요. 오후 수업 있죠? 잘 들어가요."

"어…… 어."

미수는 여전히 깊은 생각에 빠져 있는 인강을 두고 먼저 햄버거 집을 나섰다. 오후의 햇볕이 여전히 따뜻하고 밝다. 어두운 당구장으로 들어가는 게 죄책감이 느껴질 정도다. 탁, 탁, 탁 가볍게 계단을 뛰어 올라가 유리문을 열었다. 전에 봤던 어두운 실내가 아니라 한쪽 벽의 통유리 창문들이 환하게 안을 비춰주고 있었다. 평일 대낮이라 그런지 한가해 보였고, 담배 연기도 별로 없었다.

제일 안쪽에 몇몇 사람들이 당구를 치고 있었고, 그중에 은미의 붉게 물들인 더벅머리가 보였다.

"은미야."

미수는 기쁘게 부르며 가까이 다가가다가 문득 멈추었다. 등을 보이고 있던 남자가 당구대에서 몸을 일으켜 뒤를 돌아보았기 때문이다. 그 남자는 담배를 꼬나물고, 큐대를 지팡이처럼 짚고 싱글거리고 있다. 전보다 더 마른 듯한 몸, 갈색으로 물들이고 파마까지 한 조금은 긴 머리가 예쁘장한 얼굴에 잘 어울렸다. 늘 그렇듯이 세련되게 차려입은 브랜드 캐쥬얼의 밝은 푸른색 니트와 물 빠진 스키니가 무신경한 듯 멋스럽게 호리호리한 몸을 감싸고 있다.

날카롭게 반짝이는 눈이 미수를 차갑게 보지만, 그와는 반대로 뺨에 한때 미수를 두근거리게 만들었던 보조개가 예쁘게 떠올랐다.

"안녕? 오랜만이네. 잘 지냈어?"

V자로 벌려진 긴 손가락 사이로 담배를 끼고, 색기 넘치는 붉은 입술이 길게 웃으며 하얀 담배 연기를 후, 하고 흐트린다. 미수의

얼굴이 하얗게 질려갔고 그걸 지켜보는 남자의 눈이 즐겁다는 듯
반달처럼 휘었다.

"……진수 오빠."

천하의 바람둥이. 삼대를 씨를 말려야 할 못된 새끼. 민수의 형
이 돌아왔다.

06. 민수네 집 사정

'정민수라고 해. 사이좋게 잘 지내야 한다. 민수는 저쪽 뒤에 성민이 옆에 앉으렴.'

초등학교 4학년, 새로 전학 온 남자애는 불퉁한 얼굴이 기본인 듯 무뚝뚝하게 뒷자리로 갔다. 어린아이의 얼굴이 잘생긴 편인데도 흉흉해 보여서 아이들은 첫눈에 겁을 집어먹고 있었다. 휴식 시간에 벌써 수군거리며 소문이 돌았다. 문제아, 깡패, 정학, 이런 키워드들이 복도 쪽에서 간간이 놀라는 소리와 함께 들려왔다. 하지만 미수는 그런 소리가 귀에 들어오지 않았다.

밖에서 들리는 새소리가 자꾸 신경 쓰였기 때문이다. 까치인지 까마귀인지가 싸우고 있는지 깍깍거리며 소란을 피우고 있었고, 높고 새된 소리가 무척 신경에 거슬렸다. 조금 조용하다가도 다시 깍깍, 계속 반복되어 굉장히 짜증이 나고 있던 참이다. 국어 선생님이 하는 말도 들리지 않을 정도로 깍깍거리고 있었다. 병원에서 의사 선생님이 해준 말대로, 수업 중에 갑자기 일어나면 다른 사람들이 놀라니까, 하고 주먹을 꼭 쥐고 참으려고 했는데, 민수가 벌떡 일어났다. 창문을 드르륵 열어젖히고는 '으아아악!' 소리를 질렀다. 제 필통까지 나무 사이로 던져 새들을 쫓아버렸다.

'크큭.'

민수가 무섭게 웃으며 창문을 닫고 자리에 앉았다. 교실에서 선 채로 교과서를 낭독하던 희경이가 놀라서 굳어 있고, 선생님도 벌린 입을 다물지 못하고 소리쳤다.

"미, 민수야. 뭐 하는 짓이니?"

희경이는 결국 울음을 터뜨렸고, 아이들이 웅성거렸다. 민수는 구겨진 얼굴로 뭘 보냐는 식으로 눈을 부라렸다. 오직 미수만이 왜 민수가 그런 행동을 했는지 이해할 수 있었다.

"정민수! 복도로 나가서 벌서!"

국어 선생이 벌게진 얼굴로 소리쳤다. 미수가 불의를 참지 못하고 소리쳤다.

"시끄러운 거 쫓았는데 왜 혼내요!"

밖에서 나는 새소리 따위는 신경도 쓰이지 않던 아이들은 미수가 말한 '시끄러운 것'이 희경인 줄 오해하고 크게 웅성거렸다. 어쩌면 저럴 수가. 또라이네, 또라이. 희경이가 무슨 죄야. 희경이는 아예 엎드려서 곡을 했다. 미수와 민수만이 눈을 찌푸리고 이 모든 난리를 지켜보았다. 주변사람들이 왜 이처럼 당연한 것들을 못 보고 있는지, 왜 희경이가 우는지, 어떻게 설명해야 하는지도 모르는 두 아이들이었다.

"장미수! 너도 같이 나가!"

민수가 드르륵 의자를 밀고 먼저 일어섰고, 미수가 불만이 가득한 얼굴로 따라 나갔다. 둘 다 뿌루퉁하니 서로의 얼굴을 잠깐 보다가 발밑을 봤다.

"씨."

"치."

누가 복도 끝에서 쿠당탕 뛰어올라가는 소리가 들려왔다. 두 사람은 동시에 그쪽을 돌아보았다. 복도 창문 옆 나무에서 새가 놀랐는지 푸드덕 날아갔고, 둘은 또 그것을 같이 보았다. 미수는 민수의 시선을 느끼고 마주보았다. 민수가 먼저 입을 뗐다.

"너두 약 먹냐?"

"무슨 소리야?"

"나 아침마다 약 먹어야 하는데 넌 안 그래?"

"난 안 맞아서 안 먹어."

미수는 이때 막 장애판정을 받고 치료를 시작하던 참이다. 실은 미수도 유치원 때부터 상담 권유를 받았었지만, 미수 엄마는 믿지 않았다. 좀 고집이 세고 활달할 뿐인데, 커지면 나아지겠지 하고, 오히려 이해성 부족한 유치원 선생들이라고 화를 내고 아예 유치원을 포기했었다. 하지만 초등학생 4년이 되도록 나아지기는커녕 사회성이 떨어져 은따 당하고 삐뚤어지는 미수의 현실에 눈을 떠야 했다.

결국 주의력 결핍 과잉행동장애로 판정을 받고 미수의 가족은 큰 죄책감에 시달려야 했다. 병이 아니라 장애이기 때문에, 고쳐지는 것이 아니라 극복하는 것이다. 예를 들면, 색맹 장애를 가진 사람이 다른 식으로 색을 구별하는 방법을 배워 조건을 극복해나가는 거지, 색맹이 '치료'되는 것이 아닌 것처럼. ADHD도 장애에 적응하고 대처하는 방법을 배워 익숙하게 조절하는 것이다. 대부분 학습능력이 높아지고 반복 경험도 쌓인 어른이 되면 눈치채지 못할 정도로 조절할 수 있는 경우가 많다. 어쩌면 ADHD는 세계를 다르게 경험하는 두뇌를 가진 소수의 사람들이 다수의 보통 세상에 맞추어 가야 하는 장애라고 볼 수 있다.

가족들도 미수와 함께 상담을 받고 미수를 돕기 위해 노력했다. 의사가 권유하는 약도 먹어보았지만 밥맛이 아예 없어지고 머리도 어지럽고 하더니 며칠 후 발작 비슷하게 온몸이 떨리기 시작했다. 무서워진 미수 엄마는 약 복용을 중지시켰다. 다행히 얼마 전에 시작한 인지적 행동 치료가 꽤 효과가 좋아서 미수는 약을 쓰지 못해도 좀 더 수업에 집중하는 법을 배울 수 있었다. 약에 대한 부작용들에 민감해진 미수 엄마는 약을 쓰지 않고도 언젠가는 미수가 적응을 해갈 수 있다고 생각하고 희망을 가졌다.

민수가 전 학교를 다니던 당시, 그곳에 불을 지른 것은 사실이었다. 장애를 가진 아이들은 말이 많은 게 대부분인데, 민수는 의외로 조용하고 말이 없다가도 한번 잘못 걸리면 진짜 미친놈처럼 끝장을 보았다. 민수는 어릴 때부터 워낙 정도가 심한 행동을 많이 해서 정신과 감정을 받아야 했고, 민수는 ADHD장애의 정도가 무척 심한 것으로 판단이 되었다. 특히 감정조절이나 충동 조절이 거의 안 되었고 반응에 대해 억제를 못 해, 천생 문제아처럼 보였다. 게다가 난독증까지 있어 첩첩산중. 그래서인지 민수네는 약을 더 신용했다. 약을 먹이면 민수의 형형한 눈빛이 조금 더 수그러지고 집중을 하는 듯했다. 활화산을 냄비 뚜껑으로 막는 느낌이었지만, 그게 어딘가.

게다가 민수는 장애는 둘째 치고 원래 성격도 정말 막무가내였다. 민수의 엄마는 큰 식당 프랜차이즈를 운영하는 여장부 같은 사람이었고, 사업으로 바빠서 시간을 함께 보내지 못하는 막내에게 무조건 오냐오냐 베풀었다. 아버지라는 사람도 집에 있는지 없는지, 크고 좋은 집이 텅 비어 있고 일하는 사람들은 민수에게 절절 맸다. 그래서 민수는 뭐든지 거침이 없었다. 결국 약으로 증상을 억누른다 하여도, 버릇없고 막무가내인 성격 때문에 먹으나 마나인 듯한 결과였다.

그래도 전에는 친구고 뭐고 없던 민수가 이제 미수만은 꼭 챙겼다. 처음 봤을 때부터 동류임을 알아보고 처음으로 이해받는 느낌을 알게 된 후부터 두 사람은 단짝이 되었다. 민수가 미수와 같은 소아 정신과 센터로 옮기고 같이 놀이 치료며, 인지적 행동치료를 받았다.

뭐든 열심히 하는 미수가 일을 이끌었고, 민수는 대강 따라가는 형식이었다. 충동적으로 들어간 탁구장에서 신나게 탁구를 쳐보고는, 탁구를 진지하게 시작해보자고 한 것도 미수였다. 둘 다 공부에 관심이 없었기도 하지만 몸을 쓰는 것이 적성에 맞아서 중학교를 체육중학교로 진도를 결정한 것도 미수였다.

여전히 민수는 조용했지만 무척 흉흉한 기색을 내는 놈이었는데, 모르는 사람들과는 말도 나누지 않았다. 그렇다고 같이 있는 사람에게 집중을 하는 것도 아니라서, 동석한 사람들은 하나같이 무척 기분 나빠했다. 주변사람들 상관없이 말없이 딴짓하고 듣는 둥 마는 둥 하고, 제 할 일만 하는 민수는 사람들에게 오만하고 버릇없는 놈으로 찍혔다. 같이 있어도 그런 민수에게 신경 쓰지 않은 것은 미수뿐이었고, 두 사람은 서로의 존재가 편했다. 물론 보고 있는 사람들에게는 둘이 서로 딴짓하다가 가끔 말을 맞추고, 다시 제각각 노는 걸 보고, 사이가 좋은 건지 나쁜 건지를 아리송해하기도 했다. 미수는 민수가 한번 터지면 정말 걷잡을 수 없다는 것을 알아서 나름 신경을 써주었기 때문에, 혹시 빗나가도 웬만한 일이면 미수가 민수를 알아서 제지할 수 있었다.

선후배 관계가 군대 상하 계급 같고 무척 엄격한 체육 중학교에서 민수는 들어가자마자, 한마디로 미친놈처럼 발광을 했다. 그때 민수는 키도 작고 마른 놈이어서 아마도 더 쉬워 보였을 것이다. 기세 잡는다고 선배 몇몇이 민수를 건드렸던 탓에 교실을 다 때려 부수고 서너 명이 피를 흘렸다. 장애보다는 민수의 난폭한 성격 때문인데도, 민수 엄마는 장애 탓을 했다. 결국 민수 엄마가 체육관을 증설하는 것으로 마무리를 지어주었고, 미친 새끼 민수는 아무도 건드리지 않게 되었다. 그런 민수와 어울리는 미수도 보호받았지만, 두 사람은 결국 군중 속의 섬처럼 지냈다. 상관없었다. 두 사람에게는 서로가 있었고, 다른 사람들의 필요성을 느끼지 못했었다. 싸워도 둘이 싸웠고, 게임도 둘이 했고, 먹고 쉬는 것도 둘이 했다. 형제, 딱 쌍둥이 형제 같다고 서로는 생각했다.

하지만 쌍둥이가 아니었기에 차이는 곧 벌어졌다. 중학교 2학년이 되어서 미수는 훌쩍 커서 170센티가 되었지만, 민수는 163센티에서 더 자라지 않았다. ADHD로 먹는 약이 성장을 저지한다고, 민수는 약을 끊었다. 장애를 조절 못 할까 걱정되었지만, 의외로 잘 지냈다. 중학교 3학년이 되어, 마침내 미수보다 더 커지고, 민수는 행복해했다. 여자애들이 다가오기 시작했다. 민수가 외모에도 신경 쓰고 여자애들을 더 눈여겨보고 했다. 물론 데이트가서 멀뚱하니 제 게임을 하고 묻는 말에 대답도 안 하고 딴생각만 하는 민수가 성공할 리가 없었지만. 미수는 민수가 바보라고 놀려댔다.

'야, 누가 첫 데이트에 암벽타기를 가냐.'

'……그거 재밌잖아.'

'여자애 치마 입었지?'

'…….'

'에이그, 바보야. 넌 어째 그리 멍청하냐. 다음부터 그냥 무난하게 햄버거집에서 해.'

정말 민수는 게임과 탁구 외에는 제대로 할 줄 아는 게 없었다. 서투른 두 아이들 중에서 그나마 미수가 더 제 기능을 하며 민수를 돌봐주는 형편이었다. 그래도 감히 민수를 바보라고 부를 수 있는 건 미수뿐, 민수에게 어떤 바보짓을 해도 용서받는 것도 미수뿐이다.

민수가 나름 데이트에 몰두하는 동안 미수는 탁구에 열중했다. 혼성팀에서 나와, 주니어 대표로 선발되어 정말 기뻤다. 탁구대 위에서 눈 돌아가게 빠른 핑퐁을 하다 보면 온몸이 날아가는 듯 했고 성취감이 좋았다. 소리에 민감한 미수는 탁구대 위에 공이 맞는 소리를 들으면 어떻게 튈지 대략 예상이 되었다. 정신없이 튀는 소리에 몸을 움직이다 보면 시간이 훌쩍 지나갔다. 그 당시 민수는 제 키가 남자 탁구선수로 성공하려면 더 커야 된다고, 신경 쓰느라고 연습이 지지부진했다. 민수는 함께하던 혼성팀이 해체되면서,

본인도 싱글로 전향되고부터 슬럼프도 온 듯했다.

'내가 키만 좀 더 컸어도……'

'멍충아. 키가 문제니. 너 연습도 안 하면서.'

'……'

'플레이스테이션 샀대메. 어디야?'

둘은 주로 민수 집에서 어울려 놀았다. 그 큰 집은 오락실이며 탁구장, 게임실 겸 영화상영관 등등 웬만한 레저 리조트만큼 시설이 좋았고 아무도 두 사람을 방해하지 않았다.

'이 몸이 너를 신나게 부셔주마. 덤벼봐.'

'……짜식. 고수를 몰라보고.'

미수는 민수를 어떻게 다독여야 하는지 잘 알았다. 미수에게는 민수는 돌봐줘야 하는 남동생이었다. 둘만 있으면, 신나게 카레이스 게임을 하면서 웬만한 고민상담은 다 해주었었다.

'참, 너 어제 여자애랑 햄버거 먹으러 갔던 거 잘됐냐?'

'……'

'뭐야. 얼마나 걸렸어?'

'……30분.'

여자애가 포기하고 일어선 시간을 미수가 게임에서 뉴욕 시내를 아슬아슬하게 급커브를 돌면서 물었다. 민수는 터널에서 브레이크를 걸다가 충돌해서 다시 시작했다.

'으휴. 이번엔 뭐야?'

'……'

'휴대폰 게임? 그거 하지 말랬지?'

'안 했어. 새 메뉴가 있길래……'

'아. 또 그 메뉴만 주구장창 보고 있었구만. 뭔데?'

'⋯⋯새우 버거래.'

'어, 맛있겠다.'

'메뉴 디자인도 예쁘더라.'

민수가 제 휴대폰에 스타일로로 메뉴 디자인을 그려 보여주었다. 민수는 난독증을 뛰어난 기억력으로 오랫동안 숨기고 있던 놈이다. 청각적인 것에 예민한 미수보다 시각적인 것들에 더 반응을 많이 하고 눈에 걸리는 색이나 모양이 있으면 시간 가는 줄 모르고 보고 있기도 한다. 아마 민수는 미술 쪽으로 갔어야 했던 게 아닐까, 하고 가끔 미수는 생각했다. 게임을 정리하며 미수가 말했다.

'먹고 싶다. 가자.'

'안 돼. 오늘 엄마가 집에 있으랬어.'

'웬일로?'

'⋯⋯.'

민수의 얼굴이 더 불퉁해졌고 미수는 며칠 뒤 그 이유를 만났다. 연습 후, 혼자 마치 제집처럼 대문을 열고 현관 도어록을 해제한 후 게임실에 운동 가방을 내려놓고 식당에 가서 생수를 꺼내고 있을 때였다. 삐리리 하고 도어록이 해제되었다. 민수는 아마 위층 공부방에서 지금 난독증 전문가와 공부지도를 받고 있을 텐데? 아줌마인가? 빼꼼 내다본 미수의 눈에 처음 보는 청년이 들어왔다. 호리호리하고 단정하게 생긴, 조금 차가워 보이는 꽃미남이었다.

'어?'

'⋯⋯누구지?'

'……민수 친구요.'

'민수 친구? 민수가 친구가 있어?'

상당히 놀란 얼굴이다.

'미수야.'

민수가 어느새 계단 위에 서서 미수를 불렀다. 얼굴이 더 무뚝뚝해 보였는데, 그걸 보고 꽃미남이 싱긋 웃었다. 미수를 돌아보는 눈에 호기심이 가득했다.

'여자애구나. 이렇게 예쁜데 왜 몰라봤지? 난 진수, 민수 형이다. 만나서 반가워.'

'……'

민수가 형이 있었나? 저도 모르게 민수의 얼굴을 보았지만, 그저 무표정이다. 어느새 앞으로 쑥 내밀어진 진수의 손을 엉겁결에 잡고는 당황했다. 처음 보는 꽃미남이 계속 자신을 뚫어지게 보고 있어서인지, 이렇게 부드러운 남자는 처음 대해봐서인지 모르겠다. 탁구로 굳은살이 박인 제 손보다도 더 부드럽고 따뜻한 손이다. 왠지 부끄러워서 슬며시 손을 뺐다.

'바보야, 빨리 올라와.'

'어, 어.'

'또 보자, 미수야.'

여전히 미소를 입술에 걸고 민수의 형이 말했다.

게임방에 들어가자 민수가 짜증을 냈다.

'너 왜 왔어! 오지 말랬잖아! 오늘 수업 있다고.'

'야, 너 형 있냐? 와, 너랑 완전 다르네.'

'가까이하지 마. 좋을 거 없어.'

'왜? 좋아 보이던데.'

미수의 말에 민수가 상당히 불편한 기색으로 움찔거렸다.

'아무튼, 함부로 말하고 그러지 마. 형이, 장난이 좀 심해.'

'만날 일이 뭐 있겠냐. 너랑 알고 지낸 시간이 얼마인데 지금 처음 봤구만.'

그러고 보니 알고 지낸 시간만 6년째인데 형이 있는 줄도 몰랐다. 형제는 다른 것인가? 언니인 미화와 제법 친하게 지내는 미수로서는 둘만 있으면 수다쟁이인 민수가 그동안 형에 대해 한마디도 하지 않을 수 있다는 게 신기하기만 했다. 얼마 후에 지나가는 말로 형 어 딨냐고 물어보니 미국으로 다시 돌아갔다고 했다. 원래 거기서 산다 나. 그리고 시간이 흘렀고 두 사람은 고등학교에 입학했다. 민수는 새해에 그동안 못한 탁구실력 늘리겠다고 입학 전 1월에 남자 선수 팀과 플로리다로 한 달 동안 동계훈련을 갔다.

올란도 유니버셜 스튜디오에 가면 증명사진 보내라고 했는데 처음 일주일 정도 톡으로 연락하더니 갑자기 소식이 끊겼다. 잘 지내냐고 몇 번 물어보다가 하도 문자를 씹기에 포기했다. 질펀하게 노나 보다, 그리 생각했다. 그러고 나서 탁구부 단체 톡에 그가 연애를 한다는 뜨거운 소문이 떴다. 그저 놀라웠다. 그동안 계속 실패하던 데이트를 성공시킨 여자가 있다는 것이.

그리고 2월 초에 훈련 갔던 애들이 돌아왔는데, 민수는 같이 오지 않았다. 2주 후에서야 민수에게서 갑자기 연락이 왔고, 미수는 기쁘게 민수 집에 방문했다. 신나게 계단을 올라가 문을 열어젖히자, 개구지게 씩 웃고 떠났던 소년이 이상한 표정을 짓고 민수의 방에 앉아 있었다. 무척 마른 몸에 번들거리는 눈동자, 길어진 머리카락. 왠지 퇴폐적인 냄새가 떠돌았다. 어린 주제에 수염이 거뭇하게 돋아난 얼굴에 핏줄 돋은 눈을 하고 있으니 기시감이 느껴져서, 처음 보는 사람 같았다.

'야. 너 뭐야?'

'……어떡하지.'

'뭘?'

'……연락이 안 돼.'

'……'

'너도 여자잖아. 왜 그러는 걸까. 좀 말해줘.'

만나자마자 제 연애 고민 상담이라니. 소년은 축 처져서 눈만 번들거렸다.

'미국 교포래, 아니, 유학생인가. 바비큐 파티에서 만났는데, 어쩌다 보니 같이 얘기하게 되었어. 참, 편하고 기분 좋은 느낌으로 두둥실 떠올랐어. 너두 알지, 나 여자들 좀 어려워하는 거. 그런데, 새라 누나는, 아니, 새라는 너무 편했어. 마치 나를 잘 아는 것처럼 대화도 술술 나오고. 그래서 그 뒤로 몇 번 더 만났는데, 너무 좋은 거야.'

민수의 얼굴이 행복한 듯 웃었다. 미수의 눈에는 이상해 보였다, 사랑에 빠진 소년의 얼굴은. 입이 벌어져서 멍청하기도, 눈이 풀려서 졸린 것 같기도 했다. 민수가 그동안 정말 연애하고 싶어 했구나. 남들처럼 사랑하고, 사랑받고 싶어 했구나. 미수는 갑자기 든 인식에 놀라버렸다.

'그리고, 그리고……'

갑자기 얼굴을 붉히고 얼굴을 숙였다가 다시 마주친 눈은 상당히 아름답게 보인 것 같기도 했다.

'키, 키스도 했어.'

미수는 어리둥절했다. 너무도 변한 소꿉친구의 모습에 좋아해야 할지 싫어해야 할지도 몰랐다. 처음 보는 표정과 행동이 민수가 민수 같지 않게 느껴졌다.

'와, 첫 키스, 너 그건 정말 사랑하는 사람하고만 할 거라더니.'

보기와 다르게 순정파였던 민수가 늘 주장하던 키스관에 의하면 이 여자는 민수의 운명인 건가.

'매일같이 만났어. 계속 같이 있고 싶었는데, 한국에서 대학가기로 했다고 해서 같이 온 거야. 그런데 연락이 안 돼. 어떻게 하지? 응? 미수야.'

미수는 머리를 부여잡고 여전히 둥둥 떠 있는 듯한 민수를 보며 눈을 약간 찌푸렸다. 연애, 사랑. 단어는 알지만 뜻은 전혀 모르는 미지의 것들. 미화 언니는 고백도 많이 받고 데이트도 고등학교 때부터 하는 듯했지만, 미수에게는 그저 탁구밖에 없었다.

'기다려봐야지. 전화번호는 알아?'

'한국에 오면 개통한다고 해서 몰라. 내 꺼는 아니까 금방 전화 올 줄 알았지.'

'언제 들어왔는데?'

'어제.'

'어휴, 난 또 뭐라고. 야, 멍충아, 겨우 하루 갖고 이 난리야?'

'몰라, 너는. 하루도 길어.'

푹 한숨을 쉬고 개구리가 변해서 된 왕자처럼 큰 변화를 겪은 민수가 침대에 기대어 바닥에 앉아 늘어져 있기에 그냥 돌아 나올 수밖에 없었다. 개학을 하고 민수는 학교는 나왔지만 건성건성, 늘 휴대폰만 들여다보고 정신이 나갔다. 며칠 후, 드디어 연락이 왔다고 신나서 달려나가더니 다음 날 만족한 웃음을 달고 나왔다. 그 후로도 계속 민수는 제정신이 아닌 것 같았다. 연습도 하는 둥 마는 둥, 학교가 끝나면 부리나케 달아났다. 저리 좋을까, 헛웃음만 났다. 민수 보기가 하늘의 별따기였다. 미수는 외로움을 느꼈지만, 곧 닥치는 도 대회 준비로 바빠졌다. 가을에 있는 선수권에 꼭 참가하고 싶었기에 노력했다. 민수와의 혼성팀 재결합은 이미 물 건너갔다. 몇 달 전 감독 명으로 해체했을 때만 해도 둘이서 견우와 직녀일까 했는데 민수놈이 까마귀들을 다 죽여버렸다.

'도대체 뭐 하나, 만나면.'

-음, 미술관 가고, 전시장도 보고. 나이트도 가끔 가고. 무척 조신한 사람이야.

'나이트? 너 미성년자인 거 몰라?'

-······대학생인 줄 알아.

'그 여자 바보 아냐? 척 보면 새파랗게 어린 거 몰라봐?'

-이 씨, 씨끄러! 알지도 못하면서! 겉으로 보면 나도 다 컸어!

가뭄에 콩 나듯 얼굴을 보지만 전화는 많이 했다. 시간대는 저녁으로, 대부분 새라를 기다리면서 심심해진 민수가 한다. 물론 모든 대화가 민수의 그녀에 대한 것이었다. 당사자들은 무지개 위지만 듣는 이에게는 청와대 새해 연설처럼 뻔하고 지루한 이야기들이었다. 그래도 아련한 눈빛이며 사랑에서 허우적거리며 버둥대는 모습의 민수를 보며 행복한 거라고 생각했다. 그런 식으로 몇 달이나 가서 잘되고 있나 보다 했다.

그렇게 시간이 흘러, 어느덧 여름방학을 일주일 앞둔 날이었다. 학교 탁구 연습실로 진수가 민수를 찾아왔다. 그러고는 멀뚱하게 미수를 지켜보았다. 연습 상대인 고릴라 연미가 얼굴을 붉힐 정도로 남자는 샤방샤방했다.

　　'어? 안녕하세요?'

　　'안녕. 민수 여기 있니?'

　　'어, 민수 오늘 연습 쉬는데요.'

　　'나 기억해?'

　　'그럼요. 민수, 형.'

　　'그래. 진수 오빠. 한번 불러봐.'

　　'……'

　　'수줍음이 많은 소녀네.'

　　그러고는 부드럽게 하하하, 하고 웃었다. 예쁘게 생긴 남자가 한쪽에 보조개까지 있었다. 고1이 되도록 미친년, 돌아이 등등 여러 소리를 많이 들었지만 수줍음이 많은 소녀라는 말은 처음 듣는다. 그러고 보니 부드러운 말이 마법을 가진 건지 왠지 수줍음이 많아진 듯하다. 목에 걸린 수건으로 입가를 닦는 척하며 운동하느라 지저분하게 탄 얼굴을 가렸다. 방학이라 귀국했나 보다, 하고 막연히 생각했다. 이렇게 더워서 숨 막히는데 민수의 형은 말라서인지 왠지 시원한 냄새가 나는 듯했고 화장실도 안 갈 것같이 보였다. 그렇게 땀내 나는 10대 남자들의 발 냄새 속에서 이 남자는 달라 보였다. 몇 살일까.

　　'민수 보면 왔었다고 말할께요.'

　　'그래. 너도 집에 놀러 와. 언제 같이 점심이라도 하자.'

그래서인지 학기 마지막 날, 코치가 여름 훈련표를 민수에게 건네주라고 했을 때 왠지 두근거렸다. 운동 후 샤워를 하고 잘 안 바르던 데오도란트도 겨드랑이에 바르고 옷까지 다시 봤다. 거울에 비치는 군대식으로 짧게 깎은 머리, 조깅하느라 까무잡잡하게 탄 얼굴이 어린 남자애 같다. 구멍이 숭숭 뚫려 시원한 농구복 디자인의 옷을 나시 위에 크게 걸치고 헐렁한 운동복 반바지를 입으며, 그리고 보니 제 옷장에는 운동복밖에 없구나, 하고 생각했다. 새삼스럽게 어색해하면서 스포츠 샌들을 신고 민수네 집에 갔다. 걸어가며 전화를 했지만 민수는 받지 않는다. 도대체 선수권 준비에는 관심이 있는 건지. 이러다가 아예 후보에서도 탈락할 것 같다. 그 여자가 뭐길래. 대문 앞에서 주저했다. 문을 열고 들어갈지, 초인종을 누를지. 결국 초인종을 눌렀다.

-미수구나. 어서 와.

들어와, 도 아니고 어서 와. 마치 기다린 것처럼. 인터폰에서 들리는 목소리에 약간 얼굴이 붉어진 것도 같다. 진수가 문을 열고 기다리고 있다. 진수의 눈에 보이는 미수는 남자처럼 짧은 머리, 헐렁한 오렌지색 농구복이 하와이안 무무처럼 가는 몸을 덮고 있어서 마치 영국식 빨간 전화 부스같이 보였다. 까맣게 탄 손이 쑥 나오며 쥐어진 종이를 흔들었다.

'이거, 민수 주세요. 코치가 전해주라고…….'

'들어와. 더운데 뭐 좀 마시고 가.'

진수가 싱긋 웃으며 종이를 받지 않고 들어갔다. 미수는 제집처럼 들락거리던 집을 새삼 쭈뼛거리며 들어갔다. 진수가 부엌의 아일랜드에서 시원한 주스를 따라주고 있다.

'저, 민수는 어디…….'

'몰라. 우리는 그런 거 잘 말 안 해.'

진수가 주스를 건네주며 환하게 웃어준다. 언젠가 TV에서 봤던 아이돌 같았다. 섬세한 얼굴에 눈도 코도 예쁘장했고 자주 나오는 예능에서 팬서비스하듯 사근사근하기까지 했다. 게다가 마치 뭔가 궁금한 것이 있는 눈으로 미수를 보고 있다. 저도 모르게 주스를 꿀꺽 삼켰다.

'요즘 걔 연애하는데.'

'아, 알아요. 매일 얼마나 지겹게 전화하는데요.'

'전화? 너한테?'

'매일 징징거려요. 요즘 잘 안 만나준다고.'

'흠.'

'선수권 준비해야 된다고 해도 듣는 건지. 어휴.'

'……네가 민수 매니저인가 봐.'

'저희 작년까지 팀이었어요. 민수가 말 안 해요?'

'아, 그 2위 한……. 그러면 네가?'

진수의 물음은 '네가 그 같은 장애 가진 여자애?'였지만, 미수는 다르게 들었다.

'헤헤, 오래된 소꿉친구예요. 근데 형은 몇 살 차이세요?'

'형? 오빠라니까.'

'……아, 예.'

'4살 차이야. 민수가 내 얘기 안 했나 봐?'

'그러네요. 그런데 많이 안 닮았어요.'

'……난 아버지를 더 닮았지. 민수가 나를 별로 안 좋아해. 어릴

때 하도 싸워서.'

'아.'

'나도 민수랑 더 친해지고 싶은데. 미수가 도와줄래?'

'예?'

'민수 얘기 좀 해줘. 궁금하다.'

'......'

거칠고 은둔하는 야생동물 같은 민수와는 다르게 진수는 무척 세련되고 솜사탕처럼 부드러운 남자였다. 미국에서 어릴 때부터 조기 유학을 가서 속은 미국사람이라 그런가? 미국서 살았기에 망정이지, 한국에 있었다면 기획사에 납치되어 머리를 핑크색으로 염색당하고 여자 옷을 입고 춤추고 노래하는 노예로 팔려갔을 관상이다. 그러다 뚱뚱한 사모님에게 잡혀 스폰서를 강요받고 있었을지도 모르는 기구한 운명.

다행히 현실에서는 대학을 다닌다는 형은 예쁜 얼굴로 상냥한 미소를 짓고 편하게 이야기를 이끌었다. 민수 형이라고 생각해서 안심한 건지, 곧 미수는 어릴 때 민수와 같이 놀던 것, 야단 맞은것, 시합 때 일 등을 진수에게 풀어놓고 있었다. 진수는 미소를 머금고 알맞은 순간에 웃고, 적당한 추임새를 넣으며 부추겼다. 즐거운 시간이었다, 젊고 잘생긴, 어른과 소년, 남자와 여자의 중간 느낌의 진수와 웃으며 이야기하는 것은. 창피하게도 그가 웃을 때마다 왠지 다리 사이가 움찔하고 젖는 느낌이었다. 하지만 뭔가 자신이 중요한 이야기를 하는 듯 봐주는 분위기에 수다를 멈출 수가 없었다.

'너는…… 생각했던 거랑 많이 다르다. 민수와도 다르고.'

진수가 생각에 잠긴 눈으로 말했다. 미수는 아까부터 느낌뿐만

아니라 진짜 속옷이 젖은 감촉에 엉덩이를 들썩였다. 본능적으로
집에 가야 한다고 몸이 말하고 있다.

'저, 이제 가봐야 해요. 민수 오면 그거 꼭 주세요.'

'다음에 또 볼 수 있을까? 민수 얘기, 더 듣고 싶다.'

이렇게 친절한 형인데 민수 그놈은 왜 그렇게 툴툴거리는 건지.
미수는 제 전화번호를 주고 SNS 계정도 알려주었다. 진수는 제 휴
대폰에 이메일까지 찍어주는 미수를 묘하게 바라보았다.

'미수는 첫눈 같구나.'

'……예?'

한여름에 웬 첫눈. 눈을 껌뻑였다. 진수가 더 깊은 미소를 지었
다.

'TV에서 그러더라고. 더럽히고 싶은 첫눈 같은 사람.'

'……'

길고 가늘지만, 남성적인 손가락이 뺨에 다가와서 톡, 치고 갔
다.

'예쁘다구. 다음에는 더 예쁘게 하고 와.'

진수의 보조개가 예쁘게 패었다. 남자의 붉은 입술도 아름답다
는 것을 처음 생각했고, 웃어서 휘어진 눈동자가 정말 눈부시구나,
하고 멍하게 보았다. 저도 모르게 진심이 흘러나왔다.

'오빠가 더 예뻐요.'

그 뒤론 집에 어떻게 갔는지, 길을 어떻게 찾아가고 무엇을 봤
는지 모르겠다. 예쁘다니.

집에 돌아와서는 반기는 미화 언니도 무시하고 2층 화장실에
후다닥 들어가서 제 얼굴을 보았다. 약간 홍조가 보였지만 여전히

까맣게 탄 얼굴. 정말 진수 오빠가 허여멀건하니 예뻐도 더 예뻤다. 실망감에 어깨가 늘어졌다. 기분이 저조해서인지, 어쩐지 몸도 무거워진 느낌이었다. 아까부터 다리 사이가 축축한 감이 있었는데 문득 뭔가가 툭, 하고 터지는 느낌이 들었다. 뭔가 뜨거운 것이 허벅지를 타고 흘러내렸다. 검은 운동복 반바지 아래 하얀 다리 위로 빨간 피가 한 줄. 뜨거운 핏물이 그려내는 굴곡진 선의 느낌이 생소하고 소름 끼쳤다.

'어머! 미수야!'

무슨 일인가 하고 뒤따라 들어온 미화가 소리쳤다. 미화의 비명 같은 환호에 곧 엄마도 올라와 두 여자가 소란스럽게 미수를 챙겼다.

너 이제부터 큰일 났다. 어쩜, 드디어 미수도 여자가 됐네. 너 이제부터 몸가짐 더 조심해야 해. 아프진 않고? 내일은 집에서 쉬어. 어느새 미화 방에서 공수해온 수많은 패드를 하나하나 보여주며 요거는 양이 많을 때 쓰고, 어쩌고저쩌고.

엄마와 언니는 한참을 부산스럽게 하하호호, 하며 반가워했다. 그리고 그중에서 가장 커다란 패드를 채운 팬티를 입혀주면서 축하를 해주었다. 마침내 피 묻은 팬티는 직접 혼자 빨아야 한다면서 혼자 남겨놓고 퇴장들을 하셨다. 갑자기 조용해진 욕실 안에서 정신 차려보니 멍한 여자애가 거울에서 마주 보고 있다. 여자라는 것은 기저귀를 한 채로 피 빨래하는 것이었던가. 18년 만에 미수의 몸도 마음도 여성으로 증명되는 순간은 무척 혼란스럽기만 했다.

07. 맹한 남자, 문제를 마주하다

그 뒤 같은 해 크리스마스 때 그'사건'이 일어났었고, 진수를 마지막으로 본 것은 2년 전 '그날'이었다. 지난 2년 동안 미수는 충격에서 겨우 벗어났다. 아니, 벗어났다고 생각했었다.

당구장에서 다시 만난 민수의 형은 여전히 예뻤다. 조금 나이들고 말랐지만. 저렇게 얍삽한 얼굴로 사람을 가지고 노는 바람둥이 새끼들이 제일 싫다. 미수가 점점 차가워지는 얼굴로 묵묵히 보고만 있자, 은미가 당황한 듯 다가왔다.

"어, 아는 사이 맞아? 에디, 너 미수 안대메. 거짓말한 거야?"

은미의 약간은 덜덜 떠는 팔목은 약을 했던 후유증이다. 한 1년 정도 미국에서 남미서 들어온 독한 약을 하다가 어딘가 신경이 망가졌다고 했다. 약쟁이 은미와 아는 사이라. 당신도 참 생각보다 더 쓰레기였구나.

"은미야. 너, 알고 부른 거야?"

"무, 무슨 소리야. 아는 사람 아냐?"

"쓰레기."

"뭐?"

"상종 못 할 쓰레기."

"……."

미수가 말하는 상종 못 할 쓰레기라면……. 은미가 설마, 하는 눈으로 에디, 아니 진수를 봤다. 차갑게 비웃음을 띄고 있는 남자는 태연하게 은미를 바라보았다.

"이 새끼! 너, 거짓말했구나!"

"은미야."

"어, 미, 미수야. 나, 정말 몰랐어. 미안해."

"너, 약, 다시 해?"

"……아, 아냐!"

"그만 보자."

말이 아직 침착하게 나온다. 다행이다. 침착하게, 돌아 나갈 수 있겠다. 미수는 숨을 쉬고, 주변에 사람들이 몇 명인가 체크하고, 발을 움직였다. 당구채가 뾰족해 보이지만 여자가 휘두른다고 성인 남자를 죽일 수는 없으니까. 트라우마 증상이 나타나고 있다. 조용히 나가자. 나가서 숨 쉬자.

"야, 미수야! 미수야!"

은미가 소리친다. 미수가 유리문에 도달하기 전에 진수에게 팔목이 잡혔다. 뿌리치려는데 비실한 놈이 그래도 남자라고 떨어지지 않는다.

"왜 도망가. 우리 정리할거 있지 않나?"

민수의 형이었던 놈의 눈은 깊게 가라앉아 있다. 지금 이렇게 다시 보니, 도대체 전에 18세 어린 소녀가 뭘 보고 그렇게 빠져들었던 건지 모르겠다. 겨우 2년 반만 지나도 이렇게 선명하게 보이는데. 어리다는 것도 장애였나 보다.

"정리는 그날 다 끝났어. 네 새끼 얼굴 보는 것도 역겨워."

"훗, 오빠에서 새끼라. 많이 컸다, 장미수."

"……넌 뭐가 그렇게 당당해?"

흠칫, 하고 진수의 손길이 떨어졌다. 미소 짓던 예쁜 얼굴이 굳어버렸다. 참 이해할 수 없는 인종이다. 그때도, 지금도. 뭘 잘했다고 뻔뻔하게 얼굴을 내밀다니. 감히 내게. 못된 새끼 진수가 갑자기 피곤해진 얼굴로 얼굴을 쓱 손으로 훑더니 조금 더 진지한 눈빛으로 말을 했다.

"조금, 얘기하자. 할 말이 있어."

내가 여전히 18세의 어리숙한 꼬마였다면 그 진지한 눈빛에 말려들었겠지. 나오려는 욕지거리를 간신히 억제하고 침착하게 말을 했다. 그 일 후, 2년여간 요양원도 가고 상담도 하고 고시공부도 하고 나름 극복하려고 노력한 게 아예 소용이 없는 게 아니다. 미수는 그렇게 죗값을 치러왔다.

"난, 할 말 없거든. 그리고 그쪽이랑 말 섞는 거 진짜 싫어. 댁은 모르지만, 난 양심이라는 게 있어."

"……첫눈이 완전히 얼음이 되어버렸네."

첫눈에 피칠갑한 놈이 누군데. 더럽혀주고 싶은 첫눈이라고 했지. 정말 돌아보면 너무나 악몽 같은 일들이다. 안 되겠다. 정신을 잃을 것 같다. 스트레스가 심해서 외상 후 증후군이 발동되었다. 빨리 나가야 한다. 머리가 어질어질하다.

"애기 좀 하자. 응? 미수야. 잠시면 돼."

"미친놈."

"잠깐 가자."

미친 소리. 미친 소리. 떨구고 뛰쳐나가고 싶지만 남자의 손에 질질 끌려 어느새 계단을 내려가고 있다. 계단 위에서 이제는 같이 가지 않겠다고 기를 쓰고 버텼지만 삐쩍 말라도 남자라고 이길 수가 없다. 미수가 저항하는 것이 짜증나는 듯 진수가 거칠게 잡아당겼다.

"쫌! 말 좀 들어!"

그때, 갑자기 진수의 몸이 튕겨져 나갔다. 그에게 잡혀 있던 미수도 같이 떨어지는 듯하더니 엄청난 악력이 두 사람을 찢어내듯이 가르고 진수만 떨어뜨렸다. 퍽, 우당탕 소리가 나는 와중에 그 반동으로 미수도 계단에 엉덩방아를 찧고 주저앉았다. 놀란 미수가 부들부들 떨며 눈을 꼭 감고 숨을 몰아쉬고 있는데 익숙한 목소리가 부드럽게 들려왔다.

"미수야."

인강, 인강 쌤이다. 아, 괜찮아. 인강 쌤이야. 초점이 흐린 눈을 올려다보니 인강이 걱정되는 얼굴로 조심조심 내려다보고 있다. 인강이 겨드랑이에 팔을 껴서 몸을 일으켜주었고, 다리에 힘이 빠진 미수는 인강의 팔에 기대었다. 이미 트라우마로 정신이 몽롱한 상태다.

"미수 많이 놀랐구나. 괜찮아. 괜찮아. 쉬이."

"지…… 진수 오빠."

인강의 눈썹이 꿈틀했다.

"오빠? 네가 오빠가 어딨어?"

"그, 쓰, 쓰레기……."

인강이 계단 아래를 흘끔 내려다보았다. 건설 현장에서 다져진 인강의 주먹이 세기는 하지만, 턱에 한 대 맞고 기절하다니, 저것도 사내인가.

"아는 쓰레기였어?"

당구장 유리문에 붙어 두 사람의 실랑이를 보던 진수의 패거리가 놀란 얼굴로 우르르 몰려나와 계단 밑에 널부러져 정신을 잃은 진수를 챙기기 시작했다. 아마 떨어질 때 어디를 잘못 부딪혔나 보다. 평소라면 다친 사람을 걱정해줬을 텐데, 지금 상황에서는 아직도 살아 있나, 하는 생각이 들 정도로 인강은 화가 나 있었다.

"이봐! 이거 어쩔 거야! 사람을 이렇게 패……."

무리 중 하나가 벌떡 일어나 인강에게 소리 질렀다. 하지만 인강의 서슬 퍼런 눈에 금방 꼬리를 사리고 말았다.

"발이 미끄러져 떨어졌나 보네."

"……."

모두들 보고 있었다. 인강이 순식간에 두 사람을 떼내고 무지막지하게 진수의 턱을 날려 그가 마치 날아가듯 계단 아래로 떨어지는 것을. 하지만 뻔뻔하게 발이 미끄러졌다고 말을 하는 사내에게 아니라고 대꾸할 수 있는 남자들이 없었다. 한눈에 키도 몸집도 밀렸고, 남자들은 의외로 그런 거에 상당히 민감했다.

"맞아. 나도 봤어. 발 미끄러졌네."

은미가 계단 위에서 허리에 손을 짚고 까탈스럽게 말했다.

"아니면, 여자애 끌고 가려던 거, 납치 시도지? 보고만 있던 건 납치 방관이고. 여기 CCTV도 있으니 천천히 알아보면 되겠네."

입구 천장에 붙어 있는 검은 렌즈를 흘낏 보고 비웃듯이 말하는 은미의 말에 인강이 무표정한 얼굴로 아래에 있는 흠칫거리는 서너 명을 쓱 훑어보았다. 그러고는 미수를 보며 다정하게 말했다.

"미수야, 이 사람들이 못살게 굴었어?"

그런 말을 사랑스럽다는 듯이 하지 말란 말야. 거기 있던 사람들이 모두 소름이 끼쳐 사내와 비쩍 마른 여자를 숨죽이고 보았다. 왠지 이 사내는 어디 막가파 행동대장이고 저 여자는 보스 딸이고 자신들은 멋모르고 끼어든 납치 실패한 똘마니들 같았다. 저 사내는 금방이라도 웃옷을 찢고 살벌한 호랑이 문신을 한 등을 번쩍이며 회칼을 들고 피 춤을 출듯하다.

미수가 작게 고개를 저었을 때, 모두들 저도 모르게 숨을 내뱉었다.

인강이 미수의 흐트러진 옷을 챙기고 가방도 벗겨내며 조근조근 말했다.

"미수 많이 놀랐지? 잘 참았어. 잘했다. 걸을 수 있겠어?"

다정하지만 재빠르게 미수를 감싸 안고 계단을 벗어나는 둘 뒤에서 병원에 연락하라고 은미가 소리치는 게 들렸다. 망가진 인형처럼 구겨져 있는 진수를 넘어가며 미수는 눈을 꼭 감았다. 마치 그날의 폭력을 다시 보는 듯한 느낌이었다. 피만 없을 뿐, 그날도 진수가 이렇게 넘어져 있었다.

미수가 덜덜 떠는 것을 느낀 인강이 어깨를 꽉 잡고 거의 질질 끄는 수준으로 서둘러 대학 근처 골목의 오피스텔 건물로 향했다.

"조금만 참아, 미수야. 잘하고 있어."

재빨리 엘리베이터를 타고 올라가서 삐리릭 도어록을 해제하니, 작고 깨끗한 원룸이었다.

침대 하나가 커다란 통유리 쪽 창문에 있고 커다란 8인용 식탁 겸 책상이 작은 부엌과 거실 겸 침실을 나누고 있었다. 많은 설계 도면과 책들이 식탁 위에 널부러져 있고, 바닥에도 몇 개 떨어져 있지만, 더러운 곳은 아니었다. 인강이 잽싸게 환한 창문의 블라인드를 내리고, 침대 위의 책들과 도면들을 치워냈다.

침대가 비자마자, 현관에서 몽롱하게 정신을 놓고 있는 미수를 번쩍 안아서 침대위에 내려놓았다.

"미수야, 괜찮아. 이제 맘대로 해도 돼."

미수가 침대에 앉아 있고 인강은 무릎을 꿇고 미수와 눈을 맞추며 걱정스럽게 미수를 보고 있다. 미수는 하얗게 질린 얼굴이었는데 천천히 몸을 앞뒤로 흔들기 시작했다. 흔들, 흔들, 흔들. 이건 장애가 아니라 트라우마에 의해 벌어지는 행동이다. 너무 큰 정신적 스트레스에 안식을 찾아가는 아기 같은 행동.

"미수야"

안타깝게 부르는 인강의 목소리는 미수에게 들리지도 않았다. 몸이 크게 앞뒤로 흔들릴 때마다 미수의 눈에 물기가 돌더니 결국 큰 눈에 고인 물이 주르륵 흘러내렸다. 그러고는 윗몸을 침대 위로 내던지며 크게 엉엉엉 하고 울기 시작했다. 몸을 둥글게 말며 얼굴을 푹신한 이불에 박고 서럽게 울었다. 마치 세 살짜리가 엄마 잃고 울듯이 그렇게 크고 숨 막히는 울음이었다.

"허어엉. 끅끅……. 어어엉……. 민수야, 미안해……. 허엉…….
민수야, 미안해……. 미친 새끼, 허엉……. 개새끼. 어어어엉…….
내가 잘못했어……. 어어엉."

괴로운 얼굴로 인강은 묵묵히 미수의 오열을 들어주었다. 오래
된 고름을 짜내듯 나오는 통곡이 듣는 이의 마음도 아프게 했다.
간간이 울음이 잦아들면 키친타월로 눈물과 콧물을 닦아줬고 몸
부림치며 괴롭게 우는 미수를 안쓰럽게 보았다. 그렇게 한 30분쯤
지났을까. 미수가 울다 잠이 들었다. 그래도 눈물은 끊임이 없는지
계속 떨어지고 있다. 이러다가 탈수가 되는 게 아닌가 걱정이 되었
다.

잠에 빠진 미수의 위치를 좀 더 편하게 해주고 눈물에 젖은 머
리를 정리해준 뒤 조용히 일어났다.

진수 오빠라…….

인강은 미수의 휴대폰을 찾아 들고 현관문 밖으로 나갔다. 패턴
잠금이 걸려 있지만 손쉽게 풀어버렸다. 몇 번 미수가 그리는 Z 패
턴을 본 적이 있으니까. 부재중 연락 온 몇 개의 전화와 마지막 통
화 기록에 '은미'가 있었다. 햄버거집에서 정신을 놓고 있는 동안
미수가 통화한 '친구'라는 사람.

미수가 먼저 가고 잠시 후, 계산을 하고 보니 다음 수업은 한 시
간 정도 시간이 남아서 혹시나 하고 당구장을 가는 중이었다. 미수
에게 '친구'라는 사람이 누구일까 궁금해서 유리문으로 잠깐 보고
가려고 했었다. 막상 도착하니, 계단에서 웬 녀석이 미수를 잡고
실랑이를 벌이고 있었다. 두 번 볼 것 없이 뛰어들었지만, 그 맞은
놈이 민수와 관계가 있음이 분명하다. 반들거리는 계란형 대머리

를 가진 포와로, 아니, 크게 곱슬거리는 머리와 긴 얼굴을 가진 섹시한 천재 탐정 셜록이 최신형 전화기로 미끼를 던지는 기분으로 톡을 열어 은미에게 문자를 보냈다.

[어디야?]
[미수! 너 괜찮아?]
[어디냐구.]
[너무 미안해. 나도 몰랐어. ㅜㅜ]
[잠깐 보자.]
[너 아까 그 남자 누구야? 무섭더라.]
[어디냐고.]
[나 아직도 한강대 근처야.]
[카페 올레오, 17:30]
[알았어. 연락 줘서 고마워. ㅜㅜ]

인강이 2층에 있는 카페에 들어가서 주욱 스캔을 하니, 안쪽 창가자리에 아까 계단 위에서 봤던 빨간 더벅머리 여자가 앉아서 아이스커피를 빨대로 빨며 초조한 기색으로 움찔거리다 창문을 통해 거리를 내려다보고 있다. 인강이 가까이 다가가자, 알아보고는 얼굴이 하얗게 변해서 벌떡 일어났다.

"앉으세요."

인강이 겁나는 무게감으로 짧게 명령하고 은미의 앞자리에 자리를 잡고 팔짱을 끼었다. 고양이 앞의 쥐처럼 겁이 나 있는 게 보이는 여자였지만, 깡이 있는지 경계 어린 눈으로 인강을 쏘아보았다. 비쩍 마른 작은 몸에 히피같이 찢어진 티를 겹겹으로 입고 짧

188

은 청바지를 망사 스타킹 위에 입고 있다. 전에 본 새라라는 여자
도 그렇고, 미수가 아는 여자들 중에는 평범한 사람이 없는 듯했
다.

　"왜, 왜, 미수가 안 나오고……. 혹시 미수……."

　"쉬고 있습니다. 난 오늘 일에 대해 설명이 필요해서 온 거고."

　"그, 그쪽이 미수한테 뭔데요……."

　"설명이 필요합니까?"

　은미가 연초에 미수와 제주도에 갔을 때 자꾸 전화가 왔었다.
연애하냐고 놀렸는데, 혹시 이 남자가? 은미는 새삼 흥미를 가진
눈으로 인강을 다시 살펴봤다.

　"미수 남자 친구예요?"

　미수가 연애를 하다니, 믿을 수가 없다. 다는 모르지만 요양원에
서 어쩌다 들은 것만으로도 연애에 심한 트라우마가 있는 아이였
는데, 안 본 몇 달 사이에 기적적으로 치료가 된 게 아니면 이 남자
가 거짓말하는 걸지도. 갑자기 인강이 싱긋 미소를 지었다. 은미가
바싹 경계를 하며 몸을 사리는 게, 왠지 미수를 위하는 친구 같은
행동이라서 마음에 들었던 인강이다. 팔짱을 풀고 상체를 기울여
테이블에 팔을 올렸다.

　"남친 하고 싶은데, 쉽지가 않아요. 왠지는, 아시죠? 친구라면."

　"아."

　일일이 말하지 않아도 공감하는 어떤 주제에 대해서 서로가 알
아보았다. 은미가 당황해서 아이스커피를 쪽 빨았다. 솔직하게 말
하는 남자 때문에 마음이 움직인다. 은미는 무겁게 진중한 인강의
굵고 남성적인 얼굴을 보았다. 젊지만 어리지는 않고, 진지하고 무

거운 남자라는 느낌이 들었다. 아까 미수를 구해준 것도 그렇고, 이렇게 여기 나온 걸 보면 아마도 이 사람은 미수를 진심으로 좋아하고 있는 듯했다. 은미는 갑자기 미수가 조금 부러워졌다.

"서인강이라고 합니다. 초면에 실례인 줄 압니다만, 도와주세요."

겸손하게 고개를 꾸벅거리며 괴로운 표정까지! 정말 여자의 마음을 움직이는 남자다. 으으으, 하고 은미가 몸서리를 쳤다. 사랑에 빠져 도움을 구하는 남자를 매정하게 거절할 수 있는 여자는 멜로 드라마에 환장한 대한민국 여자가 아니다.

"진은미라고 해요. 저도 다 아는 것은 아니에요. 우리는, 그러니까, 요양원에서 만났어요."

'요양원'을 더 작게 말하며 은미가 마음을 조금 열었다. 미수는 장마철 내내 비에 트라우마가 있는 은미 옆에서 묵묵히 손과 온기를 빌려주었던 친구다. 약을 끊고 금단증상에 미친 것 같은 은미를 끝까지 참아내줬던 아이. 알고 보니 미수가 이전에 미친 친구 곁에 있던 경험이 있어 옆에 있어줄 수 있다는 것을 알았지만, 그래도 고마웠다. 사람을 잘 믿지 않는 은미가 마음을 연, 친구라고 부를 수 있는 소중한 한 명인데, 오늘 에디 그 개자식이 망쳐놔서 무척 화가 나 있던 참이다.

"오늘, 누굽니까, 그놈."

"에디는, 그러니까……."

은미는 순간 망설였다. 얼마나 알고 있는 것일까, 이 남자는.

"민수와 관계있나요?"

"아, 네. 에디가 민수 형이에요."

"민수가, 형이 있었어요?"

인강이 놀라움을 감추지 않고 되물었다. 미화는 민수 형에 대해 아무 말도 하지 않았다. 미화도 모르는 거겠지. 하지만, 어떻게 모를 수가 있지? 그러면 형이 미수를 오해하고서 오늘 그런 것인가?

"저도 몰랐어요, 오늘까지. 에디는, 아, 진수 영어 이름이에요. 에디는 중학교 때 미국에서 알게 된 친구예요. 제가 그때 집안 사정상 미국 보딩 스쿨에 들어갔거든요."

미국 상류층 최고급 보딩스쿨이라지만, 알고 보면 한국이나 미국이나 집안에서 내놓은 아이들이 버려진 곳, 이라고 은미는 생각했다. 진수는 그런 학교에서 초등학교 때부터 있었다고 했다. 그곳은 음해, 질투, 권력투쟁 등등, 어른들의 모든 사회악을 어린이들이 실행하고 있는 곳이었고, 그래서 감추어진 인종차별도 더 심했다. 그런 곳에 10살 난 아이를 처박아 넣을 수 있는 부모라니, 안 봐도 뻔했다. 외국 현실에 무식하고, 아이를 소유물로 취급하면서 교육욕은 많고, 돈 자랑도 정말 좋아하는, 딱 은미네 집 같은. 덕분에 은미는 미국에서도, 한국에서도 이방인인, 영어만 잘하는 기생충 같은 어른으로 자라버렸다.

다행인지 불행인지, 학비가 워낙 비싼 그곳에 다닐 수 있던 한국아이들은 몇몇 안 되었고 그들 중에서 진수는 우상이었다. 잘생기고 예의 있고 공부도 뒤떨어지지 않게 해서인지 선생들과 백인 친구들에게서 늘 대접받고 사는 모습이 초연해 보여서, 인종 차별을 극복한 성공적인 '버려진 황태자'의 귀감같이 생각되었다.

"황태자는 개뿔. 전 그 자식이 뭔가 구린 게 있다고 느꼈어요. 사람이 그렇게 완벽할 수가 없잖아요? 전 13살인데도 그 환경에 미쳐 죽겠었는데, 10살부터라니. 게다가 에디는 속을 알 수가 없어서 좀 무서웠어요. 그 녀석은 제 이야기는 잘 안 해요. 방학 때도 한국에 잘 안 가는 거 같고. 한국에서 봐도 따로 제 오피스텔이나 호텔에서 있었어요.”

은미가 에디에 대해 잘 알게 된 계기는 좋은 경로는 아니었다. 사춘기에 복잡한 집안사정과 하루아침에 내동댕이쳐진 낯선 이국 생활에 은미는 마약에 손을 대고 말았다. 물론 처음에는 가볍게 대마로 시작하다가, 점점 그런 쪽의 백인친구들과 어울리다가 마약까지 하게 되었다. 그래서 한국 유학생들에게는 에디 더 킹이, 백인 학생들 사이에서는 에디 더 딜러라는 것을 우연히 알게 되었고, 어떻게 진수가 백인학생들의 인종차별을 견제하고 있는지를 깨달았다. 백인 학생들 중에도 최상류층 몇 명에게 극비로 조달해주는 딜러. 온갖 추잡한 뒷소문을 알고 있으니 무시할 수 없는 게 당연했다.

‘그만해라.’

‘뭐?’

‘카메론하고 어울리지 마. 질이 나쁜 놈이야.’

‘지랄. 딜러끼리 경쟁이야? 신경 꺼.’

고등학교 때 에디가 해준 말은 무시했지만, 결국 정말 질 나쁜 남미 마약에 몸이 완전 망가졌을 때 에디의 경고가 생각났다. 그나마 그것이 좋은 이미지로 남아, 지금까지 에디를 친구라고 생각하고 있었던 은미다.

“왜 진수가 딜러를 해야 했지? 진수네 집이 부자 아닙니까?”

“생각해보니 그 학교가 준재벌 재산으로 버틸 수 있는 데가 아니긴 해요. 아마 마약으로 생활비를 꾸리고 있었겠죠. 송송 식품이라고, 아세요? 에디 엄마가 사장인데. 에디 아빠는 아마 어느 재벌집 개망나니였을걸요."

"그럼, 미수와는 어떤 관계인지 알아요?"

"미수가, 어떤 쓰레기 같은 놈 때문에 사람을 못 믿겠다고 했었어요. 걔는 무슨 연애하면 죽는 걸로 알더라고요. 민수가 그 쓰레기 놈 때문에 죽었다고도 했어요."

역시, 그날 일은 미수는 아무에게도 말하지 않았구나. 혹시 미수가 저도 모르는 사이에 약을……?

"아, 미수는 약, 모르게는 절대 못 해요. 걔는 약 체질이 아닌지 부작용이 정말 많더라구요. 요양원에서도 감기약도 제대로 못 먹었어요. 혀만 대봐도 금방 반응이 온다고 그러더군요."

안다. 정말 드물게 먹는 ADHD약, 비반스 최소량도 헛구역질을 하고 부작용이 심해서 정말 필요하다고 생각지 않으면 먹지를 않았다. 생각해보니 생리통 약도 안 먹는 것 같았다.

"그럼, 혹시, 그……."

인강이 혹시나 하는 참혹한 가정을 괴롭게 시작했다. 미수가 만약 못된 짓을 당했다면, 강간 당한 경험을 요양원에서 이야기했을까? 은미는 눈치가 빨랐다. 인강의 표정과 몸짓, 이야기의 흐름은 미수가 당한 적 있는지를 묻는 거다.

"아, 아닐 거예요. 진수, 걔가 그래 봬도 얼마나 철저한데요. 노는 놈이기는 해도 혹시 저한테 범죄로 걸릴 일은 절대로 할 놈이 아니에요. 주변 놈들 약 대줘가며 강간하는 거 하도 도와줘서, 아무리 숨겨도 결국 드러나서 정말 망하는 걸 많이 봤대요. 약 안 써도 할 수 있는데 왜 그런 인생 망칠 짓 하냐고 한 적이 있어요. 본인도 약은 하지 않고요."

"딜러 말을 누가 믿겠어요?"

인강이 자조적으로 말하자, 은미가 주변을 살피며 인강에게 조금 은밀하게 속삭였다.

"제가 장담하는데, 미수, 경험 없어요. 걔가, 그, 왜 솔직하잖아요."

"……."

"혹시, 미수가 섹스에 대해 말해준 적 있어요?"

"아…… 네."

"……없구나."

"예?"

"훗. 들어보면 알 거예요. 풋."

"……."

"아하하하하. 아, 미치겠네."

은미가 갑자기 몸을 뒤틀며 웃어댔고, 인강은 그저 멀뚱히 볼수밖에 없었다. 눈물까지 훔치며 은미가 웃음을 참았다. 처음 들었을 때, 너무 황당해서 농담하는 줄 알았었고, 진담임을 깨닫고 그냥 순수하게 놔두자, 그러고 다시는 꺼내지 않았던 일이다. 그런데지금 험난한 길을 앞두고 있는 남자를 보니 웃기기도 하고 불쌍하기도 했다. 절대로 미리 말해줄 생각은 없다. 아마도 이 남자는 미수의 처음을 더 소중하게 해주겠지. 어느덧 자신의 비참했던 처음의 기억이 나서 쓸쓸해졌다. 어른이 되서도 몸도 마음도 순수한 미수가 부럽기만 하다. 자신도 아기 때 그랬겠지.

"음. 뭐라고 할까. 그냥 미수가 그만큼 순수하다는 것만 믿어주세요."

비집고 나오는 은미의 미소를 보고 있자니, 조금 불쾌해졌다. 남의 불행에 이리 좋아하다니, 도대체 뭐길래. 인강은 얼굴을 굳히고 다음 의문을 꺼냈다.

"진수가 민수와 이복형제인가요?"

"음, 아닐걸요. 그 아빠가 첩이며 애인이 많지만 정실부인은 한 명인 걸로 알아요. 그 엄마가 또 무시무시한 여장부잖아요. 첩이 애를 배면 달려가서 꼭 중절을 시켰대요. 아마 모르긴 해도 사람 죽인 일도 있지 않을까 싶네요."

은미네 집 정부인이 그랬듯이. 빗속에서 맞아죽던 제 엄마의 기억이 스물스물 올라왔다. 부르르 몸을 떨고 억지로 기억을 접고 앞에서 진지하게 생각에 잠긴 인강을 보았다.

"혹시…… 새라라는 여자 알아요?"

"새라? 새라……. 아, 그 에디 빠순이! 평범하게 생긴 사생아인데 돈 처발라서 프랑켄슈타인이 됐죠. 고등학교 때 유학왔을 걸요, 아마? 새라가 에디 잡아서 팔자 고치겠다고 큰소리치고 다니긴 했지만, 걔가 왜요?"

뻔히 그림이 그려졌다. 황태자 에디, 에디를 따라다니던 새라, 미국에 동계 훈련 갔던 민수.

"민수가 좋아했다던 여자가 새라입니다."

"아…….."

두 사람은 저마다의 생각에 잠겨서 이제는 밤으로 뒤덮인 창밖의 대학가라 불리고 향락가로 살아나는 거리를 내려다보았다.

"와. 진짜, 어처구니가 없네요. 미국 동부 조그만 시골에서 부대끼고 살았는데, 정말 세상이 좁아요. 아니, 한국 사회가 작은 건가? 어떻게 그 연놈들이 미수와 이렇게 연결되었고, 저는 그걸 까맣게 모르고 있다가 이용당했네요."

에디, 그 못된 새끼. 그놈은 다 알고 있었겠지. 허헛, 하고 은미가 헛웃음을 지었다. 먼 나라, 오래된 기억이라고 생각했지만 이렇게 가깝고 생생하게 옆에 있다니. 그래서 사람은 나쁜 짓을 하면 안 되는구나.

"그럼 새라가 혹시 민수에게 의도적으로 접근했다가 들켜서 민수가 날뛴 건가요? 미수는 재수 없게 현장에 있었고?"

은미가 눈썹을 찌푸리며 말했다. 둘 중 아무도 새라가 진지하게 민수를 만났다고 믿지 않는다.

'어헝헝, 민수야, 미안해. 내가 잘못했어.'

하지만 인강이 기억하는 미수의 통곡은 왠지 모르게 재수 없게 걸려든 사람치고는 깊이가 있었다.

"새라도 연락하고 지내나요?"

"네? 그건 아니지만……. 연락처는 알아낼 수 있어요."

"제게 좀 알려주세요. 아무래도 당사자에게 물어보고 싶은 게 있어요."

"어……. 직접 연락하시게요?"

"대신 해주시게요?"

"아니, 그게, 도와주고 싶은데, 새라와는 사실 앙숙이라서, 제게 뭘 털어놓지 않을 거예요."

말하면서 은미는 SNS와 아는 사람들의 얼굴책 등을 휴대폰으로 검색하기 시작했다. 은미가 폭풍 검색하는 중에 인강은 생각에 잠겼다. 인강은 걸레 사건 후 새라가 얼굴을 알기 때문에 새얼굴이 필요했다. 포와로에게는 헤이스팅스, 셜록에게는 왓슨이 필요할 때다. 새라가 좋아하는 잘생기고 바람둥이 같은, 진수 같은 녀석. 인강이 휴대폰을 집었다.

"태호야."

-예, 형님.

"너, 소개팅 하나 할래?"

-예?

"미화 옆에 있지? 바꿔봐."

-예, 강이 형. 바꿨어요.

"내일 태호랑 점심에 나 좀 보자. 장소는 네가 정해. 내가 살게."

-웬일이에요. 호호. 알았어요.

은미가 호기심 가득한 눈으로 인강을 보고 있다. 새라는 워낙 멍청하게 흘리고 다니는 여자라, 조금만 찾아봐도 새라의 전화번호, 집 주소, 어디서 노는지가 주르륵 나와 있다. 그 정보들을 제 휴대폰에 입력하면서 인강이 깊은 생각에 빠졌다.

"왜 미수예요?"

"예?"

"힘들지 않아요? 장애보다도 사실 트라우마로 문제가 많은데. 왜 미수가 좋아요?"

인강이 씩 웃었다.

"사랑은…… 병이라잖아요. 그냥 걸렸어요, 미수라는 병이."

일일이 설명을 하자면 할 수도 있다. 미수의 하나하나를 말해줄 수도 있다. 하지만 뭐라고 딱 꼬집어 정리가 힘들고, 그저 미수니까 좋다, 가 대답이다.

생긴 건 잘생긴 조폭인데, 오글거리는 말을 진지하게 세익스피어 대사처럼 말하는 남자네. 은미가 감상적인 한숨을 포옥 쉬고 꿈꾸듯 인강을 보았다. 완전 멜로드라마 남주인공 같은 남자를 현실에서 만나니, 자신도 이상한 로설에 등장하는 조연인 듯하다. 저런 대사를 바쁜 시간 내서 읽게 되는 독자들은 얼마나 오글거릴까.

"좀 더 도와주세요. 미수에게 무슨 일이 있었는지 알아야 미수가 제게 올 길을 찾을 수 있을 것 같으니까요."

"알았어요. 저도 혹시 더 알게 되면 연락드릴게요."

"아, 그리고 오늘 밤 미수는 은미 씨 집에서 지내는 겁니다. 그렇게 알고 계세요."

인강이 미수 폰으로 미화에게 톡을 보내며 덧붙였다.

"……알았어요."

"의외로 신용하시네요?"

"풋. 미수를 믿는 거죠. 참, 미수한테 저 약 안 한다고 꼭 전해주세요. 억울해요. 그놈 때문에 미수를 잃을 수 없어요."

은미는 뭐가 웃긴지 계속 크큭거리며 사라져갔다.

08. 맹한 남자의 크기

이것은 꿈이다. 왜냐면 미수는 지금 평소라면 절대 입지 않는 하얀 원피스 치마를 입고 있기 때문이다. 갑자기 민수가 벌건 얼굴을 하고 달려들었다. 안 돼! 너 꼬락서니가 뭐야! 어디서 여자질이야! 두 번 다시 그런 거 입으면 내가 다 찢어버릴 거야! 아냐, 민수야! 그만해! 아니야! 미수는 제 옷을 벗기려는 민수의 손에서 필사적으로 벗어나려 꿈틀댔다. 제 두꺼운 회색 후드를 움켜쥐고 몸부림을 치며 낑낑거리자 커다란 손이 미수의 땀에 젖은 얼굴에 닿았다.

"미수야. 꿈이야. 깨어나."

아, 인강 쌤 목소리다. 후우. 그래, 이건 꿈이야. 미수가 조금 편하게 몸을 펼쳤다. 조금씩 인식이 드니 온몸이 뜨겁고 열이 나는 듯했다. 침대에 누웠는데 온몸이 찌뿌둥하고 거북하다. 허리쯤에 옷이 배겨서 아프다. 또 옷을 입은 채 자고 있었나 보다. 눈을 감은 채 회색 후드를 벗고 청바지를 벗고 땀에 젖은 속옷 차림으로 다시 이불 속을 파고들었다. 아직도 더웠지만 아까보다는 훨씬 나았다. 몸을 둥글게 말고 다시 잠으로 빠져들었다.

이것도 꿈이다. 아마존 정글 같은 데서 거대한 아나콘다가 스르륵 다가오더니 제 허리를 감아왔다. 낑낑거리며 두 손으로 풀어내려는데 꼼짝도 안 한다. 게다가 아나콘다는 점점 더 조여온다. 다리도 허리도 꽁꽁…… 제 손으로 아나콘다를 잡으려던 게 감촉이 달랐다. 매끄러운 뱀 비늘을 기대했는데 뭔가 털 같은 게 느껴진다. 털 달린 아나콘다. 목과 어깨에 둘러진 굵은 뱀을 떼려고 올린 손이 뭔가 이상하다. 눈을 껌뻑이며 잠에서 슬슬 깨어나던 미수는 익숙한 체향에 마음이 놓였다. 인강 쌤의 솔 향이다. 괜찮아. 인강 쌤이야.

"……"

눈이 번쩍 떠졌다. 주변은 어둑하니 이른 아침 같은데, 제 목과 어깨, 허리와 다리에도 느껴지는 묵직한 뱀의 굵은 몸도 현실적이다. 인강 쌤의 냄새가 나는 털 달린 뱀이라니. 새벽에, 내 침대 위에? 바르작거렸지만 조금도 움직일 수 없는 뱀이었다. 힘을 주려는데 갑자기 스르륵 뱀이 빠져나갔다.

"깼어?"

"……"

깊게 갈라지는 남자의 목소리가 목덜미 바로 뒤에서 울렸고, 조금 들썩거리면서 미수의 가는 몸이 이불째로 뒤에서 스푼처럼 겹쳐 있던 인강에게 더 꼭 끌어안겨졌다.

"좀만 더 자자. 토요일이잖아……"

"……"

미수는 정신이 번쩍 들고 온몸에 힘이 들어가 뻣뻣해졌다. 제가 느끼기에 얇은 캐미솔과 팬티만 입고 이불 아래라지만 인강에게 안겨져 있다, 그것도 침대 위에서. 정신없이 머리가 굴러갔다. 어제, 뭘 했더라, 당구장, 진수 오빠! 울어댄 것까지는 생각이 나는데 언제 집에 와서 인강 쌤과 침대를……. 미수가 눈을 크게 뜨고 보니 이 방은 미수의 방이 아니다. 이 침대도 느낌이 다르다. 여기는 어디지? 미수가 힘차게 몸을 비틀며 인강에게서 벗어났다. 인강은 별로 힘을 주고 있지 않았던지 처음보다는 쉽게 떨어졌다.

"뭐, 뭐예요! 쌔, 쌤!"

"으음. 나 피곤해, 미수야. 어제 좀 늦게 잤어."

미수가 이불을 필사적으로 그러쥐고 앉아서 티셔츠를 입고 자고 있는 인강을 보았다. 다행히 속옷들은 입고 있다. 그래도 남자와 한 침대에서 뒹굴고 있었다는 게 너무 충격이다. 설마, 설마 이, 이게, 그 유명한, 하룻밤을 같이 보낸 사이?

인강은 천천히 눈을 끔뻑거리다 한쪽 팔베개를 하고 가로 누워서 미수를 보고 눈을 반쯤 뜬 채로 크게 배시시 웃었다. 아, 진짜. 이게 웃을 때냐고. 눈치 없는 맹한 남자 때문에 미수가 인상을 구겼다. 늘 미수를 덮어주던 두꺼운 옷들이 없으니 블라인드 틈새로 스며든 빛 속에 앉아 있는 미수는 요정 같았다. 얇은 봄 이불로 가렸어도 중요한 건 엑스레이로 다 투시할 수 있는 남자의 눈이었다. 몸에 달라붙는 속옷만 입은 채로 보니 말랐지만 여성적인 곡선이 무척 섹시하다. 허리가 얇은 건지, 엉덩이가 큰 건지, 이어지는 곡선이 소위 말하는 모래시계의 S라인이다.

"아, 미수 예쁘다아."

"지금, 이거 어떻게 된 거예요? 제가 왜 쌤이랑 옷 벗고 이러고 있어요?"

"음, 어제 미수가 울다가 잤고, 옷은 더운지 자다가 혼자 벗더라. 샤워할래?"

"샤, 샤워……. 아니 지금 그런 말이 쉽게 나와요?"

"땀 많이 흘렸어. 여기 베개도 흥건한데."

"……"

"먼저 가서 씻어. 밥 먹으면서 얘기하자."

그러고 보니 땀에 절었던 몸이 끈적거리고 냄새도 나는 듯하다. 배도 고프고, 화를 내든 집으로 돌아가든, 일단 씻고는 봐야 할 거 같다는 생각이 강하게 들었다. 미수는 눈짐작으로 욕실처럼 보이는 문까지의 거리를 계산했다.

"누, 눈 감고 있어요."

"응."

인강이 팔에 얼굴을 묻고 엎드린 사이 후다닥 하고 미수가 인강의 몸을 넘어가 샤워실로 들어갔다. 큭큭큭. 웃음이 절로 난다. 인강의 큰 몸집 때문에 더블 사이즈의 침대를 들여놔서 다행이었다. 이처럼 두 사람이 누워도 별 무리가 없었다. 물론 바닥에서 옷 입은 채 잘 수도 있었지만, 인강은 바보가 아니었기에 침대의 한쪽에 살짝 피곤한 몸을 뉘었다.

자다가 보니 부드러운 긴 베개를 껴안았다 생각했는데, 그게 미수였다니. 좋아하는 여자 옆에서 푹 잘 수는 없었고 깨어나서 두근거리다 짧게 자고 다시 깨고 하다 보니 너무 피곤해서 이른 새벽에는 정말 죽은 듯이 잤다. 순진한 미수가 이른 아침 남자의 몸에 놀랄까 봐 엎드려서 먼저 샤워를 시켰다. 원래 팬티 말고 다 벗고 자는 인강이 티셔츠와 반바지를 입고 자서인지 개운치가 않다. 미수가 샤워실 쪽에서 얼굴을 내밀고 말했다.

"쌤, 옷 좀 빌려줘요."

"아, 알았어."

학교 앞 오피스텔은 거의 작업실로 쓰는 곳이라 사실 살림이 별로 없었다. 빨래가 밀려 제가 입을 옷도 없는 상황이어서, 인강은 재빨리 겉옷을 입고 나가서 가까이 있는 편의점에서 간단히 제 속옷, 여자 속옷과 남녀 기본 흰 티셔츠를 샀다. 다시 돌아오니 샤워기 물은 꺼진 듯해서 문을 두드리고 옷들을 밀어 넣어주었다.

"바지는 그냥 같은 거 입어."

"······고마워요."

수증기가 서린 작은 샤워실 안에서 미수는 여성용 미디엄 사이즈 티셔츠를 보고 난감했다. 키는 크지만, 워낙 말라서 미디움 사이즈이긴 했지만 늘 XL 아니면 XXL 사이즈를 입었던 미수다. 몸매가 드러날 텐데. 내가 여자라는 게 보일 거야. 심장이 두근두근, 불안하게 뛰었다.

'여자는 무서운 게 아니에요. 여자라는 게 죄가 아닙니다. 그런 일들이 일어난 것은 그저 우연이에요.'

트라우마 때문이라고 의사들이 두고두고 말했었다. 하지만, 몸매가 드러난 옷을 입고 처음으로 민수와 만났을 때 민수는 꼭지가 돌았다. 무시무시한 얼굴로 왜 그딴 옷을 입고 다니냐고, 화를 냈다. 쓰레기통을 걷어차고 물건들을 던지며 난리를 부렸다. 세 번째로 예쁜 여자 옷을 입었을 때 무서운 눈매가 광기로 번들거렸고,

결국 민수는 미쳐서 죽어버렸다. 머리로는 이해하지만 기억의 충격이 너무도 크다.

후 하고 큰 숨을 쉬고 자신에게 되뇌었다. 나는 여자고, 여자처럼 보여도 괜찮다. 나는 여자고, 여자라서 괜찮다. 인강 쌤은 민수가 아니다. 겨우 진정을 하고 주섬주섬 옷을 입고 쭈뼛거리며 샤워실을 나섰다. 인강의 얼굴을 보기가 무서웠다. 인강도 그녀가 여자라는 것을 알아보고 얼굴빛이 바뀔까. 더 이상 다정하게 대해주지 않을까.

"나도 씻고 나올게. 잠깐 기다려. 같이 브런치 먹으러 가자."

다행히 인강은 미수를 제대로 보지도 않고 그대로 샤워실로 들어갔다. 남겨진 미수는 얇은 흰 티 위로 드러난 가슴선이며 허리선이 영 불편했다. 평소 제 체격의 반밖에 안 되는 느낌이 자신을 연약하게 만드는 듯했다. 티를 이리저리 늘리며 퍼지게 하려 했지만 소용이 없다. 어제 입었던 회색 후드를 찾았지만 눈에 띄지 않아 당황했다. 오피스텔에는 거울이 화장실밖에 없어서 제가 어떻게 보이는지 잘 몰라 불안했다.

"가자."

어느새 인강이 젖은 머리로 나와 역시 하얀색 티만 바꿔 입은 채로 같이 나갔다. 인강의 단단한 몸에 잘 맞는 티는 아마도 XL사이즈겠지. 아쉬운 눈으로 미수가 인강을 따라나갔다. 바로 근처의 브런치 카페를 찾은 두 사람은 오래된 갈색 나무들로 장식된 고급스런 느낌의 실내를 깊게 들어가서, 가장 안쪽에 위치한, 정원이 보이는 프렌치 윈도우형식의 창가에 앉았다. 복잡한 대학가에서 안으로 조금 들어왔을 뿐인데 조용하고 녹색이 많은 오아시스

같은 곳이었다.

"여기 좋네요."

"응. 내가 작업하다가 자주 오는 곳이야. 저녁에는 선술집이지. 브런치 세트 먹을까?"

"예."

다행히 인강은 별 차이 없이 부드럽고 기분이 좋아 보였다. 미수는 조금 안심을 하며 작은 분수대가 있는 녹색의 정원을 보다가 다시 인강을 보고 섬뜩해졌다. 깊은 눈동자가 왠지 익숙해져 보인다. 남자가 여자를 보는 눈. 미수가 갑자기 긴장해서 눈빛이 흔들리자, 인강이 얼굴을 다시 부드럽게 풀었다.

"주문 받겠습니다."

"브런치 세트 A요. 그리고 제 애인은 커피 말고 레몬티로 주세요."

"감사합니다. 조금만 기다리세요."

순간 미수가 벙 찐 얼굴로 인강을 쳐다봤다. 인강이 해맑게 물었다.

"왜? 레몬티 싫어?"

"……애인이라니요. 누가 애인이에요?"

"우리 하룻밤 같이 잤잖아."

"……!"

장애 때문이 아니다. 우연인지 필연인지, 미수는 성장하지 못한 아이 같은 면이 있었고, 인강은 조금 놀려주고 싶었다. 그런데 미수가 심각하게 자신의 말을 고려하는 모양을 보니, 의외로 길이 보이는 듯했다.

"나, 여자랑 같이 아침까지 자본 거 처음이야."

"……!"

사실이다. 인강은 첫 여자에게 공짜로 부리는 남창처럼 이용되었을 때도 한 번도 온전한 밤을 같이 지내본 적이 없었다. 손만 잡고 자본 적은 더더욱 없었고. 뒤돌아보니 완연하게 보이는 문제점들에 어처구니가 없을 정도다. 덕분에 나름 이거라도 처음이라 다행이다, 속으로 한숨을 쉬었다.

"그 집에 여자 들인 것도 처음이고."

미수가 초조한지 눈을 굴리고 있다. 조금만 더 하면…….

"네 말대로 처음이 중요하네. 나 이제 딴 여자들이랑 못 잘 거 같애."

"그, 그런 억지가……."

"원래 사람이 잠자리는 가리는 거 맞다. 애인은 '잠자는 사이'라고 하잖아."

"그럴 리가! 섹스하는 사이죠!"

"저런. 어디서 잘못 들었구나. 그건 섹스 파트너지."

"……."

그런가?

"여친은 데이트 위주, 애인은 잠도 섹스도 되지만, 섹스 파트너는 섹스만 하는 사이. 몰랐구나?"

그, 그런가? 그게 다단계였어? 미수의 눈동자가 당황으로 깜빡거렸고 주스를 잡은 손도 조금 움찔거렸다.

"애인이랑 잤니, 하고 물어는 봐도 누가 섹스했냐, 물어보는 거 봤어? 혹 그렇게 물어봐도 예의가 없는 걸로 아는 거 알지?"

뭔가 굉장히 이상했지만, 그런 것도 같다. 같이 잠자는 게 그렇게 중요할 줄이야. 목이 타는 듯하여 주스를 한 모금 마셔본다.

"잠은 서로 믿어야 잘 수 있는 거야. 아무나 한 침대를 쓰겠어? 사람들이 얼마나 잠자리들이 까다로운데."

왠지 말려들고 있다. 섹스가 더 중요하다고 생각했던 게 오해였구나.

"난 그래도 미수랑 처음으로 같이 자고, 애인도 되고 해서 좋다."

인강이 크게 씩 웃었다. 그래도 너무 당황스러운 정보에 미수는 눈을 끔뻑거렸다.

"그런 게 어딨어요. 잠만 잤는데. 가족이랑도 잠만 자는데."

"그래. 가족이니까 잠만 자지. 애인은 잠도 섹스도 할 수 있는 사이고."

"……"

"우리는 잠은 잤으니까 섹스만 하면 되겠다."

"시, 싫어요! 제가 어떻게 그런 짓을, 쌔, 쌤이랑……. 으……."

얼굴이 벌게지면서 미수가 몸을 뒤틀며 죽으려고 한다. 인강은 눈을 가늘게 뜨고 부끄러움과 당황함에 어쩔 줄 모르는 미수를 지켜봤다. 도대체 나를 어떤 사람으로 보고 있는지, 미수가 생각하는 '그런 짓'이 뭔지를 언젠가는 꼭 알아야겠다. 일단 안절부절못하는 손을 테이블 위로 끌어내 두 손을 잡았다.

"미수야. 나 좀 봐봐."

억지로 찌그려진 붉은 얼굴을 들고 미수가 눈을 맞추어주었다. 오늘 몸에 맞는 치수를 입어 날씬하고 귀여운 상체가 매력적으로 드러났고, 헐렁한 청바지가 오히려 그녀의 곡선을 강조하는 느낌이다. 옷 한 장만 바꿔 입었을 뿐인데, 다른 사람 눈에도 사랑스운 여자가 돼버렸다.

"나, 너랑 처음 잠을 자서 이제 다른 여자랑 못 자."

미수의 얼굴이 울상이 되었다.

"이 사람, 저 사람이랑 자고 다니면 바람둥이인 거 알지?"

눈물진 얼굴로 작게 끄덕거린다. 불쌍하지만 귀엽기도 하다. 정말 어린애 손목 비트는 느낌이지만, 미수가 이상한 고집이 있어서할 수 없다. 이렇게라도 포기시켜야지. 좋아하는 여자가 계속 딴여자를 들먹이는 상황은 이제 지겹다.

"그러니까 다른 여자 찾아줄 생각 하지 말고 책임져."

"……난 안 돼요."

눈물 한 방울이 흘러내리고 인강의 심장이 쪼개졌다.

"왜? 내가 싫어?"

"아니요."

고개 숙이고 도리도리.

"난 미수가 좋아. 전부터 미수였어. 미화는 생각도 안 해봤다."

대답 없이 올려다본 얼굴에 눈물만 주르륵. 커다란 검은 눈이 끝없이 물을 내보내고 있다. 마주 보는 인강의 얼굴도 일그러져가고눈물이 돌기 시작했다. 미수는 입술을 물고 끅끅 거리며 울고 있다.

"왜 그래, 미수야. 왜 울어…….."

두 사람은 작은 2인용 테이블 위로 두 손을 잡고 서로 마주 보면서 눈물을 흘렸다. 때를 잘못 맞추어 나와 있던 두 브런치 세트를양팔에 든 서버가 조용히 자리를 피했다.

"나, 나는……. 안 돼요. 나, 나는 모자란……. 흑……. 것도 많고……. 흑흑. 트, 트라우마도 있고……. 커, 커피도……. 못 마시고……. 인강 쌤에게…… 흐흑, 안 어울려요.."

손을 잡혀 얼굴을 닦지도 못하고 이제 입을 벌리고 울고 있다.
인강도 생명줄인 듯 손을 잡고 같이 눈물을 흘렸다.

"내가 좋다니까……. 내가 너 좋아해……."

"어허헝, 나 천벌을 받을 거야……. 좋아하지 말아요.. 쌤이 죽는
거 싫어……. 허어엉……."

인강이 먼저 감정을 다스렸다. 입술을 꽉 물고 눈물을 삼켰다. '그
일'의 충격으로 미수는 제 감정을 부정하고 인강의 마음도 받아들이
지 못하는 상태이다. 좀 더 미수를 알 때까지, 미수를 내버려두어야
한다. 미수의 마음의 족쇄를 풀어줄 열쇠를 찾아서, 그녀를 자유롭
게 해주는 것이 먼저다. 단지 장애가 문제가 아니라 미수는 인강을
사랑하면 결국 그를 죽일 거라는 얼토당토 않은 믿음을 가지고 있는
듯했고, 그 이유는 아마도 '그 일'과 관계있을 터이다. 그래서 미수의
손을 놔주고 냅킨을 건네고 제 얼굴도 냅킨으로 닦았다. 사람들이
없는 카페의 이른 아침이라 다행이긴 하지만, 울고불고 트라우마를
상대하기에 너무 배도 고프고 이른 시간이다.

"알았어. 일단은 아침부터 먹자. 여기, 식사 주세요."

울어서 붉었던 코와 눈가를 하고 해맑게 변해버린 인강에 저도
모르게 미수도 웃어버렸다. 한쪽에 숨어서 몰래 눈물짓던 서버가
씩씩하게 다가왔다. 헤어지는 비련의 연인이라고 오해하는지는
몰라도 더 다정하게 접시를 놔주고 갔다.

"근데, 미수야. 흥분하지 말고 들어."

제 오믈렛을 다 먹고 토스트 두 쪽도 잼 발라 맛있게 썹어 먹고,
무슬리 넣은 올가닉 요거트를 먹으며 인강이 말을 꺼냈다. 미수는

버터 바른 토스트를 마지막으로 야무지게 오물거리고 있다.

"이제부터 우리는 애인 사이야. 잠도 같이 잤으니 그러는 거야. 알겠지?"

미수가 인상을 구기고 오렌지 주스에 꽂힌 빨대를 빨았다. 쪼옥. 예쁜 입이 조금 비죽거린다.

"더 이상 여자 친구 찾지도 말고, 미화 이야기도 하지 마. 알겠지?"

끄덕.

"네가 무엇을 걱정하는지 이해는 안 가는데, 나, 안 죽어. 그렇게 쉽게 죽지 않아."

미수가 상당히 불만스러운 눈길로 흘낏 올려다보고는 다시 눈을 내렸다.

"천천히 가자. 내가 기다려줄게. 네가 받아줄 때까지. 그러니까 내 마음은 부정하지 말아줘. 알겠지?"

미수가 반응 없이 계속 오렌지 주스만 노려보자, 인강은 조금 초조해졌다. 억지로 애인 하자는 것마저 거절당할 것 같다.

"……해야 돼요?"

"뭐?"

"……스 해야 하냐구요."

"아."

섹스. 미수가 무척 불만스런 얼굴로 다시 째려본다. 인강은 침을 꼴깍 넘기고 신중하게 대답을 정리했다.

"어, 음. 어, 언젠가 네가, 어, 준비될 때 하, 하자."

"……."

"……."

무척 힘들고 긴, 억겁의 시간이 흐른 것 같았다.

"얼마나 커요?"

"……음?"

"쌤, 얼마나 커요?"

키? 집? 은행 빚? 멍하게 미수를 보다가 인강은 깨달음을 얻었다. 아. 대화의 흐름상 크기를 따질 만한 것은 남자의 자존심. 설마. 인강의 얼굴이 하얗다가 다시 빨갛게 물들어갔다. 어떻게 대답해야 하는 걸까. 큰 게 좋을지 작은 게 좋을지.

"왜, 왜 물어보는데?"

"처음 할 때 아프고 피 난다잖아요. 얼마나 아플지 생각해보려고요."

아. 인강이 창백해졌다. 작은 게 좋은 건가. 하지만, 하지만……. 대한민국 남성 평균키보다 훨씬 큰 187센티의 인강은 당연히 모든 것이 컸다. 내심 자부심을 갖고 있는 사이즈인데, 그걸 해보기도 전에 사전 심사에 걸릴까 줄여서 말해야 하다니.

"그, 그건 조심하면 괜찮아."

"얼마나 큰데요."

인강이 할 말을 찾지 못하자 미수가 브런치 접시들 위를 훑어봤다. 인강을 보고 살짝 나이프를 움직였다. 이 정도 크기? 인강이 질색을 하고 고개를 저었다. 미수가 날씬한 편인 소금통을 잡고 여전히 해맑은 표정으로 고개를 갸웃, 하며 궁금함을 표현했다.

이 정도?

아니, 아니. 인강이 고개를 저었고, 미수가 다음 후보인 케첩통을 주시하자 인강이 가까스로 입을 떼었다.

"⋯⋯소, 손가락⋯⋯. 두, 두 개?"

미수가 제 손을 얼굴 앞으로 척 올려서 검지와 중지를 모으고 약지와 새끼손가락을 떼어냈다. 작고 가는 말라빠진 여자애의 손가락 두개는 아마도 인강이 흥분하지 않은 상태보다도 더 작게 보였다. 혹시 진짜를 보고 너무 차이가 나서 놀라면 안 되니까, 인강이 조심스럽게 미수 손의 약지를 살짝 밀어붙여 세 개로 만들었다. 일단 단면 가로 넓이는 비슷한 듯하다. 물론 굵기나 길이는 형편없이 미달이지만, 남자의 자존심을 누르고 미수의 세 손가락으로 사이즈를 정해주었다. 혹시 이것도 너무 커서 놀라거나 싫다고 하면 어쩌나. 노파심에 다시 맞붙은 검지와 약지를 움직여 중지 앞에서 끝을 닿게 해 좀 더 좁은 세모꼴 세 손가락이 되게 하였다.

미수가 제 손가락을 호기심 넘치는 눈으로 찬찬히 요리조리 돌리며 검색했다. 마치 제 물건이 검사당하는 이상한 느낌이다. 게다가 이 상황에서 왠지 아랫배에 힘이 들어가는 저 자신이 미웠다. 침을 삼키며 인강이 대법원 판단을 기다리듯 미수를 보았다.

"흠. 이 정도면, 할 만하네."

다행히 혼자 중얼거리며 끄덕이는 미수다. 전에 봤던 포르노에서 그 백인여자가 물고 있던 흑인 남자 것이 너무 커 질식할 것같이 보여서 무서웠다. 잠깐 본 기억이지만, 조금 과장 보태서 제 손목만 한 것이 입으로 들어가면 당연히 입이 찢어지고 피가 날것이다. 역시 인종이 다르니 크기도 다르구나, 했었다. 한데 같은 한국인인 인강 쌤이 세 손가락 정도 크기이면 입 안에 다 들어갈 수 있을 거 같다. 쌈 싸먹을 때는 이보다 더 큰 것도 들어갔다.

"그, 그래? 다, 다행이네."

"일단은, 고려해보는 걸로."

"정말?"

"솔직히, 제가 원하는 건 아니에요. 준비도 안됐고요. 그래도 잠까지 잤는데, 일단 책임은 져야죠."

"음. 고맙다."

"……너무 기대하지는 말고요."

애인이라도 헤어질 수 있으니까. 인강 쌤은 민수가 아니니, 배반당해도 미치지 않을 거야. 미수가 속으로 딴생각하는 줄도 모르고, 예비시험을 통과해 애인의 자리를 얻은 남자가 싱글벙글 좋아하고 있다. 이렇게 맹한 남자를 기만한다는 게 마음이 찢어지게 아프다. 역시 나는 못된 계집애야.

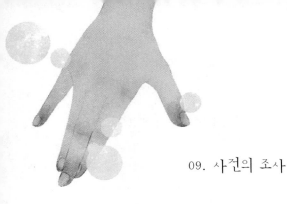

09. 사건의 조사

　한강대 근처에 있는 JS키친은 모던 한식을 지향하는 세련된 프랜차이즈다. 실내는 근사한 파리식 비스트로 같은데 메뉴는 친근한 퓨전 분식 겸 한식이라 젊은이들에게 인기가 있는 곳이다. 밀어내면 접히는 큰 유리문으로 된 정면 쪽 구석에 태호, 미화, 그리고 인강이 자리를 잡았다.

　"오, 여기 괜찮다. 우리 학교 근처에도 있었네."

　"무슨 소리니. 여기가 본점인데."

　"진짜? 왜 내가 몰랐지?"

　"너 같은 클럽돌이가 무슨 브런치 먹을 데를 알겠어."

　"미화 너는 나를 너무 잘 이해해."

　늘 그렇듯이 미화와 태호는 티격태격하며 깨소금을 뿌리고 있었다. 인강은 자신의 메뉴를 정하고 주문을 넣었다.

"더 비싼 데 가도 되는데."

"맛있는 데가 좋은 데예요. 여기, 프랜차이즈지만 고급스럽고 좋아요. 인테리어도 그렇고, 신경 많이 썼죠?"

세 사람은 잠시 레스토랑의 인테리어와 건물 디자인에 대해 건축학과 학생으로서 의견을 나누었다. 식사가 나왔고, 인강이 미화의 양해를 얻고 태호에게 미수의 장애와 트라우마가 된 과거 사건에 대해 간략하게 설명했다.

"역시, 미수가 그런 정신병이……."

"말조심해라. 병이 아니거든! 극복할 수 있는 장애야. 미수 정도면 사실 거의 잘 적응한 상태라고. 너도 오늘 말 안 들었으면 눈치 채지도 못했을 거면서. 내가 이래서 말하기 싫었어. 무조건 오해부터 할까 봐."

미화가 태호의 말에 화가 나서 반박했다. 사고 나기 직전 미수의 장애는 정말 거의 적응하고 극복했다고 생각되었었다. 멀쩡히 운동도 하고, 성공적인 학교생활을 하였으니까. 하지만 불행한 사고로 인해, 트라우마까지 끌어안게 된 후부터 모든 게 틀어졌다.

"무슨 소리야. 네 동생이라지만, 걔가 정상은 아니지. 나를 벌레 보듯 하는 거 봐."

"어휴, 말을 말자."

"그래서 결론은, 내가 지금 미수와 애인 사이라는 거다."

"……."

"……."

미화와 태호가 잠시 할 말을 잊은 채, 숟가락을 놓고 인강을 쳐다보다 동시에 말했다.

"형님. 왜 그런 납작이를……."

"잘 부탁해요, 미수."

태호가 미화를 돌아봤다.

"뭐야, 너. 전에는 그렇게 난리치더니."

"넌 몰라도 돼. 어른끼리 하는 얘기가 있어."

"그런데 좀 쉽지가 않아서 너희들 도움 좀 받으려고."

인강이 진수와 새라, 민수의 일을 재빨리 설명했다. 미화는 몰랐던 민수네 집 사정을 듣고 경악했다. 그러고는 못된 놈의 집안이라고 화를 냈다. 그리고 정확하게 무슨 일이 일어났는지를 밝혀야겠다는 인강의 의견에 동의했다.

"그래서, 이 새라, 그 여자한테 좀 알아보고 싶어. 아무리 봐도 그 여자는 진심이 아니였던 거 같은데, 확실하게 그랬는지. 또 '어떻게' 민수와 사귀었는지도 알고 싶거든. 그래서 언더커버가 필요해. 걸레 같은 여자에게 어울리는 제비 같은 놈."

"아."

미화는 곧 알아들었다. 인강과 미화가 청순하게 아이스티를 빨고 있는 태호를 보았다.

"왜?"

난 아무것도 몰라요, 하는 조각미남의 동그란 눈이 귀엽게 보인다. 알고 보면 뇌순남의 매력이 태호의 바람둥이 소문의 근거일지도 모른다. 인강이 미화를 바라보았다.

"그러니까 태호 좀 빌리자."

"음. 알았어요. 저도 좀 알고 싶네요, 그 진실. 잘 쓰고 다시 제자리에 갖다놓으시기만 하세요."

"뭐, 뭐야! 본인을 앞에 두고 노예상인처럼."

"계획이 뭐예요?"

"그 여자가 요즘 선 시장에 나왔거든."

"이보세요, 두 분. 저도 의견이 있거든요?"

"오, 그거 좋네요."

"우리 형 이름을 빌어서 맞선을 보는 거지."

"미화야, 나 삐쳐서 확 바람피운다? 너 불안하지 않아?"

"그럼 그냥 평소보다 더 어른스럽게 슈트 입히면 되겠네요."

"음. 문제는 태호가 어른스러운 사업가 분위기를 낼 수 있을까 인데."

"형님!"

"이래 봬도 앞에 있는 여자들 죄다 후릴 수 있어요. 믿고 맡기세요."

"미화야!"

미화가 태호를 흘낏 보았다. 그러고는 화장실을 가기 위해 일어 서면서 냉정하고 침착한 톤으로 말했다.

"몸조리 잘하고, 잘 놀다 와. 성공하면…… 내가 생각해볼게."

또각또각 걸어가는 흔들리는 뒷모습이 무척 여성스러웠다. 태 호가 인강을 돌아보았다.

"그래서, 제가 뭘 하면 된다고요?"

인강과 태호는 머리를 맞대고 어떻게 새라의 관심을 끌고 무엇 을 알아볼지를 의논했다. 디데이는 일주일 후 주말. 서포트팀으로 미화와 인강도 거사 현장에 참여하기로 했다. 인강은 형 인수의 이 름을 몰래 빌려 은미가 알려준 마담뚜에게 연결해서 맞선을 잡았 다. 잘나가는 중소기업의 후계자이자 본부장인 인강의 형 이름은 골든 티켓처럼 반겨졌다. 그랜드 플라자 스카이라운지에서 토요일 1시. 마치 제임스 본드 영화처럼 두근거리는 일이었다.

태호는 대학 입학 당시, 맞춤 선물 받았던 멋진 은색 3PS 양복으로 빼입어서 진짜 제비 같았다. 머리도 뒤로 넘기고, 안경대신 콘택트렌즈를 쓰니 연예인이라도 되는 듯 광이 났다. 검은 양복을 입은 인강은 안경을 끼고 머리를 좀 더 흐트려서 조금이라도 평소와 다르게 보이려 했고, 미화는 작고 풍만한 몸을 아주 섹시한 검은 드레스로 감싸고 나왔다. 인강과 미화는 근처의 자리에서 데이트하는 척할 생각이었다. 미리 스카이라운지에 가서 알맞은 자리를 잡았다.

맞선의 메카답게 얇은 이동형 칸막이 장식으로 자리들이 나누어져 사생활을 보장했는데, 덕분에 엿듣기도 좋았다. 인강과 미화가 가짜 아이비 덩굴이 우거진 대나무 문살형 칸막이에 바짝 의자를 대서 자리를 잡고, 태호가 칸막이를 사이에 두고 옆에 있는 위치에서 미리 새라를 기다렸다. 이미 소형 녹음기를 세팅해서 제 휴대폰 아래에 감추어 테이블 위에 올려놓았다.

1시 20분. 새라가 맞선에는 좀 과하다 싶을 달라붙은 빨간 드레스를 입고 등장했다. 은미의 말에 따르면 프랑켄슈타인 수준의 성형으로 갖추어진 육감적인 몸매와 얼굴로 여왕처럼 도도하게 걸어 들어왔다. 여기저기서 그녀를 쳐다보는 게 느껴졌다. 태호가 자연스럽게 일어나 부드러운 미소를 지으며 새라에게 손을 내밀었다.

"이새라 씨?"

새라는 생각보다 다른 맞선남의 모습에 멈칫했다. 조각 같은 미남이 생글거리는 모습이 눈에 찼다. 28세라고 들었는데 소문과는 전혀 다르네. 서인수, 서강건축의 본부장으로 재벌급은 아니지만 아주 전도유망한 알짜배기 회사의 후계자로서, 은근히 선 시장에서 인기 많은 신랑감이었다. 선을 보지 않는다고 하더니, 마담을 통해 갑자기 만나자고 연락이 왔었다. 이름도 잘 모르는 회사라 무시하려 했는데 엄마가 하도 닦달을 하며 보냈다. 그런데 생각보다…… 많이 괜찮다. 그동안 부자지만 못생기고 오만방자한 남자들만 보다가, 예의 바르고 사근사근한 서인수를 보니 정말 마음에 든다. 새라는 이미 이 물고기를 잡기로 마음먹었다.

"서인수 씨, 나이보다 젊어 보이시네요."

"하하하, 그런가요? 좋게 봐주셔서 감사합니다."

둘의 대화는 끊임없이 이어졌다. 서로의 집안, 회사 크기, 가족 사항, 잡다한 사전 심사가 시작되었고 태호는 훌륭하게 요리조리 지뢰를 피하며 여자를 즐겁게 해주었다. 새라는 보기보다는 사람을 곧잘 믿는 듯했다. 완벽한 겉모습과는 다르게 허술하고 무지했다. 부잣집에서 고생 없이 자라서인지, 아니면 맞선이라는 상황이어서인지 태호를 전적으로 신임했다. 덕분에 천상적인 말솜씨와 연기로 태호는 오래된 친구와 같은 분위기를 조성했고 새라는 자신도 모르는 사이에 편하게 말을 하고 있었다.

"저는 장애 재단에 기부를 하고 있습니다. 실은 아주 열렬한 후원자지요. ADHD라고 아시는지 모르겠네요."

"어머. 잘 알아요. 정신병이죠?"

"아닙니다. 장애일 뿐이죠. 그런 오해들을 없애기 위한 노력을 하고 있어요."

"오해라니요. 정신병 맞아요."

"경험이 있으신가 봐요?"

"치, 친구가 그 장애 있는 사람하고 사귀었는데, 얼마나 고생했다구요."

"저런. 정말요?"

"보기에도 이상한 남자였는데. 음침하니. 말도 잘 못했는걸요."

"그런데 왜 그런 남자를 사귀었죠?"

"하, 그게 어리석었죠. 처음엔 그런 사람인 줄 몰랐…… 다나요."

새라는 민수와 만났던 처음을 생각했다. 놀랍게도 에디의 동생이 바비큐 파티에 왔다는 것이다. 겉보기에 멀쩡하고 순진해 보였고 까칠한 에디보다 쉬울 것 같아서, 혹시 에디에게 더 다가갈 수 있는 거리가 될까 접근했었다. 정말 어리고 어리석었던 날들이었지.

"장애 있는 분들은 대부분 성인이 되면 극복해서 괜찮아요."

"어머, 아니에요. 완전히 미친 사람 같았어요. 한 번만 봤는데도 나…… 의 친구를 스토킹하고, 위협하고 난리도 아니었어요. 나중에 알고 보니, 그 장애가 있었다고 하더라고요."

"저런, 놀라셨겠어요."

"사실 제대로 사귄 것도 아닌데, 얼마나 미친 짓을 해대는지. 지금 생각해도 끔찍해요. 데이트 한 번 했다가 인생 망칠 뻔했다니까요?"

"아마 새라 씨가 너무 매력적이어서 그랬겠죠. 저도 지금 미치게 좋은데요."

"어머, 무슨 말씀을. 호호호."

새라는 겉모습과 달리 어느새 '친구'에서 새라 자신이 주체가 된 것도 모를 정도로 허술한 여자였다. 겉은 닳아빠진 여자가 속이 이처럼 풍선처럼 텅 비어 있다니, 신기했다.

"그래도 그 남자도 지금은 괜찮아지지 않았을까요? 다시 본 적 있어요?"

순간 거북해 보였다. 이 여자는 제 표정관리도 잘 못하는 게 분명하다.

"아, 그게, 나중에 소문에 듣기에, 사고로 죽었다고 하더라고요."

"저런, 어떻게 그런 일이……."

"저는 별로 미안하지도 않더라구요. 하두 괴롭혀서 이제는 끝이구나, 안심했어요."

"……물론 덕분에 저도 새라 씨를 만나서 좋네요."

굉장히 이기적인 말들이었고 조금의 죄책감도 없었다. 인강은 이 정도면 생각했던 것을 확인받았다고 생각해, 태호에게 문자를 보냈다.

[더 나올 게 없는 거 같다. 그만 접자.]

태호는 문자를 보고 새라에게 말했다.

"아, 회사에서 연락이, 잠깐 통화 좀 하고 오겠습니다."

태호가 전화기와 녹음기를 챙겨 들고 한가한 화장실 쪽으로 통화하는 척 연기하며 걸어갔다. 그 뒷모습을 보고 있던 새라가 흐뭇한 미소를 짓더니 조금 전에 다시 채운 새 커피를 보았다.

그 순간은 정말 잠깐이었다. 인조 덩쿨 사이로 계속 새라 쪽을 주시하던 미화가 헉, 하고 숨을 들이켰다. 새라가 작은 클러치에서 새끼손가락만 한 작은 유리 실린더를 꺼내 뚜껑을 따더니, 태호의 커피에 쏟아붓고 있었다. 익숙한 솜씨였고 5초도 채 걸리지 않았다. 미화의 표정에 같이 돌아본 인강도 놀랐다. 지금 시간은 오후 4시. 벌건 대낮에 데이트 강간이라도 하려는 건가. 게다가 여자가?

태호가 순진한 얼굴로 싱글거리며 제자리에 앉았다. 인강과 눈을 마주친 미화의 얼굴이 창백해졌다.

"죄송합니다. 회사에 일이 생겨서, 제가 급히 들어가봐야겠네요."

"어머, 일하다가 그럴 수도 있죠. 그럼 이 커피 다 마시고 같이 나갈까요?"

새라가 생긋 웃으며 제 커피를 들었다. 태호도 마주 웃으며 제 잔을 들었다. 후훗. 너는 이제 아무 데도 못 가. 새라가 아까 화장실 간다 하며 빠져나가 잡아둔 호텔방을 생각하고 의미심장한 미소를 지으며 커피를 마시려 할 때였다.

"야! 이 제비놈아!"

웬 검은 원피스의 제법 예쁘장한 작은 여자가 어느새 테이블 옆에 서 있었다. 뭐라 반응할 사이도 없이 그 여자는 남자의 커피를 빼앗아 그의 상체에 확 뿌려버렸다. 태호가 놀란 얼굴로 미화와 새라를 번갈아 보았다. 이런 건 계획에 없었잖아!

"어디서 순진한 여자를 또 후리고 있는 거야, 이 사기꾼 놈아! 또 지골로처럼 잔뜩 차려입고, 내가 못살아!"

미화가 제 작은 클러치로 태호를 때리기 시작했다. 악, 악, 그만, 그만! 학대받는 돼지새끼 같은 비명이 라운지 안에 울려 퍼졌다. 라운지에 있던 사람들이 다 쳐다보고, 새라는 하얗게 질려서 벌떡 일어나 미화를 밀쳤다.

"이게 무슨 짓이에요! 사람 잘못 봤어요! 왜 이래요, 진짜!"

미화가 밀쳐져 넘어지려 하는 걸 태호가 잽싸게 잡아주었다. 머리가 약간 흐트러져 미친 여자 포스를 뿜으며 미화가 몸을 바로 했다. 그러고는 차가운 눈빛으로 새라를 흘겨보며 낭랑한 목소리로 모든 사람들이 들을 수 있게 소리쳤다.

"하다하다 이젠 다 늙어빠진 성형괴물을 건졌니? 딱 봐도 돈 처 들여서 한 티가 나네. 아주머니. 돈 많으면 머리라도 좋아야지. 그 렇게 남자 밝히면 오래 못 가요."

헉. 자연스럽게 된 성형에 자부심을 갖고 있던 24살의 새라가 여러 가지로 충격을 먹었다.

"느, 늙다니, 내, 내가……."

"정신 차려, 이 아줌마야. 젊은 남자에 빠져서 돈 날리는 거 내 가 구해준 거니까. 그냥 조용히 있어요."

재빠르게 말하고 미화가 멍청하고 불쌍하게 서 있던 태호를 향 해 날렵하게 턱짓을 하고 손목을 턱 잡았다.

"제비야, 가자."

새라가 입에 걸린 한마디, 인수 씨를 말할 사이도 없이 두 사람 은 꽁지가 빠져라 재빨리 엘리베이터도 기다리지 않고 비상구 계 단으로 들어가버렸다. 덕분에 라운지에 있던 사람들의 눈초리와 수군거림은 온통 뒤에 남은 새라의 몫이었다. 이 모든 것이 정말 후다닥 하고 5분 안에 일어난 일이라 새라는 정신이 없었다. 눈 뜨 고 제비 뺏기기. 허헛, 하고 어이가 없어 제자리에 주저앉으며 새 라는 생각을 하려고 애를 썼다. 도대체 무슨 일을 당한거지? 이게 무슨 드라마 같은 상황이야? 아니, 이게 진짜……. 정신을 놓고 엉 망으로 흐트러진 자리에 앉아 있는 새라의 옆좌석에서 인강이 조 용히 자리를 빠져나왔다.

지하 주차장에서는 숨을 참으며 땀에 젖어 헐떡이는 두 사람이 차 안에서 기다리고 있었다. 모르는 사람이 봤으면 격렬한 카섹스라도 한 듯 구겨진 모습들이지만, 실상은 새라가 뒤따라올까 봐 계단으로 15층을 열불나게 뛰어내려 왔단다.

"와, 진짜. 미화 너 질투하는 거 맞지? 나 그런 여자 별로라니까."

"정신 차려, 바보야. 그 여자가 네 커피에 약 탔단 말야."

헉, 하고 태호가 제 목을 감쌌다.

"그, 그거 불법 아냐? 와, 나 위험했던 거야?"

"그래. 네 동정은 내가 지킨 거다. 고마워해."

"그래, 고마, 뭐? 너, 어떻게……. 아니, 무슨 소리야!"

뒷자리에서 투닥이는 두 사람들과 다르게 인강은 조용히 운전을 했다. 생각과 비슷하지만, 또 짐작과 다른 면이 많은 미팅이었다. 새라는 죄책감 없이 민수가 스토커에 미친놈이었다고 당당히 말하고 있다. 조금이라도 사귀었던 정도 없다는 말인가? 게다가 아무리 걸레라지만, 새라의 표정을 봤을 때, 거짓말하는 것 같지는 않았다.

"태호야. 네 느낌에 이새라는 어떤 여자냐?"

"어, 생각보다 참 순진한 사람이던데. 어수룩하고. 진짜 호구 같은 사람? 난 정말 여우 같은 여자를 기대했는데, 뜻밖에 순박했어요."

"그래. 나도 그게 좀 걸리네."

미화가 기가 막히다는 듯 혀를 찼다.

"남자들이란. 허, 참. 저런 뻔뻔한 여자가 어디가 순박하다고. 내가 알기로는 그날 그 여자도, 그 형이란 사람도 현장에 있었을 거 같은데."

"미화는 기억나? 무슨 일이 있었는지 얘기들은 거?"

"그냥, 그날 클럽 룸에서 싸움이 났고, 민수가 뛰쳐나가서 죽었다, 정도? 미수 말고 사람들이 더 많았다고 들었는데 민수가 난리 쳐서 다 도망갔다고 했어요. 그래서 증인 확보도 힘들다고."

"미수는, 다치기라도 한 거야?"

"팔에 베인 상처가 좀 길어서 몇 바늘 꿰맸어요. 워낙 정신이 불안정한 상태라 상처는 정말 아무것도 아니었지만요. 전 참 속상했어요. 그날 처음으로 정말 예쁜 하얀 드레스를 처음 입고 파티를 간 건데 보니까 완전히 피범벅이 되었더라고요. 그 뒤로 빨간색만 보면 피가 연상되는지, 애도 이상해졌고. 치마는 죽어도 다시 입지 않으려고 해요."

미화의 눈에 물기가 어렸다. 태호가 옆에서 커피 냄새를 풍기며 손을 잡아주었다.

"그해 가을, 18세가 되어 여자애로 예쁘게 변하고 있었는데 말이에요. 제가 처음으로 데리고 나가서 예쁜 옷도 사주고, 미수도 점점 보통 여자애처럼 입기 시작해서 좋았다구요."

"민수는? 그때 새라와 헤어졌었나?"

"아마도요? 한 9월부터는 학교도 잘 나가고 미수랑 꼭 붙어 다녔어요. 집에도 데려다주고 데리러오고, 전화도 자주 하고 탁구도 다시 시작하고, 열심이었죠. 그래서 다 끝났나 보다 했었어요."

"사고가 언제였지?"

"하아. 크리스마스 이브요. 미수 생일이 12월 25일이에요. 그런데 민수가 그날 죽는 바람에 지난 2년 동안 생일도 못 챙겼어요."

그것은 충격적인 정보였다. 미수 생일날 그런 일이 벌어졌구나. 피칠이 된 하얀 드레스. 미친 듯 날뛰다 죽어버린 제일 친한 친구. 이야기를 듣는 것만으로도 심각한 그림이 그려졌다.

태호가 부르르 몸을 떨었다.

"와, 얘기만 들어도 섬뜩하네. 설마 민수 그놈이 미수도 찌른 거야? 진짜 미친놈이구만."

"글쎄 그게 확실하지는 않아. 싸움이 났는데 넘어져서 다쳤다고도 하고, 일단 미수가 입을 다물고 있어서."

알 것 같으면서도 모를 일이다.

인강이 미화를 먼저 내려주고, 태호의 집이 있는 성동구 쪽으로 방향을 잡았다. 한동안 조용히 있던 태호가 진지하게 물어본다.

"형님. 왜 미수입니까? 그냥 사연만 들어도 피곤한데. 여자다운 매력이 있나, 성질도 나쁘고. 이해가 안 돼요."

그러면서 고개를 절레절레 흔들기까지 한다. 인강은 한 손으로 핸들을 잡고 한 팔은 창가에 걸쳐 입가를 만지고 있다가 헛웃음을 지었다. 아는 사람들마다 꼭 하는 말이구나.

"게다가 지금 이게 무슨 꼴인지. 작품 준비할 귀한 토요일에 이상한 여자 만나서 커피나 뒤집어쓰고. 무슨 시간낭비예요? 그러니 이유나 좀 압시다. 왜 미수가 좋아요? 아니, 왜 미수가 안 싫으세요?"

속으로 한숨이 나왔다.

"미수는 첫눈 같아. 그래서 좋아."

천천히 내리는 눈이 어느새 돌아보면 온 세상을 하얗게 만든다. 지저분하고 복잡한 주변이 얇은 눈으로 덮여서 다른 세계가 펼쳐진다. 내게는 그래, 미수가. 미수와 있으면 세상이 달라 보이고 더 깨끗하고 선명해진다. 하지만 그것을 다른 사람들에게 이해시키기는 힘들겠지. 특히 이 속물근성의 김태호 같은 사람들은. 지금도 어처구니가 없다는 듯이 입을 벌리고 있다.

"······걔가 백치미가 있긴 하죠. 그러고 보니 ADHD가 지능에도 문제가 있는거 아닌가. 그거 유전되는 거예요?"

"그만해, 인마. 미수 8개월 만에 검정고시 좋은 성적 받아서 한강대까지 들어간 사람이야. 그 애의 노력과 머리를 무시하지 마라. 그리고 미수는 적응을 정말 잘했다고."

"그래도 그런 건 유전되는 거잖아요? 자식이 갖고 태어나면 어떻게 하시려고요? 그거 감당할 수 있어요?"

아기? 솔직히 생각도 안 해보았다. 아직 26살과 21살. 너무 어린 애인이기에 섹스의 'ㅅ' 자도 못 해봤다. 겨우 키스와 손잡기만 한 사이에 그런 먼 일을. 웃음만 나온다.

"넌 참 멀리도 간다. 그러는 넌 미화 결혼할 생각하고 만나는 거야? 미수 유전자는 미화에게도 있을지 모르는데, 그거 감당할 정도로?"

태호가 충격을 먹었다.

"그, 그러니까······."

태호가 작은 문제에도 삐걱이는 연애감정으로 자신을 돌아보는 동안, 인강도 생각을 해보았다. 결혼, 자식, 좀 먼 일이기는 하지만 못 할 것도 없지. 미수와 함께라면 즐거울 거다. 하지만 아무것도 정해진 것은 없다. 인강이 아직도 진지한 표정의 태호를 흘끗 보았다.

"그만하라고, 인마. ADHD는 충분히 적응할 수 있는 조건이야. 정신병이 아니라고 몇 번을 말해. 유전적인 요소가 있을지라도 생기지도 않은 자식 걱정을······ 아!"

"왜, 왜요?"

인강이 갑자기 자신의 이마를 탁, 쳤다. 깜짝 놀란 태호를 활짝 웃는 얼굴로 돌아본다.

"역시 너는 내 멍청한 왓슨이다. 이런 기분이구나. 네 덕에 이제 알겠어, 무엇을 알아봐야 할지."

"예?"

"정말 왜 그 생각을 못 했지? 하하. 고맙다. 너도 은근히 첫눈 같은 남자야."

욕인지 칭찬인지 모를 말을 하고 인강은 여전히 커피 냄새가 나는 멍한 표정의 태호를 내려주고 떠났다.

미수는 은미와 한강대 근처에서 커피를 마시고 있었다. 지금 미수는 하얗게 질린 얼굴로 레몬티를 꽉 쥐고 있다. 친구의 그런 상태를 눈치채지 못하고 은미는 지난번 인강과 만난 일을 구구절절 이야기해주고 있었다.

"그, 그래서…… 인강 쌤이 민수에 대해 알고 있었다고?"

"왜? 혹시 너 말 안 했니?"

"……."

"야. 그걸 모르고 있을 거라고 생각하는 게 이상한 거지. 남친이 그것도 모르면 어떻게 하니."

알고 있었구나. 민수가 나 때문에 미쳐서 죽어버린 걸 알고 있었어.

"그래서 인강 쌤은 그냥 나를 계속 구해주기만 했던 거구나. 내가, 너무 모자라니까."

미수가 우울하게 가라앉은 꽃처럼 말을 하자, 은미가 그제야 미수의 상태를 인지했다. 분에 넘치는 사랑이 힘겨울 때가 있다고 말은 들어봤지만, 직접 보니 그저 답답할 뿐이다.

"넌 복에 겨운 거야, 이것아. 그 남자가 사랑병에 걸렸다고 하더라. 너라는 병. 와, 내가 그 말 듣고 얼마나 오징어가 됐던지."

병 맞다. 민수도 죽었고, 인강도 사랑에 미쳐 죽을 수도 있다. 지금 당장 미수도 죽고 싶은 심정이다. 이미 알고 있다니 제대로 말을 해야겠지. 절대로 쌤한테는 알리고 싶지 않았는데. 제가 얼마나 모자라고 이기적인 여자애인지. 같이 있으면 어차피 탄로날거다. 이런 건 숨긴다고 숨겨지는 게 아니니까, 차라리 말을 하고…….

은미와 헤어지고 미수는 천천히 인강과 만나기로 한 오피스텔 쪽으로 걸어갔다. 하지만 머리는 혼란스런 감정과 과거 기억으로 복잡했다.

첫생리가 시작된 후, 미화 언니가 미수를 끌고 나가 옷 쇼핑을 했었다. 이제는 좀 더 여성답게 변할 거니 그에 맞는 옷을 사자고. 순정만화 취향인 미화가 고른 프릴 달린 공주님 옷은 거절했지만, 제 몸 치수에 맞는 티 몇 장과 스키니진을 두 벌 정도 샀었다.

'어머, 미수야! 너무 이뻐! 우리 미수 가슴이 있긴 있었구나!'

가게에 있는 큰 거울 속에 말라빠졌지만 분명히 여자의 몸을 한 미수가 신기하다는 표정으로 비쳐지고 있었다. 결국 미화의 성화로 하얀 원피스까지 구입했었다.

'나중에 더 예쁘게 하고 와.'

진수의 말이 들리는 듯했다. 나도 예뻐질 수 있을까?

충동적으로 새로 산 티에 무릎까지 오는 청반바지를 입고 천천히 민수네 집 쪽으로 걸어갔다. 진수가 오랜만에 놀러 오라고 연락을 했기 때문이다. 멀리서 대문이 보이기 시작했을 때, 문이 열리고 아주 눈에 띄는 외향의 여자가 걸어 나왔다.

하얀 끈으로 동여맨 듯한 굽 높은 하얀 샌들이 늘씬한 다리에 붙어서 또각 또각, 여성스러운 소리를 내었다. 육감적인 몸매는 부드러운 실크 소재의 꽃 무늬 원피스에 감싸여 살짝 흔들리고 있다. 긴 갈색 웨이브 머리가 어울리는 붉은 립스틱이 진한, 예쁜 여자였다. 천상 여자.

지금 겨우 몸에 맞는 티 하나 걸치고 설레 걷고 있는 자신과 너무도 다른 요조숙녀가 눈도 마주치지 않고, 미수를 지나쳐서 주차해 있던 차에 올라탔다. 누구지? 다시 대문 쪽으로 돌아보니 진수가 열린 문가에서 미수를 보고 있었다.

'기다리고 있었어.'

'저, 손님이 계셨나 봐요?'

진수가 골목 끝으로 사라지는 하얀 차의 꽁무니를 흘끔 보았다.

'아, 아는 후배야. 인사차 왔었어.'

아, 후배구나. 인사하러 올 수도 있겠지. 미국에서는 선배한테 인사하러 갈 때 파티 가는 것처럼 꾸미고 가나 보지? 미수는 진수와의 대화에 집중할 수 없었다.

'오늘 달라 보인다. 예뻐졌네.'

'……샤워했었어요?'

'뭐?'

'머리, 아직 젖었어요.'

'……너무 더워서 한번 씻었어.'

잠시 멈칫한 진수가 아무렇지도 않다는 듯 부드럽게 웃었다. 그때 삐리릭, 하고 현관문이 열리는 소리가 났다. 더 마르고 어두운 얼굴의 민수가 들어서다가 거실에서 앉아 있는 두 사람을 보고 얼어버렸다.

'어, 민수야. 일찍…… 왔네?'

진수가 먼저 정신을 차리고 약간의 미소를 띠며 말을 했다. 미수는 민수의 표정이 놀라움, 당황함, 그리고 분노로 일그러지는 것을 보았다.

'야! 장미수! 너 여기서 뭐 해? 네가 여기 왜 있어?'

민수가 들고 있던 가방이 내팽개쳐졌다.

'민수야. 형이 초대한 거야.'

'형이 왜 얘를 초대해? 내 뒤에서 이렇게 만나고 있었어? 그런 거야? 야, 너 옷 꼬라지가 그게 뭐야? 이게 다 무슨 뜻이냐고오!'

민수가 분을 이기지 못하고 부엌 쪽에 서 있던 큰 쓰레기통을 발로 찼다. 그러고는 미친놈처럼 아일랜드 식탁에 있던 컵이며 잡지들을 쓸어 던졌다. 너무도 흥분한 민수의 모습에 미수는 경직이 되었고, 굳은 얼굴의 진수가 서둘러 미수를 집 밖으로 내보냈다.

'걱정하지 마, 미수야. 민수가 좀 오해한 거 같아. 오늘은 그냥 집에 가라.'

다음 날, 민수는 무척 미안한 얼굴로 미수에게 사과를 했다.

'미안. 내가 제정신이 아니었어. 네가 이상하게 옷을 입으니까, 너 같지가 않아서.'

다시 평소의 운동선수 스타일로 남자처럼 입고 있던 미수는 고개를 끄덕이며 민수를 이해하려 노력했었다. 사람이 너무 갑자기 바뀌면 헷갈릴 수도 있지. 그게 그렇게 대단한 옷차림인 줄 몰랐는데, 장애를 가진 민수는 뭔가 다른 것을 보았나 보다.

민수는 여전히 새라와 만나고 있었다. 그래서 미수는 코치의 명령으로 몇 번 민수를 데리러 클럽으로 민수를 쫓아다녀야 했다. 민수는 클럽 뒤쪽 골목에서 죽치고 앉아 새라가 나오길 기다린다든가, 호텔 라운지에서 기다린다든가 하고 있었다.

'야, 암만 봐도 이 여자, 너 버린 거 같은데 왜 바보처럼 이러는 거야?'

30분째 민수를 설득하던 날이었다. 벌써 방학이 끝나가는데 이게 무슨 짓인지.

'아니야. 새라는 나를 사랑해. 그저 내가 나이도 어리니까 주변에서 말들이 많은가 봐. 우리가 얼마나 서로 좋아하는데.'

더욱 각이 진 얼굴에 팬더 같은 눈두덩을 한 주제에, 사랑에 미쳐 불행해진 남자, 민수가 말했다. 그렇게 옥신각신하다가 미수는 전에 민수네 집 앞에서 마주쳤던 여자를 보았다. 육감적인 몸매, 긴 갈색 웨이브, 살랑살랑 흔드는 허리. 그 여자는 환하게 웃으며 남자의 팔짱을 끼고 호텔에서 나와 다정하게 차를 타고 떠났다.

'아직도 연기하고 있는 거야. 내가 상처받고 떠나기를 바래. 날 좋아하면서도.'

민수는 떠나가는 차를 노려보며 슬프게 말했고, 그 여자가 민수가 좋아하는 새라라는 것을 알게 되었다. 이쯤 되자, 사랑에는 무지한 미수도 뭔가 잘못되었다는 것을 알았다. 왜, 왜, 왜. 전에 집 앞에서 본 진수의 후배라던 여자가 지금 이 호텔에서 민수의 바람난 여자 친구로 나타난 건지.

민수에게 말해야 할까? 아니야. 진수와는 정말 선후배 사이일 수도 있는데.

민수에게는 숨기고 집에 와서 혼자 먹먹한 가슴을 부여잡고 아이스크림을 먹었다. 사람의 모든 문제는 모두 육체적인 것과 연관이 있다. 우울하면 잠이 모자란 거고, 이처럼 먹먹한 가슴은 배가 고파서인 거야. 겨우 네 번 얼굴을 봤고, 제대로 대화한 건 단 한 번뿐인 사람이 아주 예쁜 후배와 집에서 만나고 샤워도 할 수 있다는 것이 왜 우울하고 먹먹해야 하는 건지 미수는 몰랐었다.

그 여자가 진수와 '섹스'를 하고 이빨을 닦았는지 말았는지는 미수가 상관할 바가 아니다. 그러고 보니 그 여자, 아주 빨간 립스틱을 바르고 있었다. 섹스 후에 샤워하는 이유가 아마도 거기에 묻은 립스틱을 잘 닦기 위해서일지도. 하나를 아니 열이 깨우쳐진다. 지금은 시작하기도 전에 이미 뽑혀 버린 듯한 제 감정이 그저 구차해 보일 뿐이다.

'하. 넌 참 운도 좋아. 아이스크림을 통째로 먹어도 조금도 체중 걱정을 할 필요가 없으니.'

대학생이 되어, 미팅만 줄기차게 다니다, 오랜만에 일찍 집에 들어온 미화가 속도 모르고 발로 툭툭 건드리며 놀렸다.

'그만해! 난 뭐 감정도 없는 줄 알아! 그냥 지나다니는 돌멩이가 아니라구! 나두, 나두 18세 소녀야! 그냥 툭툭 건드리고 무시해도 되는 게 아니라구! 언니 같은 바람둥이가 제일 밥맛이야!'

미수가 울부짖으며 속엣말을 퍼붓고 방문을 쾅 닫았고, 미화는 놀래서 뛰는 가슴을 잡고 어머, 드디어 사춘기가, 하며 웃어버렸었다.

여름이 끝나고 가을이 왔어도 민수는 새라를 따라다녔다. 미수가 보기에 새라는 분명 민수를 버렸다. 원래 남의 연애는 제삼자가 보면 확실히 보인다. 자주 바뀌는 남자만 봐도 알 수 있는데, 바보 같은 민수는 아니란다. 사랑은 남자를 바보로 만들고 일상을 잊게 하는구나. 민수는 탁구도 거의 그만둔 상태다. 미수는 더 탁구에 열중했다. 곧 다가오는 시합 준비를 하며 잊고 싶었었다. 18살의 해는 그렇게 지지부진하게 흘러가는 줄 알았었다.

"미수야. 왜 그러고 있어?"

미수가 멍한 눈을 돌리니 인강이 오피스텔 문을 열고 나오고 있었다. 은미와 헤어지고 인강을 만나러 오며 과거에 빠져들었던 정신이 현재로 돌아왔다. 미수의 표정이 우는 듯 일그러져 있는 것을 보고 인강이 걱정스러운 표정으로 미수의 어깨를 안고는 오피스텔로 끌어들였다. 이별을 하러 온 사람에게 다정하게 굴지 말라고요, 이 남자야. 터져 나오는 울음을 참으려니 목이 너무 아팠다.

미수는 침울한 얼굴로 두 번째로 들어와보는 오피스텔을 둘러 보았다. 여전히 설계도, 모형과 책들이 사방에 널려 있다. 아마도 이것도 마지막으로 본다 생각하니 하나하나 아쉽다. 인강이 해맑은 표정으로 레몬티를 만들어 왔다.

"저녁은 먹고 온 거야? 은미는 잘 만났고?"

미수가 작게 끄덕이고 레몬티의 온기를 느꼈다. 두 사람은 커다란 테이블 한쪽에 나란히 앉아서 방향을 틀어 서로를 마주 보고 있었다. 무릎이 닿을 정도로 가깝게 앉아 있다. 후우, 하고 작지만 깊은 한숨이 미수에게서 흘러나왔다. 뭔가 힘든 이야기 같은데, 무얼까. 보통 사람이라면 짐작을 할 수 있을 텐데 미수는 워낙 감을 잡을 수가 없었다.

지난번에 인강이 치수가 맞는 티를 한번 입은 것을 좋아해주자 오늘 못 보던 새 티를 입고 왔다. 오후에 미화에게 사정을 들은 뒤라, 그녀의 작지만 힘든 노력에 마음이 울린다. 저걸 입으면서 또 얼마나 아픈 기억을 짓눌렀을까.

미수야, 미수야, 내 첫눈 같은 미수야.

미수에게 어울리는 짙은 남색의 반팔티가 흰 피부를 더욱 돋보이게 하면서 왠지 일본 인형같이 단정한 느낌을 주었다. 드러난 팔꿈치가 가늘고 예뻤다. 문득 인강의 눈에 상처가 보였다. 왼팔 안쪽 아래에 길게 그어진 하얀 상처. 알고 보아서 눈에 띈 거지, 몰랐다면 그냥 지나쳐버렸을 것이다.

인강이 저도 모르게 손을 내밀어 푸른 핏줄이 드러난 손목을 잡고 약간 돌려 더 자세히 상처를 보았다. 다섯 바늘을 꿰맨 자국이 보였다. 여자애인데, 이렇게 흉하게 남게 처리를 하다니. 자세히 보지 않았으면 몰라볼 하얀 상처인데도 인강은 저도 모르게 눈살을 찌푸렸다.

미수가 담담히 제 상처를 같이 보았다. 긴 선이 그때 피가 다 쏟아져서 하얗게 비어버린 핏줄처럼 보인다.

"아팠니?"

고개를 흔들었다. 검은 머리가 살랑살랑 뺨 곁에서 흔들린다. 미수의 눈이 깊고 깊은 호수처럼 가라앉았다. 제 팔을 보지만 초점은 다른 저 너머 어딘가의 기억에 가 있다. 작은 목소리가 고인물이 흐르듯 나왔다. 한 방울씩 떨어지듯 힘들게 소리가 만들어졌다.

"민수가 갑자기 달라졌어요."

하얗게 질린 건지 원래 투명한 피부여서 그런 건지, 인형 같은 미수가 저 멀리 방구석을 보면서 파리해진 입술을 열며 꽁꽁 핏빛에 싸서 감추어두었던 기억을 꺼내기 시작했다.

10. 과거의 진실

　그날은 가을로 접어드는 9월의 어느 날이었다. 모처럼 미화 언니와 산, 몸에 맞는 티와 스키니진을 입고 집 근처 편의점을 가던 중이었다. 사슴처럼 날씬하고 긴 상체, 부드러운 곡선의 엉덩이와 다리가 미수를 가젤라처럼 우아하고 사랑스럽게 보이게 했다. 조금 자란 짧은 남자 같은 머리였지만 예쁜 얼굴과 몸매가 드러나는 옷에 소녀의 청순한 젊음이 빛나 듯했다. 어둑한 저녁, 편의점에서 반사되는 빛 속에서 서 있던 미수가 시선을 느끼고 돌아보았다. 저 멀리서 굳은 듯 서 있는 남자애가 보였다.

　'민수야.'

　오랜만에 보는 친구의 모습에 반가워서 다가갔다. 하지만 민수는 그녀를 뚫어지게 보고 있을 뿐이었다. 그 눈초리가 무서워서 미수는 자신의 옷차림을 자각했었다. 아, 내가 여자애처럼 입었구나. 요즘 집에서는 자주 이렇게 입고 있어서 자연스러웠었다. 불안한 눈으로 민수를 보니, 화는 내지 않지만 표정이 바뀌었다. 어둡고 이상한 표정. 눈빛이 달랐다. 본능적으로 무서워졌다. 민수가 민수가 아니다. 여기 있는 것은 민수의 가면을 쓴…… 남자다.

'왜, 왜 그렇게 보는 거야.'

'…… 아니. 내가 기억하는 게 맞았구나, 해서.'

민수가 옆으로 다가와 같이 집 쪽으로 걸어가기 시작했다. 민수는 계속 발아래를 보고 생각에 잠겼다. 미수는 불편했다. 분위기가, 긴장감이 소녀를 무섭게 했다.

'오, 오늘도 그 여자 보러갔다 온 거야?'

'……응. 마지막이야.'

'응?'

'이제, 그 여자 보러 안 가.'

마침내 현실을 자각했구나. 미수는 차마 축하한다 말은 못하고, 7년여의 친구 생활 중 처음으로 불편한 침묵 속에서 민수와 집까지 걸어갔다.

'내일, 데리러올게.'

민수가 여전히 이상한 얼굴로 담담히 말했고, 미수는 뭐라고 말해야 할지 몰랐다. 거북하고 불편한 긴장감에 숨이 막힐 듯했다. 그래서 어색한 미소를 지어주고 그냥 뒤를 돌아 집으로 들어갔다. 창밖을 보니 민수는 혼자서 불이 켜진 가로등 아래서 빤히 미수의 창을 보고 있다가 천천히 제 집으로 향했다.

그 뒤로 민수는 그림자처럼 미수의 곁을 맴돌았다. 워낙 전에도 붙어 다니기는 했지만, 이번에는 차원이 틀렸다. 둘 사이에 이전과 같은 농담이나 즐거운 가벼움이 사라졌다. 민수는 미수에게 뭐라고 제지를 하지는 않았으나, 그의 시선이 하루 종일 따라다녀 숨이 막혔다. 결국 미수는 여성스러운 옷을 입지 않기로 작정했다. 그날 밤의 민수의 얼굴이 너무도 무섭고 불안했고, 그런 얼굴로 보는 민수가 싫었기 때문이었다. 여자같이 보였을 때 소꿉동무는 사라지고 이상한 남자애가 미수의 곁을 맴돌았다. 저절로 민수를 피하고 싶은 마음이 들었다.

'왜 우리 집에 놀러오지 않는 거야?'

'요즘 연습이 많아서, 피곤해. 나도 공부도 해야 하고.'

미수가 어색하게 둘러댔다

'……요즘도 형이랑 연락하나?'

'뭐? 내가 왜? 아냐. 방학 때 돌아가고 한 번도 연락 없었어.'

왜 죄짓는 기분이 들까. 사실 미수는 그 이후로 진수의 얼굴책에 가끔 들어갔었다. 그의 얼마 없는 사진을 보고, 잘 모르는 영어 댓글들도 보면서 혹시 그가 사진이라도 올릴까 기다리고 있었다.

다음날, 탁구 연습 후 제 휴대폰이 있던 위치가 바뀐 것을 눈치챘다. 잠금을 풀고 보니 별 이상은 없는데. 고개를 돌리고 보니 민수가 보고 있다가 눈이 마주치고 싱긋 웃는다.

'왜 웃어?'

'아니, 그냥 기분이 좋네.'

민수가 조금이라도 예전처럼 편해진 듯해서 안도의 숨이 내쉬어졌다. 미수가 제 휴대폰을 들고 얼굴책을 열었다. 습관처럼 진수의 페이지를 찾았다.

'……너, 언제부터 얼굴책 썼나?'

'응? 아, 얼마 안 됐어. 탁구부 애들이 공동 페이지 만들고부터야.'

'탁구부 애들? 남자팀도?'

'어. 너도 만들어. 편해.'

'내 욕만 할 것들이…….'

'뭐?'

'코치가 나 싫어해. 늘 떨어뜨리려고 하잖아. 내가 키가 안 되니까.'

'말은 바로 해야지. 너 연습 빼먹은 게 얼만데.'

'너, 코치도 만나냐?'

'뭐?'

'김 코치, 결혼했다?'

'무슨 소리야?'

'남자는 다 늑대라고.'

'……'

'하긴 너는 그 창녀 같지는 않겠지. 너, 아무하고나 막 키스 같은 거 하지 마라?'

'……야, 내 첫 키스는 사랑하는 남친용으로 고이 아끼고 있다. 별 걱정을 다해.'

'그래. 키스하면 사귀는 거야. 그 정도는 알지? 소중히 지켜.'

민수의 행동이 머리로 이해는 되었다. 새라와 헤어진 후로 민수는 꽤나 거칠게 새라에 대해 말했다. 미수도 같이 화를 내어주고는 했지만, 반복되는 이야기는 늘 미수 너도 조심해, 로 끝나서 불편했다. 게다가 옷을 평소처럼 헐렁하게 입어도, 민수의 눈은 바뀌지 않았다. 가끔 번득이는 눈이 그래 보였다.

며칠 후 미수의 휴대폰이 고장 났다. 세세한 일은 기억나지 않는다. 그저 휴대폰을 새로 만들어야 했는데, 원래 있던 SIM 카드가 못쓰게 되었다 해서 난감했다. 휴대폰 안에 있던 SIM 카드가 그렇게 쉽게 금이 갈 줄은 몰랐다. 클라우드에 저장해놨던 백업도 오래전 거라 진수를 포함한 몇몇 새 연락처들은 복구할 수 없었다. 차라리 잘되었다. 인연도 없는 사람, 계속 잡고 있어봐야 뭐하겠어. 침울하게 며칠이 지났다.

'미수야. 너 형 좋아하지.'

'뭐, 뭐?'

오랜만에 민수네 집에서 오락을 하고 있는데, 민수가 물어왔다.

'아, 아니야. 무슨 소리하냐. 미국에 있는 사람, 보지도 못하는데.'

커다란 화면에서는 차들이 몬테카를로의 밤거리를 격렬하게 가로지르고 있다. 미수는 장애물을 피하느라고 정신이 없었다.

'내가 대신 해줄까?'

'뭘?'

'남자는 다 똑같아.'

'무슨 헛소리야.'

'나, 잘 보면 형하고 비슷하게 생겼어. 형도 나랑 별로 다르지 않다고.'

'지랄. 미쳤냐?'

'남자는 다 거기서 거기야. 여자도 다 비슷해. 벗겨놓으면 다 똑같아. 다 눈, 코, 입 있고, 팔다리 있고. 그러니까 내가 해줄게, 네 남친.'

민수 말에 놀라서 저도 모르게 손이 굳어 5초 만에 게임이 저 혼자 운행되어 차들이 박살이 났다. 삐용삐용. 앰뷸런스 소리가 나고 사람들이 소리치는 소리가 났다. 게임 오버가 되어 다시 시작하겠냐고 친절히 묻는 화면이 번쩍거렸다. 미수가 마침내 민수를 돌아봤다.

민수는 무표정하면서도 이상한 눈빛을 했다. 감정이 없는 눈. 그때 알았다. 민수가 마침내 미쳐가는구나. 실연을 해서 미쳐버렸나 보다. 미수의 눈을 똑바로 보면서 민수가 계속 말했다.

'사랑이라는 거 별거 아니야. 누구나 할 수 있어. 나도 할 수 있고, 너도 할 수 있어. 그러니까 해보자, 우리.'

민수가 사랑을, 연애를 무척 해보고 싶어 했다는 것이 기억이 났다. 하지만 어떻게 나에게 이런 말을. 가족 같은, 형제 같은 나에게. 이건 미수에게는 근친 상간같이 어처구니가 없는 일이라서 배신감부터 들었었다.

'싫어! 말 같지도 않은 소리하지 마! 내가 너랑 어떻게 연애한다고 그래! 한 번도 생각해본 적 없어! 너랑 하느니 죽는 게 낫겠다!'

미수가 열에 받혀 소리 질렀다. 감히 네가, 소꿉친구 놈이 내게 이럴 수가 있냐고, 화를 내었었다.

'미안. 내가 잘못했어. 안 그럴게.'

민수가 마침내 고개를 숙이고 시선을 피했었다.

그때, 더 이해를 해주었어야 했다. 다독이고 아픈 마음을 다스리도록 도와주었어야 했는데, 미수는 그냥 피해 다녔었다. 말도 제대로 안하고 얼굴을 굳히고 못본 척했었다. 민수가 실연으로 속이 문드러져 가는데 나 몰라라 했었다.

"그래서, 친구가 중요한 거예요. 잡아주고 이끌어주는 친구가 있었으면, 민수는 그렇게 미치지 않았을 텐데."

미수가 감정 없는 얼굴과 목소리로 창틈으로 들이치는 찬바람 같이 말했다.

아니야. 그런 게 아니잖아. 그게 왜 네 탓이야.

하고 싶은 말을 꾹 누르며 인강이 미수의 손목을 잡은 채로 시선을 내리깔고 있는 미수를 보았다. 죄책감에 풀이 죽은 어린아이. 사춘기 소년의 삐뚤어진 거친 애정과 관심에 혼란스러워했던 미수가 보이는 듯했다. 저절로 민수란 놈에게 화가 나 눈살이 찌푸려졌다.

문득 작년 겨울, 인강을 위로해주려던 미수가 생각났다. 이 비슷한 말을 들었지. 잡아주는 친구가 있다는 게 중요하다고. 그게 이런 뜻이었나.

"그런데 진수…… 오빠한테서 이메일로 연락이 왔어요. 톡이 안 되길래 전화번호 바꿨냐고. 겨울에 들어가니까 좀 보자고. 그게 또 뭐라고, 저는 좋아했어요."

저절로 인강의 손에 힘이 들어갔다. 아야, 하고 미수가 소리를
내자, 정신을 차리고 손목을 놓는 대신 손을 깍지 껴서 잡았다. 앞
으로 나올 말을 생각하니 뭐라도 잡고 들어야 할 것 같았다. 왠지
안 좋은 말을 들을 것 같은 예감. 그 기생오라비 같은 놈을 좋아했
다느니……

"저, 진수 오빠가 좋았나 봐요."

미수에게서 담담하게 나온 말에 이를 악물었다. 미수의 입으로
직접 들으니 조금 아팠다. 기회 있었을 때 한 대 더 패줄걸.

"전 민수 말고는 친구가 없었거든요. 진수 오빠는 다정하고, 말
도 잘하고, 잘 웃고, 같이 있으면 붕 뜨는 거 같았어요. 그래서 겨울
에 다시 만나자 했을 때 좋았어요. 전화로도 여전히 다정하게 말해
주고 해서. 물론 저 혼자 짝사랑이었죠. 그 오빠도 눈이 있는데 저
같은 것을 여자로 보았겠어요? 게다가, 보니까 여자 친구도 많은
거 같던데."

진수의 얼굴책을 보면 많은 여자들이 추파를 던지고 있는 것을
볼 수 있었다. 몇몇은 같이 찍은 사진을 올리며 친분을 과시했다.
아름다운 동양인, 서양인, 다양한 살색의 미녀들이 볼 때마다 진수
의 곁에 있었다.

인강은 미수의 섬세하게 예쁜 하얀 얼굴을 보며 생각했다. 이
낮은 자존감은 아마도 장애로 겪은 사회생활에 기본을 두고 있겠
지. 진수란 놈도 남자고, 눈이 있으면 네가 얼마나 순수하고 예쁜
지 첫눈에 알아보았을 텐데.

"민수는, 너에게 민수는 어떤 존재니?"

미수는 잠시 생각에 잠겼다.

"소울메이트라고 하나요? 민수는 왠지 저 자신 같아요. 사랑받고 싶고 사랑하고 싶고, 사랑에 미쳐가는 그런 인격. 의사들은 아니라고 했지만, 저는 그렇게 느껴졌어요. 워낙 비슷한 점이 많아서."

소울메이트는 그런 데 쓰는 게 아니라고 하고 싶었지만 미수가 말하는 의미는 알아들었다. 정말 쌍둥이처럼 느꼈구나. 그런 놈이 갑자기 좋아한다고 덤벼들면 정말 대책이 없을 수도.

"민수가 그때 하도 따라다녀서 제가 화를 냈거든요. 그때부터 자꾸 이상한 눈치를 줘서 얼마나 불편했던지. 그런데 진수 오빠가 호텔에 묵고 있는데, 호텔 클럽에서 크리스마스이브 파티 한다고 오라고 했어요. 저한테 할 말도 있다고 해서, 바보처럼 전 좋아했어요. 그래서 민수 몰래 파티에 갔어요. 정말 바보처럼……."

바보처럼 들떠서 처음으로 하얀 드레스를 입고, 립글로스도 빌려 바르고, 미화 언니가 사준 구두까지 신고 파티에 갔다. 입구까지 나온 진수가 미수를 에스코트해서 안쪽에 있는 룸으로 들어갔다. 진수는 여전히 예쁘게 생겼고, 긴 흰 티셔츠와 검은 가죽바지를 입어서 더 연예인처럼 보였다. 처음 들어가 본 개인파티를 위해 빌린 호텔 펜트하우스는 쿵쾅거리는 음악이 귀를 찌를 듯하고 많은 사람들과 소음이 미수에게는 지옥 같은 곳이었다. 얼굴을 찌푸리는 미수를 보호하며 진수가 익숙하게 사람들 사이를 헤쳐 안쪽에 있는 복도로 들어가 개인 방의 문을 열었다.

문을 닫으니 바깥보다 조용했다. 붉은 비단결 같은 벽지와 벽에 밀쳐진 붉은 빌로도 소파가 유럽 로코코 식으로 장식된 방이었다. 20명은 들어갈 수 있을 정도의 큰 방에 서너 명이 앉아 술과 안주를 먹고 있었다. 어리둥절한 미수가 하얀 드레스를 입고 진수와 들어서자 모두의 주목이 쏟아졌다. 아, 둘만 있는 게 아니구나.

'어, 에디. 누구야?'

'웬일이야, 네가? 여자도 데려오고.'

남자들은 히히덕거렸고 여자들은 매섭게 보았다. 개중에 검은 드레스를 입은 여자가 다리를 꼬고 있다가 눈을 마주쳤다. 이새라! 미수는 여자를 알아보고 충격을 받았다. 진수가 부드럽게 웃으며 미수를 밀어 새라 옆 빈자리로 데려갔다. 딱딱하게 굳은 미수를 사이에 두고 새라가 계속 에디에게 말을 걸었다. 익숙치 않은 장소, 불편한 모르는 사람들, 처음 입어보는 드레스, 사람들은 계속 술을 권하고 있었다. 가시방석 같은 데서 새라의 눈총을 받으며 앉아 있으려니, 겁이 나고 무서웠다. 오면 안 되는 자리였어. 고딩 여자애가 낄 데가 아니라고.

'야, 너희들 이제 나가. 오지 말라고 했는데 어떻게 알고 쳐들어 오냐. 초대받지 않은 사람들, 다 나가.'

진수가 친구들을 물리려 하자, 다들 야유를 했다. 그래도 지지 않고 그가 일어나 친구들을 밀어내려고 하는 동안 새라가 앙칼지게 미수를 흘겨봤다.

'너 뭐야? 몇 살인데 여기서 이래?'

'……'

'혹시 착각하고 에디한테 들러붙는 거니? 눈치가 없는 어린애지, 너?'

'당신이랑 얘기하고 싶지 않아요.'

화가 나고 창피해서 죽고 싶을 지경이었다. 그때 방문이 벌컥 열렸다. 검은 운동복을 입은 민수가 무시무시한 얼굴을 하고 주위를 둘러보았다. 모두들 범상치 않은 민수의 기운에 얼어버렸고, 곧 새라가 소리를 지르기 시작했다.

'꺄악! 미친놈! 여기가 어디라고 왔어!'

'미, 민수야……'

미수가 놀라서 더듬거리자, 새라의 표독한 눈이 날카롭게 미수를 향했다.

'뭐야! 너도 이 새끼 알아? 에디! 너 나 물 먹이려고 한 거야?'

새라가 벌건 얼굴로 일어나서 에디를 추궁했다. 진수만이 민수가 올 것을 기대한 듯 침착했다. 그때서야 미수는 알았다. 진수가 모두를 한 방으로 불렀구나. 왜? 이해할 수 없었다.

'침착해. 우리 다 같이 잠깐 얘기를 할 필요가⋯⋯.'

진수가 한 팔을 뻗어 새라에게 다가가려했을 때였다. 쨍강, 병이 깨지는 소리가 나더니 여자들과 남자들이 소리를 질렀다. 으아아아! 민수가 짐승 같은 소리를 지르며 잡히는 대로 집어던지고 테이블을 발로 차기 시작했다. 비명을 지르며 새라가 먼저 뛰어나갔고, 남자들과 여자들이 소리를 지르며 도망을 나갔다. 어느새 붉은 방 안에는 세 사람만 남아 있었다. 멀리서 쾅쾅거리는 댄스 음악 소리가 들렸지만 어느새 민수가 문을 잠그고 돌아보았다.

미수는 입고 있는 드레스처럼 하얀 얼굴로 붉은 소파에 얼어붙어 있었고 진수는 두 손을 앞으로 항복하듯 들며 조심조심 씩씩대는 민수에게 긴장하며 다가갔다.

'민수야, 진정해. 얘기 좀⋯⋯.'

'이런 거야! 내 뒤에서 또 내꺼 훔치려는 거지! 형은 늘 그랬어! 늘 뺏어가기만 해!'

'아니야, 민수야!'

'너! 옷 꼬라지가 그게 뭐야! 너까지 그럴 거야? 어디다가 여자 질이야! 내가 없는 사이에 창녀처럼 하고 다니는 거야? 내가, 너를 얼마나 사랑하는데, 너까지 이럴꺼야! 너까지 이럴거냐구우!'

쨍그랑, 우당탕!

'민수야, 오해야! 진정해!'

진수의 얼굴이 더 창백해졌다.

'미, 민수야. 그, 그만해. 왜, 왜이래!'

미수도 무서워 소리쳤다.

'미수 너 이리 와! 내가 너 좋다잖아! 우리끼리 연애하자고 했잖아!'

민수가 광기 어린 얼굴로 미수에게 다가가려하자, 진수가 가로막았다.

아악! 퍽! 쿵! 진수가 민수의 턱에 한방을 날리자 민수가 나가 떨어졌다. 미수가 눈앞에서 벌어지는 폭력에 놀라 붉은 소파에서 얼굴을 가리고 부들부들 떨었다. 사방에는 부서진 술병들, 쏟아진 와인이며 양주가 바닥을 흥건히 적시고 있고, 이런 아수라장이 없었다. 밖에서 여전히 들리는 쿵쿵쿵 하는 음악소리, 어느새 사람들이 문을 탕탕탕 두드리며 괜찮으냐고 소리치고 있다.

진수가 미수의 어깨를 잡아 일으키려 할 때였다.

꺄악!

미수가 저도 모르게 새된 비명을 질렀다. 입술이 찢어져 피투성이가 된 민수가 진수의 뒤에서 머리와 목을 끌어 잡고 눈을 희번뜩거리며 깨진 병을 진수의 옆구리에 대고 있었다. 민수의 땀에 번들거리는 미친 얼굴이 미수를 노려보았다.

'이리와! 넌 내꺼야! 아무 데도 못 가! 형두 못 가져!'

'하, 하지 마! 민수야아!'

미수가 울부짖었다. 사방이 붉은 악몽 같았다. 미쳐버린 도깨비 같은 민수가 창백하게 질린 진수를 잡고, 깨진 병을 들고 다 죽일 것 같은 악몽.

'키스할래, 죽일래! 키스 안 하면 죽일거야!'

'안 돼에! 그러지 마아! 내가 잘못했어어!'

미수도 정신이 없었다. 달려들어 민수의 병을 뺏으려 했다. 민수가 병을 휘둘렀고 미수의 팔에서 피가 튀었다. 붉은 피가 하얀 치마에 번지기 시작했고 날카로운 아픔에 미수가 소리를 질렀다. 민수의 눈이 완전히 미쳐버렸다.

진수가 용을 쓰며 빠져나오려 한 순간, 깨진 병이 그의 옆구리에 박혔다.

아아아악! 아아아악! 아아아악!

미수가 히스테릭하게 소리를 질렀다. 마치 영화 속의 슬로 모션처럼 진수의 눈이 민수의 눈과 마주쳤다. 찔린 충격에 하얗게 질린 진수가 인형처럼 쓰러졌고, 피가, 붉은 피가 그의 흰 윗도리를 물들여갔다. 일어나려고 애쓰는 그의 옆구리에서 엄청난 피가 쏟아졌다. 피 분수를 막으려 한 그의 손도 피에 젖어 번들거렸다. 미수가 주저앉아 그를 도우려 손을 뻗쳤다. 진수가 미수의 품 안으로 쓰러지고, 그 무게를 견디지 못한 미수도 쓰러졌다. 바닥에 앉아서 미수도 정신없이 손을 그의 옆구리에 댔지만 뜨거운 피는 그칠 줄을 모르고 미수의 손도 적시고 그녀의 흰 치마도 적셨다. 그의 다리가 일어나려 버둥거리다 멈추었다. 진수가 죽어버린 것일까. 미수가 피투성이의 두 손으로 제 귀를 막고 시체처럼 늘어진 진수의 몸무게를 다리에 느끼며 몸을 앞뒤로 흔들면서 계속 소리를 지르며 울어댔다.

아아악! 아아악! 아아악!

민수가 피가 뚝뚝 떨어지는 병을 떨어뜨렸다. 광인의 눈이 바닥에 쓰러진 피를 흘리는 진수와, 그를 무릎에 얹고 피범벅이 되어 소리 지르는 미수를 보았다. 진수의 몸을 사이에 두고 병들이 잔뜩 깨진 위로 민수가 무릎을 꿇었다. 그러고는 충격으로 울며 소리 지르는 미수를 억지로 껴안고 피투성이의 귀에다 말했다.

'너를 사랑해. 너무 사랑해서 죽을 거야. 잊지 마. 난 너를 죽도록 사랑해. 내가 죽으면 너는 나를 잊지 못하겠지. 넌 내꺼야. 평생 아무도 사랑하지 마. 다 죽을 거야.'

문이 벌컥 열렸고, 사람들이 소리를 지르며 뛰어 들어왔다. 다시 벌어지는 몸싸움, 정신없이 돌아가는 환경 속에서 미수는 정신을 잃었다. 병원에서 깨어났을 때는 민수가 차도에 뛰어들어 죽었다는 소식을 들었다. 자살이구나. 나 때문에 죽었구나. 내가 잘못해서, 민수가 미쳐서 죽어버렸다.

어느새 미수는 제 의자에 앉은 채로 인강의 품에 안겨서 그의 가슴에 대고 속삭이듯 말하고 있었고, 인강은 충격적인 그날의 일에 저도 모르게 숨을 죽이며 듣고 있었다.

겨우 18세가 된 풋익은 소녀가 피바다 속에서 얻은 사랑의 의미는 생각보다도 더 비틀린 종류였다.

"실연을 해서 민수가 미쳤고, 저를 사랑한다며 죽어갔어요. 저도 짝사랑에 미쳐서 아무것도 모르고 진수오빠를 만났고, 나를 따라온 민수가 제가 좋아했던 오빠를 다치게 하고, 뛰쳐나가서 죽어버렸어요. 이런 제가 어떻게 사랑을 하겠어요? 저랑 민수는 쌍둥이 같은데, 저도 민수처럼 미칠 수 있잖아요? 민수도 장애가 있었는데, 병은 아니라지만, 분명 미치는데 한몫은 했을 거예요."

인강의 가슴이 축축해졌다. 인강이 미수를 조금 떼어내자, 미수가 줄줄 눈물이 흐르는 처연한 얼굴로 인강을 보며 울음을 억누르느라 쥐어짜는 목소리로 더듬더듬 말했다.

"내, 내, 내가, 미, 미쳐서, 쌔, 쌤, 헤, 헤치고, 주, 죽일까 봐, 무, 무서, 워……."

아.

그게 제일 걱정이었구나. 저와 비슷한 민수가 그렇게 미쳤으니 저도 사랑을 하면 똑같이 미쳐버려 인강을 죽일 거라고 철썩 같이 믿고 있었구나. 그래서 저를 그렇게 밀어내는 거였구나.

제가 바보가 아닌 이상, 순수한 미수의 얼굴이 저를 보며 빛나는 것을 모를 수가 없었다. 자신을 무슨 태양처럼 보면서 왜 애인이 되줄 수 없나 했더니, 결국 나를 위해서 그러는 거였구나. 인강의 눈에도 눈물이 고였다. 저 자신의 지옥에 갇혀 있는 어린 소녀의 고통에 마음이 찢어진다.

애기만 들어도 알 수 있었다. 민수놈은 그냥 미친놈이야. 장애가 문제가 아니라고. 네가 잘못 알고 있는 거라고. 그리고 너는 민수가 아니야. 제가 어떤 말을 해야 미수를 설득시킬 수 있을까. 아마 의사들도 같은 말을 했겠지. 입술을 꾹 물어 울음을 삼키고 말했다.

"아니야, 미수야. 안 그래. 나 안 죽어……"

미수가 애처롭게 인강을 바라보며, 손을 들어 눈물이 흐르는 얼굴을 만졌다.

"누구라도, 좋아할 수 있어요. 쌤은, 잘생기고, 너무 다정하고, 이렇게 좋은 사람인데……"

"내가 너 좋아한다니까. 네가 좋아."

"전, 천벌 받은 거 같아요. 사람을 죽여서. 언제 미칠지 모르는 거, 너무 무서워요. 저 같은 사람은, 연애하면 안 돼요."

이제 미수는 눈물이 말랐는지 담담해졌고, 오히려 인강이 굵은 눈물을 뚝뚝 흘리기 시작했다.

"쌤은, 너무나 좋은 사람이라서, 내가 아니라, 장애 가진 다른 누구라도 잘해줬을 거예요."

"아냐, 아냐."

인강이 미수의 어깨를 잡고 이마를 맞대고 울어댔다.

"다정하게 가르치고, 도와주고, 사랑해줬을 거예요."

"장애라서 사랑하는 게 아니야. 너라서…… 너라서 사랑해."

"저는 운이 좋았어요. 쌤 만나서 대학도 가고, 키스도 해보고, 잠도 자보고……."

"왜 그래, 미수야. 왜 그래……."

나오는 말들이 칼처럼 날카롭게 인강을 찌른다. 마치 헤어질 것처럼 말하는 미수의 말이 너무도 슬펐다. 저절로 눈물이 흐른다. 제 속에 갇힌 요정은 저 혼자 열심히 생각해서 인강을 위하려고 한다. 저 슬픈 것은 제쳐두고, 인강이 혹시라도 다칠까, 제가 혹시 미쳐서 헤칠까, 사랑하는 사람을 떠나려 한다. 듣지 않아도 알겠다. 어처구니없는 일인데, 말려야 하는데, 작은 머리로 열심히 생각해낸 그 생각들이 너무 슬퍼서 눈물만 나왔다.

"저, ……쌤하고는 할 수 있을 거 같아요."

"……."

뚝, 뚝, 뚝. 인강의 눈물이 바닥에 떨어졌다.

"그러면……. 혼자서도, 잘 버틸 수 있을 거 같아요."

뚝뚝…….

"오는 길에 칫솔도 치약도 사왔어요. 저 준비 됐어요."

뚝.

미수가 떨어져 나가더니 바닥에 기도하듯 무릎을 꿇고 의자에 앉아 있는 인강의 무릎에 손을 얹고는 진지한 얼굴로 인강을 올려다보았다.

"그러니까, 제 처음 섹스, 쌤이 해주세요."

"……."

다시 울 것 같은 얼굴로 미수가 입술을 떨며 말했다.

"처음은, 중요하니까, 쌤하고 하고 싶어요. 해주실, 거죠?"

인강이 후욱, 하고 숨을 들이쉬고 감정을 다스렸다. 손을 뻗어 키친타월을 뜯어 자신의 얼굴을 닦고는 바닥에 앉아 있는 눈물, 콧물투성이의 미수도 닦아주었다.

"저, 저도, 추억 정도는 가지고 싶어요. 해, 주실 거죠? 다시는 근처에 오지 않을 테니까, 하, 한 번만? 예?"

여전히 바닥에 무릎 꿇고 앉아 있는 미수의 두 손을 자신의 무릎 위에 올려 잡고 미수의 각오가 단단한 눈을 들여다보았다. 계속 끊임없이 흐르는 눈물 때문에 뭉쳐진 긴 속눈썹도 예쁘다. 눈물로 잘 닦여, 더 영롱해진 눈동자가 어여쁘고도 슬프다.

지금 섹스 처음이자 마지막으로 한번하고 나를 떠나겠다, 이거지. 누구 맘대로. 미수의 결심에 화도 나지만, 속마음을 짐작하니 꾸짖을 수가 없다.

떠나기 전 한 번만이라니. 그런 슬픈 소원을 말하는 미수는 언젠가 자신이 민수처럼 미칠 것이라고 굳게 믿고 있다. 의사들이 1년 걸려 설득 못한 것을 증거도 없이 미수에게 납득시킬 자신이 없다. 그냥 덮치고 아기라도 만들어서 붙들까, 생각도 했지만 확실한 방법이 아니고, 괜히 성에 무지한 미수가 또 다른 트라우마를 가지겠지.

다시 한 번 어린애 손목 비틀기를 해서라도 막아야 한다. 인강이 재빠르게 머리를 굴리고 숨을 한번 고르고 입을 열었다.

"아기가 어떻게 생기는지 알지?"

"예."

"콘돔이 뭔지 알아?"

"……찌찌 고무장갑?"

"그래. 아기가 생기지 않으려면, 콘돔이 필요해."

아. 그건 생각도 못해봤다. 미수가 멍하게 생각했다. 그래, 그냥 먹으면 아기가 생기지. 혹시 뱉어낸다 해도 확실하지 않을 수가 있겠구나. 경험이 없으니 준비가 허술한 데가 많다.

"……없어요? 나가서 사와요?"

편의점에서 콘돔을 파는 것을 봤다. 인강이 눈을 마주친 채로 작게 고개를 저었다.

"내가 키가 크고 발도 커서, 웬만한 기성복이나 신발이 안 맞는 거 아니?"

"……."

"콘돔도 맞춤 제작해야 해."

역시, 어른들의 세계는 보기보다 복잡하구나. 미수가 당황했다.

"……얼마나 걸려요?"

"……한 달."

그 정도면 원하는 정보도 얻고 미수를 이해시킬 만한 넉넉한 시간이다. 인강은 경악에 찬 표정을 짓고 있는 미수를 진지하게 바라보았다.

"무슨, 한 달이나!"

"공장에서 기계로 찍어내는 게 아니야. 커스텀 메이드라고. 일일이 장인이 하나하나 모형 만들어서 수작업하는 거야. 중요한 부분에 쓰는 건데, 조심해야지. 수제 신발 만드는 거랑 비슷하달까……. 하루 이틀 걸리는 게 아니야."

"……."

저도 모르게 인강이 즐겨봤던 드라마의 대사가 각색되어 줄줄이 나왔다. 말하면서도 스스로 어처구니없었지만 너무 천연덕스럽고 자연스러운 설명에 미수가 고개를 끄덕이는 것을 보니 또 다행이다 싶었다. 미수의 인강에 대한 신뢰를 이처럼 써버리는 게 양심에 걸렸지만, 현재로서는 미수를 설득할 시간을 버는 것이 너무도 절실했다. 미수가 성에 대해 무지한 것이 얼마나 다행인지, 속으로는 조마조마하며 인강은 제가 던진 떡밥을 미수가 잡아주기를 기다렸다. 제발, 제발.

"아무리 그래도 한 달이라니."

"이태리에서도 만드는 곳이 한 군데밖에 없어서 미리 예약해야 되거든."

인생 최고의 연기를 하며 진지한 얼굴로 인강이 덧붙였다. 미수의 표정이 뭔가 깨달은 듯이 다시 멍해졌다. 아, 이태리. 가까운 일본도 아니고 이태리. 당연히 시간이 걸리겠다. 이태리제 수입 수제 콘돔이라니. 생각도 못했던 장애다. 미수가 미간을 찌푸리고 생각에 잠겼다.

너무 오버했나, 혹시 섹스도 안 하고 끝내자 하려나, 인강의 속은 까맣게 타들어갔다. 안 돼, 미수야. 제발.

"커스텀 메이드면, 뭐든지 원하는 대로 해줘요?"

하아. 속으로 인강이 크게 안도의 한숨을 내쉬었다.

"그럼."

"저기, 딸기 맛으로 하는 것도 돼요?"

인강의 얼굴이 벌게졌다. 따, 딸기 맛.

"그, 그럼, 당연하지."

"알았어요. 그때까지 기다려야겠네요."

다행히 미수가 깊은 한숨을 내쉬고 일어섰다. 겨우 힘든 과제를 끝낸 듯한 심정인 인강이 강아지 같은 얼굴을 하고 미수의 손목을 다시 잡았다.

"잠자고 갈 거지? 칫솔도 사왔다며."

한 달 후, 딸기 맛과 함께 헤어질 것을 알아도 지금 당장 같이 잠자는 게 중요하다니, 정말 분위기를 못 읽는 남자다. 괜히 딸기 맛을 택했나. 헤어지고 나면, 좋아하는 딸기는 절대로 다시 못 먹을 거 같았지만, 미수는 우울하게 알았다고 고개를 끄덕였다.

그 후로 3주가 지났다.

"그래서, 인강 쌤은 잘해주고 있는 거지?"

테이크아웃한 커피를 한 모금 마시고 차 문에 달린 컵홀더에 꽂으며 은미가 말했다. 그녀는 지금 저보다 20배는 큰 거대한 수입 지프차를 자연스럽게 몰면서 점심시간 이후의 바쁜 길을 헤치고 미수와 함께 인강을 만나러 호텔로 가고 있는 중이다. 빨간 더벅머리, 커다랗고 현란한 귀걸이, 딱 달라붙는 청원피스를 입고 찢어진 망사 스타킹에 군화를 신은 은미는 80년대 팝가수 신디 로퍼처럼 작고 펑키했다. 어찌 보면 샌프란시스코의 히피 같은 다 떨어진 구제 옷 같은 옷들이지만 알고 보면 엄청난 브랜드 제품이라는 것은 아는 사람만 알 수 있었다.

"아, 그렇지 뭐. 잠자자고 늘 투정이야."

3주 만에 본 미수는 그새 더욱 여성스러워졌다. 몸에 잘 맞는 하얀 티셔츠와 헐렁한 청바지 차림인데, 청순한 소녀 모습이다. 날씬하고 가는 상체에 넉넉한 바지를 입으니 엉덩이가 커 보여서 섹시하기까지 했다. 그새 좀 더 자란 머리는 목덜미에 닿을 정도였다. 살도 많이 올라서 정말 상큼한 모습이었다.

"크크. 남자가 다 그렇지. 그래도 이제 잠도 자는구나."

"어. 벌써 한 네 번 됐어."

섹스도 하고 애인과 알콩달콩해야 할 애가 침울하게 말하니 은미가 흘끗 보았다.

"……그래서 괜찮았어? 처음에 잘해주디?"

"아냐. 처음에는 같이 잔 줄도 몰랐는데 뭐. 내가 이불은 따로 쓰자고 해서, 자는 건 이제 익숙해졌어."

흐음.

앞의 차들 꽁무니를 보며 은미가 고개를 옆으로 기울였다. 미수와는 늘 직접적으로 물어봐야 한다는 걸 2년여의 관계에서 배웠다.

"그러니까, 섹스는 한 거지?"

후우. 깊은 한숨이 미수에게서 나왔다. 왜, 왜? 은미가 눈살을 찌푸렸다.

"아니. 섹스하고 헤어지려고 했는데 콘돔이 없어서 못했어."

"뭐어? 헤어져? 왜?"

은미가 놀라서 소리를 빽 질렀다.

"그런 거 있어. 내가 너무 모자라니까."

"……"

그럼 그렇지. 연애하면 죽는 걸로 아는 아이가 어쩐지 잘 나간다 싶었다.

가만. 섹스하고 헤어지려고 했는데 못해서 아직 같이 있다는 건가? 생각을 정리하고는 다시 커피 잔을 집어 들었다.

"콘돔이 없어서 못해? 그거 사방에 널렸잖아?"

"그게, 나두 좀 이상해. 속은 거 같아."

갑자기 미수가 약간 억울한 투로 말했다.

"워낙 커서 수제 콘돔을 써야 한대. 그런데 그걸 꼭 이태리에서 만들어야 하나? 이상하지?"

푸웁. 뿜어 나오려는 커피를 간신히 자제하고 은미가 다시 움직이기 시작하는 차들을 따라 운전을 시작했다. 운전대에 커피가 한 방울 튀었다.

"커서 수제 콘돔을 써야 한다……."

"어. 그런데 한국도 기술이 얼마나 좋은데, 일본도, 홍콩도 있고. 왜 꼭 이태리에서 만들어야 하냐고? 나중에 생각해보니까 이상해."

그것만 이상하니? 은미는 어처구니가 없어 말을 하려다가 아, 하고 이해가 됐다.

그러니까, 섹스하고 헤어지려고 티를 내는 여자를 잡기위해 머리를 썼구만. 쯧쯧쯧.

"이상하지? 거짓말하는 거 같지?"

하, 그 불쌍한 남자, 도와줘야겠다. 섹튀하려는 여자 때문에 고생이라니.

"아냐. 이태리…… 꺼가 좋아. 국산이나 동양권에 가짜가 많아서……."

이상한 걸로 거짓말을 하려니 말도 잘 안 나온다. 아, 웃으면 안 되는데.

"……정말?"

"나, 나도 가끔 주문해. 명품이거든."

최대한 진지한 표정으로 쐐기를 박아주니, 아아, 하고 수긍하는 미수의 담담한 얼굴이 눈가로 보였다.

아, 정말이지 미수는 너무 잘 믿는다. 인강 쌤, 나중에 나한테 고마워해야 해. 속으로 킥킥거리며 주차를 하고 커피 잔을 들고 차를 내려왔다. 그랜드 플라자 호텔의 로비로 들어가면서 미수가 물었다.

"은미는 무슨 맛 좋아하는데?"

"나? 나야 커피 맛 좋아하지."

"난 딸기 맛 했는데. 좀 후회했어. 다른 걸로 할걸."

응? 은미가 눈을 껌뻑였다.

"그런데, 생각해보니까, 이태리가 아이스크림도 유명하잖아? 아마도 그래서겠지. 인강 쌤은 다정하니까, 좋은 맛을 찾아준 거야."

아, 미수. 섹스. 콘돔. 맛. 미수가 오럴 섹스만이 성관계의 전부라고 오해하고 있는 것을 알고 있는 은미로서는 별나라 이야기 같은 미수의 말을 쉽게 알아들을 수 있었다. 푸하. 인강 쌤, 고생길이…… 아니, 뭣이! 그럼 그게 그 맛이었어?

은미가 경악한 얼굴로 제 손에 든 커피 잔을 보았다. 커피 맛 콘돔이라면. 으으……. 투명한 뚜껑 아래로 보이는 둥둥 뜬 크림이 마치…….

이제 당분간 커피는 못 마시겠다. 눈물을 머금고 마시던 컵을 휴지통에 버렸다.

"미수야! 은미 씨!"

그때, 호텔 로비에서 은미의 커피 맛을 망쳐버린 남자가 해맑게 웃으며 다가왔다. 짧고 검은 머리, 굵은 눈썹, 남자다운 얼굴에 상큼한 엷은 하늘색 셔츠과 검은 스키니진이 잘 어울렸다. 조금 심통이 난 얼굴로 은미가 은강을 쏘아보았다. 덕분에 이태리제 커피 맛 수입 수제 콘돔 쓰는 걸로 알려진 여자의 눈빛은 인강에게 인식조차 되지 않았다. 얄미워서 미수한테 DHL 쓰면 이틀이면 온다고 할까 보다!

세 사람은 객실로 올라가는 엘리베이터에 탔다. 인강은 딱딱하게 굳어진 미수를 다정하게 보고 있을 뿐이었다. 기분이 나쁜 듯 미수는 눈가를 한껏 찌푸리고 입가도 경직되어 있다.

"정말 오고 싶지 않았는데, 쌤이 간청해서 온 거예요."

며칠 전, 에디가 은미에게 연락을 했다. 미수에게 꼭 할 말이 있으니 만나게 해달라고. 들을 말 없다고 펄펄뛰는 미수를 다독이며 인강은 하늘이 준 기회라고 생각했다. 3주간 열심히 조사했던 결과도 이미 손에 들어 있었으니.

"알아. 고마워. 오늘만 보고 다시는 볼일 없을 거야."

"말만 듣고 가버릴 거야."

"그래, 그래."

최상층 스위트룸에 다다라 문 앞에 서자, 미수의 온몸이 긴장했고, 인강이 미수의 손에 깍지를 끼고 꼭 잡아주었다. 은미가 앞으로 나서서 벨을 눌렀다. 잠시 후, 문이 찰칵 열리고 조금 창백한 얼굴의 진수가 문을 열었다. 여전히 호리호리한 몸에 베이지색 티와 바지를 입고 있다. 얼굴에는 멍 자국이 약간 남아 있었지만 그 외에 별 다른 상처는 없어 보였다.

"에디, 데리고 왔어."

여자들 머리 위에서 두 남자가 차갑게 눈빛을 교환했다.

"……보디가드도 데리고 왔구나."

"당연하지, 너를 어떻게 믿고."

은미가 스스럼없이 방 안으로 들어가 거실에 있는 안락의자에 앉았다. 슈페리어 스위트인지, 제법 큰 거실에 커다란 프랑스식 창문 밖에는 푸른 하늘과 녹색의 산이 섞인 서울의 전경이 보였다.

미수는 굳은 얼굴로 고개를 한 번 끄덕하고 진수를 스쳐 지나가 3인용 소파에 인강과 함께 앉았다. 진수도 마지막 남은 은미 옆자리 안락의자에 앉아, 미수와 인강을 마주보았다.

"와줘서 고마워. 힘든 일이었을 거라고 생각해. 그래도 꼭 설명을 하고 싶었어."

진수는 눈을 마주치고 싶었지만, 미수는 계속 바닥만 보았다. 은미가 제 손을 배 앞에 깍지 끼고, 다리를 꼰 채로 발을 까닥였다. 인강은 한 손으로는 미수의 손을 잡고, 등을 펴고 나름 편하게 앉아 있었다.

여기 모인 사람들은 짐작도 못하겠지만, 실은 인강은 지난 3주간 충분히 정보를 모으고 들어서 어느 정도는 오늘 진수가 무엇을 말할 것인지 짐작이 갔다. 그로서는 진수가 얼마나 밝힐 것인지, 자신의 추리가 맞는지가 궁금했다.

"그날, 너와 민수를 부른 것은 정말 이야기를 하고 싶어서였어. 새라는 지가 억지로 친구들 끌고 쳐들어온 거였고."

"……."

"왜? 너, 민수랑 사이 별로 안 좋은 거 아냐? 왜 갑자기 민수와 미수를 같이 불러서 무슨 소리를 하려고?"

은미가 황당하다는 듯이 물었다. 진수가 입술을 물며 어떻게 말을 해야 하나 고민하는 게 보인다. 인강이 천천히 입을 떼었다.

"민수는 어떤 동생이었는지 들을 수 있습니까?"

"훗. 미운 동생이었죠. 늘 싸웠어요. 장애 때문인지 어울리기가 힘들었고 나중에는 같이 살지도 않았으니."

민수는 말썽꾸러기 동생이었다. 4살 터울인 그놈은 아기 때도 형이 다가가면 소리 질렀고, 집 안의 모든 물건을 부수고, 혼자서 있기를 좋아했었다. 망쳐놓는 것은 민수인데 늘 혼나는 것은 형인 진수. 심지어 민수가 계단에서 진수를 밀쳐 넘어뜨렸을 때도, 엄마는 '형이 더 조심해야지'라고 말할 뿐이었다. 진수의 장난감은 모조리 민수의 손에서 부서져갔고, 화가 난 진수가 민수와 싸우곤 했다.

민수는 기저귀도, 한글도 제때 못 떼는 주제에 늘 엄마의 관심을 받았다. 진수는 말 잘듣고 공부도 잘하는데도, 칭찬은 없고 늘 동생이니까 네가 더 잘 돌봐줘라, 하는 것이었다. 화가 났다. 집에 아예 없는 아빠, 바빠서 거의 못보고 사는 엄마는 늘 민수만 걱정하는 듯했다. 밀쳐서 넘어지고 다치는 것은 진수인데, 민수는 장애 가진 게 무슨 벼슬인지, 잘 혼나지도 않았다. 민수는 장애가 있으니까, 똑똑한 네가 이해해.

"어머니는 뭐라고 하시던가요?"

"막내 사랑이라고 하나요? 좀 편애하셨죠. 강아지도 사주고, 해달라는 거 다 해주고. 그래서 저는 민수가 어머니가 외도해서 난 자식인 줄 알았어요."

그렇지 않으면 그렇게 차별을 할 수가 없었다. 엄마는 진수가 원할 때는 들은 척도 안 하더니, 민수의 정서 교육 때문이라며 예쁜 하얀 강아지까지 집에 들였었다. 6살인 민수는 밥 챙겨주는 것도 변 치우는 것도 서투르거나 아예 잊어버렸다. 그래서 진수가 대신 돌보았다. 당연히 강아지가 진수를 더 따랐지만, 민수는 무척 화가 나는 얼굴로 제 강아지라고 억지로 줄을 끌고 가버렸다. 그게 마지막으로 강아지를 본 날이었다. 엄마에게 이야기를 해봐도, 형이니까 양보하렴, 하고 말았다. 나중에 알고 보니 민수가 험하게 다루어서 강아지가 죽었다고 들었다. 바보 같은 새끼 때문에 죽은 강아지가 불쌍했다고. 엄마와 민수에 대한 분노만 커져갔었다.

"진수 씨는 언제부터 미국에 가셨죠?"

"10살 때 갔어요. 그러고 보니 강아지가 죽고 곧 떠났네요. 그때 부터 저희는 같이 자라지 않아서 친하지가 않아요."

'진수야. 너는 장남이니까, 최고가 되어야 해.'

10살 때 미국 최상류 보딩 스쿨에 들어가게 된 진수는 최고는커 녕, 어린 나이에 먼 타지에서 온갖 굴욕을 당하며 약육강식의 생존 경쟁을 해야 했다. 외로워서 하는 전화에서도 엄마는 민수 걱정뿐 이어서 전화하기도 싫었다. 그럴 때마다, 자신이 친아들이 아닌가 하는 의심이 강하게 들었다. 게다가 가끔 보는 민수는 진수를 원수 보듯이 했다. 자연히 방학에 한국에 와도 집에 있기가 싫어 오피스 텔을 따로 얻어달라 해서 따로 지냈었다.

"그러다가 우연히 미수를 만났죠. 신기했어요. 미수가 말해주는 민수는 참 달랐거든. 민수가 그렇게 변했나, 하는 생각도 들고."

언제부터인가 어머니는 민수가 탁구로 안정이 되었다고 좋아했 다. 전쟁터같은 학교에서 살아남으려고 진수가 마약까지 거래하 면서 시궁창 같은 곳에서 뒹굴 때, 난폭하기만 한 바보 새끼는 예 쁜 여자애와 한국에서 탁구나 치고 있었다. 헛웃음만 날 뿐이었다.

미수는 남자애 같은 모습이었지만, 밝고 순수해서 같이 이야기 하면 즐거웠다. 여동생이 있었으면 이랬을까. 지저분하게 노는 백인 상류층 쓰레기들 뒤치다꺼리나 하며 어둠속에서 살던 자신과 정반대의 사람이라고 생각했다. 늘 보는, 끈적거리는 욕망에 젖지 않은, 여자의 눈이 아닌 순수함이 넘치는 표정과 행동에 저도 모르게 경계가 풀어지는, 그런 아이였다. 그런 그에게 민수가 화를 내며 미수와 떼어놓으려는 걸 보니 기분이 싸늘해졌다. 넌 내가 좋은 꼴을 못 보는구나. 네 강아지와 노는 게 그렇게 싫단 말이지.

엄마가 민수가 미국에 동계훈련에 가니, 만나서 잘 대해주라 했을 때, 알았다고는 했지만 그저 귀찮았다. 형제의 정은 이미 존재하지도 않았지만, 미수에게 나중에 만났다고 얘기나 해줄까, 하고 생각해서 바비큐 파티에 오라고 초대를 했었다.

"거기서 새라와 엮여 연애할 줄은 나도 몰랐어. 나중에 새라가 말해줘서 알았을 때 좀 놀랐지. 그런데 엄마가 이상한 말을 하시더라고."

진수가 미수를 주의 깊게 보았다. 미수는 여전히 바닥만 보고 있었다.

"미수야. 너 민수가 엄마한테 너와 결혼할거라고 한 거 아니?"

"네에?"

놀란 눈의 미수가 진수를 마주보았다. 역시, 아무것도 몰랐구나. 미수는 황당하다는 표정으로 입을 벌리고 인강과 은미를 보았다.

"민수가 엄마한테 형이 제 여자인 미수를 자꾸 넘본다고 했어. 나야 황당했지. 그런데 너에게 전화하면 너는 아무것도 모르는 것 같고. 그래서 그날 부른 거였어. 무슨 일인지 알아보려고."

물론 미수는 그가 그처럼 어처구니없는 말을 하고 다녔다는 것은 꿈에도 몰랐다.

그 만남의 결과로, 민수는 미쳐버렸고, 진수는 큰 상처를 입었다. 치료가 끝난 뒤 다시 미국으로 들어가야 했다. 소문에 미수가 충격으로 요양원에 들어갔다고 듣고 미안했었다. 기회가 있으면 설명을 해주고 싶었다.

"미안하다. 그런 일이 일어날 줄은 몰랐어."

진수가 부드러운 목소리로 말했다. 미수는 머릿속이 혼란스러워졌다. 미수가 생각했던 것들이 흔들렸다. 누가 진실을 말하는 거지?

"그럼, 이새라하고 사귄 거 아니었어요?"

"내가? 아니야. 난 관심 없었어."

"그럼 민수가 그냥 오해하고?"

"아니. 그렇게 간단하지는 않지."

인강이 침착하게 끼어들었다. 모두들 의아한 얼굴로 인강을 보았다.

"아마, 민수는 그게 진짜라고 생각했겠지. 민수는 장애만 있는 게 아니었어. 진짜로는 정신병이 있었던 거야. 편집증, 과대망상, 피해망상. ADHD는 빙산의 일각이었고 진짜 문제를 가려주는 변명이었지. 문제는……."

인강이 진수를 똑바로 보았다. 진수의 눈동자가 흔들렸다.

"형이 그걸 알고 있었느냐는 거지."

진수가 쓴웃음을 지었다.

"짐작만 했지, 확신은 없었어요."

"자, 잠깐. 미, 민수가 잠시 미친 게 아니라, 원래 미친놈이라고?"

은미가 놀라서 물었다.

"실연해서, 미친 거예요. 사랑 때문에 미친 거라고요."

미수가 조용히 말했다. 인강이 미수를 잡은 손에 힘을 주었다.

"그건 아니야. 사랑에 빠지기 전의 민수의 행동들도 근본적으로 문제가 많았잖아. 민수의 과거를 봐. 폭력과 방화까지 있어. 그냥 ADHD라고 보기에는 무리가 많아. 그리고 그걸 알려면 쉬운 방법이 있지."

인강이 다시 진수를 똑바로 쳐다보았다.

"진수 씨, 혹시 진수 씨 아버님, 지금 어디 계시는지 압니까?"

뜻밖의 질문인지 진수의 표정이 흐트러졌다. 그는 당황한 얼굴로 생각을 더듬었다.

"아, 저희 부모님은 이혼을 했어요. 아마 내가 6살 때였던가. 그 후로 캐나다로 이민 가신 걸로 아는데요."

"왜 이혼하신지도 아세요?"

"그거야…….“

대단한 재벌인 육성그룹의 막내아들의 유명한 여성 편력은 아는 사람은 다 안다.

"정신병에 의한 상해죄입니다."

인강이 부스럭거리며 가지고 있던 가방에서 종이를 꺼냈다. 미수도, 은미도, 진수도 일제히 그 종이를 바라봤다. 진수 엄마 아빠의 이름이 써 있는 재판 이혼 신청서에 정말 그렇게 써 있다.

진수의 얼굴에서 핏기가 빠져나갔다. 아버지가 정신병이라니.

"얘기 들어보니까, 심한 의처증으로 어머님을 스토킹은 물론 다치게 하셨더군요. 그전에 있던 모든 여성 편력도 알고 보면 편집증에 과대망상으로, 눈만 마주쳐도 제 여자라고 쫓아다닌 경우가 많았고요."

물론 민수가 정신병인 것을 집안에서는 철저히 숨겼다. 돈이야 넘쳐나니, 여자들에게 돈을 쥐어주며 입을 막았다. 하지만 알 만한 재벌 사람들은 다 알았다. 아무리 돈이 좋다지만 미친놈에게 딸을 줄 집안이 없었다. 그래서 작은 회사의 무력한 딸을 돈 주고 사다시피 해서 장가를 들였다. 돈에 혹한 불쌍한 여자는 편집증임을 알고도 회사를 살리겠다는 욕심으로 결혼해서 지옥 같은 새 삶을 지내야 했다. 결국 진수가 태어나고, 남편은 요양원에 갇혀 지내다시피 했지만 가끔 탈출해서 일을 벌이곤 했다. 은미는 남편의 애인이 임신하면 쫓아가서 꼭 중절을 시켰다는 진수 엄마가 실은 좋은 일을 하고 다녔다는 것에 충격을 먹었다. 정신병은 대부분 유전이니까, 아이들에게 그것을 대물림하지 않았으면 했던 것이었다.

"민수가 누구 자식이냐고 어머니를 의심하고 칼로 찔렀다더군요. 그래서 어머님도 시댁의 압력에 맞서 이혼할 수 있었고요. 물론 정신병이라는 걸 알리지 않으려고 모두들 전전긍긍했겠죠. 하지만 이혼 후, 1년 만에 병원에서 난동을 부리고 자살을 한 걸로 알고 있습니다."

인강이 미수를 돌아보았다. 정말 부전자전의 정석 같은 이야기에 모두들 숨을 죽였다.

"미수야. 민수는 장애가 아니야. 유전된 정신병을 가졌어. 육성그룹 집안에 자살자가 많은 것도 아마 연관이 있겠지. 무엇보다 민수가 어릴 때부터 한 행동들은 ADHD만으로 설명할 수 있는 범위를 훨씬 넘어섰어. 그 강아지, 손으로 목 졸라서 죽였대. 아마 그래서 정신과 감정이 더 확실하게 나왔겠지. 어려도 그런 미친놈 곁에 있으면 위험하니까, 형은……."

진수가 창백해져서 팔걸이에 팔꿈치를 대고 한 손으로 이마를 감쌌다. 엄마는 민수를 편애한 것이 아니고, 실은…….

"진수 씨를 보호하기 위해 보낸 거겠죠. 민수는 피해망상도 있어서 아마 형이 엄마의 사랑을 독차지한다고 생각했을 수도 있었겠네요."

인강이 미수를 돌아보았다. 그의 눈길은 다정했지만, 나오는 말들은 날카로웠다.

"미수 너는 몰랐겠지만, 민수는 데이트한 여자애들을 스토킹 하곤 했어. 민수 어머니가 돈을 주면서 뒤처리를 하고 있었더군. 다행히 폭력적인 건 아니고 그저 계속 보고 따라다니더래. 이새라도 아마 그런 경우라고 생각해. 여자가 자신과 사랑에 빠졌다고 착각하고, 혼자서 연애중이라 생각하고 계속 스토킹했던 거지. 이새라가 가벼운 여자라지만, 그 여자의 말과 행동이 일치해. 그리고 무엇보다도, 민수의 집착증의 결정은, 너였어. 장미수."

인강이 조용히 미수의 손을 잡고 말했다. 모두의 시선이 미수를 향했다.

"요즘 같은 세상에, 너처럼 아무것도 모르고 살 수 있다는 건 뭔가 이상한거지. 사람이 어디 탑에 격리되어 살지 않는 이상 이렇게 모를 수가 있냐고. 넌 처음 만났을 때부터 민수의 집착의 대상이었어. 물론 이성적인 것은 아니었지만."

7년여의 우정에 대한 기억들이 금이 가기 시작했다. 미수의 눈동자가 흔들렸다.

"네가 왜 친구가 없었는지에 대해 이상하다고 생각해본 적이 없니? 너는 민수 외에 친구를 사귀지 않은 게 아니라, 사귀지 못했던 거야. 민수가 의식적이든 아니든 네 주위에서 알게 모르게 차단하고 있었어. 네가 노는 것, 보는 것에 다 민수가 개입되었고, 덕분에 너는 또래아이들보다 모르는 게 더 많아. 민수는 쌍둥이가 아니라 네 감옥이었어."

인강이 숨을 내쉬었다. 미수는 익숙한 생각을 뒤엎는 새로운 관점에 머리가 멍해졌다.

"그러니까 미수야. 민수는 원래 미친놈이었고, 너는 그냥 정말 재수 없이 그 자리에 있었을 뿐이야. 네 탓이 아니야."

인강의 말이 무게를 가지고 듣는 이의 마음에 새겨졌다.

"너는 민수하고 다르다고. 너는 미치지 않아."

간절한 목소리가 조금 떨렸다. 미수는 인강의 깊은 눈을 보았다. 내가, 미치지 않을 거라고? 나는 민수처럼 되지 않을 거라고? 혼란스러웠다. 믿기 힘든 이야기였다. 지난 2년을 미수의 정신을 좀먹던 공포가 쩍, 하고 갈라지는 느낌이 들었다.

"와, 어떻게 알아냈어요?"

은미가 감탄하며 물었다. 인강이 하는 말 중에 은미도 아는 것들이 섞여 있기에 허튼 말이 아니라고 생각이 되었다. 특히 육성그룹 일은 정말 소수만이 아는 일이다.

"재벌들에게는 자체적으로 진행하는 CCTV 네트워크가 있어요. 그걸 좀 이용했습니다. 우리 삼촌이 나이트클럽을 해서 뭐, 뒷소문이나 필요한 정보 수집에 도움을 주셨고요. 이혼도 재판 이혼이라 기록이 남아 있었고."

인강은 서 씨 집안의 20년 된 가정부인 강 씨 아줌마의 도움으로 많은 정보를 얻을 수 있었다. 우연히 그녀의 초등학교 동창이 육성그룹에서 일하고 있던 것은 행운이었고, 그녀들이 민수네 집에서 일했던 가정부를 찾는 것은 그리 어렵지 않았다. 오랫동안 같은 지역에서 이사 가지 않고 사는 재벌들의 가정부들은 주인들과 상관없이 연대가 의외로 끈끈했다. 그만큼 그러지 않으면 살아남기가 힘든 일터였기 때문일 것이다.

"미수야. 민수가 너를 여자로 의식하고 한 행동들은 전형적인 스토킹이야. 너도 불편해하고 숨쉬기도 힘들었다고 했잖아. 네 휴대폰도 아마 민수가 고장냈을 거야. 그건 사랑이 아니야. 집착이지."

"나, 나, 잠깐……. 세, 세수……."

미수가 덜덜 떨며 일어났다. 은미가 서둘러 같이 일어나 침실 안쪽 화장실로 데리고 들어갔다. 인강이 서서 문이 닫히는 것을 보고 있는데, 풋, 하는 비웃음이 들렸다.

"홋. 사랑의 탐정인가요? 정성이 대단하네요."

진수가 가볍게 턱을 괴고 빙글빙글 웃고 있다. 좋은 사람처럼 웃고 있지만, 눈빛은 차갑다. 인강이 물끄러미 진수의 눈을 마주 보았다. 인강이 얼굴을 굳히며 다시 자리에 앉았다.

"건축을 하면 여러 가지 작고 세세한 것들을 다 고려해야 합니다. 집 지을 때, 쓸데없는 부분에 노력을 낭비할 수는 없으니까. 그래서 보이더군요."

진수가 의아하다는 눈빛을 했다. 인강의 침착함이 거슬리기 시작한다.

"장애와 함께 정신병까지 있는 난폭한 놈이 어떻게 이새라와 데이트까지 할 수 있었는지."

진수에게서 미소가 천천히 지워졌다. 인강에게 이 모든 일을 이해할 동기를 준 것은 우습게도 이새라였다. 태호에게 익숙하게 약을 쓰려던 모습을 우연히 볼 수 있던 것은 분명 인가에겐 행운이었다.

"데이트 강간. 아마 이새라는 민수에게 약을 먹였겠죠. 다루기 힘든 놈이 얌전해지게. 그럴 만한 약을 그녀에게 줄 수 있는 사람이 누구일까……."

단순한 이새라가 그처럼 당당하고 자연스럽게 약을 타는 것을 보고, 아마도 이 여자는 상습범이 아닐까, 생각을 했었다. 진수의 가면 같은 얼굴이 빙긋 웃었다.

"쓰레기 같은 학교에서 한 명만 추리기는 힘들겠는 걸요. 워낙 약하는 게 기본인 데라서."

진수가 익숙하게 속마음을 숨기며 대응했다. 별 상관없다는 듯, 인강이 덤덤하게 자신의 손을 무심하게 소파의 팔걸이를 따라 쓸어내려가며 이야기했다.

"미국에 있는 누구도 당신이 동생이 있는 줄도 몰랐는데, 바비큐 파티에서 누가 과연 이새라에게 그런 개인적인 정보를 주었을까요?"

"……."

"아마 성공하면 뭐라도 해주겠다고 사주했을 수도 있군요. 이새라는 단순한 사람이니까, 그런 걸 생각해낼 만한 머리도 아니고. 데이트 강간하는 법도 알려주며 쓸 만한, 아니 독한 마약을 은근히 찔러줄 수도 있는 사람, 딱 한 명밖에 생각이 안 나네요."

두 남자는 서로의 눈을 보며 기 싸움을 했다.

"상상력이 풍부하시네요."

"듣기에 은미가 남미 마약으로 신경 어디가 잘못되었다던데, 아마 잘못된 약으로 사람 망치는 거, 누구보다 잘 알고 있겠죠. 에디 더 딜러."

"……."

"민수는 평소 약으로 정신병을 억누르고 있었는데, 독약 같은 마약이 들어가면, 아마 좋은 일은 아니겠지요. 체중도 잃고, 정신병도 생기고 목숨도 잃고."

"……."

"원하던 게 그런 거였습니까?"

진수가 자신의 손바닥을 물끄러미 내려다보았다. 때로는 장난으로 던진 돌멩이가 개구리를 죽인다. 그저 가벼운 치기였다. 자꾸 따라붙던 귀찮은 여자와 싫어하는 동생을 같이 보내버릴 수 있는 장난. 21살의 어린 남자의 가벼운, 그러나 악의 섞인 장난. 눈에 거슬리는 놈을 순수한 미수 곁에서 치워버리고 싶은 질투도 약간은 있었을지도. 하지만 지금 보면 개구리는 민수인지 진수인지 모르겠다.

"절 무슨 대단한 계략가처럼 보시는군요. 저도 그저 운이 없었습니다. 동생에게 깨진 병으로 찔리는 게 제 의도는 아니었으니까. 저도 몰랐어요, 민수가 정신병이었는지."

쓰러지기 전에 본 민수의 눈이 기억에 박혀 있다. 민수 자신도 충격에 빠진 눈, 악몽에서 깨어나 보니 더한 악몽에 서 있는 자신을 발견한 그런 눈. 아마 진수 자신도 그런 눈을 하고 있지 않았었을까. 상처는 나았지만 죄책감에 시달렸다. 꿈을 꾸면 민수가 피 묻은 손으로 자신을 보고 있다. 잠을 자고 싶어 약을 하기 시작했고, 점점 망가져가는 자신이 느껴졌다. 더 비참해지기 전에 뭔가 절망적으로 구원을 바라고 있었다. 눈같이 하얀 소녀의 용서를 받고 싶었다. 미수라면 자신을 구원해줄 수도 있지 않을까. 같은 장소에 있었던 그녀라면 이해해주지 않을까. 민수놈과 친구까지 해주었던 그녀라면, 그에게도 다정하게 해주지 않을까. 괜찮다고. 그럴 만했다고.

"미수에게는 말하지 않을 겁니다. 이러니저러니 해도 친형이 민수를 죽였다는 걸 아는 게 좋은 일은 아니죠."

진수는 들려오는 딱딱한 목소리에 정신이 번쩍 들었다. 인강이 차가운 얼굴을 하고 진수를 보고 있다.

"더 이상 미수와 볼 수 없습니다. 털어서 먼지가 많은 사람이 먼저 조심하는 게 좋을 겁니다."

물론 다 가정이다. 확실한 증거를 갖추기는 힘들겠지. 하지만 진수를 위협하기에는 충분했다. 이미 인강이 새라와의 관계를 알아낸 것만으로도 위협이 되었다. 진수가 이를 악무는 것이 보였다.

미수가 은미와 함께 화장실에서 나왔다. 얼굴을 닦아서인지 더 뽀얀 얼굴이 생각보다는 많이 침착해 보여서 인강은 뿌듯했다. 미수가 진수에게 손을 내밀었다. 미수는 덤덤한 표정이다. 조금 망설이다가 작고 차가운 손을 진수가 잡았다.

"안녕. 이제 볼일은 없겠지만 잘 살아요."

희미하게 미소를 짓고 미수가 인강과 함께 나갔다. 은미가 나가기 전에 약간 주저했다.

"너, 괜찮냐?"

진수가 억지로 실웃음을 지었다.

"잘 가."

"그래."

달깍. 문이 닫혔고 자신이 지은 죄와 함께 홀로 남은 남자는 소
파에 주저앉아 천장을 멍하게 보았다. 어머니에 대한 분노가 컸기
에, 사고 이후 미국에 따라온 그녀를 계속 외면하고 있었다. 하지
만 미국에 돌아가면 한번 진지하게 이야기를 해봐야겠다. 제발, 제
발, 자신의 아버지가 다른 사람이기를.

입장이 이렇게 바뀌는구나, 진실 하나만 알아도. 헛웃음만 나왔
다.

11. 드디어 시작

　진수의 방에서 나온 세 사람은 조용히 로비로 걸어 나왔다. 중앙에 유리 지붕이 있어 내부가 환한 빛으로 가득 찬 호텔 로비는 생생한 기운으로 넘쳤다. 미수가 멍하게 로비에 장식된 분수를 보고 있는 동안 은미가 살며시 인강을 잡았다.

　"대단했어요, 오늘. 그래서 말인데 제 커피를 망쳤지만, 제가 포상으로 팁을 하나 드릴께요."

　"네?"

　"처음 할 때요, 절. 대. 로. 웃지 마세요."

　"네?"

　"미수는 바보 취급당하는 거, 제일 싫어하는 거 아시죠?"

　"……."

　요양원에서 들었을 때, 황당해하다가 깔깔거리고 웃는 바람에 미수가 무척 화를 내서 달래는데 삼 일이 걸렸다. 침대에서 웃어버리면 아마 처음은 날아갈 것이 뻔하다. 은미는 불쌍한 남자의 팔을 톡톡, 두드려주고 제 차로 걸어갔다.

미수는 떨어지는 물방울들을 홀린 듯이 바라보고 있었다. 인강이 옆에 서서 미수의 손에 깍지를 끼고 같이 보았다. 분수대 안에는 잉어들이 헤엄치고 있었다. 현란하게 빛나는 잉어의 비늘이 햇빛에 반사되어 아름다웠다. 대부분이 주홍색인데 한 마리가 크림색이었다. 문득 보니 검은 녀석도 한 마리 있었다. 두 마리만이 전혀 다른 색. 그래서인지 두 마리가 더 같이 눈에 띄었다. 빛과 그림자. 미수와 민수.

"민수는 저한테 좋은 친구였어요. 감옥이라고 생각해본 적 없어요."

"······알아."

오랜 세월을 함께한 친구의 경험이 모두 거짓이라고는 생각지 않는다. 아마도 진수의 개입으로 고삐가 풀렸겠지.

"여전히 그날 일은 충격이고, 민수는 여전히 죽었어요. 시간이 필요할 거예요, 소화 시킬 시간."

"알고 있어. 기다릴게. 바로 옆에서."

미수는 모든 것을 재조명해야 할 것이고 혼란스럽겠지. 그래도 지금 중요한 것은 진실이 미수를 자유롭게 할 수 있다는 것이다.

"그러니까, 민수는 원래 미쳐 있었다는 거죠."

"네가 붙잡아줄 수 있는 사람이 아니었어."

"······무척 이상해요. 사랑 때문에 미친 거라고 생각했는데."

"······."

인강은 잠시 생각에 잠겼다. 미수를 사랑해서 죽는다는 민수의 말은 사실일지도 몰랐다. 혹시 제가 한 일을 인식하고, 제가 정상이 아님을 깨닫고, 정말로 미수를 위해 자신을 죽여버린 것일 수도 있겠다. 하지만 미친놈의 속을 누가 알까. 이미 죽은 사람은 죽은 것이다. 괜한 말로 미수가 더 죄책감에 시달리게 하고 싶지 않다. 중요한 것은 이제 미수는 자신이 만든 죄책감의 지옥이 허상임을, 그곳에서 한 발자국 나와야 한다는 것을 아는 것이다. 그리고 정씨 형제와는 이제 두 번 다시 엮이지 않는 걸로.

"미쳤어도, 민수가 사랑을 해본 거였으면 좋겠어요. 그렇게 사랑하고 싶어 했는데."

"……너와의 우정도 사랑이야. 그것만으로도 운이 좋은 놈이지. 정신병 때문에 아마 사랑이 뭔지도 몰랐을 거야."

"그러네요. 민수는 늘 불행하고 아파 보였어요. 사랑이 그렇게 괴로운 게 아닐 텐데."

미수는 인강의 따뜻한 손을 새삼 느꼈다. 고개를 돌려 올려다보니 인강이 눈을 마주치고 부드럽게 웃어주었다. 가슴이 따뜻해지는 느낌. 미수도 빙그레 웃었다. 사랑은 이처럼 포근하고 따뜻한데. 미쳐서 죽어버린 민수가 불쌍해서 눈에 눈물이 조금 맺혔다. 인강이 손가락으로 눈물을 떨구어내고 몸을 구부려 가볍게 입술을 맞대었다.

쪽.

사랑이 문을 두드린다. 아름다운 5월의 토요일 오후, 마침내 출발선에 제대로 선 듯한 인강이다.

"그러니까 이제 섹스 한 번 하고 떠날 생각하지 마."

"정말, 미치지 않을까요? 믿기지가 않아요."

간절했다. 정말 미치지 않기를 바라는 그 염원이 절실하게 미수의 표정에 드러났다. 인강은 저도 모르게 미수를 제 품에 안아 들었다.

"미치지 않아. 그러니까 미수야. 나랑 사랑 하자."

호텔 로비에 가득 들어찬 천장 빛이 따뜻하게 두 사람을 감싸고 있었다. 아마도 사람들이 보겠지만, 두 사람은 둘만의 세계에 있는 행복한 연인의 모습이기에 이해를 할 것이다. 인강이 분수대 옆쪽에 자리 잡은 한적한 곳에 있는 라운지 소파로 미수를 데리고 갔다. 여전히 서로의 얼굴에서 눈을 떼지 않고, 두 손을 잡은 채로 나란히 2인용 소파에 무릎을 붙이고 앉았다.

"사랑…… 해도 돼요?"

미수는 여전히 불안했다.

"이제는 나 떠날 이유 없어. 그러니까, 사랑해줘 미수야."

인강이 부드럽게 손을 뻗어 어느새 미수의 눈가에 맺힌 물방울을 훔쳐냈다. 그 손길이 다정하고 인강의 표정이 사랑으로 가득해서 미수는 새삼 눈을 끔뻑이며 천천히 인강을 보았다.

"너를 사랑해. 그러니까 이제 네가 나 좀 구해줘. 너 도망가면 내가 미칠 거야."

잘생긴 어른 남자가 눈썹을 파르르 떨면서 진심을 알려온다. 제가 뭐라고, 문제도 많고 보잘것없는 저를 사랑한다고 한다. 미수가 가는 손가락을 인강의 뺨에 대었다. 그동안 제 마음을 단속하느라 인강이 어떤 심정으로 제 옆에 있었는지는 생각해본 적이 없었다. 눈치 없는 맹한 남자라고 타박을 했는데, 정작 눈치 없는 것은 자신이었나 보다. 미수는 마치 처음 보는 아름다운 보석을 만지듯 조심스럽게 인강의 얼굴을 쓰다듬었다.

"저도……."

그동안 제가 미쳐버릴 줄 알고 꼭꼭 눌러왔던 마음이 툭 튀어나왔다.

"사랑해요."

한 번 말하고 나니, 숨이 확 트이는 느낌이다. 미수가 눈을 깜빡였다. 다시 눈물이 고였다. 사랑이었다. 다정하게 저를 가르치고, 용기를 주며, 저를 구덩이에서 꺼내준 인강을 사랑한다. 비참한 자괴심과 과거의 공포에서 허우적거리는 제게 손을 내밀고 웃어준 인강 쌤이 너무나 좋았다.

"늘, 사랑하고 있었어요."

그동안 할 수 없다고 생각한 말들이 자꾸자꾸 눈물과 함께 흘러나왔다. 그리고 미수는 인강을 위한다고 했던 마음이, 실은 입시 후 멀어질 인강을 잡기 위한 몸부림이었다는 걸 자각했다.

"헤어지기가 싫을 정도로, 늘 같이 있고 싶었어요."

미화 언니가 부러워 죽을 것 같았다. 걱정 없이 사랑할 수 있는 다른 여자애들이 너무도 부러웠다.

"나도, 나도, 쌤하고 사랑하고 싶었어요. 남들처럼."

미수의 눈물 젖은 고백에 인강이 다시 미수를 품에 안았다. 머리에 제 얼굴을 비비면서 인강이 크게 숨을 내쉬었다. 드디어 잡았다. 가슴이 몽실몽실해진다. 저절로 입이 늘어지며 미소가 나왔다.

"하자, 사랑. 데이트도 하고, 키스도 하고, 잠도 자고, 남들 하는 거 다 해보자. 너랑 하고 싶은 거 정말 많아."

"……."

미수가 조금 뒤척이며 몸을 떼내더니 조금 걱정스러운 얼굴로 올려다본다.

"저, 주문은 했죠?"

"음?"

"그날 했으면, 일주일 쯤 남았나요? 이태리."

아. 이태리. 정신이 번쩍 들었다. 가까운 일본도 아니고 이태리. 배달만 한 달이 걸린다는. 그렇다면 가상의 배달일이 아직 일주일이나 더 남았다.

"그게, 저, 국산을 한번 써볼까 하는데."

"아니에요. 은미가 그러는데 명품이래요. 처음인데 명품 한번 써보고 싶어요. 중요한 데 쓰는 건데 조심해야죠."

의외로 완고한 반대에 인강이 당황했다. 하지만 미수야, 지금은 토요일 오후, 내일은 일요일인데.

"겨우 일주일 정도 밖에 안 남았네."

얼굴을 붉히고 수줍게 웃는 미수와 그녀를 바라보는 인강이 그렇게 또 다른 빛과 그림자를 만들고 있었다.

"그러게. 일주일…… 밖에 안 남았구나."

인강이 생각에 잠긴 얼굴로 말했다. 일주일이나 더 참아야 하는가. 인강의 고민에 찬 얼굴에 미수가 같이 눈을 찌푸렸다.

"생각해봤는데요. 그동안에는 연습하죠."

"……연습?"

"시합 전 몸풀기. 저도 갑자기 할 수 있을지 자신도 없고요. 연습하면 나아지겠죠."

"……."

"말 나온 김에 가볼까요?"

인강은 아무 말 없이 손을 잡고 벌떡 일어나서 라운지를 나가 호텔 앞에 서 있던 택시를 잡았다. 연습은 빨리 시작할수록 좋으니까, 하는 암묵의 동의였다. 가는 택시 안에서 두 사람은 각자 서로의 생각에 잠겨 대화가 없었다.

미수가 보기에 인강 쌤은 덩치만 컸지, 여자를 잘 모르는 숙맥이다. 그동안 네 번이나 같은 침대에서 자는데도 한 번도 이상하게 만진다거나 한 적 없는 남자다. 하는 거라고는 온몸을 푸욱 감싸며 하는 아나콘다 포옹이 전부이다. 그것도 이불에 돌돌 말려서 하기 때문에, 처음에는 기겁했지만 이제는 은근히 아침마다 해주는 포옹을 기대하고 있다. 좋아한다면서, 같은 침대에서 밤새 쿨쿨 자면서도 한 번도 가슴을 만진다거나 하지 않았다. 젊은 남자는 성적 욕구가 엄청나다는데 이게 뭐지? 내 가슴이 그렇게 매력이 없나?

미수가 민수라는 감옥에서 격리되어 지냈다고는 하지만 미수도 남자들이 여자의 큰 가슴을 좋아한다는 것 정도는 안다. 학교에서 어울리던 남자 선수들의 눈길이 가슴 큰 여자애들을 향하는 것도, 제가 무리 없이 남자애들과 어울릴 수 있던 것이 저의 민 가슴이, 여자 같지 않아 보여서라는 것도 안다. 그래서 가끔 아나콘다 포옹에서 인강의 굵은 팔뚝이 제 가슴을 지나가면 혹시 이게 가슴인지 모르는 거 아닐까 생각하곤 했다.

아니면 너무 숙맥이라서 어떻게 해야 하는 줄 모르고 있는 건지도. 그동안 하도 울기도 잘하고, 얼굴도 잘 붉혀대서 저한테 절절매는 것을 안다. 아마도 그래서 더 힘들어하는 걸까? 섹스 그까짓 게 뭐라고. 우리는 키스도 한 사이인데. 그러고 보니 요 근래 3주 정도는 그 키스도 안했다! 잠을 같이 자는 거에 신경을 쓰다 보니 키스 안 하는 것도 몰랐구나. 문제가 있었어, 우리 사이에.

택시에서 내려 인강의 오피스텔로 같이 올라가면서 미수는 자신이 먼저 적극적으로 주도할 것을 결심했다. 사람 좋은 남자는 제가 다칠까 조마조마해서 아마 아무것도 못 할 거다. 연습, 몸풀기, 그게 이제는 꼭 필요한 과정처럼 보였다. 인강은 어색함을 없애야 한다. 자주 하다 보면 인강도 자연스러워지겠지.

"쌤. 오늘 연습하는 거 괜찮겠어요?"

"……."

"몸풀기요! 벌써 잊었어요?"

"아, 아니……. 그, 그래."

조금 붉어진 얼굴로 허둥대는 꼴이 미수의 짐작을 현실화시켰다.

며칠 만에 들린 오피스텔은 무척 깔끔하게 정리되어 있다. 청소도 해놓고 침대보도 갈아놓은 상태다. 이미 몇 번 잠자고 가서 미수의 물건도 몇 개 놓여 있다. 미수가 익숙하게 먼저 들어가서 커다란 식탁에 제 가방을 놓았다.

"먼저 씻을래요? 아니다. 제가 빠르니까, 제가 먼저 할게요."

뭐라고 할 새도 없이 미수가 욕실로 들어가더니, 양치하는 소리가 들렸다. 의외로 수줍음도 없이 당당한 미수의 태도에 인강은 조금 당황했다. 진짜로 섹스 연습을 하자고 할 줄은 몰랐다.

아, 어쩌지.

욕실 밖에서 초조한 건 인강이었다. 그가 경험한 여자들은 다 능숙한 프로 같은 여자들이었다. 그의 첫 여자는 경험 없는 젊은 남자의 거칠음을 좋아했고, 원하는 게 뭔지도 확실하게 말해서 그대로 해주기만 하면 되었다. 그저 박아 넣고 쑤셔대기만도 바쁜 발정 난 짐승 같은 섹스들이었다. 게다가 그 여자는 늘 이미 젖어 있든가, 금방 젖어서 언제나 삽입이 가능한 상태였다.

하지만, 푸른 핏줄을 가진 가는 손목의 아기 같은 여자를 그렇게 대할 수는 없다.

인강이 안절부절못하는 사이에 미수가 양치질을 하고 세수만 하고 금방 나왔다. 인강이 의아한 얼굴로 보고 있자, 미수가 뭐해요, 빨랑 씻어요, 해서 욕실로 들어갔다. 미수가 문을 똑똑 노크 하더니 문밖에서 또렷하게 말했다.

"저, 그거……. 깨끗하게 잘 씻어주세요."

그거? 인강이 제 아래를 보았다. 이거? 미수의 당돌함에 헛웃음이 나왔다. 정말 괜찮은 건가? 감을 잡을 수가 없었지만, 물론 온몸을 목욕재계하듯 깨끗이 꼼꼼하게, 바득바득 닦았다. 제 것을 잡고 비누칠을 하자니, 밖에서 기다리는 미수가 생각났다.

깨끗하게 잘 씻어주세요…….

그게 뭐라고, 저도 모르게 신음이 나왔다. 벌떡 서버린 놈을 깨끗하게 씻으면서 한 손으로 샤워 벽을 잡고 입술을 악물고 재빨리 손을 놀려 욕정을 뿜어버렸다. 아무리 봐도 이렇게 쌓인 게 많으면 정신없이 거칠게 미수를 찢어버릴 거 같아서 일단 한 번은 빼주는 게 좋을 듯했다. 제기랄. 시작도 하기 전에 이미 미칠 거 같다. 그동안 달콤하고 부드러운 여체를 그저 이불에 싸서 안기만 하고 손도 못 대고 있었다. 한 번 시작하면 끝을 볼 거 같아서 키스도 자제했다. 하루에 한 번은 미수를 생각하며 빼왔는데, 이제 기회가 왔다고 생각하니 눈앞이 어지럽다. 연습, 연습이라고 했지만 인강은 섹스가 연습으로 되는 게 아니라는 것을 안다. 하지만 최대한 자제를 할 마음으로 미수가 겁내지 않는 한도에서 애무를 할 생각이었다. 하지만 깊은 곳에서 남자의 욕망이 속삭였다. 미수의 부드러운 속살을 느껴보고 싶잖아.

억지로 자제를 하고 두근거리는 숫처녀의 마음으로 가운을 여미면서 붉은 얼굴을 하고 욕실을 나섰다.

미수는 여전히 옷을 다 입은 채로 다리를 꼬고 팔짱을 끼고 식탁에 앉아 있었다. 예쁜 얼굴에 약간 미간이 좁혀져 있기까지 하다. 이 분위기는 뭐지? 인강은 문가에서 주춤거렸다.

"안 잡아먹어요. 겁먹지 말고 이리 가까이 와요."

눈을 껌벅껌벅. 침을 꿀꺽. 당돌한 미수의 말에 인강은 저도 모르게 어색하게 웃었다.

"서서 할래요, 앉아서 할래요?"

"뭐, 뭐를?"

"생각해보니까, 연습이니까 콘돔 없이 중간까지만 해보면 될 거 같아요."

"……."

미수가 입을 크게 벌리고 아으이, 하며 턱을 조절했다. 인강은 그저 멍하게 미수를 쳐다볼 수밖에 없었다.

"뭐 해요? 서서 할 거예요?"

뻘쭘하게 서 있는 인강에게 미수가 성큼성큼 다가왔다.

"뭐, 뭐를……."

순진한 얼굴로 다 통달한 술집 여자처럼 거침없이 다가오는 미수에게 놀랐다. 미수가 각오를 한 얼굴로 인강을 올려다보았다.

"저, 처음이니까, 잘 못해도 뭐라고 하지 말아요."

뭐라고 할 사이도 없이 미수가 몸을 낮추어 인강 앞에 무릎을 꿇었다. 인강은 저도 모르게 뒷걸음질을 쳐 욕실 문 옆의 벽 쪽으로 몸을 움직였지만, 이미 미수의 손이 가운을 확 잡아 열었다. 인강의 얼굴이 정신없이 붉어졌다. 두꺼운 남자의 허벅지, 그 사이의 검은 풀, 그리고 덩그러니 매달린, 방금 찬물로 씻어내 졸아든 남성이 적나라하게 보여졌다.

"미, 미수야!"

"……생각보다 작네요."

"……!"

쿵쿵쿵. 냄새까지 맡아본다. 충격에 빠져 벽에 팔을 벌린 채 붙어 얼떨결에 제 남성을 보여주던 인강은 미수의 차갑고 하얀 손이 제 남성에 닿자 화들짝 놀랐다.

"미수야! 너, 뭐, 뭐를, 헉!"

한 번 결정하면 망설이지 않고 직진하는 미수가 벌써 작은 남성을 입에 넣었다. 뭔가 이상하다는 것을 아는데, 말려야 하는데, 작고 뜨거운 입 안이, 말랑하고 촉촉한 혀와 입 안 살의 촉감이 귀두에 느껴지자, 머리에 있던 피가 쏴악, 하고 다리 사이로 몰려버렸다. 어느새 인강은 엉덩이를 벽에 기대 약간 허리를 굽힌 채 미수의 어깨를 잡고 있다.

"미, 미수, 으, 아, 자, 잠깐, 아, 흑."

작은 입이 세게 작은 살덩어리를 빨았다. 인강의 허벅지 근육이 단단해지고 미수의 어깨를 잡은 손에 힘이 들어갔다. 미수를 떼어내려고 했지만 고집스럽게 한 손으로 남성을 잡고 빨아대고 있다. 인강이 생각했던 첫날밤은 전혀 이런 것이 아니었기에 당황하였지만 머리에 피가 모자라서인지, 미수를 떨쳐낼 수가 없었다.

미수는 자신의 손가락 두 개 정도의 남성에 마음이 놓였다. 금방 씻어서 달큼한 비누 냄새도 나는 것이 생각보다는 괜찮았다. 말랑말랑하고 부드러운 남성은 찹쌀떡 같았고 입에 넣자, 할 수 있다는 자신감이 생겼다. 인강은 뭔가 소리치며 빠져나가려 했으나 숙맥이 달리 어떻게 하겠나. 힘을 주고 버티었다. 어느새 인강의 목소리가 신음이 되기 시작하더니 입 안의 남성이 단단해지기 시작했다.

어? 이거 왜이래?

계속 입과 혀로 사탕 빨듯 하고 있는데 갑자기 남성이 커져버렸다. 너무 놀라서 그냥 물고 있는데 점점 더 커지고 있다. 입 안이 꽉 차버리는 느낌에 빼려고 머리를 움직이자, 인강의 손이 뒤통수를 잡고 막았다.

"으, 으, 으."

어느새 입에 물기도 거대한 것이 들어갔다 나왔다를 하고 있다. 입이 더욱 크게 벌어져, 턱이 아프고 눈물이 났다. 이것은 그 포르노에서 보았던 그 장면과 똑같잖아!

입 안에 든 건 이제 정말 제 손목만 해졌다. 침이 흐르고 넘쳐서 턱에 떨어졌다. 숨을 쉴 수 없는데 강한 남자의 손이 머리를 꽉 잡고 움직이지 못하게 하고 있다. 게다가 입 안에 뭔가 다른 맛이 느껴지기 시작한다. 숨이 막히고 이 거대한 기둥이 더 힘차게 움직이는 것이 죽을 것만 같아서 인강의 허벅지를 마구 탁탁 쳐댔다. 그러자 마침내 기둥이 뽑혀나가고 겨우 입이 비었다.

"허억, 컥, 컥……."

목에 손을 대고 바닥에 엎드려서 입 안의 침을 뱉어냈다. 입술을 손등으로 닦으며 인강을 노려보았다.

"손가락 세 개라며! 이게 무슨 손가락이야!"

인강은 열기에 넘치는 눈을 하고 있다. 미수의 말이 들리지 않는 듯하다. 갑자기 미수의 몸이 들리고 인강에게 꽉 안겼다. 인강의 거친 숨이 목덜미에 쏟아지고 낮게 으르렁거리는 소리가 귀에 들렸다.

"왜 그랬어, 미수야. 왜."

인강이 온몸을 부들부들 떨며 참아내려는 게 느껴졌다. 인강이 무척 고통스러워하는 게 보였다. 미수는 제가 뭔가 잘못했다는 생각이 들었고, 제 손을 인강의 단단한 등에 돌려 안았다.

"미, 미안해요. 아, 아팠어요?"

"……후우".

"쌤?"

"……너무 위험했어."

"맞아요. 제 턱이 다 나갈 거 같았어요."

"……."

인강은 미수를 한번 꽉 끌어안더니 다시 놔주었다. 그리고 다시 욕실로 들어갔고 샤워를 하는 소리가 들렸다. 미수도 양치를 다시 하고 싶었지만 차마 재촉할 수 없어 부엌에서 가볍게 입을 헹구었다. 바닥에 뱉었던 침도 휴지로 깨끗이 닦으면서도 뭔가 정말 잘못된 것 같다는 느낌을 떨칠 수가 없었다.

욕실에서 인강은 다시 한 번 빼내고 팬티를 갖추어입고 가운을 다시 입었다. 이번에는 휘둘리지 않으리라. 가운의 끈을 단단히 메고 나오니, 미수가 잘못한 강아지같이 풀이 죽어 있다. 인강이 미수의 앞에 있는 의자에 앉아 손을 잡았다. 잘못한 것은 저인데 아기 같은 미수가 미안해하는 것이 마음이 아프다.

"미수야. 아까 왜 그랬는지 설명 좀 해줄래?"

"……그거야, 연습하려고 그랬죠."

"……왜 그런 연습이 필요해?"

"몰라서 물어요?"

인강은 곰곰이 생각해봤다. 뭔가가 이상한데 뭔지를 콕 집어서는 잘 모르겠다.

"미수야. 화내지 말고, 나한테 섹스가 뭔지 설명해줄래?"

"우씨."

"궁금해서 그래. 아무래도 우리 서로 다른 걸 생각하는 거 같아서 그래."

미수가 불퉁해져서 입이 비죽거렸다.

"남자랑 여자랑 아기 만드는 행위잖아요."

"그러니까, 어떻게 아기를 만드는데?"

"그, 에이, 남자 아기 씨를 먹는 거잖아요."

"……."

여기서 '먹는다'라는 게 그 '먹는다'일까? 인강이 모르겠다는 얼굴로 계속 쳐다보자, 미수가 답답하다는 듯이 설명을 시작했다.

"꽃 수술이 암 수술에 살짝 닿는다. 벌들이 이곳저곳 옮겨 다닌다. 남자 씨가 여자 씨와 만나야 하는 거는 아시죠?"

끄덕.

"남자의 아기 씨는 올챙이처럼 생겼어요. 꼬리도 길고, 헤엄도 치고. 살아 있는 물고기랑 비슷해요. 그래서 헤엄쳐서 여자 아기 씨한테 가요."

손을 움직여 꼬리치는 모양까지 표현해주는 미수였다. 흔한 비유는 아니지만 전체적으로 맞다, OK. 끄덕.

"그래서 여자가 입으로 먹으면 헤엄쳐서 여자 아기 씨한테 내려가요."

"……."

10초 정도의 시간이 흘렀다. 지금 듣고 있는 것이 사실인가를 머릿속에서 다시 돌려보는 정도의 시간.

여기서의 '먹는다'가 그 '먹는다'구나. 은미가 웃지 말라고 경고했던 게 생각났다. 하지만 그녀가 모르는 것이 있었다. 정작 당사자가 되어 들으면, 너무 황당해서 웃음도 안 나온다는 것이다.

"먹으면……. 위장을 지나 대장을 통해서? 위산에 녹지 않겠어?"

"왜 그 안 씻은 상추 먹으면 배 속에 기생충도 생기잖아요. 위산이 뭐 대단하겠어요? 먹으면 알아서 잘 찾아가겠죠."

"……."

"전에는 꽃술처럼 남자 찌찌가 여자 찌찌에 닿으면 되는 줄 알았는데, 포르노를 보고 알았어요. 아, 입으로 먹는구나."

"……."

정말로 어처구니가 없다는 표정도 지을 수 없었다. 미수가 머리가 나쁘다고는 생각지 않는다. 알게 모르게 격리된 환경에서 자란 미수가 이처럼 무지할 수 있다는 것은 운이 좋은 것일까, 나쁜 것일까. 그보다 이 상황에서 어디서부터 시작해야 하지?

"미수야. 일단 샤워부터 하고 나와."

"예?"

"우리 몸풀기 연습해야 해서 그래."

"으……. 또 해요?"

"아니야, 다른 거 할 거야."

미수가 샤워를 하는 동안, 인강은 섹스를 어떻게 설명할지를 고민했다. 몰라도 이렇게 모를 줄은 상상도 못했다. 게다가 미수의 장애를 생각하면, 너무 생소한 행동을 갑자기 하게 되면 무척 불안해하고 싫어할 수가 있다. 아마도 미리 설명을 잘해줘야 하겠지. 이미 섹스에 대해 오해를 하고 있는 것 같으니, 앞길이 구만리다.

미수가 금방 닦아서 뽀얀 얼굴로 온몸에 상큼한 비누향을 풍기며 나왔다. 잘 때 입는 헐렁한 티셔츠와 짧은 잠옷 바지를 입은 것이 예쁘기만 하다. 요즘 살도 많이 붙어서 왠지 가슴도 살아나고 있다. 인강은 침대 머리맡의 벽에 기대고 앉아서 미수를 자기 앞으로 불렀다. 미수가 해맑은 모습으로 다가와 인강의 옆 침대 위에 걸터앉았다. 인강이 미수의 손을 하나 잡고는 부드럽게 설명을 시작했다.

"미수야. 미수는 아기 만드는 거 잘못 알고 있어."

"예?"

"먼저, 아기 씨는 입으로 먹는 게 아니야."

"……."

"아기가 어디서 나오는지 아니?"

미수가 못 믿겠다는 눈으로 인상을 썼다.

"여자는 다리 사이에 꽃이 있어. 거기서 아기도 나오고 아기 씨도 들어가는 거야."

"……그냥 대기만 하는 거예요?"

"아니, 남성이 들어가는 거야. 꽃술같이 보이지? 음, 미수 안에 꽃길이 있는데 그 안에 들어가서 아기 씨를 뿌리는 거야."

꽃술이라니, 방망이같이 보였는데.

"그, 그거, 들어갈 리가 없어요. 그거, 굉장히 크잖아요."

"원래 그럴 용도로 있는 꽃이야. 그리고 그냥은 안 해. 먼저 만져주고 넓혀줘야지. 그러면 물이 나와서 들어가기가 쉬워져. 그래서 가슴도 만지고, 키스도 하는 거야."

"……."

"그러면 네 꽃이 길을 내줘. 들어가도 된다고. 아마 처음은 아플 거야. 그래도 익숙해지면 기분이 좋아져."

"좋아지려면 오래 걸려요?"

"그건 네가 얼마나 편한가에 달렸어. 네가 좋아해야지 꽃길도 열리는 거야."

"……모르겠어요."

"일단, 다른 궁금한 건 있어?"

"……그거, 왜 그렇게 커져요?"

"피가 몰려서 그래. 남자는 흥분하면 남성에 피가 몰려."

"……."

"남자 몸은 잘 모르지? 한 번 마음대로 보고 만져봐."

인강이 자리에 비스듬히 누웠다. 편하게 팔을 늘어뜨리고, 부드럽게 웃으며 미수를 보았다. 미수가 쭈뼛거리며 다가왔다. 실은 호기심이 있었기에 단단한 몸 위로 눈을 돌렸다. 침대 위에서 다리를 접고 옆에 앉자, 인강이 가운을 열어 브리프만 입은 건장한 몸을 드러냈다.

미수가 근육이 발달한 가슴에 작은 손을 대보니 인강이 조금 긴장했다. 손가락이 가볍게 울퉁불퉁하지만 매끄러운 살결을 쓸고 지나갔다. 간질간질, 인강이 킥, 하고 웃었다. 미수는 조그마한 젖꼭지를 톡 건드리고, 두툼한 근육을 보며 나보다 큰 거 같아, 하고 웃었다.

"와, 단단해요."

그러고는 인강의 몸을 꾹꾹 눌러보기도 한다. 가슴 중앙에 조금 있는 털들이 신기한지 쓸어보고 있다. 더 짙은 털들이 브리프 안으로 사라진다. 미수의 손이 주춤하며 멈추자, 인강이 부드럽게 손을 겹쳐 제 브리프 위에 올려놓았다.

"아까 봤지? 평소에는 크지 않아. 미수랑 섹스하고 싶어지면 커지는 거야."

인강이 미수의 손을 남성에 대고 꾹 누르자, 미수가 화들짝 놀랐다.

"안 아파요?"

"아니. 오히려 꽉 잡아주는 거 좋아해. 한 번 잡아볼래?"

미수가 주저하더니, 팬티 위에서 느껴지는 덩어리를 잡았다. 작고 가는 손가락이 남성을 쥐자, 인강이 부르르 떨었다. 아파서 그런가 미수가 놀라서 손을 놓자, 인강이 다시 끌어왔다.

"괜찮아. 보기보다 튼튼해. 지금처럼 계속 만져주면 점점 더 커져. 그리고 끝에 갈라진 데가 있는데 거기서 나중에 액도 나와."

미수가 여전히 주저하자, 인강이 한번 힘을 최대한으로 힘을 줘서 쥐어보라고 했다. 그래서 나름 꽈악 쥐었는데도 인강이 웃었다. 저도 웃기는 거 같아서 한 번 더 힘을 주었다.

꽉, 꽉, 꽉.

이제 남성이 제 손에 가득 들어찰 정도로 커졌고, 비로도 가죽에 싸인 철근같이 딱딱해졌다. 둥근 머리가 브리프 위로 빠져나오기 시작했다. 신기해하고 있는데 인강이 미수의 손을 떼었다.

"이제…… 그만. 더 하면 위험해."

인강이 열기를 담은 눈을 감고 숨을 조절했다.

미수는 혼란스러웠다. 아무리 봐도 제가 잘못 알고 처음을 망친 듯해서 우울해져갔다. 아까 멋모르고 인강을 그렇게 몰아붙이는 게 아니었는데. 난 정말 아무것도 모르는 바보야. 멍충이. 돌머리. 안 좋은 생각들이 머리를 채웠고 결국 눈물이 나왔다.

인강이 놀라서 미수의 상체를 안았다.

"왜 그래. 놀랐어? 무서웠어?"

"……내가 바보라서, 다 망쳤어요."

"아니야, 미수야. 넌 잘못한 거 없어. 내가 다 알아서 했어야 하는 거야."

"난 여자 같지도 않고……. 예쁘지도 않고……."

"그만해 미수야. 네가 얼마나 예쁜데."

"……다른 여자 꽃도 봤어요?"

"……."

"봤구나."

일그러지는 미수의 얼굴에 인강의 마음이 찢어지는 듯 아팠다.

"달라, 미수야. 달라."

인강이 미수를 꼭 가슴에 안고 울고 싶은 심정으로 말했다.

"난 너처럼 예쁜 꽃은 처음이야. 너무 소중해서 무서워. 너에 비하면 다른 여자들 꽃은, 향기도 없는 조화 같아. 나도 꽃이 이렇게 다를 줄 몰랐어. 조화랑만 해봐서 생화는 어떻게 해야 할지 몰라.

너는 키스만 해도 이렇게 다른걸."

인강이 끝내 눈물을 머금고 미수의 얼굴을 잡고 키스를 했다. 너무 소중하다는 듯이, 자신을 싫어하지 말아달라고 하는 키스가 절절하게 생각되었다. 무서워서 떨고 있는 커다란 남자가 느껴져서 더 슬펐다. 제가 뭐라고, 이 잘난 남자는 이렇게 작아지는 걸까. 모두가 제 잘못 같다.

"쌤은, 세상의 어떤 꽃이든 다 가질 수 있어요. 난 꽃도 아니고 씨앗 상태인데, 언제 꽃구경을 하자고 이래요."

미수의 작은 손이 인강의 눈물을 닦았다. 그 손을 잡고 하나하나 키스를 하며 인강은 애타는 눈으로 미수를 보았다. 여태까지 제게 한 번도 큰 소리로 화내거나 무섭게 한 적이 없는 부드러운 남자다. 늘 바보처럼 한참 모자란 자신을 무슨 태양처럼 보고 있는 맹한 남자다.

"기다릴게, 미수야. 넌 나에게 이미 예쁜 꽃이야. 버리지만 말아줘."

하도 끝낼 것만 이야기해왔더니, 인강은 언제나 이별을 걱정한다. 이것도 제가 한 모자란 짓들 중 하나이다. 미수가 제 작은 가슴에 커다란 남자를 품고 다독였다.

이미 밤은 늦었고, 섹스는 물 건너간 상태. 둘은 침대에 사이좋게 누웠다. 미수는 인강의 팔베개를 하고 서로 안고 있는 상태에서 인강의 조용한 심장소리를 들었다. 그래도 오늘 서로 볼 것, 안 볼 것 다 한 상황이라 인강의 몸이 낯설지 않다. 이렇게 가슴에 얼굴도 대보고 손으로 만지작거릴 수 있게 되었다. 섹스는 연습만으로도 가까워지는구나.

"왜 내가 떠날 거라고 생각해요?"

"……넌 아직 세상을 잘 모르잖아. 내가 그냥 네 감옥 밖에서 처음 본 사람이라서, 선생님이었으니까 좋아하는 거 아닐까, 생각도 했어."

인강이 이처럼 자신 없어 하는 줄은 몰랐다. 아니, 내가 좋아하는 걸 믿지 않는구나. 사실 남자로서 좋아하는 것은 따로 생각해보지 않았다. 그냥 인강 쌤이라서 좋았으니까. 그래서 인강 쌤이 하는 건 뭐든지 좋아할 수 있는데, 왜 인강 쌤은 모를까.

"……그냥 섹스 하면 되지 않을까요?"

"아니. 오늘 보니까 내가 준비가 안 되었어."

"무슨 준비요?"

"내가 무서워. 너 다치게 하고 네가 날 싫어할까 봐, 자신이 없어."

"……쌤이 나를 왜 다치게 해요."

"섹스가 시작되면 내가 생각을 잘 못할 거 같아. 머리에 피가 모자라서."

"……조화랑은 어떻게 했어요?"

"그런 섹스는 그냥 육체적인거야. 지금 보니까 그렇네. 사랑 없이 하니까, 할 때는 좋아도 끝나면 허무하고 괴로워."

몰랐는데 그렇다. 쾌락을 쏟아내고 오는 충만감도 잠시, 밀려드는 허무감이 있었는데 몰랐다. 하면 할수록 마음이 비어가고 있었는데, 그것도 몰랐다.

"진심이 아닌 꽃이랑 하니까, 마음에 상처가 많이 났나 봐. 난 내가 상처받은 것도 몰랐어. 미수랑 있으니까, 그런 게 보이네."

인강이 후후후, 하고 웃었다. 그 웃음에 미수가 볼을 대고 있는 가슴이 울렸다. 마음이 따뜻해진다. 인강 쌤은 너무 좋은 사람이다. 더 잘해주고 싶고, 뭐든지 주고 싶은데, 왜 힘들까.

"그럼 우리 앞으로도 그냥 이렇게 계속 손만 잡고 자는 거예요?"

"……그건 아니지. 내 찌찌도 만져놓고 그냥 도망가려고? 후훗."

"바보 취급하지 말아요. 내가 너무 모르니까 어린애 취급 하는 거잖아요."

미수가 삐죽거리는 게 느껴진다. 미수를 안고 있는 것만으로도 충족감에 빠져 잠을 자려고 준비하던 인강이 갑자기 미수가 손을 잡아 끄는 걸 느끼고 놀라 눈을 떴다. 인강의 손을 제 반바지 안으로 쑥 집어넣어 팬티 위로 닿게 하는 당돌한 어린애였다.

"미, 미수야. 너, 뭐, 뭐……."

"만져봐요, 내 찌찌도. 쌤만 만졌다고 불평하지 말고."

"하지 마, 미수야. 하지 마아."

제법 강한 손으로 잡고 있어서, 아니, 미수의 얇은 팬티 위로 자신의 손가락들이 볼록한 언덕을 느끼자마자, 인강은 피가 또 두뇌를 떠나는 것을 느꼈다.

"안 돼, 미수야. 그, 그러지…… 마."

미수가 제 다리를 무릎까지 세워 벌리고 더 깊이 인강의 손을 비벼댔다. 사타구니의 따뜻한 기운과 갈라진 틈이 느껴지자, 굵은 손가락들이 저절로 틈새를 느끼고 싶어 움직였다.

"안 돼……. 너 아직, 준비……."

말은 그런데 이미 중지가 틈새 길이에 맞추어 파묻혔다. 얇은 천을 통했지만 여성을 감싼 털의 촉감도, 부드러운 속살도 느낄 수 있었다. 오히려 천이 막고 있으니 더 열이 나는 것 같다.

"만지기만 하는데 어때요. 쌤도 괜찮았는데, 조금만 만져봐요."

아, 미수야. 조금이란 게 없단 말이다. 아니야, 만지기만 하는 건데 어때.

머릿속에서 전쟁이 나는 도중 손가락은 이미 천천히 갈라진 결을 따라 움직이고 있다. 여전히 미수의 손이 인강의 손목을 잡고 있지만 이미 인강의 손은 저 혼자 움직인다.

"어, 이, 이상해요……."

희미한 블라인드 틈의 달빛이 다인 어둠 속에서 인강의 왼팔이 미수의 등을 감싸고, 미수는 똑바로 누워 다리를 벌리고 있는 상태에서 인강의 손이 단단하게 팬티 위를 문질렀다. 미수의 손이 손목을 꼭 잡고 멈추려 했지만 남자의 손길을 막을 수는 없었다.

"쌔, 쌤……. 그, 그만……."

그림자 속에서 인강의 입술이 미수의 입술을 막았다. 인강의 손가락들이 동시에 팬티를 젖히고 쑥 들어가, 조금씩 젖기 시작하는 여성을 쓸어내렸다. 흐윽, 하고 놀란 소리가 저절로 나왔다. 입 쪽으로는 남자의 두꺼운 혀가, 아래에서는 손가락이 미수의 안을 넘보았다. 힘껏 두꺼운 남자의 손목을 제 손으로 틀어잡고 버팅기려 했다.

"손가락 세 개라고 한 거 기억해?"

열기가 서리는 낮은 목소리가 들렸다. 정신이 없어서 집중할 수 없는 미수가 붉어진 얼굴로 옅게 신음을 냈다. 허리를 비틀며 손가락을 피하려 했지만 인강의 강한 팔에 안겨 움직일 수가 없었다.

"하나 들어간다."

"흐읍."

다시 키스가 시작되었고, 미수의 신음이 인강의 입속으로 사라져갔다. 굵은 남자의 손가락 하나가 미수의 좁은 곳으로 들어갔다.

뻑뻑한 느낌, 아직 젖지도 않은 여성에 인강이 재빨리 손가락을 빼고 그것을 대신 제 입에 넣고 빨았다. 침이 묻은 손가락을 다시 집어넣으니 침으로 된 윤활유가 있어서 쑥, 하고 깊이 들어갔다. 미수가 자지러지면서 소리를 질렀다.

미수는 인강의 어깨를 잡고 하악거렸다. 인강이 처음 보는 무서운 표정을 하고 미수의 입술을 다시 빨았다. 깊은 키스로 정신이 없다가도 굵은 손가락이 아래에서 내부를 긁고 쓸고 휘젓는 생경한 느낌에 다리를 오무리려고 버둥거렸다. 하지만 인강의 두꺼운 다리 하나가 이미 미수의 다리를 누르고 있어서 꼼짝없이 잡혀 있다.

"히잉, 힝."

이상한 소리가 절로 나왔다. 어느덧 이물감도 사라지고 왠지 축축한 물이 미끈하게 손가락을 제 안에 넣었다 뺐다 하게 도와주는 게 느껴졌다. 간신히 입술을 떼고 인강의 어깨에 얼굴을 박고 이상한 느낌에 몸을 구부리고 손가락을 받아냈다.

"쌔, 쌤……. 하, 하지 마……."

"두 개 들어간다."

"히익!"

두 개는 버거웠다. 아프게 꽉 들어차는 손가락들에 비명도 지르고 눈물도 흘리고 우는 소리도 계속 냈지만, 인강은 끄떡도 하지 않고 두 개의 손가락으로 부드러운 여성을 넘나들었다. 물이 계속 나오고 배 속도, 몸도 야릿하지만, 너무도 생소한 느낌에 무서워졌다. 울먹이며 때리는데도 멈추지 않는 인강이었다. 갑자기 손가락들이 빠져나갔다. 인강의 뜨거운 입술이 눈물을 훑고 얼굴에 축축한 키스를 남겼다.

미수의 속에 들어갔던 손가락들이 이제 인강의 입술에 닿았다. 미수의 경악하는 눈을 똑바로 보며, 인강이 희미한 불빛 속에서 야릇한 미소를 짓고는 미수의 코앞에서 붉은 입을 벌려 애액이 묻은 손가락을 제 혀로 핥아댔다.

"달콤해, 생각했던 그대로."

그 붉은 입술과 혀로 제가 핥아지는 느낌에 미수가 몸을 부르르 떨었다. 남자인 인강은 눈빛도 표정도 너무 달라서 겁이 날 정도다. 인강이 미수의 맛이 나는 혀로 미수의 입을 다시 머금고 혀를 빨았다. 약간 아프게 아랫입술을 물어뜯듯이 잡아당겨 튕기듯 놓아주었다, 경고라도 하듯이.

"자꾸 도발하지 마. 너 아직 감당 못해."

미수가 붉어진 눈으로 고개를 재빨리 끄덕끄덕했다. 인강이 숨을 크게 후우, 하고 쉬더니 미수를 이불에 돌돌 말아 등 뒤에서 제 품에 꼭 안았다. 귓가에 남자의 뜨거운 숨결이 뿜어지고 괜찮았어, 하고 묻는 게 다시 평소의 인강의 목소리처럼 들렸다.

"세 개까지, 연습 많이 해야겠다."

또, 또 하자고?

이불을 사이에 두고 있는데도 엉덩이에 여전히 단단한 남성이 느껴진다. 이상하고 야릇한 어른의 세계에 겁이 났다. 조금 전까지 울먹이던 남자가 무섭게 제 가장 은밀한 속으로 들어와 휘젓고 나가더니, 지금은 다정하게 안아준다. 혼란스럽고 무서워 몸을 웅크리고 있는데, 갑자기 소리가 들렸다. 인강의 작고 낮은 남성적인 목소리가 천천히 미수의 귓가에 조용한 노래를 들려주었다.

뭐야, 이 남자. 처음 듣는 노래다. 왜 갑자기 노래를……. 그것도 이처럼 달콤한 곡이라니.

눈물이 맺힌다. 무서웠는데 사랑해주는 마음에 또 가슴이 두근거린다.

"그대 내 품에 안겨, 눈을 감아요."

머리에 인강이 입을 갖다대는 게 느껴진다. 흐윽흑, 하고 울음이 나온다. 왜 좋은데 눈물이 나오는지 모르겠다. 왜 제 자신이 더 초그맣게 느껴지는지 모르겠다.

"그대 내 품에 안겨 눈을 감아요."

인강은 반복되는 후렴을 부르며 더없이 상냥하게, 안기라고, 꿈을 꾸어도 괜찮다고 노래를 해주었다.

빨리 크고 싶다. 아름다운 꽃을 피우고 싶다. 그렇게 꽃을 피우면 인강 쌤이 좋아해주었으면 싶다. 인강 쌤이 사랑할 만한 여자가 빨리 되었으면 좋겠다. 그리고 노래처럼 눈을 감고 당신의 품에 안겨 사랑하고 싶다.

노래를 잘 부르는 편이 아니라, 높은 음도 편하게 낮추어 웅얼거리는 낮은 목소리로 흐느끼는 여자애를 좀 더 안아주면서 인강이 후렴구를 한 번 더 불러주었다. 옛날 가수 유재하의 노래는 아버지가 어머니에게 프로포즈할 때 부른 곡이라 어머니의 애창곡이다. 어머니가 늘 들려주어 어릴 때부터 외우고 있는 몇 안 되는 노래다. 가사도 그저 기억나는 대로 불렀다. 원곡의 높은 미성이 아닌 거칠고 낮은 목소리로, 부서질까 두렵고, 상처 날까 아까운 자신의 꽃에게 그는 그렇게 구애의 노래를 들려주었다.

12. 맹한 남자의 암적인 존재

　날이 더워지는 6월 말이다. 어느새 대낮의 땡볕에는 절로 그늘과 에어콘을 찾아 헤매게 되고, 비오기 전 축축함으로 체감온도도 짜증나는 그런 장마철이다. 한강대 건축학과는 기말 작품들을 준비하느라고 밤샘하는 좀비들로 넘쳐났다.

　태호도 그룹 과제의 모형에 매달리느라, 전날 하룻밤을 새고 비틀거리며 과실의 소파에 누울 자리를 찾아가고 있었다. 한 시간 정도 자고 아침 세미나를 들으러 가야겠다. 한국에서 알아주는 건축설계사 회사인 '스페이스 지금'에서 프로젝트 설명과 함께 인턴십 정보를 발표하기 때문에 꼭 참여해야 한다.

　엇, 그런데 과실이 사람들로 북적거린다. 다들 쓰러져 있어야 할 시간에 커피들을 들고 하하, 호호. 파티하듯 모여 있다. 태호가 피곤한 눈을 찌푸리고 돌아서려는데, 낭랑한 목소리가 들렸다.

"김태호. 태호 아니니?"

돌아보니 모여 있던 사람들 사이에서 늘씬한 미인이 테이크아웃 커피컵을 들고 빠져나오고 있었다. 구불거리는 단발머리의 서구적이고 화려한 미녀가 하얀 드레스 셔츠, 연회색 핀 스커트와 7센티 회색 힐을 신고 있다. 비율이 전형적인 글래머, 가슴이 특히 아름다운 C컵이다. 육감적인 붉은 입술이 싱긋 웃었다. 털털하면서도 여성적인 분위기, 송정아 선배다.

"어, 정아 선배. 어떻게……."

아, '스페이스 지금'에서 근무한다고 했었지. 태광그룹 아들과과 커플이었다가 결혼까지 하고, 그 배경으로 그룹 소속인 '스페이스 지금'에 입사하여 부부가 같이 건축 설계사팀을 이끌고 있다고 했었다.

"기억하네? 벌써 ……4년 만인가? 잘 지냈어?"

"네, 그렇죠, 뭐. 선배는 여전하시네요."

태호도 한때 건축학과 퀸이었던 송정아를 좋아하던 신입생 패거리들 중에 한 명이었다. 그때의 정아는 고고하고 우아하면서도 여성적인 매력이 넘치는 당당한 미인이었다. 워낙 클래스가 높아서 감히 언감생심 넘보지는 못하고 멀리서 선망하던 선배기는 하지만, 이처럼 이름도 기억해주며 특별히 찾아 나설 정도로 친하지는 않았다. 여왕벌답게 주변에 모여든 후배며 동료들이 잔뜩 있었는데, 여전히 그들의 시선이 매섭게 태호를 견제하듯 보고 있다.

"잠깐 커피 사러 같이 나갈까?"

정아가 제 명품 숄더백을 걸치고 태호를 이끌며 과실을 나가려 하자, 정장을 입은 젊은 남자가 항의하듯 소리쳤다.

"팀장님, 30분 남았어요!"

"금방 올게. 먼저 가서 셋업하고 있어."

또각또각또각. 비가 오려는 텁텁한 아침이다. 벌써 땀이 목덜미에 생길 것 같다. 태호는 피곤했지만, '스페이스 지금'의 송 선배를 무시할 수가 없어서 늘 하는 사근사근한 태도로 정아를 모시고 학생회관에 있는 카페로 갔다. 카페에 들어가자마자, 아이스커피를 들고 나서려던 미화와 마주쳤다. 차가운 표정으로 쌀쌀맞게 미화가 지나쳤다. 태호는 조금 주눅이 든 채로 메뉴를 살폈다. 전에 007 미션 이후로 생각이 많아져서 연락을 일주일 정도 피했더니, 어느새 이별한 듯한 꼴이다. 미화는 이제 태호 쪽을 보지도 않는다. 그룹도 아예 옮겨버렸다. 어떻게 해야 할지 모르는 사이에 시간만 흘러갔다.

"뭐 마실래?"

성숙한 직장 여성인 정아가 세련되게 물어왔다. 농숙한 여인의 향기가 코끝을 찌른다. 태호는 시선 끝에 보이는 깊숙한 가슴골을 무시하면서 아이스커피를 주문했다.

"인강이가 너랑 같은 그룹이라며?"

"네? 아, 네."

"오늘 안 보이네?"

"어제 밤새 작업하시고 새벽에 들어가셨어요. 아마 하루 종일 잘 것 같다고……."

"인강이 번호 좀 줄래?"

"네?"

"인턴십 말이야. 얘기해주고 싶어서 그래. 네 번호도 같이 알자."

화려한 여자가 생긋 웃으며 제 휴대폰을 건넸다. 태호는 뭔가 홀린 듯이 제 휴대폰에 정아의 번호를 받고, 인강의 번호를 전송했다. 역시 인강 형님, 쭉쭉 빵빵 송정아 선배도 달려드는구나.

"저기, 인강이 여자 친구 있어?"

"네?"

"내가 전에 그랜드 플라자에서 본 거 같거든. 그때 말 걸려고 하다가, 여자랑 있기에."

"아, 그게, 여친 맞을 거예요."

"건축학과?"

"아뇨. 체육교육과예요."

"오래됐어?"

"한, 몇 달 됐을걸요?"

"이런, 지금은 시간이 별로 없네. 세미나 끝나고 식사나 같이 할까?"

"아, 네."

정아는 그렇게 알고 싶은 것들을 다 알아내고, 제 갈 길로 걸어갔다.

오랫동안 커플이었던 남편과는 헤어졌다 다시 만났다를 반복했던 사이다. 비슷한 집안 출신의 두 사람은 어릴 때부터 제 마음대로 쾌락을 즐겼고, 저를 제일 잘 아는 남자기에 결혼까지 했다. 하지만 그는 생긴 것도, 잠자리도, 정아를 만족시켜주지 못했다. 불륜은 기본이고 이제는 내연의 여자까지 회사에 들이려고 해서, 2년의 결혼생활 끝에 지금 이혼 협의중이다. 서너 명의 애인들이 있었지만, 가장 정열적이고 순수하게 정아를 좋아해주었던 이는 서인강이었다.

그 순수한 정열에 휩싸여 인강과 함께할까도 고려해보았다. 하지만 재산이라든가 사회적 위치를 따지자면 별거중인 지금 남편만 한 조건이 없었다.

며칠 전, 어렸지만 자존심도 있어서 더 매력적이던 인강이 호텔 로비에서 기억보다도 멋있고 근사해져서 어느 비쩍 마른 여자애와 다정하게 안고 키스를 하고 있었다. 부드럽게 여자애를 보는 옛 남자의 얼굴을 보니 기분이 나빴다. 오래전에 인강은 정아를 그렇게 봐주었었다. 훗, 다시 찾으면 돼. 그런 풋내 나는 여자애하고 어울리다니, 겨우 그 정도야, 서인강? 그와의 격렬하고 열정적인 섹스들은 지금도 기억난다. 그처럼 제게 열중했던 날을 쉽게 잊을 리가 없어. 정아는 자신만만한 미소를 지으며 세미나실로 들어갔다.

미수는 지금 기분이 좋지 않았다. 인강이 오늘까지 바빠서 못볼 것이라 했기 때문이다. 6월 내내 인강이 과제로 너무 바빠서 한 번 볼까 말까 했는데도. 저번 주에도 너무 보고 싶어서 한번 잠을 자러 갔는데 수염이 덥수룩한 꼴을 하고 곯아떨어져서 미수가 좋아하는 노래도, 포옹도 가능한 상태가 아니었다. 옆에서 인강의 내음만 맡고 붙어서 자다가 일어나 보니, 인강은 벌써 학교에 가버려서 무척 실망했었다. 전에 처음 서로의 몸에 대해 공부한 뒤, 모든 것이 이상하게 정지된 느낌이다.

그동안 미수의 일로 학교를 소홀히 한 것을 따라잡으려고 인강은 학과 일에 몰두해야 했다. 통화는 하루에 한 번 이상은 하지만 얼굴 보기도 힘들어서 모든 것이 꿈만 같았다. 학교에서 그렇게 자주 만나던 인강이 과제가 바빠서 점심도 같이 못 할 지경이다. 집에서 미화도 같이 바쁘고 밤샘 작업하고 있기 때문에 이해는 하지만, 우울한 것은 사실이다. 미수도 기말 과제와 시험으로 바쁘게 보내고 있지만, 시도 때도 없이 생각나는 인강 때문에 모든 것이 힘들었다. 아, 내가 인강 쌤을 정말 좋아하는구나. 밤에도 생각나서 부끄러워 웃으며 몸을 굴리다가 보고 싶어서 전화하기도 했다.

'쌤, 뭐 해요?'

-나, 아직 학교. 미수는?

'난 집.'

-밥 먹었어?

'응. 쌤 보고 싶어요.'

-하하, 나도 보고 싶어.

'……노래 불러줘요.'

-지금?

인강이 전화기에 대고 불러준 노래를 녹음해서 생각날 때마다 듣고 있다. 인강의 몸을 껴안고, 그의 내음과 목소리가 듣고 싶은데, 바쁘다니까 어쩔 수가 없다. 하기는 미화 언니도 그 안경잽이와 헤어진 듯, 침울한 얼굴로 계속 작업만 하고 있다. 과제 제출이 이번 주라니까, 싫어도 꾸욱 참고 있었다.

'나 보고 싶을 때, 혼자서 한번 해봐.'

인강의 성교육 과제를 혼자 해보기는 했지만, 도무지 자위가 뭐가 좋은지를 모르겠다. 그저 미끄덩하고 제 손가락이 느껴질 뿐, 인강이 해주었을 때의 그 짜릿함이라든가, 두근거림이 없었다. 아마도 내가 너무 몰라서 그렇겠지. 두 번째 연습을 목마르게 기다리고 있는데, 쌤이 너무 바쁘다니. 에휴, 내 팔자야. 그래도 그동안 미수가 그저 아무것도 안 하고 기다리기만 한 것도 아니다.

요즘 인강이 저를 예쁘게 봐주었으면 하는 마음에 입는 것에 더 신경을 쓰고 있다. 여전히 치마는 힘들다. 그래도 더운 여름철을 맞아 반바지를 입고 짧은 반팔 티를 입으니 미수의 팔다리가 늘씬하게 드러났다. 머리도 제법 길어서 어깨를 닿을락 말락 하고, 집에만 있었어서 그런지 하얀 피부가 섬세한 얼굴을 강조하는, 예쁜 여자처럼 보였다. 하지만, 여성스러움이 아직도 몸에 익은 것은 아니라, 사람들의 시선이 무섭고, 남자들이 보는 것에 힘들어했다. 누구라도 민수처럼 돌변할 것 같은 느낌은 감정과 기억에서 없애기가 힘들었다.

여자처럼 보여지고부터 확연히 달라진 건 남자들이 아니라 다른 여자들의 태도였다. 지금도 인강의 노래를 들으며 강의실로 향하는 중이었다. 갑자기 누군가가 팔을 잡는다. 이어폰을 빼고 보니, 두 예쁘장한 여자들이 쌀쌀한 눈을 하고 팔짱을 낀 채 미수를 보고 있다. 키가 큰 미수가 무표정하게 그녀들을 내려다보았다. 보기에는 연약하고 예쁜 얼굴인데, 눈에 깊이가 있고 서늘하여 묘한 분위기를 주는 미수였기에, 두 여자가 주춤거리는 게 느껴졌다.

"네가 장미수야?"

"……"

"장미수냐구."

"……"

무뚝뚝한 얼굴로 그저 여자들을 봤다. 또야.

"왜 인강 선배가 너 같은 거랑 어울리는지 모르겠어."

"너 때문에 과제도 못해서 지금 얼마나 고생하는지도 모르지?

여자 친구면 도움이라도 돼야지, 이건 완전히 방해 아니니?"

"……."

"난, 남자들한테 눈치 없이 붙어다니는 여자애들이 정말 자존심 없는 거 같애."

"그런 걸 암적인 존재라는 거야. 지두 아나? 동정심으로 만나주 는 거."

"……."

도대체 이 여자들은 뭐하자고 이러는 걸까. 이 달만 벌써 세 번째. 그것도 매번 다른 여자들이 짝으로 와서 비슷한 말들을 퍼붓고 간다. 이들도 인강 쌤을 좋아하는 여자들 중 두 명인데, 나한테 와서 이러면 뭐가 이루어진다고 이렇게 귀찮게 하는 건지 모르겠다. 예전부터 사람들이 나쁘게 욕하는 거에 익숙해서인지, 미수는 웬만한 욕이나 비방에 아예 정신을 꺼버린다. 게다가 이런 족속들은 말이 통하지 않는다. 피해의식과 이상한 자만에 빠져서 그저 소음을 만드는 치들이다.

미수는 쯧쯧, 하고 다시 이어폰을 끼고 돌아섰다. 여자들이 얼굴이 벌게져서 뭐라고 소리치지만, 미수는 신경 쓰지 않았다.

다시 누가 팔을 톡톡 치기에 보니, 어느새 조미례가 따라붙었다.

"와, 장미수, 보기보다 쎄다. 킹카 똥파리들은 미수 코털도 못 건드리는구나."

"여자들이 무슨 힘이 있겠니. 워낙 그 인간이 잘나서 그런 건데."

알고 보니 겉으로 보기에는 조폭 같다는 평인 서인강은 차갑고 무정하게 행동해도 이상하게 여자들이 무척 따른다. 미수가 보기에 인강은 그저 자기 일에 바쁜 감성남이고, 당연히 여자들이 좋아할 만하다, 는 개인적인 의견을 갖고 있다. 제 눈에도 예뻐 죽겠는데 남들 눈에는 오죽하겠냐. 이해한다.

"넌 질투도 안 나?"

"왜?"

"네 남친 좋다고 따라다니잖아?"

"그래서?"

"아니, 그냥. 네 거에 집적거리는 거잖아."

"인강 쌤이 좋다고 하는 것도 아니고 사생팬들인데 무슨 질투야."

아, 그래도 똥파리들 말고 똥을 보고 싶구나. 멋있는 그 똥은 지금 뭐 하나. 이상하게도 안 보는 날들이 길어질수록, 인강에 대한 마음이 깊어진다. 간혹 들러붙는 여자들은 정말 아무 영향이 없다. 미수에게 중요한 것은 인강의 생각뿐, 다른 여자들 투정을 들어줄 여유가 없다.

"그래도 너, 이제 완전히 굳어진 거야? 서인강 여친으로?"

"여친은 아니고, 애인."

"그게 그거지."

"여친이면 데이트도 더 했을 텐데, 좀 아쉽네. 섹스를 해버려서."

여친은 데이트만 하는 관계고, 애인은 잠도 섹스도 하는 관계라고 인강이 정의해준 걸 기억하며 미수가 중얼거렸다. 잠은 예전에 잤고, 끝까지는 안 갔지만 엄연히 몸을 트인 사이다. 미수에게는 그것도 엄연히 섹스의 범위에 들어간다.

"……미수야, 넌 가끔 보면 정말 대담해."

의외로 보수적인 미례가 얼굴을 붉히며 중얼거렸다. 미수는 평소의 무덤덤하고 예쁜 얼굴로 서늘하게 제 앞길만 갈 뿐이다. 요새 옷을 바꾸어 입어서인지 갑자기 아름다운 여성이 된 체교과 아도니스는 왠지 가까이하기 어려운 아우라를 풍겼다. 미수는 겉모습만 여성스럽지, 전혀 여성스러운 행동들이 없어서 생소한 느낌을 준다. 인사치레의 작은 미소라든가, 애교라든가, 여자짓이 배제된, 무념무상의 존재인데, 그 눈만은 어딘가 깊은 슬픔을 간직하고 있는 듯하다. 그 분위기는 남자처럼 하고 다녔을 때는 '무뚝뚝한 녀석'이라는 인상으로 자연스럽게 받아들여졌는데, 겉모습이 섬세한 여자의 모습이 되고 보니, 같은 분위기가 무척 차갑고 거리감 있게 보였다.

"난 내 남친이 여자들 몰고 다니면 질투심으로 죽고 싶을 거야."

"왜? 남친이 흔들리지 않으면 상관없잖아?"

"그런가? 그래도, 기분 나쁘잖아? 괜히 여자들이 들러붙고 친한 척하는거."

바람둥이면 모를까, 미수는 인강을 철저히 믿고 있기 때문에 신경이 쓰이지 않는다. 미수에게 중요한 것은 미수와 인강, 둘뿐이지 나머지는 그저 배경의 소음일 뿐이다.

"너, 그러다 조심해. 그러다 뺏기는 거야. 여자들이 서인강 선배 얼마나 따라다니는 줄 아니? 별명이 서 페로몬 아니니. 그중 백여시 같은 여자가 콱 물어갈라. 뭐라고 딱 영역 표시를 해둬야 해, 남자들은. 그래야 그나마 정신 있는 여자들은 가만있지."

미례의 이야기를 들으며 걷던 미수가 돌연 걸음을 멈추었다.

한강대 앞 호프집 통유리 안쪽에 정말로 웬 백여시 같은 여자와 인강, 김태호, 모르는 남자 두 명이 앉아 있었다. 성숙한 여자의 가슴이 인강의 팔에 문대어지고 있다. 여자가 인강을 친숙하게 보면서 빨간 입술로 웃고 있는데, 탐욕스러운 눈빛이 여기서도 느껴진다. 인강은 차가운 얼굴로 묵묵히 제 맥주잔을 노려보고 있다. 여자가 계속 건드리며 태호와 다른 남자들과 즐겁게 하하호호, 하는 모습. 여자가 주변 남자들은 상관없이 인강을 싸고 도는 모습이 미례가 보기에도 보통 친숙한 분위기가 아닌 듯이 보이는지 미수의 눈치를 살피며 어떻게, 미수야, 한다.

어떻게라니, 내가 뭘 해야 하나? 미수가 미례의 얼굴을 보며 생각했다. 내가 애인이면 여기서 뭔가를 해야 하는 건가? 그보다 저 남자, 오늘은 피곤해서 잔다더니 이른 초저녁에 여기 나와서 뭐 하는 거야? 그게 더 궁금했다.

불안해하던 미례를 먼저 보내버리고 다시 인강이 있는 곳으로 눈을 돌렸다. 미수가 통유리 앞에 다가가자, 사람들이 쳐다보았다. 인강도 미수를 보았다. 놀람, 당황함이 인강의 얼굴에 떠오르는 것이 보였다. 뭐지, 저 표정은? 그의 뒤로 여자가 무척 표독스럽게 미수를 보더니 싱긋 웃었다. 미수의 눈이 가늘어졌다. 그냥 지나가려고 했는데, 왠지 그냥 가면 안 될 것 같다. 미수가 맥줏집에 척척 들어갔다.

인강은 밤샘 끝에 마지막 과제를 제출하고 죽은 듯이 자다가 걸려온 태호의 콜에 나와서 발견한, 무리에 섞인 반갑지 않은 여자를 보고 인상을 썼다. 태호가 '스페이스 지금'에 인턴이 된 축하자리라고 해서 나왔는데, 생각이 짧았다. 송정아. 그녀는 진한 화장에 온갖 여성스러운 색기를 뿜으며 탐욕스럽게 인강을 보고 있었다. 지난 2주일간 송정아는 계속 인강을 찾았다. 전화도 하고, 과실에도 찾아오고 지겹게 들러붙었다. 과제로 바빠 죽겠는데 치근덕거리는 전 여자 친구라니, 짜증만 났다. 게다가 자존심은 있는 여자라고 생각했는데 차갑게 거절해도 포기할 줄 모르는 것이 집착이 더 강해진 듯했다.

'내가 잘못했어. 너를 그때 그렇게 버리는 게 아니었는데. 지금이라도 돌아와줘. 다시 시작하자.'

'버리다니, 말은 바로 해야죠. 양다리 걸치겠다는 걸 제가 거부한 겁니다.'

'미안해. 네 자존심을 다치게 했어. 내가 잘못했다니까. 그 인간하고는 이제 이혼할거야.'

'상관없다고요. 관심 없어요.'

'네가 그리웠어. 강아. 너도 힘들어했잖아? 오랫동안 여자도 사귀지 않았다는 거 알고 있어.'

'당신을 못 잊어서 그런 게 아냐. 여자에게 질렸을 뿐이지.'

그녀는 인강에게 여자 친구가 있다고 해도 코웃음을 칠 뿐이다. 마치 지금이라도 그녀가 손짓하면 당장이라도 화장실에 들어가 예전같이 뜨겁게 불타게 할 수 있다는 자신감이 그녀에게 있는 듯, 그녀는 뻔뻔하게 그를 원했다. 어처구니가 없을 정도로 뚜렷하게 여자가 원하는 것이 보였다. 무시할까 하다가, 아예 깨끗하게 단념시키기 위해 자리에 앉았다. 반응을 보여주지 않으면 알겠지, 당신은 이제 나를 흔들 수 없다는 것을.

그런 자리였기에 인강은 한숨만 나왔다. 정아는 계속 예전 일을 상기시키며 인강을 자극하려 했다. 그때가 좋았지. 너도 기억하니.

스페이스 지금에서 같이 온 직장 동료들은 무척 불편한 기색을 보였다. 정아는 여왕처럼 시종 부리듯이 주변 남자들을 거느리고 다녔는데, 아마도 회사에서도 똑같은 모양이었다. 게다가 문득문득 그녀의 옆에 앉은 태호의 다리를 건드리고 마치 태호에게 관심을 보이는 척, 인강의 눈치를 살폈다. 예전에는 그런 그녀의 모습에 폭풍 같은 질투와 소유욕을 드러내며 결국은 격렬한 섹스를 했었다. 지금 생각해보면 참 멍청하게 놀아났다. 지금도 그런 감정이 있을 거 같냐는 듯 차갑게 여자를 보자, 정아가 입술을 앙다무는 게 보였다. 언제까지 보여줘야 이 여자가 포기할 것인지.

"……너, 어린애 사귄다면서?"

"선배와 제 애인 이야기를 할 생각은 없어요."

"형니임, 뭐가 그렇게 비밀이라고. 미수가 어리긴 어리죠."

역시 술이 약한 태호가 벌써 입도, 정신도 풀어지고 있다. 게다가 정아의 유혹을 진짜로 받아들였는지 아주 기대감이 찬 눈으로 그녀를 보고 있다. 정아는 걸려들라는 인강은 돌아보지도 않는데 관심도 없는 태호가 계속 뜨겁게 반응하자, 짜증이 났다. 인강은 아까부터 덤덤하게 온갖 예의는 다 차리면서 그녀를 무시하고 있다. 은근히 그녀의 가슴을 실수인 척 밀어붙여도 아무렇지도 않게 치워버리고 있다.

어른이 된 남자인 인강은 절제된 분위기의, 능숙하고 여유 있는 페로몬이 풀풀 풍기는 모습이었다. 보면 볼수록 초조해졌다. 전화를 해도, 과실로 찾아가도 그래 왔냐, 나는 내 일 한다, 하는 남자의 태도가 눈에 보여 화가 났다. 제가 이처럼 애닯아하는 것을 알면서도 눈 하나 까딱하지 않는 인강에게 분노를 느끼던 중이었다.

갑자기 인강이 눈을 빛내며 허리를 세웠다. 어둑한 유리 밖에 키가 크고 마른 여자가 서 있다. 무표정한 얼굴의 서늘한 미인인데 한눈에도 어리고 섬세해 보였다. 툭 건드리면 훅, 하고 울 거 같은 어린아이의 얼굴이었다. 인강의 얼굴이 하얗게 변하고 흔들렸다.

정아의 얼굴이 굳어졌다. 나를 옆에 두고 다른 여자에게 신경을 쓰다니. 분노가 일고 전투심이 불타올랐다. 본능적으로 인강을 상처주려면 약점은 저 어린애라는 것을 알았다. 게다가 철없는 여자가 슥 둘러보더니, 맥줏집 안으로 들어왔다. 가까이서 보니 키가 꽤 컸고 묘한 분위기가 있는 여자였다. 그녀의 깊은 눈은 뭔가 비밀을 담은 듯한 표정이었다. 하지만 송정아는 이미 사회에서 산전수전 겪은 여전사로서, 능숙한 미소를 지으며 미수를 맞았다.

"어머, 인강이 여자 친구? 안녕?"

"……여기서 뭐해요?"

미수가 정아를 무시하고 인강에게 물었다. 인강이 제법 긴장하며 눈을 맞춘다. 안절부절, 벌써 자리에서 일어났다.

"태호가 불러서 왔어. 지금 나갈꺼야."

"호호호, 여자 친구가 질투하나 봐. 우리 이제는 그런 사이 아니야."

'이제는'을 강조하면서 정아가 인강의 팔을 붙잡아 강하게 끌어내렸다. 유리창 쪽 깊은 안쪽에 몰려 있는 인강이 정아의 방해로 쉽게 나오지 못하게 됐다. 심지어 자리를 피해주려는 옆의 태호 다리까지 누르고 있다. 마주앉은 정아 회사 동료들은 무슨 일인가 싶어 어리둥절하게 눈치를 살피었다.

미수는 고개를 약간 비스듬하게 꺾었다. 본능적으로 전투장에 나온 것을 알 수 있었다. 손을 제 반바지 주머니에 찌른 자세로 정아와 인강을 내려다보았다.

인강은 입 안이 말라가는 느낌이다. 결코 이런 식으로 미수와 만나고 싶지 않았다. 지난 한 달간 바빠서 잘 보지도 못했는데, 미수가 오해할까 봐 심장이 오그라들었다. 미수가 인강을 똑바로 보았다. 맑은 눈, 인형 같은 무표정. 인강은 침을 꿀꺽 삼켰다.

"누구?"

"……."

언제나 진검 승부인 미수다. 어물쩍하게 속아 넘기려 하면 단칼에 베어져, 버려질 것이다. 하지만 입을 뗄 수가 없다.

"전 여자 친구라서 아무래도 껄끄럽겠지? 너무 미안하네."

하나도 미안하지 않은 얼굴로 정아가 표독스럽게 끼어들었다. 인강의 얼굴이 하얗게 질리는 것을 보던 미수는 이 남자가 지금 무언가를 무척 두려워하고 있다는 것을 알았다. 무엇을? 이 여자? 이 상황? 미수의 눈길이 정아를 향해 돌아갔다.

"당신, 인강 쌤하고 섹스 했어요?"

단정한 얼굴에서 나오는 담담한 직구에 모두들 충격을 먹었고, 정아는 놀라서 입이 벌어졌다. 인강이 재빨리 대답했다. 진실만이 답이다.

"예전에. 지금은 아니야."

"잠도 잔 사이?"

"아니, 잠은 안 잤어."

"아, 섹스 파트너."

"……."

주변사람은 존재하지도 않는 듯 두 사람은 서로에게만 집중을 하며 대화를 이어나갔고, 듣는 사람들은 너무도 적나라한 대화에 그저 놀라울 뿐이었다. 언제나 한 발짝 느린 태호는 인강과 정아의 관계를 그제야 눈치채고 창백해져갔다.

"다시 만나고 싶어? 그래서 여기 있는 거야?"

"아냐! 절대로."

"그럼 일어나. 쌤이 그렇게 맹하게 구니까 여자들이 헛꿈을 꾸잖아."

인강이 다시 일어나려고 하자, 정아가 급하게 인강의 팔을 잡고 막으며 빠르게 미수를 향해 독기를 품고 말했다.

"태호가 그러더라. 너 문제 많은 애라며? 넌 강이가 불쌍하지도 않니? 어떻게 감히 강이와 어울릴 생각을 해? 정신병도 있는 주제에."

태호 이놈이! 인강의 서슬 퍼런 눈빛에 태호가 쭈그러들었다. 태호는 온갖 교태를 다 부리며 유혹하던 여자에게 미주알고주알 털어놓은 제 가벼움이 싫을 뿐이다. 정아는 붉은 입술에 비웃음을 걸고 다시 화살을 쏘았다.

"주제도 모르고 눈치 없이 계속 붙어 있는 여자를 뭐라고 하는 줄 알아? 암이라고 해. 암적인 존재."

인강이 하얗게 질려서 미수를 보았다. 그렇지 않아도 자괴감에 빠지곤 하는 미수의 약점을 건드리는 정아의 말에 너무 당황스러웠다. 여자들의 전쟁이 생중계되고 있는 상황에서 넘치는 독기에 굳어버리는 것은 남자들이었다. 숨을 죽이고 보기만 할 뿐 그들이 할 수 있는 건 별로 없었다. 그저 금방이라도 어린 여자가 화를 내거나 울음을 터뜨릴 거라 생각하고 미수에게 동정의 눈들이 저절로 모였다. 일어나서 미수를 데리고 나가려고 인강이 몸을 움직일 때였다.

미수는 놀란 얼굴로 눈을 깜빡거리고 있다가, 갑자기 하하하 하고 웃어버렸다. 정아도, 인강도, 태호도 미친 사람을 보듯 미수를 보았다.

"아, 난 또 뭐라고."

미수가 재미있다는 식으로 씩 웃었다.

대단한 분인 줄 알았는데 다른 여자들과 하는 레퍼토리가 어쩌면 이렇게 똑같은지. 이런 건 나이가 많든 적든 상관이 없나 보다.

"음. 내가 쌤에게 암 같은 존재 맞아요. 전 문제도 많고, 많이 모자라기도 하고."

"아냐, 미수야."

당황해서 끼어드는 인강을 무시하고 미수는 정아와 눈을 맞추었다. 소꿉동무로 알고 지낸 미친놈 친구가 피바다를 만드는 것을 본 사람에게 이런 작은 투정들은 정말 별거 아니다. 그래도 애인이라서 해야 하는 일이 똥파리 치우기라면, 인강 쌤을 위해서 해줄 수 있다.

"내가 암이라면, 당신은 뭘까?"

삐딱하게 선 채로 팔짱을 끼고 한 손을 턱에 대고 생각하는 태도가 여유롭기만 하다. 나이도 어린 여자가, 자신의 명품 옷이나 척 봐도 상류층 미인의 모습에 여느 여자들처럼 기가 죽을 것이라 생각했던 정아는 생각과는 다르게 반응하는 미수에게 당황했다.

미수는 기억이 났다. 인강이 말하던 첫 여자가 그리 좋은 여자가 아니었다는, 바람둥이에, 뭐라더라, 향기도 없고 상처만 주던 조화. 감수성 좋은 인강 쌤이야, 꽃이니 뭐니 시적인 표현을 하지만 나 장미수는 그런 게 없지. 내가 암이라면…….

"설사병. 댁은 설사병이네."

무슨 소리야, 하는 일그러진 얼굴을 한 송정아를 보고, 미수가 여전히 팔짱을 낀 채로 고개를 불량하게 옆으로 꺾고 눈을 거만하게 내리깐 채로 정아를 봤다. 운동선수는 아무나 하는 게 아니다. 기 싸움은 기본으로 갖고 있다.

"사랑은 병이란 말, 몰라요? 당신은 딱 그 정도야. 한 번 걸리면 무척 고생하고 괴롭지만, 한두 번 화장실에서 싸고 나면 나아지는, 하지만 두 번 다시 겪고 싶지 않은 그런 병. 영어로 다이에리아(Diarrhea)."

과거의 여자. 한눈에 보인다. 과거에 이 여자가 어떤 식으로 인강을 대했을지, 왜 지금 이러는지도. 어디서 감히.

남자들이 모두 눈을 크게 뜨고 두 여자만을 보고 있다. 섬세해 보이는 외모의 마른 여자애 입에서 당당하게 나오는, 정제되지 않은 말들에 너무 놀란듯하다. 어느 누구도 감히 송정아를 설사병 같다고 묘사한 사람은 없었다.

"거, 나이도 어려 보이는 여자가 말을 험하게 하네."

젊은 동료 같은 이가 뭣도 모르고 끼어들었다. 팀장을 보호해줘야 한다고 느꼈나 보다. 하지만 여자 싸움에 남자가 끼어들면 피를 본다는 걸 모르는 무지함이 있었다. 미수가 거칠게 남자를 위아래로 훑어봤고, 남자는 침을 꿀꺽 삼켰다.

"왜, 당신도 설사병 걸렸어? 그런 거야? 이 자리가 이 여자랑 섹스한 사람들 모임인거야?"

쓸데없이 참견하려다가 난데없이 발정 난 암캐와 그 남자들로 결정된 사내들이 질겁하는 얼굴들을 했지만, 딱히 반박은 하지 않는다. 대부분 정아와 뭔가를 바라고 있던 남자들이었으므로, 속으로는 찔리는 게 있었기 때문이다. 헛, 하고 미수가 비웃었다. 제 여성성을 어필하며 남자들을 부리던 여자가 화가 났는지 사납게 얼굴을 굳히고 있다.

미수가 상체를 숙여 얼굴을 가까이하고 정아의 눈길을 잡았다.

"암이 뭔지 알죠?"

정아는 눈만 끔뻑끔뻑할 뿐, 어린 여자치고 미수의 눈이 무척 깊고 강했기에 아무 말도 못하고 있다.

"암은, 불치병이지. 약도 없어요. 한 번 걸리면 죽을 때까지 가는 거야."

미수가 놀란 얼굴의 정아를 무시하듯 내려다보며 차갑게 뱉어 냈다.

"그러니까, 설사병 주제에 암에게 시비 걸지 말라구요. 하는 짓도 설사 같네. 지저분하게 노는 게."

직설적인 모욕을 알아듣고 얼굴이 붉어진 정아는 입만 벙긋거리기만 했다. 충격적인 묘사에 말을 잃고 정아의 얼굴만 보던 회사 동료들이 미수의 설명에 속으로 정아를 재조명하기 시작했다. 집안, 직위, 미모를 걷어내고 사람만을 보니 정말 그런 사람처럼 보였다. 설사병 같은 사람. 인턴 축하차 온 맥줏집에서 젊은 남자에게 치근거리는 그런 여자. 싸하게 가라앉은 분위기를 무시하고 미수가 몸을 펴고 다시 인강을 보고 턱짓을 했다.

"빨리 움직여요. 거기서 그렇게 똥처럼 앉아 있으니까 똥파리만 날리잖아."

"어, 어."

계속 되는 원색적인 표현에 맹한 남자가 붉은 기가 도는 얼굴로 재빨리 멍하게 있는 정아와, 더 정신이 없는 태호 앞을 밀쳐 빠져 나왔다. 쭈뼛거리며, 잘못한 개처럼 미수의 눈치를 보고 있다. 어휴. 일일이 이렇게 챙겨줘야 하다니. 덩치는 커다래서는 여자 하나 처리를 못하고. 달리 맹하다고 하는 게 아니다. 미수가 인강의 손을 잡고 그대로 맥줏집에서 끌고 나왔다.

어느 정도 걸어가자, 갑자기 인강이 백허그로 미수를 멈추었다. 그러고는 등 뒤에서 목덜미에 얼굴을 묻고 떨리는 목소리로 말했다.

"미안해. 그런 상황에 있게 해서."

순수한 미수가 어른 여자의 독기 서린 말들에 상처 입을까 심장이 조여 들었다. 하지만 어린애라고 생각했던 제 애인은 당당하게 싸워서 저를 지켜냈다. 제가 끼어들 틈도 없이 살벌한 상황을 여유 있게 이겨냈다. 여자인 미수를 처음 보았다. 장애니 뭐니, 사건사고에 가려져서 마냥 덜 자란 어린애같이 생각하고, 어쩌면 무시하고 있던 인강을 꽤나 놀라게 했다. 미수는, 무서운 게 없는 여자였다.

"그냥 화가 나. 저런 여자가 쌤을 상처줬잖아요. 어디서 쓰레기 같은 게 감히 인강 쌤을 지 맘대로 하려고."

아아. 미수는 식상한 질투 같은 건 안 한다. 그저 진심으로 모든 것을 보기 때문에 관점이 늘 보통 사람과 다르다. 한 번 보고도 송정아가 어떤 사람인지 꿰뚫어보다니. 인강을 위해서 화를 내준 거다.

"안되겠어요."

미수가 포옹을 풀고 주변을 두리번거린다.

왜, 왜? 미수 입에서 나온 부정적인 말에 늘 토끼처럼 놀라는 인강이 굳어 있자, 손을 잡고 질질 끌며 어디를 간다. 한강대 앞 쇼핑거리에서 처음 눈에 띈 작은 악세사리점을 향해 거침없이 접근했다. 덩치가 큰 인강은 밖에 세워두고, 미수가 쏙 들어갔다. 화장실보다 약간 크고 긴 공간에 가득 달려 있는 귀걸이, 목걸이를 지나 반지들에 눈을 준다. 그러고는 가장 눈에 띄는 야광의 두꺼운 연두색 반지를 집어 든다.

"이거, 더 큰 사이즈 있어요?"

제일 큰 놈을 들고 나왔다.

"야광 반지?"

"제일 눈에 띄잖아요, 특히 밤에."

미수가 반지를 인강의 약지에 끼워준다. 미수가 제 치수도 찾아 제 손가락에 직접 끼우려는 걸 인강이 빼앗아 끼워주었다. 두껍기도 하고 색깔도 그렇고, 밤이라서 그런지 환하게 빛나는 반지가 사랑스러운 족쇄처럼 인강의 손가락에 걸려 있다. 인강에 입가에 저도 모르게 큰 미소가 걸렸다. 미수가 그새 계산을 하고 나와서 인강의 손을 잡고 같이 보았다.

"앞으로 여자들이 집적대면 딱 이렇게 보여줘요. 나 임자 있는 사람이다. 그래도 안 떨어지면 나 부르고."

인강이 미수를 포옥 안았다. 주변사람들이 쳐다보건 말건 정말 상관이 없다. 이렇게 사랑스러운 여자를 어떻게 하나. 목덜미에 코를 부비며 말한다.

"미수가 좋아. 너무너무 좋아."

"알아요."

"죽을 때까지 간다고 했지? 너무 기뻤어."

사람들은 모른다. 인강이 얼마나 운이 좋은지. 미수의 사랑을 얻을 수 있다는 것이 얼마나 귀한 것인지 아무도 모른다. 미수처럼 순수하게 진심으로 사는 사람이 얼마나 귀한지, 미수 자체가 얼마나 보기 드문 사람인지, 사람들은 모른다.

"사랑해, 미수야."

"됐고. 오늘 밤에 합시다."

"뭐?"

"확실하게 영역 표시 해야겠어요."

정말, 인강이 얼마나 운이 좋은 남자인지 사람들은 모른다.

13. 마침내 사랑

　영역 표시를 위해, 두 사람은 손을 잡고 말없이 오피스텔로 움직였다. 드디어 이번에는 제대로 하겠구나. 두근거리며 미수가 생각했다. 그동안 성 공부했던 것들이 도움이 될런지.

　미수는 포르노를 볼 생각은 하지 않았다. 워낙 처음에 본 영상에 거부감이 들어서 보고 싶다는 생각이 들지 않았기 때문이다. 대한민국 남성들과 소수 여성들이 알면 믿기지 않겠지만, 포르노에 관심이 없는 사람도 존재하며, 여성의 젖소 가슴이 움직이는 포르노 링크를 클릭할 필요도 없이 인터넷도 쓸 수가 있는 것이다. 하지만 연애를 하려 하니 성에 대한 관심이 생겼고, 초야에 대한 공부도 하고 싶었다. 제대로 된 성교육 비디오도 찾아봤지만 절단된 해부도 같은 남녀의 몸체가 결합하는 에니메이션은 어떻게 정자가 난자를 찾아가는지는 알려줘도 그 행위 자체의 설명으로는 모자라는 점이 많았다.

손가락 두 개만으로도 딴 세상을 본 미수는 궁금했다. 남들은 어떻게 하는지. 그래서 찾은 것이 로맨스소설이었다. 아무리 허구라도, 어느 정도 진실은 있겠지. 그런 게 소설 아니겠나? 그래서 인강이 과제로 바쁜 한 달여간 미수는 짬짬이 5권의 로맨스 소설을 읽었다. 장애로 집중력이 떨어져 공부하느라 읽는 교과서도 힘든 미수가 5권의 소설을 읽은 것은 상당한 노력이었다.

그래도 문화생활이라고는 게임과 영화, 티비가 전부였던 미수에게 로맨스소설은 신선하게 다가왔다. 도서관에서 그저 마음 가는 대로 고른 로맨스소설들은 1권의 할리퀸, 4권의 한국 소설이었다. 하지만 3권 째 읽으면서 패턴이 보였고, 특히 국내 소설에서는 첫날밤의 정석을 알 수 있었다.

기본은 네 번, 장소 변경은 현관문, 침실, 욕실, 다시 침실, 관계가 끝나면 남주가 여자를 정성스레 씻겨준다. 처음 삽입은 무척 아픈데, 얼마 있으면 고통 가운데 쾌락이 있어 '눈앞이 하얘지는' 절정을 맞을 수 있다. 하나같이 '처음에 절정을 맞기는 힘드는 건데 이 소설의 여주는 놀랍게도 처음은 아팠지만 결국 온몸을 꿰뚫는 환희를 첫경험에서 느꼈다'라고 쓰여 있어서 궁금한 점이 많았다. 정말 그렇게 좋은가?

두근두근.

미수의 심장이 두근거렸다. 인강의 오피스텔로 올라가는 엘리베이터 안에서 손을 꼭 잡고만 있는데 두근거렸다. ADHD의 증상인지 너무 흥분되어서인지, 주변의 모든 소리들이 선명하게 들렸고, 개중 가장 큰 소리는 제 심장 소리이다.

인강은 여전히 침착하게 서 있었다. 키가 큰 미수도 올려다봐야 할 남자. 187센티에 80킬로의 늘씬하면서도 근육질 몸매, 남성적인 굵직한 얼굴, 며칠 면도를 안 해서 삐죽삐죽 나온 수염이 그를 더 남자답게 만들었다.

로설에서는 남자가 정신을 못 차리면서 엘리베이터에 들어가자마자 달려들어 키스도 하고 그러던데, 인강은 멀쩡히 서 있기만 하다. 내가 해야 하나?

미수가 입술을 자근거리며 미간을 좁히며, 저보다 두 배는 더 큰 남자를 어떻게 밀어붙일까 고민하는 동안 이미 엘리베이터가 인강의 집에 도착했다.

"무서워?"

인강이 부드럽게 손을 끌며 물었다. 고개를 작게 저으니, 인강이 웃는다.

"난 무서운데."

미수의 가냘픈 몸을 보면서 인강이 긴장된 미소를 띠웠다.

사람들은 자신의 보여지는 모습을 잘 이해 못하는 경우가 있다. 아침저녁으로 씻을 때 잠깐 거울에 비친 얼굴만 보는 경우가 대부분이라, 다른 사람들에게 전체적으로 어떻게 비쳐지는가는 그저 어렴풋한 상상일 경우가 많다. 미수는 자신이 얼마나 연약해 보이는지를 모른다.

오히려 미수는 평소 자신이 남자 같고, 남자처럼 강하다고 생각하고 있었다. 키 172센티는 웬만한 남자만 했고, 작은 여자들은 늘 내려다보는 위치여서 그렇다. 운동을 하고 건강할 때의 기억이 생생해서 더 그렇다. 탁구공을 힘차게 때려치는 그 강함이 미수의 머리에 각인되어 있기도 하다. 하지만 그것도 몸무게가 55킬로였을 때, 2년여 전 일이다.

미수는 키 크고 마른 체형의 아빠를 닮아, 살이 잘 찌지 않았다. 운동을 해도 늘 마른 타입이어서, 체중이 낮아 생리도 늦게 왔다. 가장 전성기 때 172센티에 55킬로였는데 '그 일' 이후로 1년 동안 최저로는 38킬로까지도 떨어졌었다. 정말 기아 상태의 해골 같은 꼴이었는데, 트라우마로 체중 늘리기가 쉽지 않았다. 의사들은 그녀가 여성의 풍만한 몸이 되는것을 잠재적으로 거부하고 있다고 했었다. 어른이 되기를 싫어하는 것이라고도 했다. 생리 전의 행복했던 시절로 되돌아가고 싶어 하는 심정으로 이해하기도 했다.

인강과 과외를 할 때는 그나마 40킬로로 회복 중이었다. 몸무게를 잃으며 제일 먼저 빠져나간 것은 근육들이었다. 비쩍 마른 뼈밖에 없는 몸은 멋대가리 없는 아이의, 거의 남성적인 것이다. 메마른 몸을 감추고자 두꺼운 옷을 입기도 했다. 정말 납작한 가슴이라 여자로서의 자신감이 없었다. 브래지어가 필요 없는 더블 A컵.

하지만 인강과 손가락 연습한 날 이후로 미수는 살찌고 싶다는 욕망이 조금 생겼다. 더 큰 가슴이 너무도 가지고 싶었다. 하지만 대학 생활의 스트레스도 만만치 않고, 집에만 있던 사람이 매일 운동량이 늘어나니 생각처럼 살이 잘 쪄지지 않았다. 연예인이나 45킬로가 화면에서 보기 좋지, 현실에서는 보자마자 말라빠진 막대기라는 인상이 더 강하다. 통통한 여자들이 들으면 농담하냐고 화를 낼 일이지만, 병적으로 마른 사람들은 살찌기가 생각보다 어려운 법이다.

인강이 보기에 미수는 한참 어린아이의 몸을 하고 있다. 초경도 안 치른 여자아이 같은 몸을 직접 본 적은 없지만, 이렇지 않을까. 그동안 안았던 여자들은 기본이 C컵이었고 풍만하고 부드러운 몸과 잡을 거리가 있는 허벅지를 가지고 있었다. 반면 미수는 조금만 힘을 줘도 부러질 것처럼 가늘기 만하다. 그런데도 마구 갖고 싶은 욕정이 솟는 것은 무엇인지, 마치 제가 무슨 나쁜 짓을 하는 듯했다. 힘을 주어 밀어붙이면 부서지는 게 아닐까, 하는 걱정도 있다. 걱정된다, 조절을 할 수 있을지.

그래서 사념이 한가득인데, 현관에 들어서자마자 미수가 인강을 현관문에 밀치고는 다짜고짜 키스를 시작해서 당황했다. 비쩍 마른 여자애가 제 목을 끌어당겨 다짜고짜 키스를 하니, 얼떨결에 밀려 받아주었다. 미수는 한 번 쭈욱 빨고 떨어지더니, 미간을 좁힌다.

"수염, 아파서 더 못하겠어요."

"푸훗. 그래, 샤워하고 면도부터 해야겠다."

역시, 현실은 로설과 다르구나. 혹시나 하며 기대했던 현관에서의 격정은 없었고 인강이 먼저 샤워실로 들어갔다. 미수는 제 작은 가슴을 내려다보았다. 내가 가슴이 작아서 그런가? 아까 그 설사병 여자의 풍만한 가슴이 생각나자, 많이 침울해졌다.

미수는 자신의 갈비뼈를 느끼며 샤워를 했다. 아, 더 찌웠어야 했는데. 기말고사 본다고 긴장해서 점심을 거르는 게 아니었어. 씻으면서 제 여성에 잠깐 더 깊게 손을 넣어보았다. 그래도 몇 번 혼자 해보았다고 제법 이물감이 익숙하다. 괜찮을 거야. 그래도 긴장 감이 들었다.

미수가 원피스같이 커다란 셔츠만 걸치고 젖은 머리를 하고 나왔다. 인강은 상체를 벗고 파자마 바지만 입은 모습으로 맥주를 꺼내고 있었다. 냉장고를 잡은 왼손에 끼어 있는 야광 반지가 눈에 띄었다.

"미수, 맥주 마실 수 있어?"

"아, 조금."

"마시자."

평소 흥분될 수 있는 성분은 피하는 편이지만, 지금은 너무도 두근거려서 진정시킬 뭔가가 필요했다. 미수가 샤워하는 동안 방을 대충 치워둔 모양이다. 커다란 식탁에 엉덩이를 걸치고 건장한 상체를 드러낸 채로 맥주를 마시면서 미수를 주시하는 남자는 무척 섹시하게 느껴졌다. 천천히 미수의 몸을 훑는 열기 어린 눈빛에 꿀꺽, 하고 저절로 침이 넘어갔다.

내가 조금 있으면 저 남자의 몸을 가지는 거겠지.

같이 옆에 걸터앉아 맥주를 들이켰다. 한 모금만 마셔도 어질어질한 느낌은 알코올 때문인지, 옆에서 열기를 뿜어내는 남자의 맨살 때문인지 모르겠다.

인강의 야광 반지가 낀 왼손이 미수의 쭉 뻗은 하얀 허벅지에 닿았고, 그곳을 천천히 쓸어 올리며 인강이 물었다.

"오늘 현관에서 왜 그랬어?"

"네?"

"뭔가 생각이 있는 거 같던데."

따뜻한 손바닥이 아직도 촉촉한 살을 쓸으니 갑자기 소름이 돋았다. 6월의 더운 날이라 에어콘이 조용히 돌아가고 있어, 벗은 살결이 차가워져서 그런가 보다.

"저기, 책을 읽었는데, 그냥 한번 시도해봤어요."

"책?"

손이 미수의 티 아래로 무심한 듯 들어왔다. 미수가 맥주 캔을 두 손으로 꼭 잡고, 온 신경을 인강의 손에 집중하며 물어보는 대로 대답을 했다.

"저기, 로설에서는 현관에서부터 많이 하길래……."

"현관?"

"그냥, 다들 거기서 시작해서……. 저기, 그만 좀 만질래요?"

"……안 입었네."

어느새 인강이 캔을 내려놓고 팔을 벌려 앞에서 미수의 상체를 탁자 위에 가둔 상태로 기대어 섰다. 인강의 야릇한 미소를 띤 얼굴이 미수의 맥주 캔을 사이에 두고 미수를 보았다. 미수의 눈동자가 불안하게 움직였다.

"그리고 또?"

"네?"

"로설에서는 어떻게 시작하는데?"

인강이 무심함을 가장한 손으로 미수의 맥주 캔을 같이 잡아 제가 마셨다. 목울대가 꿀렁거리는 걸 바로 눈앞에서 보니 무척 신기했다.

"저기, 키스를 하고……."

맥주를 마신 인강의 차가운 입술이 미수의 입술을 머금었다. 맥주 맛이 엉켜서 들어왔다. 팔을 여전히 식탁에 짚은 채 걸터앉아 있는 미수에게 손은 대지 않은 채로 고개를 약간 비껴서 깊은 키스를 하고 얼굴을 떼었다.

붉어진 얼굴의 미수가 이 당황한 듯 흔들렸다. 기다란 속눈썹이 팔락거리며 만드는 바람이 느껴질 정도다.

"로설대로 해줄게. 말해봐, 다음."

인강이 씩 웃었다. 미수가 여전히 맥주를 기도하듯 부여잡고 눈을 깜박였다. 인강의 벗은 상체가 뜨거운 열기를 내는 듯했다.

"그, 그래도 현실은 다르잖아요. 나, 난, 가슴도 작아서⋯⋯."

"가슴이야?"

"그, 그런데 너무 작아서⋯⋯."

"벗어봐."

"⋯⋯."

미수는 검정고시 준비를 하면서 조금씩 살이 붙어, 이전보다 얼굴에 혈색이 돌고, 팔에도 조금 살이 붙고 있는 듯했지만, 가슴은 여전히 너무도 작았다.

인강의 고개가 미수의 귓가로 다가가 뜨거운 숨을 내쉬며 낮게 속삭였다.

"내가 봐줄게."

인강이 고개를 숙여 목덜미에 키스를 하자, 미수의 다리가 떨렸다. 간지러운 느낌에 목을 움츠리자 인강이 옅게 웃었다. 그사이에 인강의 한 손이 미수의 셔츠 단추 하나를 풀었다. 미수가 놀라서 한 손으로 인강의 손을 잡았다.

"너무 작아서⋯⋯."

"보여줘."

미수가 주저하는 눈으로 맥주 캔을 잡고 있자 인강이 맥주 캔을 뺏어 옆에 놔두었다. 그리고 천천히 단추를 풀어내리며 말했다.

"여자들이 모르는데, 사실 가슴 사이즈는 남자한테 별로 중요한 게 아니야."

하얗고 앙상한 미수의 상체가 드러났다. 작은 가슴이 밝은 핑크빛 꼭지를 도드라지게 보여주고 있다. 미수가 부끄러워 팔로 가슴을 가리려 하자, 인강이 부드럽게 미수의 양손을 잡고 앉아 있는 엉덩이 옆에 고정했다. 미수의 코앞에서 인강이 말했다.

"작아도, 느낄 건 다 느낄 수 있으니까."

인강의 오른손이 여유롭게 왼쪽 젖꼭지를 손가락 마디로 투두둑 건드렸다. 그 작은 손짓에도 등에 전류가 흐르는 느낌이 나서 미수가 허리를 곧추세웠다.

"이렇게 해주면……."

길고 굵은 손가락이 부채처럼 가볍게 작은 가슴 위로 펼쳐지더니 잡아올리듯 움켜쥐었다.

"아!"

"좋아하잖아."

미수의 왼손이 저절로 인강의 손목을 잡았지만, 남자의 손은 집요하게 작은 가슴을 주물럭거렸다. 강하게, 살살 매끄럽게, 살덩이가 남아나지 않겠다 싶을 정도로 다양하게 만져졌다.

"아, 아, 이, 이상해……."

"딱 좋은 사이즈네. 잘 느끼기도 하고."

인강이 고개를 내려 오른쪽 가슴을 한입 가득 넣었다. 뜨거운 입 안, 축축하고 매끄러운 혀가 작은 가슴을 먹듯이 물었다가 빨았다가 핥아댔다. 어느새 미수는 인강의 어깨와 뒤통수에 손을 감고 고개를 뒤로 젖히고 신음하고 있다. 몸이 간질거리는 느낌과 사타구니가 뜨거워지는 상황에 미수는 정신이 없었다.

인강은 미수의 다리 사이에 서서 상체를 탁자 위에 굽히고 미수의 가슴을 탐하고 있었고, 미수는 이제 거의 누운 상태로 인강의 목에 매달려 있는 모양이었다.

"그리고 다음은, 뭘 해?"

인강이 가슴께에서 돋아난 유두를 혀로 굴리며 물었다. 아늑해지는 쾌감에 눈을 반쯤감고 입술을 핥던 미수가 몽롱하게 뭐였더라, 기억을 찾았다.

"그리고, 거기를 핥아줘요."

"거기?"

"아래……."

"아아……."

인강의 머리가 쑥 빠져나가는 느낌에 미수가 팔을 내리고 눈을 떴다. 상체를 일으키니 티셔츠는 이미 양쪽 팔목에 걸려 벗겨져서 미수는 나체로 다리를 벌리고 탁자 위에 앉아 있다. 인강이 눈을 빛내며 다리 사이에서 무릎을 꿇었다.

"그래서 안 입고 있었어?"

"아앗! 쌤!"

인강이 미수의 다리를 제 어깨 위로 올리는가 싶더니, 남자의 뜨거운 입김이 여성에 뿜어지고 단단한 혀가 꽃잎에 느껴졌다. 다리를 오무리며 빠져나가려 하자 인강이 단단하게 허벅지를 그러잡고 올려다보았다.

"한번 해보자."

제 다리 사이 아래로 넓은 어깨를 한 벗은 상체의 인강이 앉아, 검은 음모에 입을 대고 올려다보는 것은 상상도 못해본 일이었다.

커다란 코가 검은 털에 박히듯이 하더니 인강이 눈을 내리깔고 여성을 핥기 시작했다. 저절로 두 손이 인강의 머리를 그러잡았다.

"나 이거 처음 해보는데……."

부드러운 속살을 빨고 핥는 중에 인강이 말했다.

"맛이 괜찮네."

"흑……. 하악."

입을 벌리고 미수가 소리를 내다가, 한 손은 인강의 머리를, 한 손은 몸 뒤로 뻗어 상체를 지탱하고 다리를 버둥거리니 마치 로데오에서 날뛰는 소를 타는 모양과 같았다. 인강은 검붉게 갈라진 둔덕을 양손으로 잡아 벌리고, 안에 숨겨진 분홍빛 꽃잎을 길게 핥고 있었다. 혀로 안에 찔러 넣기도 하고, 한쪽씩 입에 물고 빨아보기도 하니, 미수가 자지러지며 몸을 뒤로 넘겨 탁자에 누워버렸다. 하는 김에 손가락을 같이 넣어가며 계속 핥으니, 미수가 제 주먹을 입에 물고 흐느끼는 소리를 낸다. 철퍽철퍽, 손가락들이 드나드는 소리와 미수의 흐흑거리는 소리가 어우러졌다. 엉덩이가 들썩이며 애액이 쏟아졌다.

인강이 일어나 탁자에 널부러져 얼굴을 가리고 제 풀에 지쳐 있는 미수를 내려다보았다. 인강이 미수의 늘어진 다리를 올려 발목을 잡아 제 어깨 위로 걸치며 낮게 말했다.

"그러게 왜 팬티를 안 입었어."

제 파자마 바지를 내리고 이미 곧추설 대로 곧추선 남성을 꺼내, 충분히 젖은 여성에 문댔다. 느껴지는 크기에 미수가 긴장하는 느낌이 났다.

"여기서 침대까지도 못 가잖아."

미수의 엉덩이를 탁자 밖으로 빼내어 제 남성에 잘 맞추면서 귀두를 밀어 넣기 시작했다.

"힘 빼."

"아……."

이 느낌은 마치, 한겨울에 추운 바깥에서 따뜻한 호빵 판매기에 손을 집어넣어 말랑한 호빵을 잡을 때의 느낌이다. 뜨거운 호빵 보관함의 후끈한 열기, 손가락에 느껴지는 보드랍고도 촉촉한 느낌. 호빵을 꽉 쥐어 터뜨리는 심정으로 뜨거움을 향해 남성을 밀어 넣었다. 촉촉한 생고무로 만든 통로가 남근을 조여오는 듯한 미수의 꽃길이 억지로 벌어졌다. 잠시 막히는 느낌과 미수의 불평하는 듯한 신음이 들렸으나, 이미 인강은 오토파일럿이었다. 허리를 약간 뒤로 빼서 한 번에 끝까지 푸욱, 하고 꽂아 넣었다.

"아아아악!"

아아아아. 드디어.

탁자 앞에서 양손에 미수의 앙상한 허벅지를 잡고 선 채로 죽죽, 제 하체를 밀어 넣었다. 제 것의 크기가 커서 다 넣으면 힘드니까 적당히 하자, 생각했던 것도 날아갔다. 미끄러지는 미수를 잡아 제대로 끝까지 넣고, 그 좋은 기분과 감촉에 온몸을 부르르 떨렸다.

눈을 감고 등을 쭉 피고 제 하체에 느껴지는 뜨거움과 조임을 느꼈다. 여자를 안아본 것이 얼마만인지. 새삼 그 감각이 돌아왔다. 등에 흐르는 전류와 동시에 느껴지는 몸이 붕 뜨는 감각. 저절로 엉덩이에 힘이 들어가며 남성이 커졌다. 아, 너무 좋다. 미수야.

"쌤! 아파! 쌤! 아아!"

그제서야 미수의 비명이 들렸다. 미수가 식탁 위에서 상체를 일으켜 제 어깨를 잡고, 기를 쓰고 빠져나가려 하고 있었다. 물론 그녀가 몸부림칠수록 남성이 더 조이고 사정감이 몰려왔다. 아직 움직이지도 않았는데.

미수가 빠져나가지 못하게 아예 상체를 들어 올려 안고 서버리니, 더 깊이 삽입이 된 남성에 미수가 울부짖었다.

으허헝!

미수의 통통한 엉덩이를 받쳐 잡고 자세를 좀 더 편하게 하려고 으쌰, 하고 들추었다 내리니 자지러진다.

아으으.

섹스는 너무도 동물적인 행위였다. 제 중심을 꽂은 채 이처럼 들어 올려질 줄은 몰랐다. 작살에 뚫려진 물고기 심정으로 정신없이 인강의 어깨에 매달렸다. 지금은 인강의 자비에, 힘에 지배되어 있을 뿐이다.

"가만있어봐. 침대로 가자."

몇 발자국 거리인데도 떨어지기 싫어, 인강은 삽입한 그대로 미수를 안고 침대로 걸어가 조심히 눕혔다. 가벼운 몸이라 선 채로 잡고 해도 될 것인데 꾹 참았다. 미수의 일그러진 얼굴이 붉게 눈물을 맺고 있다. 인강은 그제서야 다정하게 얼굴에 키스를 해주고 다시 가슴도 만져주며 미수가 제 남성에 익숙해지기를 기다렸다.

"이, 이제 다…… 끝났어?"

"……빨리 끝낼게."

미수의 경악한 얼굴을 무시하고 상체를 꼭 맞붙인 채로 미수의 어깨를 안아 들고 깊이 삽입한 것을 꿈틀대며 움직였다.

악, 악, 악, 악.

흡, 흡, 흡, 흡.

인강의 엉덩이가 빠르고 짧게 움직였다가, 한 번 격하게 그처럼 더 들어갈 수 없다고 생각될 때까지 밀어붙이더니 쑥 하고 빠져나갔다. 흐윽, 하는 굵은 신음. 그리고 아랫배에 뜨겁고 축축한 감이 느껴졌다. 인강이 미수의 위에서 제 엉덩이를 쭉 빼고 미수의 목덜미에 머리와 팔을 기대고 숨을 골랐다.

그런 인강의 목을 안아주며 미수는 이상한 성취감에 빠졌다. 현실의 섹스는 역시 다르구나. 거칠고 무섭기도 하지만 그처럼 제가 여자 암컷이라는 느낌을 가져본 것도 처음이다. 두근두근, 여전히 심장이 뛰고 있다. 눈앞이 하얘지는 그런 경험은 없었지만, 또 특별히 죽을 정도로 아프지도 않았다. 하지만 그저 밑에서 누워 있었을 뿐인데도 온몸이 노곤하고 힘들었다.

"너무 좋다."

제 암컷을 품어 만족한 수컷의 신음 같은 말이 새어 나왔다. 인강이 누운 채로 미수를 꽈악 안아주었다. 얼굴에 자잘한 키스를 하고 사랑스럽다는 듯이 머리카락을 치워주었다.

"나도. 그런데 좀 이상한 기분이야."

막 내 몸이 내 것이 아니었다가 돌아온 기분.

"익숙해지면 좋아져."

"으음."

인강이 굵은 허벅지를 넓게 벌리고 무릎 꿇은 채로 앉아, 제 남성 앞에서 있는 대로 벌려진 미수의 허벅지를 사랑스럽게 쓰다듬었다.

이상하다. 인강이 제 여성을 사랑스럽게 보고 만지는 것이 괜찮다고 생각되다니. 섹스 전에는 벗은 다리도 부끄러웠는데, 이제는 모든 것이 가능했다. 서로에게 모든 것이 열려 있는 느낌이다. 인강은 미수의 모든 것이 사랑스러웠다. 앙상하게 드러난 상체도, 제게 꼼짝없이 잡혀 울부짖을 때도. 사랑스러운데 울리고 싶은 상반된 감정. 하얀 허벅지에 묻어나는 피가 보여서 살피니, 인강의 검붉은 남성에도 애액과 함께 처녀의 피가 묻어 있다.

"아팠어?"

인강이 걱정스러운 얼굴로 물었다.

"생각보다는 견딜 만했어요. 짧기도 하고."

"후훗. 내가 너무 급했어. 오랜만에 하는 거고, 미수와 처음이라 흥분했거든."

처음인데 짐승처럼 길게 할 수도 없고. 콘돔도 쓰지 않았다. 처음으로 미수와 닿는데, 막 없이 직접 느끼고 싶었다. 그 뜨겁고 쫄깃한 느낌을 떠올리니 남근이 다시 뻣뻣해진다. 아쉬운 듯 인강의 손길이 허벅지 안쪽을 계속 쓰다듬었다.

문득 미수가 상체를 들고 한 팔로 뒤를 짚어 일어나니, 인강의 무릎 위에서 다리를 벌리고 마주앉은 모양이 되었다. 제 거웃 위에 걸쳐진 인강의 아직도 굵은, 정액과 애액으로 번들거리는 남성을 보았다. 미수의 아랫배에 상당한 양의 뿌연 정액이 뿌려져 있었다. 손을 뻗어 정액을 자신의 배에 슥 문질러 선을 만들었다.

"인강 쌤 영역."

미수가 한 손으로 남성을 훑자, 피와 정액이 묻어났다. 그 손가락을 인강의 배꼽 아래 납작한 배에 문질렀다. 엷게 보이는 핏빛에 미수가 웃었다.

"미수 영역."

인강이 제 배에 묻힌 흔적을 보고 씩 웃었다. 그리고 제 왼손 약지에 끼어진 야광 반지를 중지의 첫 마디에 끼고 미수와 눈을 맞추었다. 반지 낀 손마디를 입 안에 굴리고 빼냈다. 그리고 미수의 질척하고 예민한 여성에 반지를 끼운 중지를 밀어 넣었다. 워낙 큰 것이 들어갔다 나와서인지 손가락 하나에 별 느낌은 없었지만, 반지의 매끄럽고 단단한 감은 알겠다. 깊게 한번 넣어 휘저었다. 미수의 허리가 비틀렸다.

"으음…….."

"네 처음인 피와,"

인강이 반지를 빼내 미수의 배 위에 있는 제 정액에 문질렀다.

"너에게 처음 뿌린 나."

번들거리는 야광 반지를 제 약지에 다시 끼었다.

"키키킥, 그게 뭐야. 변태같이."

"이 반지만 보면 이 순간이 생각날 거야."

'이 순간'은 서로가 무엇을 해도 괜찮게 느껴졌다. 이렇게 이상하고 행복한 기분이라니. 그저 웃음이 절로 나왔다. 인강이 나간 지 꽤 됐는데도 아직도 그 느낌이 미수의 안에 느껴졌다. 쓰라림도 나간 지 5분쯤 후에 더욱 선명해졌다. 그 욱신거리는 아픔이 또 그렇게 좋을 수가 없다. 아, 나는 변태인가 보다. 아픈 게 좋다니.

인강이 손을 뻗어 침대 옆 탁자에 놓인 휴지를 몇 장 뽑아 자신의 것을 닦아냈다. 새 휴지로 미수의 배 위에 널린 정액을 닦으려 하자, 미수가 잡았다.

"잠깐만 놔둬요. 아직도 살아 있잖아."

"벌써 죽었어. 올챙이가 아니라고."

"물에 넣으면 살 수 있지 않을까?"

"……정자 아쿠아리움을 만들게?"

"정어리 떼처럼 몰려다니지 않을까요."

한때 기생충과 같은 취급을 받던 정자가 많이 발전했다.

"얘네들은 미수 안에서만 살 수 있어. 앞으로 더 만들어줄게."

미수가 제 배 위에서 정액을 닦아내는 인강을 보았다. 로설 남주처럼 뜨거운 물을 묻힌 타월로 닦는 것은 아니지만, 인강도 조심스럽게 제 사타구니를 휴지로 닦아주고 있다. 쌤에게 말하면 아마도 똑같이 뜨거운 물수건으로도 해주겠지. 하지만 아무래도 좋다. 인강의 생각만 해도 저절로 킥킥, 하고 웃음이 난다.

한 번의 사정에 약 3억 개의 정자들이 하나의 난자를 위해 목숨 걸고 헤엄치다가 기적적으로 성공한 하나만이 아기가 될 수 있다. 그 아기가 커서 다른 3억분의 일의 확률로 아기와 만나, 다시 그 과정을 반복한다. 지금 인강과 섹스를 할 수 있는 것도 기적인 것이다.

미수가 여전히 사타구니를 겹치고 마주 보고 앉은 채로 이마를 맞대고 인강의 손을 잡고 키스했다.

"내가 사랑하는 사람이 나를 사랑해주는 것은 기적이래요. 쌤이 절 사랑해줘서 너무 좋아요."

인강이 미수의 깊은 눈을 들여다보았다. 부서질 것 같은 소녀의 몸에 단단한 영혼이 공존한다.

"내가 미수를 만난 것은 내 행운이고 의지야. 세상에 3억의 남자들이 있는데, 내가 열심히 노력해서 미수라는 난자를 만난 느낌이야."

미수가 새삼스러운 눈으로 인강의 남자다운 얼굴을 찬찬히 보았다. 가는 손가락이 얼굴선을 따라 움직이고, 넓은 어깨와 단단한 가슴을 매만졌다. 서투른 애인의 손길을 즐기다가, 인강이 미수를 뒤로 밀어 침대에 몸을 눕게 했다. 인강도 미수의 상체에 키스를 하고 만져주었다.

인강이 더듬어주니, 제 갈비뼈가 보이는 못난 몸도 귀하고 예쁘게 느껴졌다. 미수가 가냘픈 몸을 움직여 인강 위에 올라가 온몸을 쭉 피고 겹쳤다. 인강이 그 메마른 등을 쓰다듬었다. 그 가벼움에 마음이 아프지만, 부드러움에 두근거리기도 한다. 이처럼 편하게 온몸이 닿을 수 있다는 게 좋다.

"음, 나 한 번 더 하고 싶은데."

인강의 가슴에 얼굴을 대고 심장 소리를 들으며 미수가 말했다. 섹스 후에도 마치 인강이 여전히 그녀 안에 있던 느낌인데 지금 그것이 사라져간다. 다시 한 번 몸을 깊이 안고 싶다는 생각이 든다. 다시 한 번 그 이상한 기분을 맛보고 싶다.

"진짜?"

"아까 가슴에 해준 거 너무 좋았어요."

"……이번에는 내 마음대로 해도 돼?"

"아까는 마음대로 못했어요?"

"조금. 처음이니까 자제했지. 나 엄청 크잖아. 진짜로 하면 미수가 죽을 거 같아서."

후후후. 농담 같은 진담에 미수가 위에서 웃으니, 인강의 몸도 같이 떨렸다.

"로설대로 해준다면서요. 거기는 기본이 네 번인데."

두 번째는 미수가 위에서 먼저 천천히 시작했다. 인강의 온몸을 사랑스럽게 만지고 쓰다듬고 키스했다. 미수의 사랑을 받으니 너무도 행복한 느낌이 들었다. 어느 여자도 이처럼 자신을 만져준 적이 없다는 생각도 들었다. 어느 순간 커다란 인강이 덮치듯이 가냘픈 미수를 감싸면서 이리저리 자세도 바꾸며 다리를 올렸다 내렸다, 뒤집었다 세웠다, 정말 길게 했다.

XXL국산 공장제 대량 생산된 콘돔을 착용하고, 세계 어디서도 찾을 수 없는 최고의 커스텀 메이드 쾌락을 가졌다. 사정감이 오면 멈추고 자세를 바꾸면서 즐겼다. 미수는 하도 소리를 질렀더니, 목이 쉴 지경이 되었다. 그래도 섹스는 경험할수록 더 좋아지기는 했다.

두어 시간 쉬고 한, 세 번째에는 정말 눈앞이 하얘지는 비슷한 경험을 한 것도 같다. 힘들지 않겠냐고, 제 것이 이미 꼿꼿이 섰는데도 주저하는 인강을 선동한 것도 미수다. 뒤에서 들어오는 격렬한 허리 짓에 죽을 것 같은 공포감도 느꼈다. 겨우 인강이 빠져나갔을 때, 온몸이 물먹은 솜처럼 늘어졌다.

미수가 읽은 로설에서는 남주가 원해서 선택 없이 하는 듯했지만, 현실에서 해보니 여자도 남자만큼 원했다는 것을 알았다. 이렇게 이상하고 아픈데 좋다니, 정말 신기하다. 그리고 섹스하다 기절한다는 표현은, 기절하듯 자게 되는 것이라는 것도 알았다.

네 번째는 사실 좀 힘들었다. 자다가 일어나 보니, 이미 누운 채 뒤에서 움직이고 있는 인강을 느꼈다. 작은 가슴도 충분히 제 할 일을 하여 인강이 주스라도 짜내듯 집요하게 꼬집고 주무르니, 다시 아래가 젖어가는 게 원망스러울 지경이었다. 이미 애무에 익숙해진 몸은 가슴이 만져지고 굵은 남성이 엉덩이에 문대어지자, 곧 이어질 몸짓을 기대하고 움찔거렸다. 피곤하고 자고 싶은데도, 여성이 붓고 아픈데도 엉덩이가 저절로 인강의 남성에 비벼졌다.

괜찮겠어? 하고 의뭉스럽게 묻는 부드러운 남자는 곧 짐승처럼 변할 거라는 것을 안다. 아는데도, 그런 인강을 다시 보고 싶은 마음에 괜찮다고, 제 부운 곳을 다시 열어주는 이 멍청함이라니. 찌익, 하고 콘돔 찢는 소리를 알아듣고 민감하게 준비하는 마음이라니.

이렇게 아프고, 이상하고 미치겠는데 또 좋고, 사랑스럽고, 하면 할수록 마음이 더 깊어지고 빠져 들어간다. 사랑에 빠진다는 것은 이처럼 자신을 잃어버릴 수 있는 거라서 무서운 거구나. 정말 사랑하다가 미쳐서 죽을 수도 있겠어. 미수는 다시 한 번, 인강의 품에 안겨 잠에 빠져 들어갔다.

"아우."

다음날, 미수는 일어나려다가 미간을 찡그리고 몸을 구부렸다. 처음에 네 번은 무리였는지, 상당히 쓰리고 아팠다. 역시 현실과 로설은 틀려. 할 때는 그래도 할 만했는데, 자고 일어나니 그 영향이 무지막지하다.

"아파? 너무 했었지?"

인강 쌤이 미안해서 어쩔 줄을 모른다. 정정. 현실에서도 남자는 네 번을 해도 괜찮나 보다.

"찬 물수건 좀 갖다줘봐요."

인강이 재빨리 미수의 명에 따른다. 차가움이 닿자, 부은 곳이 조금 시원해져 좋은 기분이다. 역시, 근육통에는 냉찜질이다.

"난 창녀는 죽어도 못할 거 같아요."

"음?"

"네 번만으로도 이런데, 어떻게 이걸로 돈을 벌겠어요? 완전 막 노동이네."

"……미안. 내가 생각이 짧았어."

짐승 같은 놈. 미수가 해달랬다고 다해주다니, 경험이 있으면 뭐하나. 인강이 속으로 자책했다.

"게다가 이런 걸 전혀 모르는 사람과 한다는 건 생각도 못하겠어요."

"쓸데없는 걱정이야. 나랑만 하면 되지. 뭐 먹을래? 나가기 힘들 거 같으니까 주문해서 뭐 좀 먹자."

인강 쌤하고만 한다. 그렇구나. 인강 쌤하고만 하는 거니까 괜찮은 거야. 그런데 인강 쌤 엉덩이가 저렇게 생겼구나. 등근육도 너무 멋있다. 팔에 근육도 너무 좋아. 저 손가락들은……. 미수는 홀린 듯이 인강을 보다가 문득 정신을 차렸다.

갑자기 부끄러워진다. 너무너무 좋아하니까 무서워졌다. 왜 갑자기. 몇 시간 전만 해도 둘이서 이런 짓, 저런 짓 다 했는데. 지금 저렇게 일어나서 떨어져 나가니 그 모든 것이 그냥 꿈만 같은지 모르겠다.

인강이 샤워를 마치고 나오니, 미수가 우울한 얼굴로 멍하니 누워 있다. 걱정되는 마음에 살며시 미수의 옆에 앉아 미수의 머리를 쓰다듬으며 또 무슨 일인가, 의아해했다.

"무슨 생각하는데 그래, 미수야."

"……모르겠어요. 갑자기 외로워져서."

"배가 고픈가 보다. 뭐 먹을까?"

미수가 인강의 미소 짓는 얼굴을 보았다. 겉으로 봐서는 아무 일도 없었다는 듯이 될 수도 있구나. 섹스를 했는데 엉덩이에 뿔이 나는 것도 아니고, 그저 속으로만 아프다. 이 불안감은 무엇일까.

"난, 별로 먹고 싶은 생각이 없어요."

"왜 그래, 미수야. 뭐 걱정되는 거 있어?"

인강 쌤이랑만 계속할 수 있을까요. 왠지 물어보기가 겁난다. 전에는 생각나는 대로 다 말했는데, 지금은 말 한마디 함부로 하기가 무섭다. 쌤이 나를 사랑한다고 해주었는데, 왜 이런 우울한 생각이 들까. 섹스를 하고 나니까 뭔가 달라지긴 달라진 거 같다. 하지만 그게 뭔지 모르겠어서 혼란스럽기만 하다.

"쌤. 저, 집에 가고 싶어요."

"……왜 그래? 어젯밤에 안 좋았어?"

"좋았어요. 그냥 생각하고 싶은 것들이 있어요."

"나도 알면 안 돼?"

"나도 모르겠는데 어떻게 쌤이 알겠어요."

"미수야."

자꾸 눈을 피하는 미수가 마음에 들지 않는다. 왜, 도대체 뭐가 문제일까? 이제 우리는 완벽한 연인이 된 것인데.

"솔직하게 말해줄래? 난 네가 이러는 거만 봐도 불안해. 또 무슨 일인가 하고."

"……연애한다는 거, 잘 모르겠어요. 뭘 해야 할지."

"특별한 거 아냐. 지금까지처럼 만나서, 밥 먹고, 사랑하고, 놀고, 공부하면 돼."

"내가, 잘할 수 있을까요?"

"그럼. 미수는 미수대로 있으면 돼."

나대로?

장애로 인해, 뭘 하든 더 신경 써서 주의해야 하고, 아직도 트라우마로 나쁜 생각들이 날 때마다 조바심 나고, 나이도 어리고 경험도 없어서 늘 인강 쌤이 돌봐줘야 하는 그대로?

암적인 존재로 사는 것이 얼마나 괴로운지 인강 쌤은 모른다. 나를 위해서라면 간이고 쓸개고 빼주려는 남자 옆에서 도움이 못 된다는 자괴감. 내가 아니면 더 행복할 수 있을 텐데, 하는 자기 비하. 나도, 나도 인강 쌤한테 인강 쌤이 나에게 해주는 만큼 해주고 싶어요. 난 미수 말고 미화 언니처럼 되고 싶다고요.

"미수야."

인강의 손길이 미수의 뺨에 닿았고, 미수의 생각이 잠시 끊어졌다.

"그냥 있어. 너무 걱정하지 마. 난 미수가 정말 좋아."

"저도, 쌤이 너무 좋아요."

"연애는 둘이서 하는 거야. 뭐든지 나에게 말해주면서 같이 풀어나가자."

"……쌤이 뭐든지 해결해줄 수는 없어요."

"당연히 못하지. 그래도 같이 있어줄 수 있어, 미수가 뭐를 하든. 미수도 내 옆에 있어주면 좋겠어. 나한테는 그게 중요해."

불안해하는 미수를 안아주며 인강은 뭘 어떻게 해줘야 하나, 사실 난감했다. 제대로 된 연애는 인강도 처음이다. 누군가와 사랑한다는 것은 무엇일까? 어렴풋이 뭔가 대단한 것보다는 그저 평범한 일상을 즐기는 것이 좋다는 생각이 들었다. 같이 밥을 먹는다는 거라든가, 길을 걸어도 좋고, 이야기를 나누어도 좋다. 미수와 밤에 잠을 자고 같이 일어나 하루를 시작하는 이순간이 좋은 것처럼.

"너무 배고프다. 배달도 시간 걸려. 우리, 라면 끓여 먹을까? 라면은 있을 거야."

인강이 부엌에서 냄비도 꺼내고 그릇도 챙기는 동안 미수는 자신이 라면도 한번 제대로 끓여본 적이 없다는 것을 알았다. 정말 내가 할 수 있는 게 뭐가 있을까. 미수는 인강이 부스럭거리며 라면 끓이는 소리를 들으며 일어나 앉았다.

작은 오피스텔, 환하게 빛이 드는 침대 위, 주변에 떠다니는 미세 먼지들이 반짝이는 요정가루처럼 보인다. 인강이 같이 있는 공간은 늘 생생하고 기분 좋은 편안한 곳이다. 나도, 인강 쌤을 위해 그런 공간을 만들어줄 수 있을까?

"쌤. 저도 라면 끓이는 거 배우고 싶어요. 다음에는 제가 끓여볼게요."

노력하면 될 거다. 내 나름대로 하나씩 해가면 나도 더 좋은 애인이 될 수 있을 거야. 불안감을 누르고 저 스스로를 다독이며 일어섰다. 미수가 샤워를 하고 제 옷을 갖추어 입고 식탁에 앉아 라면을 먹으면서 말했다.

"쌤은 어떤 애인이 좋겠어요?"

"응?"

"요리 잘하는 사람? 청소 잘하는 사람? 섹스 잘하는 사람?"

"왜, 미수가 해주게?"

"노력은 해볼게요."

"내가 사랑하는 사람."

"……."

"딱 미수네."

싱글벙글하는 얼굴이 어딘지 얄밉게 보였다. 남은 심각한데 여자의 마음은 모르고, 도움이 안 되는 남자다.

"난 진지하다구요. 나도 뭔가 해주고 싶어요. 매일 도움만 받고 있는데."

"나도 미수한테 도움 많이 받았어. 미수는 모르나 본데, 나 미수한테 고마운 거 많아."

"……거짓말하지 말아요."

"내 감성을 살려줬어. 내가 마음이 꽁꽁 얼어 있었는데, 미수가 풀어줬어."

"으……. 라면 먹으면서 그런 얘기하지 말아줄래요!"

미수는 늘 진검 승부다. 그런 성격이 운동하는 데에서 좋은 결과를 주었지만, 사회생활에서는 유연성이 없기도 하다. 모든 일에 심각한 미수가 미친놈 민수에게 그렇게 책임감을 느꼈던 배경이기도 하니까. 미수의 온 세상을 책임지려는 듯한 어린애 같은 진지함에는 본인에게는 웃음기가 없다는 단점이 있다.

"그럼 언제 해? 섹스하면서? 너무 바쁜데?"

"그래도! 그리고 인강 쌤 감성이 언제 얼었다고 그래요! 거짓말도 좀 잘할 수 없어요?"

"아, 나 이상형 바꿀래. 상냥한 사람."

호로록. 라면을 먹으면서 얼굴도 안 바뀌고 능청스럽게 말하는 인강 쌤이라니.

"……우리 알고 보면 굉장히 안 맞는 성격 아녜요?"

"어쩌지? 섹스한 거 무를 수도 없고."

"쌤, 정말 이런 성격인 줄 몰랐어요."

"나도 내가 이런 성격인거 몰랐어. 미수 덕에 하나씩 발견하네."

해맑게 웃는다. 미수는 조금 어이가 없었다.

"쌤, 정말 유치한 거 알아요?"

"그래서, 싫어?"

"……아뇨."

약간 침울하게 눈을 내리깔며 불퉁하게 고백해주는, 거짓말 없이, 꾸밈없이, 늘 솔직한 미수다. 그리고 그런 미수가 좋은 인강이 씩, 웃었다.

"그럼 됐지, 뭐. 더 먹을래?"

"계란 노른자 주세요. 먹고 살찔 거야."

"나도 미수가 더 쪘으면 좋겠다."

"……조금만 기다려요. 쪄보려고 노력하고 있으니까."

이런. 늘 진지한 미수에게 실수한 느낌이다. 인강이 심각한 얼굴이 되었다. 가볍게 주고받는 농담이 좋았는데, 어느새 미수가 마음 쓰고 있는 문제로 변했다.

"너무 스트래스 받지 마. 천천히 해도 돼."

"……싫어요."

"뭐?"

"……커지고 싶다고요."

아, 가슴. 너무 말라서 마음이 아프지만, 인강의 마음에 꼭 드는 모습의 상체를 보며 일부러 과장되게 놀란 표정을 지었다.

"나 때문이야? 난 미수 사이즈 좋아해."

"세상이 인강 쌤을 중심으로 돌아가는 줄 알아요? 제가! 제가 큰 가슴 좀 갖고 싶다고요!"

"……내가 도와줄 수 있는데."

"네?"

"음, 마사지를 많이 하면 커진다는데. 내가 해줄게. 어제도 많이 해서 좀 커진 거 같지 않아?"

"……"

가슴이 쓰리고 좀 아파서, 부었다고만 생각했었는데. 정말 그러고 보니 큰 거 같기도. 미수가 제 가슴을 이리저리 내려다보았다.

"섹스를 많이 하면 여성 호르몬이 활성화 돼서 가슴이 커지는 거야."

"……"

"바람둥이 여자들이 대부분 가슴이 크잖아. 원래도 타고 나지만, 섹스가 유지하는데 도움이 된대."

늘 그렇지만 이상한 말들인데 인강이 말하면 묘하게 설득력이 있다. 생각해보면 이새라도 설사병 여자도 가슴이 컸다.

"그래도, 네 번씩 하는 건 무리예요."

"한 번에 자주 말고 꾸준히. 하루에 한 번?"

"네에? 그렇게 자주해요?"

"이틀에 한 번도 나쁘진 않아."

"……생각해볼게요."

푸홋. 입술을 물고 제 장난에 스스로 즐거워하는 인강이다. 미수의 눈이 반짝 빛났다.

"그러면, 차라리 여러 명하고 하는 게 맞는 거 아닐까요?"

"음?"

"바람둥이 여자들은 여러 명이랑 하니까 더 효과가 있나 보죠. 운동도 연습을 다양하게 하는 것처럼."

"……농담이지?"

"하는 김에 확실히 해야죠. 이번에 한번 B컵까지 키워봅시다."

"……."

라면을 마지막으로 먹고 있는 미수는 조용해진 분위기에 얼굴을 들었다. 인강의 서늘한 표정에 미수가 눈을 가늘게 뜨고 마주보았다. 딱 걸렸죠, 쌤.

"그러니까 자꾸 바보 취급하지 말라구요."

"후우. 미안. 농담이었는데 미수가 진지하게 받으니까 너무 무섭다."

미수가 손을 뻗어 탁자 위에서 인강의 손을 잡았다.

"쌤, 만약 제가 싫어지면 솔직하게 말해줘야 해요."

"……너는 내가 싫어져도 말하지 마, 미수야. 그러면 너무 괴로울 거 같아."

"제가 왜 쌤을 싫어해요? 그럴 리가 없잖아요?"

"……나 좀 안아줄래?"

미수가 몸을 일으켜 인강이 앉아 있는 의자에 다가가 인강을 제품에 안았다. 인강이 커다란 몸을 기대고 행복한 한숨을 내쉬고 얼굴을 미수의 상체에 비벼댔다. 일어난 지 한 시간여 만에 인생의 희노애락을 골고루 경험한 느낌이다. 롤러코스터를 탄 느낌도 들고, 달콤한 초콜릿 같기도 하고, 유치한 장난 같기도 했다.

진정한 연인이 된 지 24시간도 안되었지만, 그사이에 보는 인강은 또 다르다. 늘 바위처럼 단단한 사람이라 생각했는데, 제 몸을 탐하던 짐승 같은 남자가 되기도 하고, 또 보면 여리고 응석부리기도 한다. 이렇게 알아가는 것인가? 이렇게 적응해 나가는 것인가 보다. 인강의 등을 안아주며 미수가 속삭였다.

"사랑 자체가 ADHD 같네요. 정신이 없어요."

"후훗. 그러네. 미수는 잘할 수 있을 거야."

"쌤이랑 하는데 뭘 못하겠어요?"

"미수야. 너무너무 좋아해."

"저도 너무 좋아해요."

인강이 팔에 힘을 주어 미수를 안았다.

"난 미수가 생각하는 것만큼 완벽하지 않아."

"……누가 완벽하대요?"

"실수도 하고, 찌질하기도 하고, 바보 같을 수도 있어."

"제가, 쌤, 그렇게 좋게만 보고 있지 않았어요."

"그냥 있는 대로 봐줘. 나도 불안해, 미래는. 지금 있는 현재 만으로도 머리가 꽉 차 있는 걸."

이유 없이 불안하고 가만있어도 행복하기도 하다가 별거 아닌 작은 일에 신경 쓰고, 갑자기 별일아닌 데 심각해지고.

"사랑은 장애 같아요. 생활하는데 필터가 끼워진 느낌이에요. 고칠 수는 없고, 적응하는 걸 배워야 하는. 이제는 무얼 해도 쌤도 같이 끼워져서 생각이 돼요."

인강이 얼굴을 들어 미수의 섬세한 얼굴을 올려다보았다.

"미수가 나를 계속 좋아해줬으면 하는 욕심이 커."

"그래서 쌤이 맹하다는 거예요. 이렇게 좋아해주는데도 모르고 그런 소리나 하고."

서로 사랑한다면서 계속 확인도 받고 싶어 하는 것은 이 사랑이 아직 어려서일까? 그래도 좋다. 미래는 모르지만, 현재가 하나하나 쌓이다 보면 언젠가는 알게 되겠지. 지금은 사랑이 내 곁에 있다는 것에 기뻐하자.

미수가 인강을 안고 조용히 노래를 부르기 시작했다. 전에 인강이 노래를 불러준 뒤로, 미수도 답가 식으로 노래를 해주고 싶어서 일부러 연습했었다. 요즘 드라마로 다시 인기를 얻은 이문세의 '소녀'다. 떠나지 말고 곁에 머물러달라고 나직하게 소녀의 목소리가 노래했다.

"내 곁에 마안, 머물러요오."

제목은 '소녀'지만, 늘 남자들이 부르던 노래를 진짜 가냘픈 소녀가 진심을 담아 부르자 무척 애틋하게 들렸다. 미수도 노래를 잘하는 편이 아니라 그렇게 연습했는데도 가사가 잘 기억이 안 나서, 처음 후렴구만 두 번을 했다. 그 부분이 제일 미수의 마음을 대표하는 듯해서 고른 노래기도 했다.

쌤, 곁에 머물러줘요. 저도 떠나지 않을 거예요. 우리 같이 하나씩 하루를 지내봐요.

인강이 숨을 죽이고 조용히 가는 목소리로 부르는 노래를 미수의 심장소리와 함께 들었다. 아, 이런 기분이구나. 누군가 사랑노래를 해준다는 것은. 벅차는 마음에 더 꼭 끌어안고 올려다봤다.

미수야, 너는 정말 여러 가지를 처음으로 내게 해준다. 받은 만큼 그 이상을 돌려주는 너를 어떻게 사랑하지 않겠니. 언젠가는 너도 알거야.

　미소를 지으며 인강이 미수와 부드러운 키스를 했다. 사랑하는 사람과의 달콤한 순간을 소유하는 것은 연애의 기본이고 원동력이니까. 두 어린 연인은 그렇게 미래를 향해 하나의 숨을 나누었다.

에필로그 01

6년 후.

예술의 전당에서 한창 대형 뮤지컬 공연 리허설이 벌어지고 있다. 유명한 프랑스 뮤지컬, 레미제라블을 다시 재연하는 무대였고, 전 공연들과의 차별을 위해 특별히 새로운 세트를 시험적으로 도전하기로 한 야심찬 무대이다. 거대한 무대가 세 개로 나뉘어져 움직이며 시간과 공간을 표현한다. 이번 무대는 특이하게도 무대세트 디자인을 감각적인 건축으로 유명한 아름 공간의 서인강 대표가 맡았다. 평소 대규모의 특수 목적 건축을 지향하는 아름 공간답게 많은 새로운 장치가 선보여졌다.

덕분에 무대 감독은 더 긴장하고 있었다. 기계들이 제때 움직이는지, 조명을 담당하는 프로그램에 문제가 없는지, 꼼꼼히 살피고 확인해야 했다.

"서 대표님, 어디 계시지?"

김 감독이 주변을 둘러보았다. 조감독이 관객석 뒤쪽에 무리지어 있는 사람들 중에 번쩍이는 뭔가를 보고 손짓을 했다.

"서 야광, 저쪽에 계십니다."

"서 야광? 하하하, 그 반지 때문이야?"

인강 쪽으로 손을 흔들어 관심을 끌며 감독이 물었다. 서 대표는 알아주는 건축가이자 디자이너인데 늘 손에 끼고 다니는 투박한 야광 반지 때문에 독특한 성격이라고 소문이 났다.

"그것도 그렇고, 어디서나 환하게 빛난다고, 여배우들이 그러더라고요."

"세트 디자이너가 더 인기를 끄는 건 참 묘한 일이야."

"멋있잖아요. 전 처음 봤을 때, 배우인 줄 알았는데. 인터뷰 보니까 상도 많이 타시고 그 세계에서는 유명하시더라구요."

여유 있게 입은 검은 니트에, 길고 근육질의 허벅지를 강조하는 검은 스키니진을 입고 짧은 검은머리의 키 큰 남자와 흰 셔츠와 회색 정장바지를 입은 동료가 다가왔다. 부드럽지만 남성적인 태도가 매력적인 서인강과 전반적인 실무를 담당하고 있는 전 팀장이다.

"왼쪽 윙 회전이 너무 느린데요. 뭐가 걸린 듯해요. 설치 좀 보겠습니다."

인강이 무대 위로 올라가 거대한 세트의 바닥 쪽에 무릎을 꿇고 살펴보자, 여배우들이 아는 척을 하며 몰려들었다.

"서 대표님, 오늘 회식 오실 거죠?"

"아, 네. 잠깐 들릴 겁니다."

"꼭 오세요. 같이 한잔하고 싶었어요."

아름다운 여자들이 눈을 빛내며 결혼 적령기의 물 좋은 남자를 탐하는 표정으로 보고 있었다. 인강이 제 야광 반지가 낀 왼손을 들어 머리를 쓰다듬었다. 어둑한 무대 위에서 선명하게 빛나는 반지의 의미를 모르는 사람은 없었다. 하지만 여전히 적극적인 여자들은 어디에나 있었다.

옆에서 태블릿으로 회전 기계를 담당하는 프로그램을 보고 있던 전 팀장이 속으로 고개를 저었다.

"서 대표님, 끝나고 저 좀 태워주실래요?"

고미나, 잘나가는 뮤지컬계의 프리마돈나가 고혹적인 미소를 지으며 인강을 보았다. 인강이 고개를 약간 갸웃하면서 씩 웃었다.

"물론이죠. 전 팀장, 들었지? 나중에 미나 씨 태워다드리세요."

고양이 같은 얼굴의 미나가 얼굴을 찡그렸다. 그녀의 28년 미녀 인생에 이처럼 대놓고 퇴짜를 놓는 남자는 없었다. 하지만 저렇게 수컷의 매력으로 그녀를 흔든 남자도 없었다.

"그러지 말고, 저랑 같이……."

"전 팀장, 프로그램 OS 업데이트는 한 거야?"

말을 자르며 능숙하게 외면하는데도 눈썹을 찡그리며 발을 동동 구른다. 댁 말고 미스 유니버스가 들이대도 안 되는 남자라고. 전 팀장이 속으로 혀를 찼다. 그가 아름 공간에서 일한 지 3년, 그동안 수없이 봐왔던, 혼자남의 가슴에 대못을 박아대는 일들이다. 왜 여자들이 서인강만 보면 잡아먹지 못해 난리인지 모르겠다. 그가 공공연히 임자가 있는 몸이라는 걸 대대적으로 광고하고 선전하는데도 말이다.

그때 인강의 휴대폰이 오래된 이문세 노래인 '소녀'의 링톤으로 울렸다.

-내곁에 마안…….

"어, 미수야."

무표정이었던 인강의 얼굴이 자연스럽게 부드러운 미소로 덮였다. 주변 여자들이 헉, 하고 소리를 들이마시는 소리가 들린다. 인강이 세트를 남자다운 손으로 이리저리 만지며 대화를 하고 있다.

"뭐? 회식? ……그 새끼도 같이야?"

-늦으니까, 저녁은 알아서 먹어요. 네, 코치님! 지금 가요.

뚝.

인강이 무척 기분이 안 좋다는 분위기를 풍기며, 얼굴을 굳히고 전화기를 노려보았다.

액정에 뜬 이름은 '암 덩어리.' 얼마 전에 싸우고 바꾼 이름이다. 심술이 난다. 나를 내버려두고, 아니 그보다 우리의 6주년 기념일을 놔두고 제멋대로 회식에 가버리는 여자. 질투도 뽀글뽀글 끓어올랐다. 그 나이 어린놈이 미수를 보고 있던 눈이 정말 마음에 들지 않았는데. 그러고 보니 오랜만에 똥파리 작전을 써야 할 것 같은 심통이 무럭무럭 솟는다.

인강이 주위를 둘러보았다. 다행히 여왕 파리가 여전히 주변에서 서성거리고 있다. 매력적으로 미소를 지으며 근사한 똥의 포스를 풍기면서 전화기를 뒷주머니에 꽂고, 고미나에게 다가갔다.

"그러고 보니 제차가 더 편할 거 같네요."

미수는 휴대폰을 끄고 잠시 미간을 좁혔다. 요즘 따라 투정이 심해진 인강이다. 미수는 체력을 쌓아 대학교 2학년 때부터 다시 탁구를 시작했다. 선수가 아닌 트레이너로 다시 탁구로 돌아갈 수 있던 것은 과거 그녀의 전문인 한국식 펜홀더 그립의 기술과 역량들 덕분이다. 탁구채를 펜 잡듯이 잡는다고 하는 펜홀더 그립은 근래 셰이크핸드 식 탁구에 밀려 사용하는 선수들이 드물었다. 하지만 중국계 펜홀더의 강자들이 부각하면서, 한국식 펜홀더 선수들을 대비하자는 방향에 운이 좋게도 미수가 눈에 띄게 된 것이다.

선수는 아니지만 코치로서 다시 탁구 훈련을 하며 몸무게도 늘리고 중등부 선수들을 데리고 시합에 참여하며 서서히 감각을 되찾았다. 다시 옛날과 같은 수준이 되었다고 느껴진 것은 대학교 4학년 때, 국가대표 상비팀에 트레이닝 보조로 속해 있다가 유니버시아드 단체전에 정말 행운처럼 참여해서 동메달에 기여한 후이다.

그때 미수가 코치하던 선수가 일본팀을 이겼기 때문에 한국 대중들이 무척 좋아해서 신문에도 났다. 선수들과 기뻐하는 깨끗하고 섬세한 예쁜 얼굴의 미수가 단번에 눈길을 끌었다. 어깨 길이의 검은 머리를 풀고 퇴장하던 모습이 사진에 찍혀 보조 코치임에도 탁구 여신으로 알려졌다. 대학 졸업 후 육성 증권 실업팀에서 취직하여 코치로서 제2의 전성기를 준비하는 중이다.

"미수 누나! 빨리 와요!"

인강이 날을 세우고 있는 것은 1년 전부터 혼합복식에서 활약하는 김성훈 선수 때문이다. 22살의 풋풋하고 매력 넘치는 훈남인데 처음부터 미수를 좋아하는 티를 숨긴 적이 없다. 사석에서는 꼭 누나, 누나 하며 들러붙었기에 인강이 무척 꺼려한다. 도대체가 셰이

크핸드의 왕자라는 녀석이 왜 펜홀더 전문 코치와 어울리냐고 드러나게 질투했다. 시합을 대비해서 펜홀더 공격에 대한 방어를 위한 것이라는 것을 알면서도 억지다. 전지 훈련 때문에 인강을 만난지가 한 2주일 되었는데, 오늘 들어가면 또 무척 삐쳐 있을 것 같다.

"왜, 또. 그 늙은 아저씨가 뭐라고 해요?"

"쉽! 말버릇 봐라."

"칫. 그딴 겉만 번지르르한 남자가 뭐가 좋다고."

어린 남자는 열등감을 느끼는지 늘 인강을 씹지 못해 툴툴거렸다. 성훈의 말에 따르면 미수 같이 어리고 아름다운 여신이 어릴 때부터 코가 꿰이지 않은 이상, 그런 음흉한 남자에게 잡혀 살 수가 없다는 거다. 하지만 그것도 미수 없을 때 친구들에게 하는 소리지, 감히 서늘하고 강직한 미수 앞에서는 입도 뻥긋 못한다.

늘 진지하고 열심인 미수는 팀 내에서 고루고루 사랑을 받고 있다. 남자선수들은 미수가 좀 뻣뻣하기는 해도 워낙 예뻐서 웬만한 건 그냥 눈감아주었다. 여자선수들은 미수가 보기보다 털털한 점을 좋아했고, 이미 임자가 있다는 사실에 안심하고 그다지 미워하지 않았다. 오히려 제 연애 고민을 상담하며 경험 있는 자의 충고를 구하곤 했다. 대학교 3학년 때부터 인강과 동거하다시피 한 미수는 그녀들에게 유부녀와 다름없었다.

미수가 주섬주섬 로커에서 옷을 꺼내 입고 제 약지에 가는 야광 반지를 끼웠다. 처음 같이 장만했던 야광 반지는 너무 두꺼워서 자주 빼고 다녔고, 탁구를 다시 시작한 뒤로는 아예 낄 수가 없었다. 하지만 1년 전 실업팀에 채용되기 전에 인강이 특수 제작한 얇은 야광 반지를 주며 연습 중에도 꼭 끼고 다니라고 엄포를 했다. 실업팀에서는 그녀가 인강과 약혼한 사이로 알고 있다.

6년여의 연애는 다들 그렇듯이 좋을 때도, 힘들 때도 있었다. 특히 미수가 코치생활을 시작해서 떨어져 지내는 날이 많아지자, 인강이 무척 힘들어했다. 인강은 그 외로움을 건축사무실의 설립에 쏟았지만, 쉬운 일은 아니었다.

인강의 애걸로 동거도 시작했다. 훈련소에 있지 않을 때는 인강과 함께해야 한다는 주장주장을 미수가 받아들인 것이다. 오래 지내고 보니, 미수와 함께 있을 때의 인강은 이제는 아예 남동생처럼 느껴질 정도로 어리광이 심한데, 다른 사람들은 겉만 보고 오해들을 한다. 어떻게 저런 킹카를 너 같은 애가 잡았는지 가 그들의 주된 의견이다.

미수는 오랜만에 회식자리에 참석하여 동료 선수들과 모처럼 즐거운 시간을 가졌다.

"장 코치, 오늘은 어쩐 일이래? 회식은 잘 안나오시더니."

"미수씨, 제 잔도 한번 받으세요."

"야, 미수 누나한테 자꾸 들러붙지마!"

떠들썩하고 유쾌한 분위기에 미수가 환한 미소를 머금고 고기를 구웠다. 장애 때문에 먹고 마시는 것을 특별히 조심하는 미수다. 그래서 술도 마시지 않는다. 술을 한 잔이라도 마시면 말하는 것이나 행동에 자제가 안 되는 것을 알기 때문이다.

그때 유재하의 노래가 벨소리로 울렸다. 언제 들어도 달콤한 노래. 미수가 휴대폰을 들었다. 액정에 쓰여진 '서 애기.'

"예, 왜요."

-미쑤…… 미쑤야아…….

아, 이런.

"하아. 얼마나 마셨어요?"

-쪼오끔. 쪼오끔 마셨쪄. 그쵸, 미나 씨?

-오호호홍, 대표님 너무 귀여워요. 겨우 그거에 취하셔요?

-미쑤야. 나, 집에 가고 싶은데, 자꾸 잡아.

-대표니임, 이거 안주 하나 더 드세용.

-전, 이렇게, 임자 있는 몸입니다. 이거, 보이죠?

-어머, 골키퍼가 여기 있는 것도 아니고 뭔 상관이에요.

-제 골키퍼 불러줘요? 네?

하아. 이 남자가 또.

"서인강 씨. 병세가 어느 정도 같아요?"

-병? 병? 미나 씨, 미나 씨는 설사병일까, 장염일까?

-네?

-내가 보기에는 목감기 정도는 되는 거 같은데.

"서인강 씨. SARS도 아니고, 그 정도는 댁이 알아서 해야지. 전
맹장염 레벨 아니면 움직이지 않아요."

-미쑤야! 너 그러다 나 콱, 가는 수가 있다아! 감기도 잘못 걸리
면 주거어어…….

"그냥 콱 한번 걸려봐요. 또 알아요, 덕분에 암이 떨어질지."

뚝.

무심하게 끊어내고 미수는 작은 한숨을 내쉬었다. 연애 초반의
1년 동안은 미수도 진지하게 똥파리 제거에 나섰다. 여자들이 야
광 반지의 심각함을 믿지 않아서 꽤 떨굴 파리가 많았다. 그러다가

연애 2년차 즈음 되서는 인강이 미수가 구제작업할 일들을 일부러 방치하고 즐긴다는 걸 알고 화를 냈다. 한동안 잠잠하더니 3년차에는 아예 대놓고 질투해달라고 가끔 어리광을 피우며 이런 걸로 사랑 확인을 받고 싶어 했다.

4년차에는 정말로 열 받게 만들어서 두 달간 거의 교제를 끊어버렸었다. 그때는 맹장염 급 여자인 줄 모르고 주는 대로 마시다가 호텔방까지 취해서 끌려간 상태였다. 미수가 호텔 매니저를 끌고 가, 문을 열어봤을 때 그 여자가 거의 다 벗은 채로 정신을 잃은 인강의 몸 위에 올라타서 막 바지를 벗기고 있었다. 장난도 정도껏 하라고, 이렇게 위험하고 싶으면 맘대로 하라고 미수가 단단히 화를 내어서 인강이 지옥을 경험했다.

계속 유치한 방법으로 제 사랑을 확인하려는 남자에게 정나미가 떨어졌었다. 특히 그 일로 단체전 시합을 포기해야 했던 걸 생각하면, 아직도 이가 갈린다.

남들은 이런 속사정을 모른다. 서인강이 얼마나 속도 좁고 찌질하며 바보 같을 수 있는지. 연애 1년 만에 어느새 저도 모르게 호칭도 다정한 '쌤'에서 싸늘한 기운이 풀풀 나는 '서인강 씨'로 바뀌었을 때 이런 미래를 눈치챘어야 했는데.

링링링.

"네, 전 팀장님."

-저, 형수님. 여기 한번 와주실 수 없을까요?

결국 똘마니까지 부려가며 미수를 찾는다. 어쩌면 이렇게 패턴이 비슷한지.

"취하기는 했어요?"

-아, 네, 좀 헤퍼졌어요.

"그냥 전 팀장님이 알아서 데리고 가주세요."

……대표님 맘이 많이 상하셨어요.

"……."

-오늘 6주년 기념일이라면서요.

남자가 일일이 기념일을 챙기고, 이벤트하고 정말 성가시다. 100일 단위로 기념일을 챙겼을 때부터 알아봤다. 1년 만에 질려서 그만 좀 하라고, 연 단위로만 따지라고 한 뒤에야 벗어날 수 있었던 그 모든 기념일들.

-저번 주에 청혼도 거절하시고, 대표님더러 어쩌라고 그러세요.

전 팀장, 서인강 일기장이라도 돼? 하아. 큰 한숨부터 나왔다.

"알았어요. 어디예요?"

술이 들어간 인강은 속상했다. 무척 속상했다. 그놈의 탁구. 탁구가 미수를 뺏어갔다. 매달 있는 전지훈련, 툭하면 장거리 시합이 잡혀 있고, 합숙 훈련도 우라지게 많다. 대한민국에 이처럼 탁구 시합이 많은 줄은 아마 사람들은 모를 거다. 덕분에 처음 1년 정도만 다정한 연인처럼 살았고, 그 후는 무조건 탁구와의 전쟁과도 같은 나날들이었다. 같이 있으면 뭐든지 해주는 애인이지만 같이 있을 시간이 짧아진다면 무슨 소용일까.

물론 탁구는 미수의 인생이므로 적극적으로 후원하고 제대로 불만을 표시도 못해봤다. 하지만, 제 2의 위치로 밀려난 점은 솔직히 아프다. 늘 애걸복걸하는 것은 인강, 같이 살아달라고 조르는 것도, 사랑해달라 애원하는 것도 인강이다. 미수가 정말로 나를 사랑하는가. 유치한 마음이지만 정말 확인받고 싶었다. 특히 미수가 늘 결혼 얘기만 나오면 피해버리는 것이 가장 힘들었다.

"서 대표님, 제 오피스텔이 근처예요. 저랑 같이 가실래요?"

인강은 팔에 기대오는 술 취한 여자를 옆으로 밀치고 소주잔을 다시 잡았다. 인강은 술이 세다. 건축 현장에서 술이 약하면 살아남을 수가 없기에 진작부터 익혀와서다. 지금도 약간 어지러울 뿐, 사실 취하지는 않았다. 미수가 왔을 때, 취해 있으면 안 되기 때문에 조절을 잘해야 한다. 그저 우울할 뿐이다. 미수는 정말 자신을 똥으로 내버려두려나 보다. 온갖 괴로운 감정들이 인강을 지배했다.

"전 아픈 사람입니다. 그래서 같이 갈 수가 없어요."

"네?"

"병에 아주 지독히 걸렸다고요. 이 마음에."

혀 꼬부라지는 소리를 내며, 우울하게 소주잔을 넘긴다. 고미나는 왜 이 커다란 남자가 온 세상의 비극은 다 짊어진 것처럼 갑자기 침울해지는 것인지 이해를 못했다.

그때, 술집에 키 큰 여자가 들어왔다. 왠지 어디서 한번 본 듯한 얼굴의 여자가 주위를 한번 둘러보더니, 이쪽에 시선을 고정시키고 다가왔다. 무뚝뚝한 얼굴로 들어와서 인강 앞에 서니 인강이 흘끗 올려다보고 고개를 돌린다. 언뜻 보이는 게 미소였는지 미나는 헷갈렸다.

"서인강 씨."

"……."

"일어나요."

"싫어. 맹장염 걸려서 죽을래."

부루퉁한 얼굴로 인강이 옆에 있는 고미나에게 팔을 돌리고 어깨를 안았다. 미나가 붉어진 얼굴로 인강을 마주 안으려 하자, 미수가 서늘한 얼굴로 그 팔을 잡아떼었다.

"함부로 손대지 맙시다. 감기 옮아요."

미나가 감기라는 소리에 질겁을 하고 떨어졌다. 뮤지컬 배우에게 감기는 쥐약이니까. 감기는 미수가 붙여준 인강의 병명이다. 치료약도 없이 늘 끊임없이 1년 내내 앓게 되는 병. 붙여줄 당시 약간의 낭만까지 있었던 병명이었는데, 어쩌다보니 건드리면 쉽게 이 여자, 저 여자 사정없이 전염시키는 감기 같은 남자가 돼버렸다.

"일어나요."

"이제는 오는 것도 2시간은 걸리고, 아주 성의가 없어."

"미안해요. 차가 좀 막혔어요."

싸울 것 같았는데, 의외로 다정한 목소리로 여자가 말했다.

전 팀장이 알아서 인강을 떠메고 일어선다. 미수가 서서 제 어깨를 대자, 키 큰 남자가 포옥 하고 안듯이 기댄다. 키가 큰 여자지만, 워낙 덩치가 있는 남자라 비틀거린다. 척 보기에도 마누라 같은 서늘한 여자에게 입을 삐죽이며, 미나는 고개를 돌렸다. 이미 많이 취한 사람들이 혀 꼬부라진 소리로 서 대표오, 하고 불렀지만, 이미 회식은 마지막을 향해 달리고 있었다.

"나 삐뚤어질 거야."

"예, 예."

"암이면 암답게 꼭 붙어 있어야지, 맨날 버려두고······."

"예, 예."

"죽을 때까지 있겠다며. 왜, 죽은 다음에 오지."

"……어휴. 얼마나 마셨어요."

"너무 슬퍼. 미수야."

"예, 예. 차에 타요."

키 큰 남자를 뒷자리에 구겨 넣으면서도 주정을 다 받아주었다. 인강은 누워서도 계속 미수를 찾다가, 노래도 하다가, 잠에 빠져들었다.

"미수야아……. 옆에 있어어……. 떠나며언 안 돼에요오……."

미수가 침착하게 차를 몰아, 둘이 사는 오피스텔 주차장으로 들어갔다.

알고는 있다. 왜 인강이 이처럼 불만에 차 있는지. 32살의 인강은 결혼적령기이고, 아마도 집에서 언제 날 잡느냐고 압박이 오고 있을 것이다. 왜 꼭 결혼해야 하냐고 물어볼 필요는 없었다. 인강은 행복한 가정에서 자라난 운 좋은 남자로서 당연히 그런 가정을 저도 가지고 싶어 했다. 결혼은 미래에 대한 약속이며, 사랑의 밑받침이라고 믿고 있는 남자다.

이상도 하지. 미수도 나름 행복한 가정 출신이지만 가족에 대한 기대는 없었다. 장애라는 것이 늘 그녀를 고립되게 만든 느낌이었으니까. 남에게 피해주지 말고 혼자 잘 견디자, 라고 생각하는 상황에서 가족에 대한 꿈까지 꿀 여유가 없었다.

미수는 차 문을 열고 인강을 깨워 다시 무겁게 부축하며 엘리베이터까지 데려갔다. 인강이 백허그 식으로 미수의 등에 걸쳐서 뒷목에 얼굴을 부비고 있다.

"미수야, 이쁜 미수우야아."

"……."

"왜 이렇게 힘들어어."

엘리베이터의 층수를 누르며 미수는 담담하게 인강의 주정을 무시했다. 별로 안 취했다고 생각했던 인강은 미수를 보자마자 마음을 놓아서인지 갑자기 취기가 몰려와서 정신이 없었다. 인강을 겨우 침대에 뉘이고 일어서려는데, 손목을 잡아 제 품에 올려놓는다. 한 손으로 천천히 미수의 어깨와 등을 쓰다듬고, 한 팔은 얼굴을 가리고 있는 인강에게 가만히 기대고 있었다.

"오늘 미화 언니랑 점심 먹었어요."

"아. 장 대리."

"쌤이 미화 언니 갈구었다면서요? 빨리 시집가라고?"

"……."

"왜 엉뚱한데 가서 화풀이했어요?"

"네가 언니도 안 갔는데, 라고 했잖아."

미수는 낮에 보았던 미화의 찡그린 얼굴을 떠올렸다.

'너, 결혼하기 싫어?'

'……알잖아. 나 많이 모자라는 거.'

'네가 왜? 너처럼 잘나가는 체대 졸업생이 어디 있어?'

'난…… 겁나. 아이가 잘못될까 봐.'

미화는 놀란 표정을 했다. 잘 적응해서 살고 있는 동생이 이런 식으로 여전히 장애에 대한 상처를 품고 있으리라고는 생각 못 했기 때문이다.

'아니 그게, 뭐. 아니, 그게 아니라, 왜 아이가 너만 닮는다니? 척 봐도 강이 형이 우성 유전자 아니니? 네 유전자 따위는 잡아먹힐 거야.'

'홋. 그런가.'

자신의 유전자만 생각했지, 인강의 유전자는 사실 고려해보지 않았다.

'나오지도 않은 아이를 걱정해서 그러는 거야? 너, 그러면 강이 형이랑 헤어질거니?'

'……'

'강이 형이 결혼 안하고 평생 같이 살아주겠대?'

미수가 눈을 붉히고 고개를 숙이자, 미화가 손을 잡아왔다.

'미수야. 너, 강이 형이 너를 얼마나 사랑하는지 알잖아. 얘기해. 너 혼자 결정하지 말고.'

인강 쌤은 무척 가정적인 환경에서 잘 자란 좋은 남자답게, 늘 행복한 가족이 인생의 기본이라고 말해왔다. 결점 많은 제가 아이를 낳고 그런 가정을 이루어줄 수 있는지는 잘 모르겠다. 지금 제 앞가림하기도 벅찬데, 가정이라니. 무섭고 두려울 뿐이다.

미수는 인강의 잘생긴 얼굴을 내려다보았다. 술에 취해 자고 있는데도 멋있다. 6년이나 지났는데도 볼 때마다 두근거린다. 물론 투정도 심하고, 심술도 부리지만 미수에게는 늘 다정한 남자다.

"당신은 호랑이잖아요. 누구에게나 사랑받는 동물의 왕인데, 왜 보잘것없는 여우에게 이렇게 잡혀 사는 거예요?"

조용히 말하는데, 자고 있는 줄 알았던 인강이 다시 손목을 잡아온다. 졸린 듯 깊어진 목소리가 말했다.

"나에게는 하나밖에 없는 내 여우니까. 미수야. 난 너만 옆에 있으면 돼. 결혼하기 싫으면 하지 않아도 돼."

미수의 눈에 눈물이 휘리릭 하고 차올랐다. 이 맹한 남자는, 사랑이 뭐라고, 제가 원하는 것도 접고서 이렇게 말해주는 것일까.

"아, 아이가, 나, 나를, 닮으면, 어, 어떡해요."

물기 어린 목소리에 놀란 인강이 팔을 내리고 누운 채로 취한 눈을 끔뻑거리며 미수에게 초점을 맞추려 미간을 모았다. 처연하게 울고 있는 하얀 얼굴이 입술을 꼭 물고, 괴로운 눈을 하고 있다. 아. 그런 걱정을 하는 거였구나. 요 몇 년은 하도 적응을 잘해서 존재조차도 잊고 있던 장애. 제게는 별로 크지 않은 것이 미수를 이처럼 얽어매고 있었다니. 인강이 다시 미수를 끌어 제 몸에 올려 안아주었다.

"어떻게 하긴. 너무 예쁘겠지. 내가 다 알아서 돌볼 수 있어. 난 경험도 많잖아."

"그렇게 쉽게 말하는 게 어디 있어요."

"쉬운 거야. 죽을병도 아니고."

인강은 이런 걱정도 알아채지 못하고 있던 제 스스로가 한심해서 화가 날 지경이다.

"미수야. 만약 내가 ADHD고 너는 멀쩡하면, 넌 나를 떠날 거야?"

"……"

어처구니없게도 그런 식으로는 생각해본 적이 없었다. 답은 즉시 나왔다. 입장이 바뀌었다고 해도 인강을 계속 사랑했을 것이다.

인강에게는 ADHD보다 훨씬 많은 장점들이 있으니까. 미수는 그 간단한 깨달음에 어이가 없어 저절로 크게 한숨을 쉬었다.

"너는 ADHD를 가지고 있지만, 그게 전부가 아니야. 나는 미수 네가 좋아. 알 수 있겠어?"

간단한 말들로밖에 설명할 수가 없는 것이 답답할 지경이다. 취해서 느린 머리 때문인가. 어떻게 하면 미수가 알 수 있을까. 미수는 미수로써 아름다운 연인이라는 것을. 어쩌면 늘 확인받고 싶어 한 것은 인강이 아니라 미수였는지도 모르겠다. 괜찮다고. 이 행복을 누려도 괜찮다고.

"제가 전에 여우비는 호랑이와 여우가 결혼하는 증거라고 했잖아요. 여우가 더 많이 사랑한다고요. 결혼은 죽음을 불사하고도 하는 거라고요."

미수가 인강의 목덜미에 작게 이야기를 했다. 갑자기 인강의 심장이 두근거렸다.

"인강 쌤, 사랑해요. 죽어도 좋을 정도로."

순간 숨이 멎은 인강이 그 뜻을 깨닫고는 힘주어서 미수를 더욱 안았다. 인강의 목소리가 조금 떨렸다.

"나도. 나도 너 때문에 미쳐서 죽을 정도로 사랑해."

아니, 벌써 미쳤다. 오래전에 미수에게 미쳐서 서서히 사랑의 죽음을 당해서, 미수 없이는 살 수가 없을 것 같다. 제 생애에 이처럼 격한 사랑을 할 줄은 몰랐다. 어느덧 스며든 사랑의 깊이가 이처럼 깊어질 줄 몰랐다.

"결혼해요, 우리. 내가 쌤 가족 만들어줄게요. 죽음도 불사하는데 그까짓 거 장애가 뭐라고."

"와아, 정말! 미수야!"

인강이 펄쩍 뛰며 일어나 미수를 껴안고 빙빙 돌았다. 취기로 어지러워 곧 침대에 다시 쓰러졌지만. 미수의 깊은 속에서 나오는 맑은 웃음이 인강의 희열에 찬 고함과 어우러졌다. 한 번 이해하고 결정을 내리니 모든 게 선명해졌다. 그동안 고민하던 것이 허무하게 무너져 내렸다. 모든 것이 제자리를 찾은 듯한 안정감이 밀려들었다. 미수는 행복에 찬 인강의 뜨거운 키스를 받으며 침대 위에서 부둥켜안고 뒹굴면서 같이 즐겁게 웃어댔다. 사랑은 참으로 선물 같은 것이라는, 그런 행복이 두 연인을 감쌌다.

에필로그 02

강남에 위치한 반듯한 선의 무척 세련된 15층짜리 건물은 아름
공간 건축 사무소의 설계로 지어진 서강건설 본사이다. 10년이 넘
었음에도 그 감각적인 산뜻함에 건축 디자인을 공부하는 이들이
모던 건축 베스트 10 안에 꼭 추천하는 '작품'이다.

그 건물로 밝은 회색의 양복을 입은 키 큰 남자가 성큼성큼 들
어가서 인사하는 경비와 안내들을 지나쳐 엘리베이터로 직행했
다. 지난 10년간 몸체를 부풀린 서강건설은 이제 준재벌을 넘어서
려는 지점에 와 있다. 서인수 대표는 4년 전에 아버지로부터 회사
를 물려받고 고군분투하며 회사를 지켜왔다.

"사장님, 오셨어요."

"김 실장, 인강이 왔나?"

"아, 서 대표님은 30분 정도 늦으신다고 연락 왔습니다."

"뭐?"

갑자기 더 구겨지는 인상에 김 실장이 긴장했다. 잘난 남자지만 거칠고 냉혹한 분위기의 서인수는 종종 조폭계 출신 아니냐는 소문이 도는 남자다. 같이 일한 지 6년이 되는 김 실장은 그게 사실이 아닌 줄은 알지만 여전히 험악해 보이는 분위기에 익숙해질 수가 없다.

"아, 저, 그게 유미도 데려온다고 하셔서……."

"유미를?"

갑자기 확 부드러워진 인수의 변화는 여러 번 봐도 신기하다. 43세인 서인수 사장은 여전히 독신인 노총각인데 생긴 것과는 다르게 조카라면 껌뻑 죽는 인간이다. 실실 웃으면서 커다란 책상에 앉는 폼이 벌써 4살짜리 공주님을 볼 생각에 들떠 있는 듯하다.

"여기 유미가 먹을 만한 게 뭐가 있을까? 김 실장, 내려가서 아이스크림 좀 사와요. 딸기 아이스크림."

아름 공간과 진행할 50억짜리 빌딩에 대한 미팅이 어느새 공주님 모시기가 되어버리고 있었다.

'아, 서 대표님. 오늘 미팅, 중요한데요.'

'걱정 마세요. 유미 돌볼 사람도 데려갑니다.'

통화로 징징거리는 김 실장을 달래듯 푸근하게 인강이 말했었다. 설마 36세 노총각인 저보고 애를 보라고 하지는 않겠지 싶었기에 안심했는데, 엘리베이터가 열리고 나오는 것은 잘생긴 인강과 그의 팔에 안긴 인형 같은 여자아이뿐이다.

"유우미이! 유미이야아! 유미왔쪄!"

유미를 발견하자마자, 어울리지 않게 활짝 웃으며 인수가 팔을 뻗고 인강 쪽으로 다가갔다. 인강이 미간을 찌푸리며 약간 피했다. 어깨에 닿는 검은 단발이 찰랑거리고 보드랍고, 둥근 얼굴은 뽀얗고, 앙증맞은 입술은 앵두처럼 붉은 유미가, 어린애답지 않게 크고 깊은 눈으로 깜빡이며 인수를 보았다. 예쁜 핑크색 원피스를 입고 하얀 운동화를 신은 모습이 정말 인형처럼 예뻤다.

"아, 징그러. 내 딸이거든."

인수가 억지로 유미를 떼어내서 품에 안고 어화둥둥을 하자, 인강이 혀를 찼다.

"안녕하세요, 백부님."

아래쪽에서 들려오는 소리에 순간 인수가 조금 당황하여 인강의 뒤를 보았다. 8살짜리의 근엄한 조카, 유현이 가볍게 미소를 짓고 인수를 보았다. 미수를 닮아 하얗고 예쁜, 섬세한 얼굴의 미소년이지만 왠지 근접할 수 없는 고고함이 서려 있었다.

"어라? 유현이도 왔구나."

"유미야. 내려와. 나가서 기다리자."

작은 소년이 조곤조곤 말하면서 벌써 인수에게서 유미를 빼앗아서 문밖으로 나가버렸다. 아쉽다는 표정의 인수를 보며 인강이 허허거리며 웃었다.

"유현이는 어쩌면 저렇게 볼 때마다 10년씩 크는 느낌이냐."

장애가 유전될까 봐, 노심초사하던 제수씨는 장애는커녕 천재 아들을 얻었다. 3살 때 이미 한글과 수학을 마스터한 아들을 보니, 너무 뛰어난 것도 무서울 지경이라고 했다. 평범한 행복을 최우선으로 하는 동생네는 유현이를 보통 아이들과 같은 속도로 키우고 싶어 했지만 유치원에서 너무 지루해하던 유현이가 집에서 아버

지 서재에서 틀어박혀 어려운 책을 정신없이 읽으며 시간을 보내
자, 동생 내외는 영재교육을 하는 곳을 찾아야 했다. 아이큐가 무
려 180센티란다. 천재라는 것은 가만 놔두어도 알아서 하는 것인
지, 8살에 이미 초등학교 검정고시를 준비하고 있다.

"미수는 유현이가 빨리 자라는 걸 반대해. 천재도 장애라나. 나
도 어느 정도는 동감이야."

"유미도 평범한 아이는 아니잖아. 너네는 무슨 애만 낳으면 천
재야?"

"몰라. 어쩌다 이렇게 됐는지."

유미는 음악에 뛰어난 재능을 보였다. 미수도 인강도 특별히 음
악에 뜻을 둔 적이 없어서 도대체 왜 이런 특별한 아이들이 태어
나는지 당황할 정도였다. 오순도순 네 가족이 지지고 볶는 가족을
상상했는데, 첫째는 한국교육과정을 전속력으로 끝내려고 가동
중이고, 둘째는 벌써 피아노 대회를 휩쓸고 있다. 계속 쏟아지는
미디어의 관심을 끊어내는 것도 벅찬 가족이었다. 자신들은 아무
것도 한 게 없는데 아이들은 이미 제 길을 찾아가는 듯 보였다.

"그래서, 유현이는 커서 뭐 하고 싶대?"

"아직까지는 우주비행사인데, 봐야지."

아마 다른 아이들이 말했다면, 아이구, 귀여운 놈 했을 장래소망
이, 유현이 말하면 언제 나사(NASA)에 들어갈 건데, 하고 진지하
게 물어보고 싶어진다.

"건축은? 혹시 생각 없대?"

"하하, 할아버지가 이미 꼬셔봤어. 몸 쓰는 일은 하기 싫대."

"뭐가 될지 정말 기대되는 녀석이야."

인수는 흡족한 미소를 지으며 입맛을 다시는 듯하였다. 인강은 소파에 편히 등을 기대고 소파 팔걸이에 팔꿈치를 대고 턱을 받친 느긋한 자세로 인수를 물끄러미 보았다.

"왜?"

"아니, 이렇게 애들을 좋아하면서 왜 장가를 안 갈까."

"운이 없는 거지."

"소개팅 시켜줄까?"

"이 나이에 무슨 소개팅. 그러고 보니까 생각난다. 전에 어떤 미친 여자가 회사에 찾아와서 자기랑 선봤다고 난리 치고 갔는데."

"형이? 형은 선 안 보잖아?"

자유연애를 지향하는 서 씨 집안은 자기 일은 자기가 알아서 하라는 주의라, 인위적인 만남을 싫어하는 인수에게 아무 압력이 없었다.

"그러게. 생긴 건 멀쩡한 여자가 그러는데 간담이 서늘하더라. 누가 나라고 사기치고 다녔나 봐. 간도 크지. 그런데 웃기는 건, 그 가짜 놈이 마음에 들었었나 봐."

하하, 하고 농담처럼 웃어주던 인강이 갑자기 떠오르는 기억의 조각에 미소가 흔들렸다. 이새라, 설마 형을 찾아왔었어?

"그 여자가 날 보고 책임지라고 그러는데 얼마나 황당하던지. 그 사기꾼 아는 거 아니냐고 닦달하더니, 아니면 나라도 만나야겠다고 하는 거야."

"미친."

"그러게. 근데 그 여자가 또 꽤 미인이었거든."

"형, 설마."

"이것도 인연이겠지, 했는데."

"아, 제발."

"아무래도 너무 바빴어."

휴우. 자신도 모르는 사이에 악연이 이어질 수도 있었다는 자각에 서늘함을 느끼며 인강은 몰래 숨을 내쉬었다.

"제수씨는?"

"아, 병원 들렀다가 집에서 쉬고 있어."

"병원에는 왜?"

"응, 그게……."

인강이 더욱 만족한 미소를 지었다. 최근 바빠서 깜빡 잊고 콘돔을 사놓지 못했다. 덕분에 셋째가 들어섰다. 소식을 들은 날, 미수는 창백해졌고, 인강은 행복해했으며 아이들은 신났다.

집에 돌아와서 미수가 한숨을 쉬며 말했다.

"이번에는 또 무슨 장애일까."

"마눌님, 남들이 욕할라. 재능이 넘치는 애들을 장애라니."

"평범한 사람들하고 달라서 노력해야 하는 게 장애지. 내 눈에는 둘 다 극복할 게 많아."

넓고 환한 거실에서 유현이는 헤드폰을 낀 채로 컴퓨터로 MIT 온라인 강좌를 보고 있고, 유미도 역시 헤드폰을 낀 채로 키보드로 뭔가를 열심히 치고 있었다. 서로 자신만의 세계에 몰두하며 공존하고 있다.

"미수야. 이게 우리의 평범한 일상이야. 우리 가족의 일상을 존중하자. 아이들이 혹시 문제가 생기면 그때 우리가 도와주면 되는 거지. 있지도 않은 일을 미리 걱정하는 건 오버야."

"그래도 나는, 한 명쯤은 운동을 하는 아이가 있었으면 했는데."

미수가 아쉬운 듯 거실에 제각기 앉아 있는 아이들을 바라보았다.

"우리 애들은 너무 착한건지, 거저 키우는 느낌이라서 뭔가 이상해요. 내가 도와줄 부분이 별로 없는거 같고."

초등학교 나이의 아들은 미수도 못하는 고등수학을 하고 있고, 딸은 미수가 문외한인 피아노와 클래식 음악에 빠져 있다. 이처럼 도움이 되지 못하는 엄마라니. 아주 가끔, 본래 갖고 있던 낮은 자존심이 밑도 끝도 없이 스멀스멀 올라온다.

"아이들에게 엄마는 미수뿐이야. 그건 알지? 그냥 같이 있어주기만 하면 돼."

인강이 미수의 등 뒤에서 백허그를 하며 목덜미에 얼굴을 얹고 부드럽게 말했다.

그러자 유현이 갑자기 벌떡 일어나서 미수에게 다가와서 안겼다. 작은 남자아이의 몸을 그러안으며 미수가 머리를 쓰다듬자, 어느새 유미도 다가와 다리에 매달렸다. 미수를 중심에 두고 크고 작은 세 사람이 그렇게 꼭 붙어서 그룹 허그를 했다. 이렇게 아이들이 보고 있을 때, 인강이 미수를 안으면 아이들도 꼭 따라서 안기기를 원한다. 하하하 웃으며 하나하나 안아주는 미수는 너무도 행복해 보였다.

"그래, 엄마는 그냥 안아주는 것만 잘하면 되지, 뭐. 누구 먼저 둥개둥개 해줄까?"

"나!"

"나!"

"내가 먼저 말했쪄!"

"쪼끄만 게, 내가 오빠니까 먼저 해야지!"

미수는 가늘지만 단단한 팔로 두 아이들을 같이 안아주었다. 천재고 뭐고 집에서는 등개등개가 좋은 아이들인 게 감사하다.

"유미, 오빠한테 다정해야. 유현이는 유미한테 양보하고. 대신 나중에 길게 안아줄게."

미수는 제 엄마 노릇을 자신 없어 하지만, 갸날픈 겉모습과 다르게 단호한 엄마는 아이들의 사랑과 신용을 얻고 있다. 무엇보다 아이들에게 거짓말을 하지 않고 늘 공정한 점이 그녀를 좋은 엄마로 만들고 있었다. 그래서 유현이도 유미도 미수 곁에 붙어서 떨어지지 않는다. 강직하고 직설적인 그녀는 흔들림이 없는 뿌리 깊은 아내이며 엄마였다.

미수가 아직은 안아 들 수 있는 유현을 들고 등개등개를 하며 유현과 눈을 맞추고 웃고 있다. 인강은 그 모습을 제 휴대폰으로 찍으면서 미소를 지었다. 연인이었던 미수도, 아내였던 미수도 좋지만, 제 아이들의 엄마인 미수가 인강의 가슴을 건드린다. 사랑이 이처럼 변하는구나. 누가 뭐래도 이 가족의 중심은 미수였다. 인강의 사업이 커지고 안정을 찾은 것은 미수가 가정을 함께 이루어주었기 때문이다.

"미수야. 나도 등개등개."

미수가 웃으며 일어나 인강에게 다가와 안긴다.

"우리 맹한 애기. 등개등개가 하고 싶었쪄요."

"아, 좋다. 사랑받는 느낌."

미수가 인강의 무릎 위에서 꼭 안은 채로 부드럽게 온몸을 흔들

흔들해주며 고개를 들어 남편을 바라보았다. 아이들이 각자 제 일로 돌아가는 사이에 못된 손이 슬금슬금 미수의 가슴을 더듬고 결국 뾰족한 정점을 잡아냈다.

"흡."

미수의 작은 가슴은 여전히 예민하게 제 역할을 잘해냈다. 미수가 아이들이 안 보이게 등을 돌린 채, 인강 앞으로 몸을 기댔다.

"아, 당신……."

"응?"

아무렇지 않은 척 인강이 뜨거워진 미수의 얼굴을 능글능글 바라보았다. 미수가 눈을 꼭 감고 고문 같은 비틀림을 참고 있다. 어느새 인강의 앞섶도 위험하게 부풀어 있었다. 은근히 미수의 통통한 엉덩이에 제 것을 문지르며 인강이 목에 키스를 했다. 아이들이 보기에는 늘 하는 무릎 위에 앉아서 하는 뽀뽀처럼 보이는 것을 계산한 각도이다.

미수가 갑자기 벌떡 일어나, 인강의 손을 잡고 2층 침실로 들어가서 문을 잠구었다. 헤드폰을 끼고 있는 두 아이들은 아마도 30분 정도 더 자기들의 시간을 보낼 것이다.

"30분 있어요."

미수가 제 윗도리를 벗겨내며 역시 옷을 벗고 있는 인강에게 말했다.

"오케이. 해도 되는 기간이지?"

약간 볼록한 미수의 배를 쓰다듬으며 인강이 말했다. 3개월이 지난 몸은 여전히 낭창했다. 두 번의 출산으로 더 커진 엉덩이가 탐스럽기만 하다. 게다가 임신으로 크기를 조금 더 키운 유방의 곡선이 더욱 탱탱하였다. 미수가 인강의 머리 뒤를 끌어내려 제 유두 위로 안내했다. 성숙한 미수는 자신이 좋아하는 것을 당당하게 요구하는 연인이었고, 그녀가 원하는 것은 젖가슴에 집중된 애무이다.

"핥을까 빨까?"

"둘 다. 어서."

인강의 뜨거운 입이 뾰족한 젖꼭지를 감싸자, 미수가 만족의 한숨을 흐응, 하고 내쉬며 즐겼다.

"조용히 해야 돼."

아무리 헤드폰을 꼈다지만 모르는 일이다. 입술을 깨물고, 미수는 인강이 등을 구부린 채로 유방을 강하게 핥고 빠는 것을 견뎌냈다. 오랜만에 해서인지, 너무도 좋은 느낌에 벌써 아랫도리가 움찔거리며 젖어가는 느낌이 선명하다. 혀의 느낌이나 입술의 부드러움, 침액의 매끄러움, 모든 게 소스라치게 좋다. 천천히 그렇게 엮여서 움직인 두 사람이 침대에 닿았다.

오래된 연인답게 두 사람은 자연스럽게 서로 좋아해주는 애무를 할 자세를 잡았다. 인강이 침대에 앉고 미수가 그 앞에 무릎을 꿇었다. 벌써부터 위용을 자랑하는 남성이 미수의 손에 잡혔다. 할짝거리던 작은 혀가 보이고 곧 남성이 분홍색 입 안으로 들어갔다. 인강은 눈을 감고 고개를 뒤로 젖히며 한 손으로 미수의 머리를 쓰다듬었다.

"하아."

너무도 좋은 느낌에 신음을 참기가 힘들었다. 미수의 작은 입이 제 두꺼운 것을 열심히 애무해주는 모습은 언제 봐도 야하고 좋았다. 뭉툭한 모양이 미수의 볼을 불쑥거리며 움직이는 것을 보다가 빼내었다.

"오늘은 조절하기 힘들어. 뒤에서 해야겠다."

임신 초기의 위험성을 감안해 금욕 중이던 인강이 서둘러서 미수의 뒤에 자리를 잡았다. 두꺼운 남성이 뜨겁고 매끄러운 곳으로 들어차는 순간, 그 익숙한 쾌감에 두 사람 다 파르르 떨었다.

"흡."

그래, 이 맛이야. 곧이어 이어지는 느릿한 움직임에 오는 충만감, 빨라지며 격해지는 몸짓에 야한 소리가 퍼졌다. 어릴 때 말라서 감추려던 몸이 중년을 접어들어도 늘씬하여 여전히 매력적으로 보인다는 것을 미수는 아는지. 제 밑에서 바들거리며 밀어붙이는 쾌감에 간신히 시트를 부여잡고 신음을 참는 모습도 야하다.

두 번의 임신 경험으로 이미 미수가 이맘 때 가장 성욕이 활발한 것을 알았다. 임신을 했기에 콘돔을 쓸 필요도 없이 언제 어느 때고 할 수 있던 것도 마음에 들었고, 출산 후, 긴 금욕 시간을 대비해 열심히 서로를 탐하곤 했다. 그래도 너무 깊이 삽입하는 것을 피해 미수의 엉덩이를 충격 방지 둔덕으로 이용해서 마음껏 달리던 인강이 섬세한 몸을 뒤집어 다시 삽입하면서 열에 들떠 벌어진 입술을 거칠게 머금었다. 너무 깊지 않게 주의하며 느리고 얕게 몸이 연결되었다 떨어졌다 하였다. 얇은 다리를 들어 올려 마구 치받고 싶은 것을 참으며 인강은 다시 옆으로 누워 뒤에서 마지막을 위해 들어갔다.

유방 앞으로 팔을 돌려 아프게 움켜쥐자, 미수의 속이 움찔거리며 제 남성을 조이는 게 느껴졌다. 뒤에서 상체를 꼭 붙인 채 엉덩이를 짧고 세차게 밀어 올려붙이며 손가락으로 여성을 문질러댔다. 미수가 입가에 닿는 인강의 팔을 악물며 신음을 누르는 동안, 인강은 미수의 어깨를 물고 현 상태에서 가능한 제일 깊은 곳에 자신을 묻고 파정했다. 인강이 숨을 거칠게 몰아쉬며 미수의 등에 무너지며 행복한 한숨을 내쉬었다. 9년차 부부답게 두 사람은 그렇게 조용하게 격정적인 성교를 마쳤다.

"후. 제법 빨리했다."

사정감을 조정해서 길게 삽입하는 것을 좋아하는 인강이라서 15분은 짧은 편이었다. 오랜만에 하는 성교로 조금 통증을 느낀 미수는 아직도 안에 들어차 있는 남성에서 천천히 제 몸을 빼내었다. 정액이 흘러나오나 했는데 인강이 제 남성으로 다시 밀어 넣었다.

"아깝잖아. 안에서 더 살아야지, 얘네들도."

다시 삽입하며 인강이 아직 남아 있는 10여 분의 시간을 쉬려고 옆으로 누워 미수와 몸을 겹쳤다. 15년이 다 돼가는 시간 동안 셀 수 없이 섹스를 했지만, 할 때마다 좋다는 것은 행운일지. 남들은 권태기니 뭐니 하는데, 두 사람은 늘 새로운 뭔가를 같이하기에 지루하지가 않았다.

겉으로는 점잖은 여느 상류층 커플처럼 보이지만, 침실 안에서 두 사람은 두 마리의 짐승처럼 굴었다. 가벼운 SM도 해본 적 있고, 신기한 도구도 사용하기도 하고, 코스튬 플레이도 종종 해왔다. 어느 날은 인강이 시작하기도, 어떤 날은 미수가 제안하기도 했다. 익숙한 서로의 몸에 안도감을 느끼며 완전한 신뢰를 가진 사이이기에 가능한 일이었다. 그리고 보니 이처럼 제법 정상적인 섹스를 해본 것도 오랜만인 듯했다. 목에 자잘한 키스를 하면서 인강은 어떻게 다음 몇 달을 즐길까 생각해보았다. 인강이 사랑스럽게 지쳐 있는 미수의 몸을 쓰다듬고 키스해주자, 미수는 포만감에 빠진 고양이처럼 사랑받는 여자의 미소를 띠고 더 좋은 자리를 찾으며 인강의 품을 파고들었다.

"셋째는 당신이 야간 타임 해줘요."

"물론이지. 아, 기대된다. 이번에는 운동하는 녀석이 나오려나?"

"누가 되었던 우리 아이니까, 괜찮을 거예요."

팔과 상체에 느껴지는 인강의 듬직한 품속에서, 이제 밖에서 들리는 아이들의 다툼 소리에 주의를 기울이며, 미수는 일어나 나갈 준비를 해야겠다고 생각하며 고개를 들었다. 두 사람은 이미 두 명의 아이들을 키워보았다. 정상, 비정상, 평범, 장애, 이런 것들은 다 소용없는 것이고, 자식이란 그저 사랑과 등개둥개가 필요한 아이들뿐이라고 경험이 말해주었다.

게다가 혼자서 버거우면 도와줄 파트너도, 가족들도 있다. 어느새 옷을 걸친 인강이 여전히 잘생긴 얼굴과 탄탄한 몸매를 하고서 미수에게 손을 내밀었다. 조금 전에 제 몸을 뚫지 못해 안달인 듯 움직이던 남자가 아무 일도 없다는 듯이 웃고 있다. 40살이 훌쩍 넘어도 이렇게 멋있다니, 어쩌라는 거야.

미수는 새삼 여성으로서의 행복이 온몸에 가득 차는 것을 느꼈다. 이제는 장애와 트라우마로 성장이 멈추었던 말라빠진 여자애는 과거일 뿐이다. 인강의 손을 잡고 일어나며 미수는 새로운 미래에 두근거리는 자신에게 미소를 지어주었다.

-마침-

작가 후기

　창작 생활을 해왔지만 소설을 쓴다는 것은 생각해보지 않았는데 우연히 빠져든 로맨스소설계에서 나도 한번, 하고 이것저것 쓰기 시작했습니다. 그중에 마치 홀린 듯이 사이트 연재를 시작했어요. 아주 조용히, 혼자만 아는 듯이 시작하고, 정말 조회수 300이면 성공이야, 라고 한 연재가 분에 넘칠 만한 관심을 받고는 사실 좋기보다는 당황했죠. 왜냐하면 『맹한 남자』는 처음은 알았는데 중간과 끝을 모르고 시작한 이야기거든요. 이걸 어떻게 써야 하나 하고, 제대로 연재하려고 나름 스트레스 받으며 고민한 기억이 나요. 왜 이 이야기를 좋아해줄까, 이해도 잘 안 가더군요.

　그런데 연재의 힘이라는 게 일단 독자분들에게 풀어놓으니 제 글 속의 캐릭터들이 생명을 갖고 움직이기 시작해서 깜짝 놀랐습니다. 쓰면서 아, 이래서 그랬구나 하며 저 혼자 더 놀라곤 했습니다. 이런 경험은 처음이라 무척 소중합니다. 그래서 『맹한 남자』는 제게 새로운 창작의 세계를 열어준 귀한 글입니다.

　미수와 인강과 같이 웃고 울고 화내준 연재 당시의 독자분들이 있기에 글을 무사히 마칠 수 있었습니다. 부족한 점이 많지만 연재를 같이해주신 독자분들과 출간 준비를 도와주신 출판사 여러분께 감사드립니다.

2016년 10월.

오금묘 드림